Mistress Branican
布兰尼肯夫人

〔法〕儒勒·凡尔纳 著　　许崇山 译　　钟燕萍 译校

Jules Verne
Mistress Branican
根据 Editions J. Hetzel,1891 年版本译出。

图书在版编目(CIP)数据

布兰尼肯夫人/(法)儒勒·凡尔纳著;许崇山译;钟燕萍译校.—北京:人民文学出版社,2020
ISBN 978-7-02-015236-0

Ⅰ.①布… Ⅱ.①儒… ②许… ③钟… Ⅲ.①科学幻想小说—法国—近代 Ⅳ.①I565.44

中国版本图书馆 CIP 数据核字(2019)第 090395 号

责任编辑　黄凌霞
装帧设计　崔欣晔
责任印制　任　祎

出版发行　人民文学出版社
社　　址　北京市朝内大街 166 号
邮政编码　100705
网　　址　http://www.rw-cn.com

印　　刷　三河市宏盛印务有限公司
经　　销　全国新华书店等

字　　数　340 千字
开　　本　880 毫米×1230 毫米　1/32
印　　张　15.25　插页 3
印　　数　1—10000
版　　次　2020 年 5 月北京第 1 版
印　　次　2020 年 5 月第 1 次印刷

书　　号　978-7-02-015236-0
定　　价　66.00 元

如有印装质量问题,请与本社图书销售中心调换。电话:010-65233595

目 录

第 一 部

第 一 章	富兰克林号	3
第 二 章	家庭背景	19
第 三 章	海景房	30
第 四 章	在布恩德里号上	44
第 五 章	三个月后	57
第 六 章	悲惨的一年	71
第 七 章	各种可能性	83
第 八 章	为难的处境	97
第 九 章	披露真相	110
第 十 章	准备工作	123
第十一章	在马来西亚海的第一次搜寻	132
第十二章	又过去一年	151
第十三章	帝汶海的搜寻行动	167
第十四章	布鲁斯岛	183
第十五章	活的残骸	204
第十六章	亨利·菲尔顿	219

第十七章　是或不是　　　　　　　　227

第 二 部

第 一 章　航行中　　　　　　　　　241
第 二 章　戈弗雷　　　　　　　　　257
第 三 章　一顶历史性帽子　　　　　275
第 四 章　阿德莱德的火车　　　　　290
第 五 章　穿越南澳大利亚　　　　　304
第 六 章　意外相遇　　　　　　　　321
第 七 章　向北方行进　　　　　　　337
第 八 章　越过艾丽丝泉车站　　　　358
第 九 章　布兰尼肯夫人的日记　　　375
第 十 章　再摘录几段日记　　　　　392
第十一章　迹象与事变　　　　　　　409
第十二章　最后一搏　　　　　　　　428
第十三章　在安达斯部落　　　　　　440
第十四章　朗·布克尔的阴谋　　　　457
第十五章　最后一次宿营　　　　　　469
第十六章　结局　　　　　　　　　　480

第一部

第 一 章

富兰克林号

人们准备出发远行,在两种情况下,朋友们可能永无重逢之日:其一,远行者返回时,留守的朋友已经逝去;其二,远行者一去不复返。不过,此时,1875年3月15日清晨,在富兰克林号甲板上,船员们正忙着出发前的准备工作,顾不上考虑这两种可能性。

这一天,在布兰尼肯船长的指挥下,富兰克林号即将离开圣迭戈港(加利福尼亚),远航穿越太平洋北部的浩瀚大海。

富兰克林号排水量为900吨,是一艘漂亮的三桅纵帆帆船,宽大的后桅帆,前桅上高悬着三角帆和顶桅,以及第二层方帆和第三层帆。帆船船体后部高高翘起,船身的水下部分略微收紧,船艏下部紧收,形成尖锐的夹角,以利于劈波斩浪,船上所有桅杆平行排列,略带倾斜度,镀锌的帆缆索具紧绷,就好像是金属杠似的绷得笔直。这种赛艇上使用的最新式的帆缆索具性能优越,在北美地区用于远洋贸易,装备这种帆缆索具的商船,行驶速度堪比最好的蒸汽轮船。

富兰克林号不仅船体构造完美,而且指挥它的人坚定果敢,因此,没有船员愿意离开它,哪怕别的船东开出更高的报酬,也没人愿意离开。大家满怀信心随船远航,信心来自双重信任:一条好

船,再加一个好船长。

　　富兰克林号即将进行它的首次远航,这条船的船东是圣迭戈城的威廉·H.安德鲁公司。现在,富兰克林号满载美国制造的商品，即将取道新加坡，驶往加尔各答，在那里装上一船印度货物，运回加利福尼亚沿海的某个目的港。

富兰克林号的船长名叫约翰·布兰尼肯，一位29岁的年轻人。他容貌俊朗，不乏果断气概，面容英气逼人，胆识绝伦，他的勇敢，远非匹夫之勇，而是拿破仑所谓的"凌晨两点钟的勇气"，即：在任何时候都能临危不惧的勇气。他相貌堂堂，与其用漂亮形容，不如说与众不同，他的头发粗硬，黑色瞳孔清澈明亮，炯炯有神，目光如炬。人们很难想象，还有哪个同龄人比他拥有更健壮的体魄，更强健的四肢。与他握手就能使人感到，这个年轻人精力充沛，气血方刚，肌肉发达。还有一点必须强调，就是这个铁铸般身躯内蕴藏的精神，那是一种宽容善良的精神，为了同伴不惜舍己救人的精神。约翰·布兰尼肯具有救生员的气质，这种沉着冷静的气质能够让救生员们毫不犹豫地做出英雄举止。在很年轻的时候，布兰尼肯船长就证明了自己拥有这种气质。某一天，在海湾破裂的冰面上，另一天，在一条倾覆的小艇上，他曾先后拯救过几个孩子，而那个时候，他自己也还是个孩子。不久之后，他不得不承认，自己虽然年轻，但具备舍己救人的本能。

几年过去了，约翰·布兰尼肯的父母先后去世，在此期间，他迎娶了多莉·斯塔德，这个姑娘是孤儿，尽管出身于圣迭戈地区的名门望族。但是带来的嫁妆微不足道，与出身寒门，在一艘商船上担任普通二副的年轻水手的经济状况倒是门当户对。不过，有理由相信，未来的某一天，多莉将会继承叔叔爱德华·斯塔德的遗产，这位叔叔非常有钱，住在田纳西州人迹罕至，最为偏僻的荒野地区，过着乡下人的生活。在获得这份遗产之前，布兰尼肯夫妇必须维持二人的生计，甚至三人的生计，因为，婚后的第一年，他们的孩子瓦尔特——昵称瓦特——就出生了。因此,约翰·布兰尼肯知道,他的妻子也明白,他根本不可能放弃自己的水手职业。只有等待以后,当继承的财富到手,才可能考虑改行,在此之前,必须继续为安德鲁公司工作,通过劳动致富。

另一方面,这个年轻人的职业生涯进展神速。众目睽睽之下,他的升迁之路一帆风顺,扶摇直上。当布兰尼肯担任远洋船的船长时,与他同龄的同事还只是普通商船的大副,甚至二副。如果说天赋异禀造就了他的早熟,某些机遇也理所当然地令他引人注目,促成了他的职位升迁。

事实上,约翰·布兰尼肯的名字不仅在圣迭戈家喻户晓,甚至在加利福尼亚沿海各个港口,也是声名远扬。他的献身行为不仅在水手当中广为流传,在航海界的船东与商家圈内也尽人皆知。

数年前,一艘名叫索诺拉的秘鲁双桅纵帆帆船在克罗纳多半岛的入口水道搁浅,如果不能让失事船只与岸边建立联系,全体船员将无一生还。此时,若要冲过岩礁把缆绳送到船上,必须冒极大的生命危险。约翰·布兰尼肯没有犹豫。他纵身跳入汹涌翻滚的海浪,在礁石当中穿行,然而,可怕的巨浪把他冲回沙滩。

面对危险,年轻人不顾个人安危,再次挺身而上。众人竭力劝阻,然而,他不顾劝告,坚持冲向失事帆船,并且最终抵达。多亏他,索诺拉号的船员们得以平安脱险。

一年之后,在西太平洋的一场横扫500海里的狂风暴雨中,约翰·布兰尼肯不负众望,再次向世人展示了自己的才能。当时,布兰尼肯在华盛顿号担任二副,暴风雨来临时,一阵巨浪卷走了船长,以及半数的船员。商船失去操纵,只剩下六名船员,而且多数人已经受伤,布兰尼肯接手指挥失控的商船,使它重新得到掌控,

转危为安,驶回圣迭戈港。这条勉强支撑的船上,装载着价值超过50万美元的货物,而它恰恰隶属于安德鲁公司。

当这条船停靠圣迭戈港口的时候,年轻人受到了何等热烈的欢迎!所有人一致认为,既然海上发生的这场事故选择了布兰尼肯担当船长重任,他就应该接受这项晋升。

安德鲁公司把刚刚开始建造的富兰克林号交给布兰尼肯,任命他担任船长一职。年轻二副接受了这项任命,他自信有能力指挥这条船,更何况,大家都信任他,自愿报名的船员足够供他挑选。就是在这样的背景下,富兰克林号即将由约翰·布兰尼肯指挥开始它的处女航。

这次航行成为圣迭戈的一件大事。安德鲁公司是圣迭戈公认的信誉最好的公司之一。众所周知,这家公司不仅拥有稳定的贸易关系,而且商业信誉极佳。领导这家公司的是精明强干的威廉·安德鲁先生。他的人品口碑极好,是一位称职的船东,受到大家的热爱。他给予约翰·布兰尼肯的信任得到大家一致称赞。

3月15日清晨,在太平洋沿海轮船码头,人们蜂拥而至,其中既有年轻船长熟识的朋友,也有陌生的热心人,大家都希望在启航前向船长表达敬意,如此盛情,一点都不令人感到意外。

包括船长在内,富兰克林号共有12名船员,这些船员都是圣迭戈港久经考验的优秀海员,心甘情愿接受约翰·布兰尼肯的指挥。这条船的大副名叫亨利·菲尔顿,是一位优秀的高级船员。尽管他比自己的船长年长五六岁,但是对上级非常尊重,完全服从,毫无怨言。在他看来,约翰·布兰尼肯作为船长当之无愧。他们两人已经并肩共事航行过,彼此惺惺相惜。况且,威廉·安德鲁先生已经安排妥当,亨利·菲尔顿和全体船员都毫无保留地服从公司的任命,其中大部分船员曾经在安德鲁公司旗下的商船工作过,这些水手和高级船员就像同一个家庭的成员,这个家庭人口众多,下级对上级忠心耿耿,安德鲁公司就是这个海员之家,随着公司业务蓬勃发展,这个家庭的规模还在不断扩大。

从一开始,大家就热情洋溢,毫不担心地认为,富兰克林号即将开始新的航程。父母亲朋纷至沓来向它道别,不过,人们相互使用的道别词汇,好像很快就要重逢:"你好,我们很快就会见面,对吗?"确实,这是一次为期6个月的旅行,一趟在圣迭戈和加尔各答之间的普通往返,而且是在最适宜航海的季节,这趟行程不同于那些商业远征,或者探险旅行,不需要跨越南北半球,经年累月在充满危险的海域航行。船员们见识过不少那样危险的航行,那种航行在启程时,前来送行的亲属无不忧心忡忡。

无论如何,启程前的准备工作已经接近尾声,富兰克林号在港口中央抛锚待命,其他船只已经驶离。航海业在圣迭戈港相当发达,港湾里驻泊的众多船只足以证明这一点。从这条三桅帆船所在的位置启航,不需要拖轮的帮助,它就能自己驶出航道。只要把锚拉起来,升起船帆让它吃上风,甚至不用调整船帆的前下角索,强劲的海风很快就能把它送出港湾。约翰·布兰尼肯船长盼望富兰克林号行驶在克罗纳多群岛附近的海面上,阳光灿烂,波光粼粼,天气变得更好,海风更加顺畅。

此时,上午10点钟,全体船员来到甲板上。任何水手都不得返回陆地,对他们来说,远航已经开始。几条港口的小艇系泊在富兰克林号的右侧舷梯旁,等候船员的亲属和朋友,他们正在甲板上做最后的拥抱告别。一旦富兰克林号升起三角帆,小艇就要把这些亲朋送回码头。尽管太平洋海域的潮汐起伏不大,但是最好还是利用即将开始的退潮的海流启航。

在甲板上的亲朋当中,特别需要关注两个人,一位是贸易公司的老板威廉·安德鲁先生,另一位则是布兰尼肯夫人,她身后跟着乳母,乳母怀里抱着小瓦特。陪伴他们的是朗·布克尔先生,以及他的夫人简·布克尔,她是多莉的表妹。大副亨利·菲尔顿孤身一人，没有亲属，也没有亲人前来告别。不过，威廉·安德鲁先生并没有忘记和他道别，祝他好运。大副本来没有期望更多，此时，约翰船长的妻子前来送上自己的祝福——其实，大副早就预感一定会收到船长夫人的祝福。

大副站到艏楼上，那里有六个船员开始用绞盘起锚。绞盘上的制链器发出金属的脆响。富兰克林号慢慢地逐渐开始起伏，锚链穿过锚链筒，发出吱咕吱咕的声响。带有安德鲁公司首字母标志的小燕尾旗飘扬在大桅杆顶端的桅冠上，与此同时，海风鼓吹着象征美国国籍的联邦星条旗，飘扬在后桅杆顶端。船帆已经展开，随时准备升起，一旦前桅支索帆和三角帆推动船身前行，富兰克林号就可以升帆启程。

约翰·布兰尼肯站在甲板室的前部，一边观察启航前的操作工作，一边倾听威廉·安德鲁先生临行前关于提单的叮嘱，这些提单内容涉及富兰克林号装载的货物状况。随后，船东把提单交给年轻的船长，补充说道：

"约翰，如果途中发生状况，迫使您不得不改变航线，为了我们的利益，您可以做出决断，并且请您到达登陆地点后，第一时间通知我。也许，富兰克林号会在菲律宾群岛①的某个岛屿停泊，因为，毫无疑问，您肯定不愿意取道托列斯海峡②，对吗？"

约翰船长回答道："当然不愿意，安德鲁先生，我当然不希望带领富兰克林号到澳大利亚北面这片不安全的海域去历险。我的航

---

① 菲律宾群岛位于亚洲南部，是马来群岛的组成部分。西滨南海，东临太平洋。群岛由7100多个岛屿组成。
② 托列斯海峡位于澳大利亚与新几内亚的美拉尼西亚岛之间，海峡最窄处宽约150公里，南面是约克角半岛，北面是巴布亚新几内亚的西部省。

行路线应该是夏威夷群岛①、马里亚纳群岛②、菲律宾群岛的棉兰老岛③、西里伯斯岛④、望加锡海峡⑤，经过爪哇海⑥，抵达新加坡。再从这里驶往加尔各答。这条海路非常明确，因此，我不认为在西太平洋海面上，可能遇到迫使我们改变线路的海风。如果您需要通过电报向我发送某项重要指令，请您发送到棉兰老岛，因为我可能会在那里停泊，或者，您也可以发送到新加坡，我肯定将在那里停泊。"

"那就这么说定了，约翰。从您这方面，请尽可能早一点向我通报加尔各答的商品行情，事关富兰克林号回程的载货方案，最新行情可能让我进行修改。"

约翰·布兰尼肯回答道："安德鲁先生，我一定不会忘记。"

这时候，亨利·菲尔顿走过来说道：

"船长，我们正对着航向。"

"那么，退潮的潮汐……？"

"已经开始感觉到了。"

"准备出发。"

随后，约翰船长转向威廉·安德鲁，用充满感激的口吻说道：

"安德鲁先生，再一次感谢您将富兰克林号的指挥使命交给

---

① 夏威夷群岛由太平洋中部的132个岛屿组成。
② 马里亚纳群岛位于菲律宾群岛以东约2400公里处。
③ 棉兰老岛位于菲律宾群岛南部，是世界第14大岛屿，也是菲律宾境内仅次于吕宋岛的第二大岛。
④ 西里伯斯为苏拉维西岛的旧名。印度尼西亚中部岛屿。
⑤ 望加锡海峡是印度尼西亚群岛中段的海峡。位于加里曼丹与苏拉威西两岛之间。
⑥ 爪哇海是太平洋西部海域，位于印尼爪哇岛、苏拉威西岛、加里曼丹岛、苏门答腊岛之间，是南海通印度洋及亚洲与澳大利亚间的重要航海通道。

我，希望自己不辜负您的信任……"

威廉·安德鲁回答道："约翰，对此我毫不怀疑。我把公司的业务交到您的手里，没有比这更让人放心的了！"

船东紧紧握过年轻船长的手，转身向甲板室后面的船艉走去。

布兰尼肯夫人走向丈夫，后面跟着怀抱婴儿的乳母，以及布克尔夫妇。告别的时间很短暂。约翰·布兰尼肯船长仅仅来得及对自己的妻子，以及家人说几句道别的话。

大家都知道，多莉和约翰结婚还不到两年，他们的小孩也只有9个月大。尽管这次分手让多莉内心感到深深的恐惧，但是她勉强按捺住激烈的心跳，并没有丝毫表现出来。此时，多莉的表姐，体质孱弱、生性文静的简已经掩饰不住内心的激动。她非常爱多莉，由于简的丈夫生性蛮横，性格暴躁，往往令她感到恐惧，陪伴在多莉身边，总能让简感到些许慰藉。尽管多莉竭力掩饰对此行的担忧，简却能够体会到多莉真实的担忧心情。毫无疑问，6个月之后，约翰船长一定会平安返回；但是，他们毕竟即将离别，而且是婚后的第一次离别，如果说多莉有足够的勇气抑制住泪水，简却已经为多莉的这次离别而泪水涟涟。至于朗·布克尔，这个人从不会被脉脉温情打动，此时，他双手插在兜里，无动于衷地看着眼前的一幕，来回踱着步子，不知道脑袋里在想什么。在这艘即将启程出发的海船上，与亲朋之间的友爱之情相比，他显得有些格格不入。

约翰船长拉着妻子的双手，把她拥到身边，用充满温情的语气说道：

"亲爱的多莉，我就要走了……分别的时间不会太长……再过几个月，你就能重新见到我……我将与你重逢，我的多莉……别担心！在我的船上，与我的团队一起，海上的那点儿风险算什么？……勇敢起来，像一个海员的妻子……当我回来的时候，我们的小瓦特已经15个月大了……应该是个大小伙子……会说话了，重逢时，我听到的他的第一句话……"

多莉回答道："那一定是你的名字，约翰！……我教给他说的第一个词，就是你的名字！……我和孩子将无时无刻不念叨你！……我的约翰，一有机会就给我写信！……我将十分期盼你的来信！……告诉我你将要做的一切，包括你准备做的一切……让我感到自己的回忆与你的思维融为一体……"

"好的，亲爱的多莉，我会给你写信……告诉你旅途中发生的一切……我把信写得内容详尽，就像航海日志，而且充满我的温情！"

"噢，约翰，我很嫉妒这片海洋，它要把你带到那么遥远的地方！……我真羡慕那些彼此相爱，又能相守终生的人们！……哦，不，……我不应该这么想……"

"亲爱的妻子，求你了，你得这么想，我出发远行正是为了我们的孩子……也是为了你……为了让你们两个人过上富裕幸福的生活！……如果某一天，我们期盼的财富真的兑现了，我们就可以永不分离！"

这个时候，朗·布克尔与简走了过来。约翰船长转身面向他们，说道：

"亲爱的朗，我把我的妻子留给你们，也把我的儿子留给你们！……你们是他们在圣迭戈唯一的亲属，我把他们托付给你们！"

朗·布克尔尽量软化自己粗鲁的语调，回答道："放心交给我们

吧。简和我,我们在这里,一定会照顾好多莉……"

布克尔夫人补充说道:"我们也会安慰她的,亲爱的多莉,你知道我有多么爱你!……我会经常来探望你……每天,我都会过来陪伴你几个小时……我们一块儿聊一聊约翰……"

布兰尼肯夫人说道:"好极了,简,我无时无刻不思念他!"

亨利·菲尔顿再次走过来,打断了他们的谈话。他说道:

"船长,时间到了……"

约翰·布兰尼肯回答道:"好的,亨利,升起大三角帆和后桅帆。"

大副转身去执行船长的命令,这命令意味着富兰克林号马上就要出发。

年轻船长转身对船东说道:"安德鲁先生,小艇将把您,以及我的妻子和亲属送往码头。您希望何时动身?"

威廉·安德鲁先生回答道:"即刻动身。约翰,再次祝你一路顺风!"

送行的人们异口同声地说道:"是的!……一路顺风!……"然后,大家陆续沿着富兰克林号右侧舷梯下到小艇上。

"再见,朗!……再见,简!"约翰说着,与他们两人握手告别。

布克尔夫人回答道:"再见!……再见!……"

约翰又说道:"那么,你呢,我的多莉,也走吧!……必须走了!……布鲁克林号马上就要乘风出发。"

实际上,大三角帆和后桅帆已经开始推动船体轻微横向摆动,这时候,水手们一起放声唱道:

> 这就是一呀,
> 漂亮的一!
> 一走了呀,一帆风顺,
> 二来了呀,万事平安!
> 这就是二呀,
> 漂亮的二!
> 二走了呀,一帆风顺,
> 三来了呀,万事平安……

如此反复，一直唱下去。

与此同时，约翰船长陪同妻子走到舷门，就在多莉准备把脚迈向舷梯的一刹那，船长感到千言万语说不出口，多莉同样欲语无言，船长只好一把紧紧抱住多莉。

此时，多莉刚刚交给乳母的婴儿笑了，挥舞着一双小手，嘴里发出声音：

"爸……爸！……爸……爸！……"

多莉叫道："我的约翰，你听到他说吗？这是他在和你分别前说的第一个词！"

坚毅刚强的年轻船长禁不住热泪盈眶，一滴泪水落到小瓦特的脸蛋上。

他喃喃说道："多莉！……再见了！……"

随后，为了结束难分难舍的场面，他高声吼道："起锚！"

片刻之后，小艇离开大船，驶向码头，很快，乘客们在那里登岸。

约翰船长全神贯注操纵航船。船锚开始被提升至锚链筒。富兰克林号的桅帆已经吃上了海风，船帆上的褶皱猛烈摆动，船体摆脱了船锚的羁绊。大三角帆刚刚升到帆顶，后桅帆也已经升上后桅驶风杆，开始轻微调整船体使之贴近风向。这一系列操作使得富兰克林号稍微转了一个弯，绕过停泊在港湾入口处的几艘船只。

随着布兰尼肯船长发出的新指令，全体船员共同出力，大帆和前桅帆被同时升起。富兰克林号以四分之一左舷方位，接受侧后来风，没有变动前下角索，直接驶出港湾。

码头上，聚集着众多围观者，大家欣赏着富兰克林号的各种操作过程。看着这条漂亮的三桅帆船在变幻不定的风力催动下航行,实在令人赏心悦目。在出港时,富兰克林号将经过码头的远端,威廉·安德鲁先生、多莉、朗·布克尔和简都等候在那里,那里距离驶过的帆船不足半链①之遥。

这就意味着,当帆船驶近的那一刻,年轻船长能望见自己的妻子,以及亲朋好友,并且向他们做最后的道别。

船长向亲朋好友们挥着手,高声喊道:

"再见!……再见!……"

面对船长的呼喊和挥手致意,大家报以热烈的回应,围观的人群挥舞上百条手帕,齐声呼喊:"乌拉!"

约翰·布兰尼肯船长受到大家的爱戴,难道不是由于他是这座城市最为自豪的孩子之一吗?是的!当他返航的时候,当航船出现在港湾宽阔的海面上,大家还会前来欢迎他。

富兰克林号已经行驶到港湾狭窄入口处,此时,航道里迎面驶来一条船体颀长的邮船,为了避让,富兰克林号掉转船舳迎风行驶,两条船都悬挂着美利坚合众国的星条旗,它们用旗语相互致意。

布兰尼肯夫人伫立在码头上,一动不动,眼看着富兰克林号在一股凉爽的东北海风的吹动下,逐渐消失在远方。她企图用目光一直追寻航船身影,在岛屿岬头远处,富兰克林号的桅杆还隐约在望。

然而,富兰克林号很快就要绕过位于港湾外面的克罗纳多岛。一瞬间,在岛屿峭壁的缺口处,富兰克林号的大桅杆顶端飘扬

---

① 链为旧时计量距离的单位,1链约等于185.2米。

的小燕尾旗一闪而过……随后,消失得无影无踪。

多莉喃喃自语道:"别了,我的约翰……别了!……"

不知为什么,一种无法解释的预感涌上心头,让她无法说出"再见"一词!

第 二 章

家 庭 背 景

出于故事的情节发展需要,我们有必要对布兰尼肯夫人的某个特别之处做出清楚的解释。

此时,多莉年满21岁,是地道的美国人。但是,往上追溯,隔不过几代,她拥有一个西班牙,或者更可能是墨西哥血统的祖先,属于这个国家最主要的家族之一。实际上,多莉的母亲就出生在圣迭戈,那个时候,圣迭戈城刚开始兴建,滨海的加利福尼亚还属于墨西哥。大约三个半世纪之前,这片宽阔的港湾被西班牙航海家胡安·罗德里格斯·卡布里略发现①,一开始被命名为圣米盖尔,至1602年才更名为圣迭戈。后来,到1846年,加利福尼亚省②更换了联邦三色星条旗,从那时起,正式成为美利坚合众国的一部分。

布兰尼肯夫人中等身材,一双深邃的大眼睛,黑色的瞳仁炯炯

---

① 胡安·罗德里格斯·卡布里略于1542年率探险队乘船前往北美太平洋海岸,先后发现加利福尼亚州的大部海岸,并进入圣迭戈湾。
② 西班牙帝国在北美洲西北部的领土曾被命名为加利福尼亚省,1847年美墨战争后,这片领土由美国和墨西哥分治,美国获得的上加利福尼亚正式加入联邦,成为今天的加利福尼亚州。

有神,面庞轮廓生动,暖色调的皮肤,一头浓密的深栗色长发,手脚比常见的西班牙女郎略显强健,步态坚定而不失优雅,秀丽容貌透出坚毅的性格。她天性善良,属于那种让人过目难忘的女人,毫不夸张地说,尽管圣迭戈城美女如云,但是结婚前,多莉曾经是城里最引人注目的美女之一。此外,她办事认真,心思缜密,颇有主见,而且思路清晰,毫无疑问,婚后,她在心理方面的天赋变得更加突出。

是的!无论出现何种状况,无论出现的状况有多严重,多莉,也就是婚后的布兰尼肯夫人,总能从容应对。她善于正视现实,从不受偏见的干扰,她具有高尚的情操,以及坚强的毅力。丈夫给予她的爱情,让她变得更加坚忍不拔。一旦需要,她可以为约翰献出自己的生命——对于布兰尼肯夫人来说,这绝非虚言——就像约翰同样愿意为了她而牺牲自己,也像他们夫妇二人,为了孩子不惜奉献自己的生命。他们疼爱这个孩子,在年轻船长与妻儿告别的时候,这个婴儿才刚刚学会说出"爸爸"这个词。小瓦特与父亲的容貌惊人相似,尤其是脸部的轮廓,只不过,这孩子继承了多莉的红润肤色。他体质优秀,身体健康,从不闹病。当然了,这也得益于他受到的无微不至的关照!……这个孩子的生活才刚刚开始,在父母的想象中,这个小生命将经历梦幻般的美好人生!

如果约翰的经济状况允许,他会放弃水手职业,这样,毫无疑问,布兰尼肯夫人将成为最幸福的女人,现在,这份工作迫使他们夫妻天各一方。然而,从约翰被任命为富兰克林号的船长那一刻起,布兰尼肯夫人还怎么可能一心想把约翰留在身边?另一方面,难道不需要考虑养家糊口吗?这个家庭需要供养,除了养育独生子瓦特,还需要其他费用。多莉的嫁妆仅够维持这个家庭最基本的开销。当然,约翰·布兰尼肯还可以指望得到多莉叔叔留给自己侄女的财产,但是,要想真正获得这笔财产,还需要克服一系列不确定因素,尽管爱德华·斯塔德已经年逾六十,而且多莉是他唯一的财产继承人。实际上,布兰尼肯夫人的表妹简·布克尔属于多莉家族的母系一支,与多莉的叔叔没有任何亲属关系。因此,多莉注定终将继承财产,但是,要想获得这笔遗产,也许还需要等待10年,甚至20年。在此之前,约翰·布兰尼肯必须为维持眼前的生计而工作,这样才不至于为将来的事情担忧。为此,年轻船长决定继续为安德鲁公司工作,从事航海职业,不仅如此,通过富兰克林号的这趟航程,他还能另有获益。实际上,作为海员,约翰还兼具商业才能,是一个极具说服力的谈判好手。这些都表明,在获得斯塔德叔叔的遗产之前,约翰能够通过劳动让家人过上一定程度的富足生活。

至于那位美国人斯塔德叔叔,只能用一个词来形容,就是地道的"美国范儿"。

他是多莉父亲的兄弟,也就是说,是女孩子的亲叔叔,这位女孩子后来成为布兰尼肯夫人。多莉的父亲是兄长,比弟弟年长5岁,或者6岁,由于兄弟二人是孤儿,因此,兄长对弟弟承担了抚育之责。为此,年幼的斯塔德对兄长不仅情谊深厚,而且充满感激之情。弟弟的事业一帆风顺,走上了致富的道路。与此同时,兄长斯塔德本想走捷径致富,却陷入迷途。弟弟远离故土,到田纳西州去投机地产,购买和开垦了大片土地,与此同时,兄长仍留在纽约州经营业务,他们彼此保持密切的沟通。后来,兄长丧偶,迁移到圣迭戈城定居,这里是他妻子的故乡,再后来,他在圣迭戈去世,死前,多莉与约翰·布兰尼肯的婚事已经确定。父亲的丧期结束后,多莉与约翰成婚,兄长斯塔德留给女儿夫妇的遗产极为菲薄。

婚后时间不长,一封信邮寄到圣迭戈,收信人是多莉·布兰尼肯,而寄信人则是弟弟斯塔德。这是他写给侄女的第一封信,也是他写给侄女的最后一封信。

总体来看,这封信文字简洁,但内容实惠。

尽管弟弟斯塔德与侄女相距遥远,尽管他甚至未曾与侄女见过面,但他始终不曾忘记,自己有这么一个侄女,是自己兄弟的亲生女儿。他之所以与侄女从未谋面,那是因为,自从兄长斯塔德娶妻之后,两兄弟就一直没有重逢过。弟弟斯塔德居住在纳什维尔附近,那里是田纳西州最为偏远的地方,而他的侄女则住在圣迭戈。更何况,在田纳西州与加利福尼亚州之间,远隔万里之遥,弟弟斯塔德根本不可能跨越千山万水来看望侄女。另一方面,如果说弟弟斯塔德觉得长途跋涉看望侄女太辛苦,同样,他也觉得不能让侄女不辞辛苦来探望自己,为此,他请求侄女不要为此费心。

实际上,弟弟斯塔德这个人就像一头真正的熊,不是那种长着利爪与皮毛的北美大褐熊,而是人群里的熊类,生性与人类的社会关系格格不入。

不过,多莉对这一点倒不太在意。成为一头熊的侄女,那又怎么样!只不过,这头熊拥有一颗叔叔的心,他始终没有忘记兄长斯塔德的抚育之恩,就这样,兄弟的女儿将成为弟弟斯塔德的财产唯一继承人。

在信中,弟弟斯塔德补充说道,这笔财产值得去继承。它的总值已达到50万美元,而且还将不断增加,因为,田纳西州的土地开垦业欣欣向荣。由于这笔财富主要表现为土地和牲畜,因此很容易兑现;这些土地和牲畜的评估价值相当可观,而且不乏求购者。

第二章 家庭背景

上述内容在来信里得到正面阐述,甚至说得有些直白,这恰恰符合老派儿美国人的行事风格,说话算话,不打折扣。信中说道,弟弟斯塔德的全部财产将留给布兰尼肯夫人,以及她的孩子们,并通过这项安排,使斯塔德家族的繁衍"根深叶茂"(信中原文如

此),信中还说道,如果在遗产继承之前,布兰尼肯夫人已经过世,而且没有留下直系后代,或者其他继承人,那么,这笔财产将归国家所有,相信国家很高兴接受弟弟斯塔德的馈赠。

此外,还要说明两件事:

第一件,弟弟斯塔德是单身,而且将继续单身。来信的原文是这样说的:"人们往往在二三十岁才会干蠢事,他如今年届六十,不会再去干这种蠢事。"因此,他的心意已决,这笔价值不菲的财产的去向已经明确,无法更改,它注定将落入布兰尼肯一家之手,就像密西西比河注定将流入墨西哥湾。

第二件,弟弟斯塔德将竭尽全力,用异乎寻常的努力,尽可能延迟侄女发财致富的时间。他将努力活到一百岁,想尽办法延年益寿,活得长久,请不要为这个固执的愿望而对他心存芥蒂。

来信的最后,弟弟斯塔德请求,甚至明确要求布兰尼肯夫人不要给他回信。另一方面,这也是因为,他居住在田纳西州偏远的森林地区,那个时候,各个城市与这个地区的通讯联络才刚刚建立。至于弟弟斯塔德这方面,他不会再写信了,除非是为了宣布自己的死讯,而且,宣布死讯的信也不会出自他本人之手。

以上就是布兰尼肯夫人收到的这封奇特来信的内容。她由此成为遗产继承人,而且是她的叔叔斯塔德的概括遗赠财产继承人①,这件事儿已经确定无疑。将来的某一天,她将拥有这份价值50万美元的财产,而且,经过这位精明的森林开垦者的努力,这份财产还可望继续大幅增值。不过,鉴于弟弟斯塔德明确表示希望活过一百岁——要知道,这些北方的美国佬都很固执,因此,约

---

① 概括遗赠,即遗赠人将自己全部的财产权利和义务都遗赠给国家、集体或法定继承人以外的公民。

翰·布兰尼肯最聪明的做法，就是继续从事海员职业。凭着自己的聪明智慧，以及勇气与愿望，他完全可能在斯塔德叔叔同意去往另一个世界之前，就让自己的妻子和孩子过上某种程度的富裕生活。

以上就是这对年轻夫妇的家庭境况，此刻，富兰克林号正扬帆行驶在西太平洋的浩瀚海域。了解这些，有助于弄明白这个故事后面发生的一系列情节，现在，有必要关注一下多莉·布兰尼肯在圣迭戈唯一的亲戚：布克尔夫妇。

朗·布克尔，本土美国人，今年31岁，几年前才移居到加利福尼亚滨海地区的首府城市。这个来自新英格兰①的美国佬容貌冷峻，面部线条突出，体格强健，性情坚毅，行动敏捷，他善于掩饰，外人看不出他的心思，更猜不透他想做什么。他的性格就像一栋密封的房屋，屋门紧闭，从不向任何人敞开。尽管如此，由于他很少与人交往，在圣迭戈，从未出现过有关这个人的任何流言蜚语，就是这个人，由于他与简·布克尔的婚姻，摇身成为约翰·布兰尼肯的表兄。由于约翰在圣迭戈只有布克尔夫妇这一门亲戚，因此，理所当然地，他只能把多莉和孩子托付给他们。然而实际上，受托人其实是简，约翰希望她能照顾多莉母子，因为约翰知道，这一对表姐妹彼此感情深厚。

然而，如果约翰船长知道朗·布克尔的真实面目，如果他了解隐藏在那张难以识透的面具后面的奸诈本性，如果他知道，这个人根本无视社会规范，毫不自重，肆意践踏别人的权利，那么，约翰船长是不会把妻儿托付给他的。五年前，简和母亲生活在波士顿，她被朗·布克尔的外貌吸引，受到虚情假意的蒙骗，嫁给了朗，婚后不

---

① 新英格兰地区在美国本土的东北部，是位于美国大陆东北角、濒临大西洋、毗邻加拿大的区域。

久，简的母亲就去世了，这场变故造成了令人遗憾的后果。如果朗·布克尔规规矩矩做人，不拐弯抹角玩花活，简的嫁妆和母亲留给她的遗产本来足够新婚夫妇平安度日。可惜事与愿违，朗·布克尔在挥霍掉妻子的一部分财产之后，他在波士顿信誉扫地，终于决定离开这座城市。在美国的另一端，这里几乎是全新的世界，他的恶劣名声无人知晓，也为他提供了在新英格兰无法得到的新机遇。

现在，简已经认清了自己的丈夫。对于离开波士顿的决定，简完全赞同并感到庆幸，因为，在这里，朗·布克尔的状况已经引起令人不愉快的非议，另一方面，简也很高兴能够与自己唯一的亲戚团聚。就这样，布克尔夫妇来到多莉与约翰居住的圣迭戈，并且定居下来。迄今，朗·布克尔已经在这座城市居住了3年，由于他善于巧妙地掩饰所做勾当的疑点，截至目前，他还没有引起别人的怀疑。

就是在这样的背景下，这对表姐妹团聚了，当时，多莉还没有出嫁，还没有成为布兰尼肯夫人。

少妇与年轻的姑娘变成了闺蜜。尽管表面上看起来，应该是简罩着多莉，实际情况却恰恰相反。多莉为人强势，而简却生性软弱，很快，年轻姑娘就成为少妇的主心骨。当约翰·布兰尼肯与多莉决定谈婚论嫁的时候，简对这桩婚事极为赞成，因为，她看得出来，这桩婚事与自己的婚事截然不同！如果简下决心向多莉述说造成自己苦恼的秘密，在这对年轻夫妇的家里，她一定能得到安慰。

然而，朗·布克尔的财务状况变得越来越糟糕了。他经营的业务濒于破产。从波士顿带来的他妻子仅剩的一点财产，已经几乎被他挥霍殆尽。这个人就是个赌徒，或者说是一个恣意妄为的投机家，属于万事全靠碰运气的那一类人。对于合理的规劝，他根本听不进去，这种赌徒性格最终只能导致可悲可叹的结局。

刚一来到圣迭戈，朗·布克尔就在舰队街设立了一个办事处，这种办事处擅长空穴来风，在这种地方，随便一个主意，无论是好主意，还是坏主意，都能拿来做生意。他善于夸大其词，为达目的不择手段，他善于诡辩，颠倒黑白，他天性喜欢觊觎别人的东西，很快，他的投机行为连续遭到失败，而且，失败的后果还牵累了别人。在这个故事开始的时候，朗·布克尔已经沦落到捉襟见肘的地步，家庭财务逐渐陷入拮据状态。只不过，他把自己的勾当遮掩得严严实实，因此，还能借贷到一笔钱，他把这笔钱用于设立新的骗局，从事一项新的业务。

然而，这种状况的结局，最终只能是一场灾难。偿债的要求很快就会提出来，灾难来临的时刻已经不远。也许，这个流窜到美国西部①的美国佬没有别的出路，只能像当初离开波士顿那样，离开圣迭戈。圣迭戈是一座通情达理的城市，这里的商业活动异常发达，商业规模逐年扩大，一个聪明正直的男人在这里可以找到无数成功的机会。只不过，在这里获得成功所需要的东西，朗·布克尔恰恰没有，那就是：正直的心术，正确的观念，以及诚实的头脑。

有一点很重要，必须予以强调，那就是：无论约翰·布兰尼肯，还是威廉·安德鲁先生，此时，还没有任何人对朗·布克尔的事情起过疑心。在工业与商业社会圈子里，没有人知道这个冒险家——但愿他配得上这个名字——即将面临一场灭顶之灾。甚至，当灾难降临的时候，也许，大家还以为这个人仅仅是缺少财富的眷顾，

---

① 美国西部泛指美国西部各州。

而不知道他是不讲道德,为了致富可以不择手段的那种人。对于朗·布克尔这个人,约翰·布兰尼肯虽然说不上抱有深情厚谊,但也从未起过任何疑心。因此,在自己远行期间,他把妻子托付给布克尔夫妇,满心以为万无一失。他设想,万一出事儿,多莉不得不向布克尔夫妇求援的时候,一定不会遭到冷落。布克尔家的大门是敞开的,多莉一定会受到欢迎,因为,她不仅是布克尔夫妇的朋友,更是简的亲姐妹。

当然,在这个问题上,无须怀疑简·布克尔对多莉的情谊。她对自己的表妹感情真挚,情深似海。对于两个少妇之间的真挚友谊,朗·布克尔从不干涉,甚至,鼓励发展这种友谊。无疑,他隐隐约约感觉到,将来,这种关系可望给他带来好处。此外,他知道,对于不该说的话,简一定能够守口如瓶,对于他的个人状况,简一定会竭力回避,对于他从事的那些不正当业务,简不可能一无所知,但一定也会竭力掩饰,对于自己家庭遭遇的拮据状况,简也不会告诉表妹。对于上述这一切,简都默认了,甚至,从未予以指责抱怨。必须强调指出,简已经完全被丈夫控制,被彻底置于他的影响之下,尽管简心里明白,此人毫无良心,已经彻底丧失道德感,任何伤天害理的事情都干得出来。经过无数次希望的幻灭,简对这个人怎么可能还有一丝敬意?但是——我们又回到这个核心问题上——简对他心怀恐惧,像个孩子似的被他玩弄于股掌之上,假如,为了自身安全,朗·布克尔不得不浪迹天涯海角,他只需略微示意,简还会乖乖服从。总之,也许是出于自尊心的驱使,简不愿让别人发现自己遭受的苦难,即使表妹多莉也不行。至于多莉,她也许猜测到了什么,但是从未知晓其中的隐情。

现在,我们已经介绍了约翰·布兰尼肯和多莉夫妇的境况,另一方面,也介绍了朗·布克尔和简夫妇的境况,这些足以帮助我们理解下面将要展开的故事情节。这些即将发生的故事情节来势突兀,出人意料,它们将如何改变这两对夫妇的境遇?任何人都无法预料。

第 三 章

海 景 房

　　加利福尼亚滨海地区的面积大约相当于加利福尼亚州面积的三分之一,三十年前,这个地区的居民总数只有35000人。如今,这里的居民人数已经达到15万。这个偏远的地区靠近美国西部边疆,那个时代,这里的土地荒芜,尚未得到开垦,似乎只适于放牧牲畜,没人能想到这个地区后来的发展潜力。当年,这个极为偏僻的地区交通不便,陆路交通全靠四轮马车辗轧出来的几条土路;海路交通只有西海岸沿途停靠的那一条邮船航线。

　　不过,自1769年以来,在圣迭戈海湾北面,大约几里路的内陆方向,出现了一座城市的雏形。因此,如今的圣迭戈城可以自豪地宣称,它是加利福尼亚地区历史最悠久的城市建筑。

　　当年,新大陆与古老的欧洲还维系着殖民依附关系,大英帝国固执地想要进一步巩固这种关系,为此,新大陆发生激烈动荡,终于和大英帝国一刀两断。北方各州在独立的旗帜下团结一致。英国人占据的地方所剩无几,只剩下英联邦自治领地与哥伦比亚特区,这些地方很快也都回归了州联邦阵营。与此同时,分离运动在中部地区开展起来,其实,当地居民只想达到一个目的:摆脱所有羁绊。

第三章 海景房

那个时候,统治加利福尼亚的并不是盎格鲁-撒克逊人。加利福尼亚原本是墨西哥人的领地,而且直到1846年,加利福尼亚都属于墨西哥。那一年,克服重重阻碍,圣迭戈市投入共和国的怀抱,这座城市在建立11年后,终于成为一座美国的城市,这一天,它期盼已久。

圣迭戈湾是一个漂亮的海湾。人们认为它可以媲美那不勒斯海湾,但是,更准确的比较,应该是维哥湾①,或者里约热内卢海湾②。圣迭戈海湾长约12海里,宽约2海里,这么大的海湾足够容纳停泊商船队,或者海军舰队,实际上,这里也被作为军港使用。海湾大体呈椭圆形,西侧有一条狭窄的航道,两个岬头扼守在航道两侧,一侧是伊斯朗岛,另一侧是罗玛岛,或者克罗纳多岛,海湾的各个方向都有屏障保护。外海的风吹不到这里,太平洋涌来的海浪只能在海湾掀起漪澜,船只出入港湾十分方便,停靠的船只吃水至少能够深达20码③。在美国的西海岸,旧金山以南,圣昆廷以北,圣迭戈湾是唯一适宜安全停泊的良港。

圣迭戈的自然条件如此优越,理所当然地,紧靠海湾建立起来的旧城很快就变得局促狭窄。在它附近长满荆棘的空地上,有一排木棚,一些骑兵部队曾经驻扎在里面。霍顿先生做了一件好事,在他的倡议下,在这片空地上,盖起了一片辅助建筑物。如今,这片建筑已经演变为城市,坐落在圣迭戈海湾北侧的山丘上,层层叠叠的房屋鳞次栉比。这座城市按照美国人熟悉的节奏,快速地成长起来。上百万美元资金投入土地开发,大批私人房屋、公共建

---

① 维哥湾是西班牙西北部加利西亚地区的一个海湾。
② 里约热内卢位于巴西东南部沿海地区,东南濒临大西洋,海岸线长636公里。
③ 法尺,相当于325毫米。

筑、别墅,以及写字楼拔地而起。1885年,圣迭戈拥有15万居民,如今,这里的居民人数已经多达35万。1881年,这里有了第一条铁路。如今,陆续开通了大西洋和太平洋铁路、南加州公路,以及南太平洋公路,圣迭戈与北美大陆的交通更趋便利,与此同时,太平洋沿岸的蒸汽船也让它与旧金山的往来日益频繁。

这是一座美丽、舒适的城市,空气清新,整洁干净,气候宜人。城市周边的土地异常肥沃。葡萄、橄榄、橘子、柠檬,各种果树枝繁叶茂,除此之外,还生长着许多北美地区特有的树木、水果与蔬菜。简直可以说,这里就像法国诺曼底与普罗旺斯的结合体①。

至于圣迭戈这座城市,矗立在景色秀丽的环境中,摆脱了土地狭窄的局限性,建筑朝向可供自由选择,生活环境优雅,干净整洁。城市空间宽敞,到处是广场街心公园,宽阔的街道,绿树成荫,居民们幸福地享受着充沛清新,有利于身心健康的空气。

作为一座现代化城市,这里的发展体现在方方面面,这种进步只会出现在美国的城市,别的地方怎能相比?天然气、电报、电话,这些东西,只要居民愿意,都能很方便地享受到,居民可以在城市的任意两个街区相互通话,快速交流信息。城市里,甚至安装了高达150码的电灯杆,灯光照亮了城市的各条街道。尽管圣迭戈的居民还没有享受到由通用乳业公司提供的瓶装牛奶,尽管这里还没有安装运营时速4里②的活动人行道,但是,这些肯定都会出现——在未来的某一天。

除此之外,这儿还有许多机构,负责维持这座城市的运转,包

---

① 诺曼底是法国西北部的一个地区,盛产苹果和奶制品。普罗旺斯是法国东南部的一个地区,盛产葡萄酒和橄榄油。

② 法国古里,1古陆里约合4千米。

括一个海关,那里通过的物流数量与日俱增;两家银行,一个商会,一个移民机构,数量众多的办事处,无数的商行从事着规模庞大的木材与面粉生意,服务于不同宗教的各种教堂,三座商场,一座剧院,一座体育馆,三所规模庞大的学校,分别是:拉斯县学校、郡府学校,以及马罗尼克老友学校,这些学校都面向穷人的孩子。除此之外,还有一系列教育机构从事各级教育,直至颁发大学毕业证书。圣迭戈是一座年轻的城市,但是,在精神与物质利益追求方面,颇有远见卓识,在追求中,孕育着城市繁荣兴盛的底蕴。这座城市没有报纸吗?当然有!圣迭戈有三家日报,其中一家名叫《先驱报》,与此同时,这三家日报还分别出版一份周刊。旅行者会不会担心找不到足够舒适的住处?怎么可能?除了众多低档次的旅馆,旅行者可以到三家很棒的高档旅馆下榻,它们分别是:霍顿酒店、佛罗伦萨酒店,以及吉拉德酒店,它们拥有上百套客房,俯瞰海湾,远眺克罗纳多海岬的沙滩,此外,那片漂亮的别墅群附近,景色绝美的地方,正在建设一座投资500多万美元的新旅馆。

到访的旅行者来自新大陆的各个地方,甚至来自旧大陆的各个国家,他们到位于南方的加利福尼亚,就想来参观它的首府,这座年轻而充满活力的城市,他们受到好客的圣迭戈市民的热情款待,他们一定会感到不虚此行,也许,他们甚至会觉得旅途时光太短暂!

圣迭戈是一座充满活力,生机勃勃的城市,与大多数其他的美国城市一样,这座城市把繁杂的日常事务处理得井井有条。如果说生活中充满运动,那么,这里的生活就充满了最激烈的运动。这里的商业交易活动相当繁忙,人们从早忙到晚。不过,如果说,有人出于本能,习惯于忙忙碌碌,那么,也有人完全相反,生活节奏慢

慢悠悠,习惯于无休止地享乐。当生活的运动停滞了,时间流淌也变得异常缓慢!

自从富兰克林号启航之后,布兰尼肯夫人就产生了同样的感觉。结婚以后,她已经与丈夫的工作节奏融为一体。即使在不出门航行的时候，约翰船长也要操劳安德鲁公司的许多事情。他参与了安德鲁公司的贸易业务，除此之外，他还得随时操心那条三桅纵帆帆船的建造进度，因为，他已经被任命为这条船的船长。在这条船的建造过程中，他付出了多少辛劳，或者说多少心血，关注着每一个细节！他把船东对这条船的所有关心，都倾注到了建造过程里，就像船东修建的一栋房屋，要在里面住一辈子。不只如此，因为，一艘船不同于一栋房屋，它不仅仅是一个赚取财富的工具，它是木材与钢铁的集合体，多少人的生命都将托付于它。此外，难道不是吗？一条船就好像从故土分离出来的一块碎片，离开，返回，再离开，不幸的是，命运决定了，它的职业生涯往往并不是在它诞生的港口里终结。

多莉经常陪同约翰船长到造船工场去。船的肋骨耸立在倾斜的龙骨之上，那些弯曲的曲线，看上去，就像一座巨大的海生哺乳动物的骨架，这些丈量妥当的船壳板，形状复杂的船壳；甲板上，已经预留了巨大的舱盖，将来，货物就要从这里进出；那些桅杆还躺在地上，等待着安装就位；船舱内部的各种设施，驾驶舱、艉楼和相应的船舱，所有这一切怎能不引起多莉的细心关切？富兰克林号必须战胜太平洋上的惊涛骇浪，保护约翰船长和同伴们的生命安全。因此，在多莉的心目中，每一块船板都寄托着她的期盼，在喧嚣嘈杂的工场里，每一下钉锤的敲击声都在她的心中引起共鸣。约翰向多莉详细介绍建造过程，告诉她每一块木制构件，每一件金属零件的用途，告诉她建造的方案与进度。多莉喜欢这条船，她的丈夫将成为这条船的灵魂，是这条船上仅次于上帝的头儿！……有时候，多莉自忖，为什么她不能与船长一同出发，为什么船长不能带着她远航，为什么她不能与船长分担旅途的风险，为什么富兰克林号不能载着她,与船长一同前往新加坡港?是的,她一刻都不想与丈夫分离!……不是有一些海员家庭长年在海上航行吗?为什么这么多年了,在北方航海界,无论在旧大陆,还是在新大陆,都一直没有形成这样的习俗呢?……

对了,还有瓦特,这个宝贝儿,多莉怎能把他抛弃,留给乳母照顾,让他远离母爱的关怀?……不!……她能否把小孩子带在身边,让他经历如此危险的旅行,面临可能出现的意外情况?……更不可能!……多莉只能留在孩子身边,一刻都不离开,既然她已经赋予了这个孩子生命,那就要确保他的生命安全,多莉要用母爱和温柔来抚育他,让他茁壮成长,以便让他能够用微笑迎接归来的父亲!再说了,父亲不在孩子身边的时间只有6个月。富兰克林号在加尔各答港重新装满货物,就会启程返回到母港。另一方面,作为海员的妻子,她应该习惯于这种无法避免的离愁别绪,尽管从内心来说,她永远无法做到习以为常!

总之,必须面对现实,而多莉也只能听天由命。她的生活原本充满活力,但是,自从约翰走了之后,活力全部消失,生活变得如此空虚、无聊、充满忧愁,多莉只能把精力全部用来照顾孩子,把自己的爱全部倾注到孩子身上。

环绕海湾北侧的山坡上,房屋层层叠叠,约翰·布兰尼肯的住宅坐落在最高一层。这是一栋山区木屋式的建筑,周围是一个小花园,花园里生长着橘子树和橄榄树,花园门口有一个简陋的栅栏门。木屋底层有一条内置式走廊,走廊里面是房屋的大门,以及客厅和餐厅的窗户,二楼阳台占据了整栋楼的横向侧面,房屋山墙上面,优雅的线条勾勒出房屋的屋脊,整体来看,这是一栋朴素而优雅的住宅。住宅的一层是客厅和餐厅,家具布置得十分简朴;二层

第三章 海景房

楼上有两个房间，一间是布兰尼肯夫人的卧室，另一间是孩子的卧室；住宅的后面，有一栋很小的附属建筑，里面布置了厨房，以及相应的操作间。这栋建筑坐北向南，面临的景色极为美丽。站在这里可以俯瞰全城，乃至整个海湾，视线越过海湾，可以望见罗玛岛上的建筑群。尽管这里远离商业街区，略有些不方便，但是，这栋住宅所处位置优越，足以弥补这点儿缺憾，这里空气清新，沐浴着南方吹来的海风，海风中夹带着太平洋海水的咸味。

对于多莉来说，她将要在这栋住宅里度过漫长的分离时光。照顾这栋住宅，只需一个用人，再加上孩子的乳母就足够了。上门来造访的只有布克尔夫妇，不过，朗来访的次数不多，多数情况下，总是简独自前来。威廉·安德鲁先生履行自己的承诺，经常前来看望少妇，非常高兴地向她转告有关富兰克林号的所有消息，这些消息既有直接收到的，也有辗转传来的。在收到邮寄来的信件之前，可以通过阅读报纸有关海事的报道，了解关于海船彼此相遇的信息，以及海船停泊在哪些港口，海上发生了哪些事情，等等，这些都是航海爱好者关心的内容。对这些信息，多莉随时跟踪了解。至于世界上发生的其他事情，包括邻里发生的事情，多莉全都漠不关心，她已经习惯于在海景房里独处。多莉的生活中只存了一个念头，约翰不在了，这栋房子就空了，即使有许多客人来访，这栋房子依然空洞寂寥，在约翰回来之前，这房子将始终空空荡荡。

最初的日子显得十分难熬。多莉从不离开海景房，简·布克尔每天都来探望。两人一同照料小瓦特，一起谈论约翰船长。一般情况下，当多莉一个人的时候，她总会待在阳台上打发一天的部分时光。她眺望着海湾，目光越过海湾，越过伊斯朗岛的岬头，再越过更远处的克罗纳多群岛……她的目光越过地平线上海洋的边际……富兰克林号早已远远驶离,但是,她在想象中追赶去,登上甲板,站到丈夫的身边……每当看到一艘船从大海上驶来,准备进港停泊,多莉都会对自己说,有一天,富兰克林号也会出现,越驶越近,逐渐变大,约翰就站在船头……

然而,这种圈禁在海景房的隐居生活,对小瓦特的身体并不合适。富兰克林号启程后的第二个星期,天气变得非常好,海风驱散了刚刚泛起的暑气。因此,布兰尼肯夫人强迫自己出门做了几次远足。她带着乳母,乳母怀里抱着孩子。她们步行出发,在圣迭戈附近散步,一直走到旧城区的老房子附近。这样的散步有利于孩子的健康,这个孩子模样清秀,皮肤粉嫩,每当乳母停住脚步,抱在怀里的孩子总会挥动一双小手,冲着母亲欢笑。有那么一两次,散步走的距离有点儿远,她们就会租一辆带篷小推车,三个人都坐上去,甚至是四个人都坐上去,因为,有时候,布克尔夫人也会同行。有一天,她们散步走到诺布希尔山丘,从山丘上可以俯视佛罗伦萨酒店,山坡上分布着一栋栋别墅,从这里向西眺望,目光可以越过群岛,一直望向远方。另外一天,她们走到克罗纳多海滩一侧,猛烈的海浪拍击岩石,发出雷鸣般的巨响。还有一次,她们游览"贻贝滩",涨潮的时候,海水卷着泡沫,吞没了海滩上巨大的礁石。多莉用脚触摸着海水,海水似乎给她带来了远方海域的信息,那里,约翰正在海上航行,——也许,就是这些海水掀起的海浪曾经包围过富兰克林号,把它裹挟到千里之外的浩瀚大洋之上。多莉伫立在那里,一动不动,脑海里想象着年轻船长驾驭海船的身影,嘴里喃喃念着约翰的名字!

第三章 海景房

3月30日,将近上午10点钟,布兰尼肯夫人站在阳台上,远远望见布克尔夫人正在朝海景房走来。简的步履有些匆忙,愉快地扬手打着招呼,这表明,她并没有带来任何令人不愉快的消息。多莉立刻起身下楼,走到房屋门前,刚巧房门被推开了。

多莉问道:"简,有什么消息吗?"

布克尔夫人回答道:"亲爱的多莉,你一定很高兴听到这个消息!我刚从威廉·安德鲁先生那里来,他让我转告你,今天早晨,布恩德里号进入圣迭戈港,它曾经与富兰克林号有过交集。"

"与富兰克林号?"

"是的!我在舰队街遇到威廉·安德鲁先生,他也是刚刚得到消息;不过,他需要等到下午才能来海景房,于是,我就急忙跑来告诉你……"

"那么,有没有关于约翰的消息?"

"有的,多莉。"

"什么消息?……快点儿说呀!"

"8天以前,布恩德里号与富兰克林号在海上擦肩而过,两条船可能曾经交换过信息。"

"船上可是一切平安?"

"是的,亲爱的多莉。两条船离得很近,两位船长可以交谈,布恩德里号船长听到对方说的最后一句话,就是你的名字!"

布兰尼肯夫人叫道:"我可怜的约翰!"眼睛里淌出激动的泪珠。

布克尔夫人接着说道:"我真高兴,能成为第一个向你报信的人!"

布兰尼肯夫人回答道:"非常感谢!要知道,这个消息让我感到多么幸福!……噢!如果每天都能得到这样的消息……我的约翰……我亲爱的约翰!……布恩德里号的船长看到了他……约翰还对他说了话……就好像让这位船长向我转达再一次的辞别之意!"

第三章 海景房

"是的,亲爱的多莉,听我再说一遍,富兰克林号上一切安好!"

布兰尼肯夫人说道:"简,我必须见到布恩德里号的船长……听他向我讲述所有的细节……两条船是在哪里相遇?"

简回答道:"这个,我也不知道;不过,船上的航海日志能告诉我们这些,另外,布恩德里号的船长也会告诉你最详尽的情况。"

"那好吧,简,……稍等片刻,让我穿件衣服,我们一起去……"

布克尔夫人回答道:"不,今天不行。今天我们不能登上布恩德里号。"

"为什么?"

"因为这条船今天早晨才进港,还处于检疫隔离期。"

"需要多长时间?"

"哦,只需要24小时……这是例行公事,但是,在此期间,船上不能接待任何人。"

"那么,威廉·安德鲁先生是如何知道这次相遇的?"

"是布恩德里号的船长托海关人员转告的。亲爱的多莉,你放心吧!……我刚刚告诉你的这个消息,那是千真万确的,没有疑问。明天,你就能够确认……我只恳求你耐心等待一天时间。"

布兰尼肯夫人回答道:"那好吧,简,明天见。明天一早,大约9点钟,我先去你家,你愿意陪我去登上布恩德里号吗?……"

"当然愿意,亲爱的多莉。明早,我等你来,一旦检疫隔离期结束,我们一定能受到布恩德里号船长的迎接。"

布兰尼肯夫人问道:"那位船长是不是名叫艾利斯,是约翰的一位朋友?"

"就是他,多莉,而且,布恩德里号也隶属于安德鲁公司呢。"

"好的,那就说定了,简,……明早,我准时到你家……呃,我觉得,这一天实在太漫长了!……你能留下来和我一起吃午饭吗?"

"只要你愿意,我亲爱的多莉,布克尔先生今天出门,晚上才回来,我能一下午都陪着你……"

"谢谢,亲爱的简,我们可以一起谈谈约翰……总是谈到他……总是!"

布克尔夫人问道:"小瓦特呢?他怎么样了,我们的小宝贝?"

多莉回答道:"他很好!……高兴得像一只小鸟儿!……他父

亲再见到孩子的时候,没准儿多高兴呢!……简,明天,我想带着孩子和乳母一同去!……你知道,我舍不得离开孩子,哪怕只离开几个小时!……只要他不在我的身边,只要看不到他,我心里就会发慌!"

布克尔夫人说道:"多莉,你说得对,让小瓦特利用这个机会散散步,这是个好主意……最近天气不错……海湾很平静……这个可爱的孩子,这将是他第一次到海上旅行!……那么,就这么说定了?"

"说定了!"布兰尼肯夫人回答道。

简在海景房一直待到下午5点钟。与表妹告别的时候,她提醒,明早大约9点钟,在家里等待多莉,然后一同前去拜访布恩德里号。

第四章

在布恩德里号上

第二天,海景房里的人们很早就起床了。今天天气特别好。风从内陆吹过来,把夜里弥漫的雾气彻底驱散。布兰尼肯夫人正在梳妆,与此同时,乳母也给小瓦特穿好衣服。她们已经约定,午饭在布克尔夫人家里吃。早餐吃得比较简单,但足够让布兰尼肯夫人撑到中午,因为,拜访艾利斯船长可能需要花费整整两个小时。这位勇敢的船长所说的一切都将令人兴趣盎然。

当圣迭戈城里的时钟纷纷敲响8点半钟报时的时候,布兰尼肯夫人,以及怀里抱着孩子的乳母动身离开海景房。位于山丘顶部的城市街道很宽阔,道路两侧是一栋又一栋的别墅,以及用栅栏分隔起来的小花园,沿着宽阔的街道快步向山坡下走,布兰尼肯夫人很快来到商业街区,这里的街道变得狭窄,街道两侧的房屋也更为密集。

朗·布克尔的住宅坐落在舰队街,离太平洋沿岸汽船公司的码头不远。总之,这段路程不算近,因为她们需要穿过整个城区,早上9点整,简为布兰尼肯夫人一行打开自家大门。

这是一栋简陋的房屋,看上去甚至有些寒酸,一天的大部分时间里,房间的百叶窗总是关闭的。朗·布克尔在自己家仅仅接待过几位生意人,与邻里之间没有任何交往。即使在舰队街上,朗·布克尔也不大为人所知,因为,他从早到晚忙于业务,很少露面。他经常出差,最常去的地方就是旧金山,至于忙碌的是什么业务,他从来也不告诉妻子。这天早晨,布兰尼肯夫人抵达的时候,朗·布克尔不在商行,简·布克尔对此表示歉意,她说,朗不能陪同她们两人前往拜访布恩德里号,不过,中午他肯定能赶回来共进午餐。

抱吻过孩子之后,简问道:"亲爱的多莉,我已经准备好了,你不打算稍微休息一会儿吗?……"

布兰尼肯夫人回答道:"我不累。"

"你什么都不需要?……"

"不需要,简!……我急着想见到艾利斯船长!……求你了,我们马上出发吧!"

布克尔夫人家里只有一个用人,是个黑白混血的老年妇女,这还是当初来圣迭戈定居,简的丈夫从纽约带过来的。这个黑白混血女仆名叫诺,曾经是朗·布克尔的乳母。诺在朗的家里服务了一辈子,对朗忠心耿耿,至今仍沿用朗在孩提时代的习惯,用"你"称呼朗。这是一个粗鲁专横的女人,也是唯一能在某种程度上对朗·布克尔施加影响的人,朗·布克尔让她执掌了这个家里的绝对主导权。简经常痛苦地感到受制于人,甚至感到缺乏应有的尊重。她不仅从黑白混血女仆那里感受到压抑,而且,这种被压抑的感受还来自她的丈夫。简只能做出微弱的反抗,而这种反抗的表现形式,无非就是对家里的事情不闻不问,听之任之。与此同时,诺独掌家务大权,从不顾及简的想法。

现在,简就要动身出门了,黑白混血女仆跑过来叮嘱,要求她一定在中午之前返回,因为朗·布克尔很快就要回来了,不能让他等着。此外,朗还有一件重要的事情需要与布兰尼肯夫人商量。

多莉询问表姐:"商量什么事情?"

布克尔夫人回答道:"我怎么会知道?走吧,多莉,走了!"

布兰尼肯夫人和简·布克尔抓紧时间动身,乳母抱着孩子跟在后面,不到10分钟,他们已经来到码头。

布恩德里号刚刚结束检疫隔离,还没有停靠在属于安德鲁公司专用的卸货码头泊位,抛锚停泊在罗玛岛内侧的海湾里,距离岸边大约有一链的距离。晚些时候,这条船才会被拖拽到码头,因此,必须乘小艇驶过海湾才能登船。从码头到布恩德里号大约有两里的距离,有蒸汽小艇提供服务,每个小时两趟,在码头和这条船之间往返。

多莉和简·布克尔登上蒸汽小艇坐了下来,此时,小艇上已经有十来位乘客,大多是布恩德里号船员的朋友,或者亲属,大家都想在允许登船后的第一时间登上布恩德里号。小艇松开缆绳,离开码头,在螺旋桨的推动下,伴随着蒸汽锅炉的喘息声,斜穿过海湾。

天气晴朗,晨光清澈,宽阔的海湾清晰展现在眼前,圣迭戈城俯瞰海湾,山坡上房屋层层叠叠,山丘俯视着老城区、敞开的港湾航道、两侧对峙坐落的伊斯朗岛岬头和罗玛岛岬头,以及高大的克罗纳多酒店,看上去像是一座宫殿,还有那座灯塔,每当日落之后,就会把明亮的光柱扫向大海。

港湾里散布着停泊的船只,蒸汽小艇灵巧地从它们之间穿过,迎面驶来各种小船,以及利用前侧风行驶的渔船,这些渔船沿着"之"字形航迹驶过岬头。

第四章 在布恩德里号上

布兰尼肯夫人挨着简,坐在后排的长凳上,身边坐着乳母,乳母双手抱着孩子。小宝贝没有睡觉,眼睛里闪烁着清澈的晨光,在海风的吹拂下,显得炯炯有神。一对海鸥飞过小艇上空,发出尖厉的叫声,听到叫声,孩子跃动了一下。这个孩子非常健康,脸颊红润,在离开布克尔家之前,他刚在乳母怀里吃过奶,粉色的嘴唇还沾着乳汁。母亲关注地盯着孩子,不时地弯腰抱一抱他;每当这时,孩子就会仰起头,露出微笑。

很快,多莉的注意力就被布恩德里号吸引了。这条三桅纵帆船远离其他船只,停泊在海湾深处,船身的轮廓越来越清晰,桅杆上的旗帜飘扬在明媚的阳光里。退潮的海流正在把布恩德里号涌向西边,拽着船的锚链被绷得笔直,海浪掀起的最后一层浪涛撞击在锚链上。

多莉全神贯注地看着。她想到了约翰,带走他的富兰克林号,据说就是这条船的兄弟船:它们不都是隶属于安德鲁公司,都是它的孩子吗?它们的母港不都是圣迭戈港吗?它们不都是同一家造船厂制造出来的吗?它们真的很相像!

多莉沉浸在丰富的联想里,回忆激发出想象力,一时间,她真的以为约翰就在那里……在船上……正在等着她……他望到了自己,正在挥手召唤……她马上就能跑过去投入他的怀抱……她不禁喊出了他的名字……她喊着……与此同时,约翰也报以回答,呼喊着多莉的名字。

这时候,小瓦特叫了一声,把多莉拉回到现实的情感当中。面前靠近的其实是布恩德里号,而不是富兰克林号,此时,那条船还很远,非常远,距离美国海岸足有千里之遥!

多莉看着布克尔夫人,嘴里喃喃说道:"终有一天……他也将

出现……就在那里!"

简回答道:"是的,亲爱的多莉!到那时候,迎接我们登船的将是约翰!"

简心里明白,展望未来,此时,多莉心里充满忧虑。

第四章 在布恩德里号上

从圣迭戈码头到罗玛岬头的距离大约为两里,蒸汽小艇行驶的时间只需一刻钟。小艇的乘客纷纷踏上栈桥码头,布兰尼肯夫人和简,还有抱着孩子的乳母也都踏上码头,从这里到布恩德里号,还有一链的距离。

在栈桥码头前,恰恰停靠着一条小船,由两名水手负责看管,这条小船是专门为布恩德里号服务的;布兰尼肯夫人说出自己的名字,并且确认此时艾利斯船长正在船上,于是,两名水手着手准备把多莉一行送到三桅纵帆船上去。

船桨划了没几下,小船已经靠近布恩德里号,艾利斯船长认出布兰尼肯夫人,亲自下到舷门迎接,多莉走上舷梯,后面跟着简,她们不忘叮嘱乳母抱紧孩子。船长把他们引向艉楼,与此同时,大副开始准备把布恩德里号靠向圣迭戈港码头。

布兰尼肯夫人首先问道:"艾利斯船长,我听说您曾经遇到过富兰克林号?……"

船长回答道:"是的,夫人。我可以向您确认,那条船行驶在正确的航线上,另外,我已经就此向威廉·安德鲁先生做了汇报。"

"您看到了他……约翰?……"

"当时,布恩德里号和富兰克林号两船迎面近舷对驶,彼此离得很近,布兰尼肯船长和我有机会交谈了几句。"

布兰尼肯夫人重复道:"是的,……您看到了他!……"她几乎自言自语地说着,似乎想从艾利斯船长的目光中,看到富兰克林号的影子。

紧接着,布克尔夫人提出了一连串问题,多莉全神贯注地听着,与此同时,她的目光越过海湾出入口的航道,投向海洋远处的天际。

艾利斯船长回答道:"那一天,天气特别适合航行,富兰克林号的船帆全部升起,满后侧风行驶。约翰船长站在艉楼上,手里拿着望远镜。由于当时我无法调整航向,于是他调整船艏四分之一角度抢风行驶,以便靠近布恩德里号,两船靠得最近的时候,富兰克林号的风帆几乎都抢不到风了。"

毫无疑问,对于艾利斯船长使用的这些术语,布兰尼肯夫人未必能懂得其中的准确含义。不过,她从这些话语中领悟到的就是,与自己说话的这个人曾经看到约翰,而且曾经与约翰说过几句话。

艾利斯船长补充说道:"当我们对面驶过的时候,您的丈夫,布兰尼肯船长扬手对我打招呼,大声喊道:'一切都顺利,艾利斯!当您回到圣迭戈,把我的消息告诉我的妻子,……告诉我亲爱的多莉!'随后,两条船就分开了,很快就相互看不到踪影。"

布兰尼肯夫人问道:"您遇到富兰克林号是哪一天?"

艾利斯船长回答道:"3月23日,上午11点25分!"

为了讲清楚细节,船长摊开一张地图,指出这次相遇具体地点的方位。布恩德里号与富兰克林号相遇具体地点的经度是148度,纬度是20度,换句话说,在远离圣迭戈1700海里的海上。从那以后,如果天气继续晴好——眼下正是航海的最佳季节,完全有希望迎来好天气——约翰船长将漂亮地完成一次穿越太平洋北部海域的快速航行。此外,假如富兰克林号抵达加尔各答之后,能顺利找到并装上货物,约翰船长在印度首都停留的时间将会很短暂,并且很快就将返回美国。照此推理,富兰克林号远航的时间不会太长,也就是几个月,完全符合安德鲁公司的预期行程。

艾利斯船长轮番回答布克尔夫人和布兰尼肯夫人的问题,在此期间,多莉始终陷入自己的想象当中,总以为自己正待在富兰克林号的甲板上！……面前站着的不是艾利斯……而是约翰正在对自己讲述，……她总以为自己听到的是约翰的声音……

此时，大副来到艉楼通知船长，靠泊码头的准备工作即将就绪。船员们已经在艏楼就位，只等一声令下，就可以开始拖拽商船了。

于是，艾利斯船长向布兰尼肯夫人提议随船返回陆地，如果她愿意留在船上，可以随布恩德里号一起穿越海湾，等到船靠泊码头后，直接下船登陆。这个过程，最多不过需要两个小时。

布兰尼肯夫人非常愿意接受船长的提议。但是，她必须在中午前赶回去吃午饭。她理解简的处境，在混血女仆叮嘱之后，简一定非常担心不能与丈夫同时回到家里。为此，多莉请求船长派小船把他们一行送回栈桥码头，以便赶上返回的蒸汽小艇。

于是，发出了相应的命令，艾利斯船长亲吻了小瓦特的双颊，然后，与布兰尼肯夫人和布克尔夫人道别，二人带着乳母，重新下到小船上，准备返回栈桥码头。

蒸汽小艇刚刚离开圣迭戈码头开过来，他们在栈桥码头等待，布兰尼肯夫人兴味十足地观看着布恩德里号的一系列操作。水手长发出严厉的指令，水手们开始绞起船锚，三桅纵帆船顺着锚链滑动着，与此同时，大副命令升起大三角帆、前桅支索帆，以及后桅帆。依靠这些帆具，随着海流的运动，布恩德里号能够很轻松地驶入靠泊地。

很快，蒸汽小艇靠拢栈桥码头。随后，小艇发出几声汽笛响，召唤旅客登船，因为有两三位旅客登上岬头前往克罗纳多酒店，此刻，他们迟到了，正在加快脚步往回跑。

蒸汽小艇只停留5分钟。布兰尼肯夫人、简·布克尔，以及乳母登上小艇,在靠近右舷的长凳坐好,与此同时,其他乘客——大约二十来位——在小艇甲板上闲逛,从船头溜达到船艉。小艇发出最后一声汽笛响,螺旋桨开始转动,小艇慢慢离开码头。

现在才11点半钟,布兰尼肯夫人可以准时回到舰队街,因为,蒸汽小艇只需15分钟就可以穿越海湾。小艇越开越远,但多莉的目光始终盯着布恩德里号。此时,船锚已经收进锚链筒,船帆也已吃上海风,布恩德里号开始离开锚泊地。等到这条商船停靠到圣迭戈港码头以后,多莉就可以随时去拜访艾利斯船长了。

蒸汽小艇很快划过水面,山坡上层层叠叠的房屋逐渐放大,整个城市就像一座阶梯剧场。此时,距离码头只剩四分之一海里。

突然,守在船头的一名水手大声叫道:"小心!……"

他一边喊着,一边转身面向蒸汽小艇的掌舵水手,此时,他正站在烟囱前面的小驾驶室里。

刚才,港口方向有船进出,吸引了大家的注意力,也吸引了布兰尼肯夫人的目光,此时,听到叫声,多莉转头向小艇前方看去。与此同时,大家的目光也一起投向前方。

一条庞大的双桅纵帆帆船刚刚离开码头,从靠泊的船队里开出来,即将启程离开海湾,船头直指伊斯朗岬头。一条拖船拽着它,准备把它送出航道,此时,拖船已经开始加速。

这条帆船处于蒸汽小艇航向的正前方,而且距离很近,迫使小艇不得不采取紧急避让措施,向帆船的后方绕过去。面对这个情况,刚才那个水手才向掌舵水手喊叫。

所有乘客都感到担心。这种担心是有道理的,因为港口里有许多船,左一条,右一条地抛锚停泊。很自然地,其中难免有某一条船会向后方移动。

此时，正确的操作应该是：蒸汽小艇必须停下来，给双桅帆船和拖船让出航道，等到航道腾空了，然后再重新启程。恰在此时，又出现了几条渔船，在风力吹动下快速行驶，从圣迭戈码头前掠过，让航道变得更加拥挤。

小艇前甲板的水手再次喊道："小心！"

掌舵水手回答道："好的！……好的！别担心！……前方的航道足够宽！"

但是，在拖船后方突然出现一艘大型汽船，迫使拖船出人意料地转动，紧接着大幅向左舷摆动。

周围立刻响起一片叫喊声，混杂着双桅帆船上船员的喊叫，他们竭力帮助拖船，紧急调整帆船航向，试图与拖船保持一致。

此刻，蒸汽小艇与拖船的距离仅仅只有20码。

简吓坏了，站了起来。布兰尼肯夫人出于本能，冲动地从乳母手里接过小瓦特，紧紧抱在怀里。

拖船船长着急地大声冲蒸汽小艇的舵手喊叫道："向右舷！……向右舷！……"他边喊边用手比画着掉转的方向。

这个人丝毫没有惊慌失措，大力转动船舵，试图把小艇驶离拖船的航向，因为此时，拖船已经无法停下来，双桅帆船在余速的带动下，正在撞向拖船的侧面。

舵手猛力转舵后，蒸汽小艇突然向右舷倾斜，几乎所有乘客不可避免地失去平衡，摔向小艇的右侧。

叫喊声再次响起，这一次，喊叫声充满了恐惧，因为所有人都以为，在猛烈的冲击下，小艇马上就要倾覆。

此时，布兰尼肯夫人正站住栏杆旁边，身体突然失去平衡，连同孩子一起被甩过船舷。

双桅帆船掠过拖船,没有发生碰撞,一场撞船事故终于得以避免。

"多莉!……多莉!……"简大声呼喊着,刚才,她差点摔倒,幸亏被一位旅客拽住。

突然,蒸汽小艇上的一位水手毫不犹豫地翻过栏杆,纵身跃入海水中,试图救助落水的布兰尼肯夫人和孩子。

在衣服的浮力支撑下,多莉漂浮在水面;怀里抱着小瓦特;不过,在水手快要游到她身边时,她已经开始向海底沉去。

几乎同时,蒸汽小艇停了下来,救援的水手水性很好,身手矫健,很快就游到布兰尼肯夫人身边。十分不幸,就在水手伸手抓住多莉的时候,她已经处于半溺水状态,挣扎中,不幸的女人挥开双臂,孩子随即消失。

当多莉被拖上船,躺倒在甲板上时,已经完全失去知觉。

救起多莉的水手名叫扎克·佛伦,三十来岁,此时,勇敢的水手再次跳入海水,反复潜下去,在小艇周围的水中不断寻找……但是没用……孩子已经被潜流冲走了,杳无踪迹。

这期间,布兰尼肯夫人依然昏迷不醒,乘客们竭尽全力在照顾她。简手足无措,乳母惊恐万状,都在努力唤醒多莉。蒸汽小艇一直停留在原地,等待扎克·佛伦放弃抢救小瓦特的最后一丝希望。

终于,多莉开始恢复知觉。她喃喃念着瓦特的名字,睁开双眼,发出第一声喊叫:

"我的孩子!"

她看见扎克·佛伦最后一次回到船上,……手上空空落落,没有瓦特的身影。

多莉再次喊道:"我的孩子!"

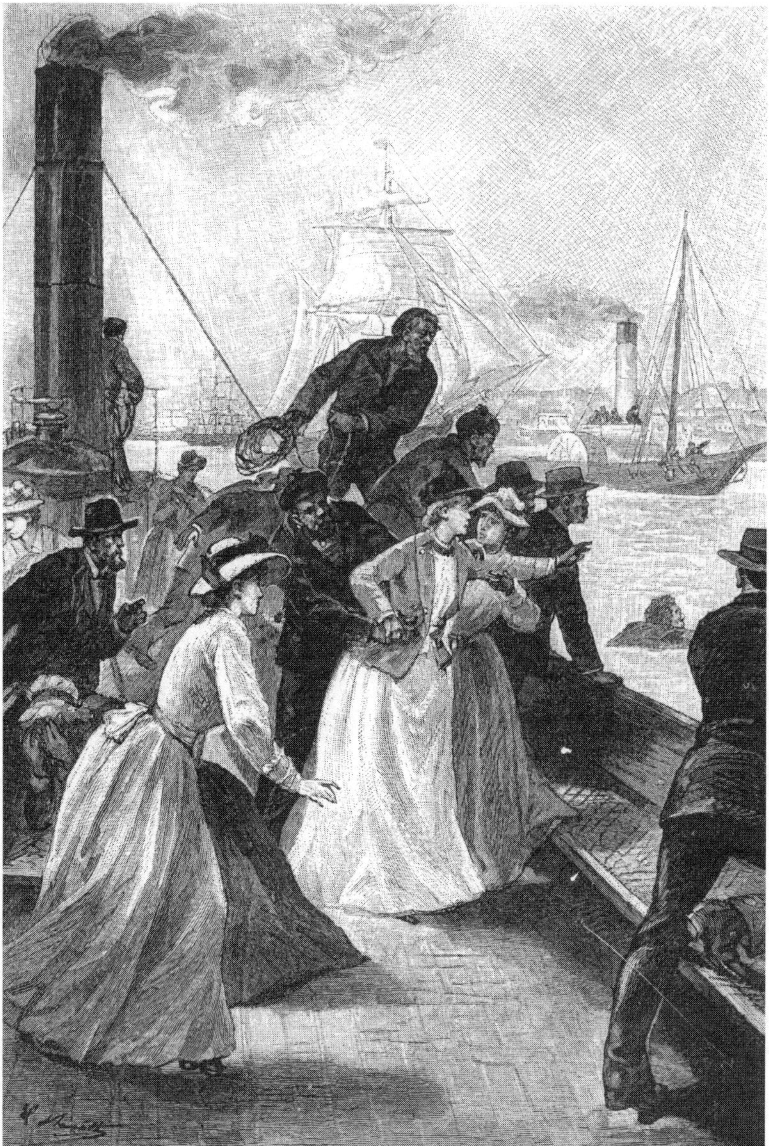

紧接着,她站了起来,推开围在身边的众人,向甲板后方跑去。

如果不是众人阻止,多莉一定会匆忙越过船舷……

蒸汽小艇重新启动,开始向圣迭戈码头驶去,大家想方设法控制住这个不幸的女人。

布兰尼肯夫人面部抽搐,双手痉挛,仰面摔倒在甲板上,一动不动。

几分钟以后,蒸汽小艇停靠在码头,布兰尼肯夫人被送到简的家里。朗·布克尔刚刚回到家。根据他的指示,混血女仆跑去请医生。

医生很快就到了,抢救了好长时间,终于让布兰尼肯夫人恢复了知觉。

多莉眼睛盯着医生,一动不动,然后说道:

"怎么了?……发生了什么?……啊!……我知道了!……"

随后,她笑着,大声喊道:

"这是我的约翰……他回来了……他回来了!他就要与妻子和孩子团聚!……约翰!……我的约翰!……"

布兰尼肯夫人精神失常了。

第 五 章
三 个 月 后

孩子死了……母亲疯了！这场双重灾难在圣迭戈引起的反响简直难以形容。城里的居民对布兰尼肯一家充满同情，富兰克林号的年轻船长遭遇了巨大的变故：他才启程15天，就失去了自己的孩子……不幸的妻子疯了！……当他回来的时候，家里空空荡荡，再也见不到小瓦特脸上的微笑，也看不到妻子的柔情蜜意，妻子甚至都不认得他！……富兰克林号返回进港的那一天，这座城市不会再向他呼喊"乌拉"！

这个变故对约翰·布兰尼肯船长是个重大打击，但是，不能等到返回圣迭戈，才让他得知这个噩耗。威廉·安德鲁先生不可能让年轻船长对这场变故一无所知，任凭这个噩耗辗转流传到他耳中。必须立即向新加坡的客户发送快信。只有这样，约翰船长才能在抵达印度之前获知这场变故的真实情况。

然而，威廉·安德鲁先生又不希望立即送出这份快信。也许，多莉的精神失常并非无可救药！在无微不至的照料下，焉知她不能恢复神志？……为什么要让约翰经受双重打击，让他同时知道孩子亡故，以及妻子发疯这两个噩耗，万一他妻子的疯病短期内能够治愈呢？

与布克尔夫妇磋商之后，威廉·安德鲁先生决定暂缓发出快信，等待医生们对多莉的精神状态做出最终的诊断。与那些精神生活慢性紊乱导致的精神失常相比，这类突发性的精神失常是否更有希望治愈？是的！……应该再等几天，也许几个星期。

然而，整座城市都沉浸在沮丧的氛围中。不断有人拥到舰队街，打听有关布兰尼肯夫人的最新消息。与此同时，开始了一场细致的搜索行动，希望找到孩子的遗体，但是，一无所获。看起来，孩子的遗体被潜流冲走，之后，又被退潮的海水卷走了。可怜的孩子，如果他的母亲恢复神志，甚至都找不到他的坟墓寄托哀思！

起初，医生们发现，多莉的疯病表现为轻度的忧郁症。她丝毫没有出现歇斯底里的发作，也没有任何无意识的暴力举动。有一些精神错乱者往往做出极端举动，或者伤害他人，或者伤害自己，凡是出现这类症状的病人，都需要进行隔离，束缚他们的行动。但是，对多莉似乎没必要采取相应的防范措施。多莉不过就像是一个没有灵魂的肉体，在她的思维里，对经历的这场巨大的不幸，并没有留下丝毫记忆。她的双眼枯涩，目光呆滞。她似乎什么也看不到，什么也听不见。似乎，她已经不属于这个世界，如同行尸走肉。

事故发生后的第一个月，布兰尼肯夫人的状况一如上述。大家曾经想过，是否需要把她送进精神病院，在那里接受专门的治疗。威廉·安德鲁先生就是这么考虑的。但是，朗·布克尔的一个建议，改变了安德鲁先生的决定。

朗·布克尔来到威廉·安德鲁先生的办公室，对他说道：

"现在，我们可以确定，多莉的疯病对他人并不构成威胁，没必要把她关起来，既然除了我们，多莉没有别的家人，我们要求把她

交给我们照管。多莉非常喜爱我的夫人,谁敢说,简对多莉的照管不会比外人的照管更有效果?即使过些时候,多莉的病情突然发作,也来得及制定和采取相应的措施——您认为如何,安德鲁先生?"

受人尊敬的船东有些犹豫,没有立即回答,因为他对朗·布克尔缺乏信任,虽然安德鲁先生不知道朗的财务状况已经陷入困境,还没有任何理由对他的信誉产生怀疑。无论如何,多莉与简相互之间的友谊是深厚的,既然布克尔夫人是多莉唯一的亲属,显然,不如就把多莉委托给她照管。关键是,在目前的精神状态下,这个不幸的女人每时每刻都需要无微不至的照料。

威廉·安德鲁先生回答道:"既然您愿意承担这个责任,我也没觉得有任何不妥,布克尔先生,一旦把多莉委托给她的表姐,对她的照顾不能出一丁点差错……"

朗·布克尔补充说道:"一定尽心竭力照顾!"

不过,他说这句话的时候,依然带着他惯有的冰冷、决绝,以及令人不快的语气。

威廉·安德鲁先生接着说道:"您的行为令人尊敬,不过,有一点仍然让我不放心:我觉得,您位于舰队街的住宅地处喧闹的商业街区,那里的条件是否不大适合可怜的多莉康复。她需要安静,需要宽敞的空间……"

朗·布克尔回答道:"既然这样,我们的想法是让她返回海景房,我们也搬过去同住。她熟悉那栋房子,看着自己熟悉的环境,对她的精神能产生有利的影响。在那里,她能够不受打扰……门外就是田园,简可以陪她在周围散步,那些地方多莉都熟悉,曾经带着她的孩子周游过,……我的这个建议,约翰是否会同意?如果他在这里?……一旦约翰回来,看到自己的妻子住进精神病院,落到了佣工手里,他会怎么想?……安德鲁先生,请千万不要忽视这一点,有些东西能够在我们可怜亲属的精神上产生影响。"

显然,这些话的本意是出自好心,但是,从这个人嘴里说出来,不知为什么,总是让人听着不那么令人信服?

无论如何,根据他介绍的条件,这个建议还是可以接受的。威廉·安德鲁先生能做的,只能是向他表示感谢,同时补充道,约翰船长也将为此对布克尔深怀谢意。

第五章 三个月后

4月27日,布兰尼肯夫人被送到海景房,当天晚上,朗和简·布克尔夫妇也搬过来同住。这项安排受到广泛赞许。

应该猜一下,朗·布克尔这么做究竟出于怎样的动机。不要忘记,出事儿的当天,他曾经想要和多莉商谈某件事情。准确地说,其实就是他希望向多莉借贷一笔钱。然而,出事儿之后,情况发生了变化。朗·布克尔有可能成为自家亲戚的利益代理人,也许是以监护人的身份出现,毫无疑问,监护期间,他将利用不正当手段,占用多莉的财产,为自己赢得时间。这些,简早都已经预料到了,如果说她很高兴能够全力以赴照顾多莉,那么,一想到自己的丈夫披着人道关怀的外衣,将要实施的谋划,简不禁浑身发抖。

根据新的情况,海景房里进行了相应的布置。多莉被安置在原来的房间,当初,她就是从这里走出去,经历了一场可怕的不幸变故。如今,她回来了,但已不再是孩子的母亲,而是一个丧失了意识的病人。这栋住宅,曾经那么亲切;这个客厅,墙上挂的照片还能勾起对别离者的回忆;这个花园,多莉和约翰曾经度过幸福的时光;如今,这一切都无法唤起多莉的记忆。简住在多莉房间的隔壁。朗·布克尔住进了楼下一层的一个房间,那里曾经是约翰船长的书房。

从这一天起,朗·布克尔又开始重操旧业。每天早晨,他都会走下山坡去圣迭戈城里,到位于舰队街的办事处,去从事他的业务。但是,有一点人们没有观察到,那就是,每天晚上,他必然要返回海景房,很快,他甚至很少离开这座城市了。

不用说,黑白混血女仆也跟随她的主人来到了新的住所,在这里,一如既往,她依然以自己的忠诚博得主人的绝对信任。尽管小瓦特的乳母表示愿意继续服侍布兰尼肯夫人,但是,她依然被辞退了。至于原来的那个女仆,由于海景房事情多,诺一个人忙不过来,所以暂时还被留在这里。

另外,多莉的身体状况需要无微不至的热心照顾,这方面,任何人都不如简更能胜任。自从孩子亡故以后,简对多莉的友爱之情更深了一层,因为,她觉得自己是这件事情的罪魁祸首,感到自责。如果那天她没有来海景房,如果她没有勾起多莉的意愿,提出要去布恩德里号拜访船长,那么,这个孩子应该还在母亲身边,继续安慰母亲漫长的离别时光!……多莉也不会因此而失魂落魄!

毫无疑问,按照威廉·安德鲁先生的设想,简对多莉的细心照料足以让那些关心布兰尼肯夫人状况的人放心。威廉·安德鲁先生甚至不得不承认,这个可怜的少妇不可能得到比这更好的照顾了。威廉·安德鲁先生每次来访,都会特别留意察看多莉的病情是否有所改善。他依然希望,在发往新加坡,或者印度的第一封快信里,不要同时宣布两个噩耗:他的孩子亡故……他的妻子……目前这个样子,他的妻子与那亡故的孩子有什么区别!无论如何,不!他无法相信,年富力强的多莉,精神境界如此清高,性格如此活泼开朗,遭受精神打击后,怎么可能无可救药!也许,在燃烧后的灰烬下面还隐藏着火种?……终有一天,几颗火星就可以将它重新点燃?……然而,已经过去整整5个星期了,还没有出现一丁点儿驱散黑暗的火光。这个疯癫的病人一直处于沉静、内敛、颓丧的状态,对任何生理上的强刺激都无动于衷,医生们似乎已经丧失了最后一线希望,陆续停止前来诊治。很快,甚至威廉·安德鲁先生也对多莉的康复不再抱有期望,很少再来海景房了,因为,面对一位麻木不仁,毫无意识的不幸少妇,确实让人感到心里难受。

有时候,朗·布克尔出于某种缘故,不得不离开海景房一整天,他总会命令混血女仆密切监视布兰尼肯夫人。虽然丝毫不会干涉简对多莉的照顾,但几乎从不让她们两人单独待在一起,而且,混血女仆还会把观察到的病人的所有情况都报告给朗。不时还会有人前来海景房打探消息,但混血女仆总是想方设法把他们支走。她对来人说,这不符合医生们的嘱咐……病人需要绝对安静……这类干扰有可能导致病情复发……布克尔夫人本人支持诺的做法,她也讨厌来访者,认为他们来海景房无事生非,对他们避而远之。于是,布兰尼肯夫人渐渐被隔离起来。

简想道:"可怜的多莉,如果她的病情恶化,如果她的疯病变得癫狂,如果她做出极端的举动……别人就会把她带走……她就会被关进精神病院……我就会失去她!……不!上帝保佑,让她与我在一起,谁能比我更细心地照顾她呢!"

5月份的第三个星期,简尝试着在住宅周围做了几次散步,心里想着,这样也许能让表妹的感觉好一些。

朗·布克尔一点儿都不反对这个做法,但条件是,诺必须陪伴在多莉和自己的妻子身边。这个要求仅仅是出于谨慎。出门散步,在空旷的地方,多莉的头脑里可能冒出来逃跑的念头,到那时,简可没有力气拦住她。对于一个疯子,必须做到万无一失,否则,她甚至可能闹到自戕的地步……必须防范再次出现的不幸。

有一天,布兰尼肯夫人出门,简搀扶着她的手臂。她被动地让人带着向前走,漫无目的。

在散步开始的阶段,没有出现任何变故。然而,混血女仆很快就发现,多莉的举止出现了某种变化的迹象。在她一贯的平静状态里,出现了明显的亢奋,并且可能导致严重的后果。有好几次,当多莉看到路过的小孩子,都出现了神经质发作的迹象。她是不

是想起了当初自己抱过,又遗失了的孩子? ……是不是瓦特重新回到了她的脑海? ……不论怎样,必须承认,出现了某种有利的症状,由此可以看出,多莉的精神出现了波动,这种波动让她感到痛苦。某一天,布克尔夫人和混血女仆带着病人来到诺布山的山顶上。多莉坐下来,面朝着地平线上的海平面,看上去,她的头脑毫无思维,眼睛里似乎空无一物。

突然,她的面部出现了表情,浑身开始颤抖,眼睛里闪现出奇特的光芒,她伸出一只手,颤抖地指向远处海面上出现的一个亮点。

她叫道:"那儿!……那儿!……"

那是一条帆船,轮廓分明地出现在海边天际,一束阳光投射在白帆上,显眼夺目。

多莉再次说道:"那儿!……那儿!……"

她的腔调变得十分古怪,似乎不像人类发出的声音。

简惊恐地看着多莉,混血女仆却摇了摇头,表示很不高兴。她一把抓住多莉的胳膊,嘴里说道:

"过来!……过来!……"

多莉似乎没有听见女仆在说什么。

简说道:"来吧,我的多莉,来吧!……"

简试图拉动多莉,把她的视线从那艘在地平线上移动的帆船移开。

多莉挣扎着。

她喊叫道:"不!……不!"

紧接着,她用让人意想不到的力气推开混血女仆。

布克尔夫人和诺感到非常担心。她们害怕多莉挣脱,害怕多莉受到眼前幻象的吸引,那幻象里充满关于约翰的记忆,害怕多莉义无反顾地冲下诺布山的山坡,一直奔向大海。

然而,突然,造成强烈刺激的一幕结束了。云彩遮挡住太阳,浩瀚海面上的帆船不见了踪迹。

多莉重新变得麻木呆滞,手臂垂了下来,眼中闪烁的光亮随即熄灭,对周围的一切再次毫无知觉。刚才抽搐着发出的嚎叫停止了,就好像生命力重新龟缩进她的身体。简拉着她的手,她顺从地被牵引着,平静地回到海景房。

从这一天开始,朗·布克尔决定,今后,多莉只能在海景房的小花园里散步,简也必须服从这项指令。

就是在这段时间里,鉴于布兰尼肯夫人的精神错乱症已经没有希望好转,因此,威廉·安德鲁先生决定向约翰船长通报发生过的一切。此时,富兰克林号应该已经靠泊过新加坡,并且离开了那里,因此,安德鲁先生向加尔各答港发出了一份很长的急电,一旦约翰抵达印度,就能看到这封电报。

然而,尽管威廉·安德鲁先生对于多莉的病情已经不抱任何希望,但是,根据医生们的意见,如果多莉受到强烈刺激,她的精神状态还是有可能出现变化的,例如,某一天,她的丈夫突然出现在面前。确实,这个情况也许是唯一的希望,不论它有多么渺茫,威廉·安德鲁先生在发给约翰·布兰尼肯的急电里,依然提到了这个希望。安德鲁先生在急电里恳请约翰千万不要绝望,与此同时,他指示约翰把富兰克林号的指挥权移交给大副亨利·菲尔顿,然后以最快的方式返回圣迭戈。安德鲁先生是个好人,为了让多莉获得最后的希望,他宁愿牺牲自己最看重的利益。他在急电中要求年轻的船长回电,将自己的打算告诉他。

威廉·安德鲁先生把这封急电给朗·布克尔看了,因为,他没觉得这么做有何不妥,朗看过之后表示赞成,但同时也表达了自己的担心,他认为,约翰的返回未必给多莉带来足够的精神刺激,不一定产生所期望的治疗效果。不过,简对此抱有极大期望,她认为,多莉一旦见到约翰,一定可以恢复神志。朗·布克尔答应了简的请求,按照她的意思给约翰写信,催促他尽快动身返回圣迭戈——当然了,朗的承诺是不会兑现的。

第五章 三个月后

在随后的几个星期里,布兰尼肯夫人的病情没有发生任何变化。如果说多莉的身体尚未出现任何紊乱,但是,健康状况却并不乐观,很明显,她的体力正在衰退。她看上去不再像一个尚未年满21岁的少妇,她的身形越发臃肿,原本红润的面庞变得苍白,似乎,生命之火在她的身体里正在熄灭。另一方面,人们越来越难得见到她,最多也就是在海景房的小花园里,坐在某一张凳子上,或者,在简的陪伴下散步。简始终不知疲倦,无微不至地照顾着多莉。

时间到了6月初,距离富兰克林号离开圣迭戈港已经过去了两个半月。自从富兰克林号与布恩德里号相遇之后,人们就再也没有得到过它的消息。根据日子计算,如果不出意外,富兰克林号应该已经结束在新加坡的停泊,即将抵达加尔各答港。在此期间,无论在太平洋北部海域,还是在印度洋上,都没有出现过可能让远洋帆船延误航期的极端恶劣天气。

然而,威廉·安德鲁先生始终没有接到富兰克林号的消息,他对此略感不安。与此同时,他也始终没有接到富兰克林号曾经抵达新加坡的消息,这一点很难得到合理解释。既然约翰船长得到的指令是必须停靠新加坡港,那么,为什么它却没有在那里停泊?总而言之,再过几天,当富兰克林号抵达加尔各答港之后,一切就能有答案了。

时间又过去了一个星期。已经6月15日了,依然没有任何消息。于是,又一封加急电报被发送给了安德鲁公司在加尔各答的联系人,电报要求立即回复有关约翰·布兰尼肯,以及富兰克林号的询问。

两天后,回复到了。

在加尔各答,没有任何人知道富兰克林号的消息。迄今,甚至还没有人在孟加拉湾①海域遇到过这条三桅纵帆帆船。

威廉·安德鲁先生的感觉由惊讶开始转变为担心,由于一封电报的内容不可能成为秘密,于是,一个消息在圣迭戈城传开了:富

---

① 孟加拉湾位于印度洋北部,是世界最大的海湾,由此经过马六甲海峡可驶往太平洋。

兰克林号既没有抵达加尔各答,也没有靠泊过新加坡。

难道,布兰尼肯一家将要再一次承受不幸的打击?而且,这个不幸还将打击圣迭戈城的其他一些家庭——那些富兰克林号船员们的家庭。

听到这个令人不安的消息,朗·布克尔并未感到震惊。对于约翰船长,朗从未有过深厚感情,而且,这个人从来不会对别人的不幸遭遇表示同情,即使遭遇不幸的人是自己的亲戚。不论怎样,人们对富兰克林号的命运真正开始忧心忡忡,就是从这个时候起,朗·布克尔变得更加阴郁,更加担忧,与此同时,他断绝了与外界的一切关系——甚至包括他的业务关系。无论在圣迭戈街头,还是在舰队街的办事处,人们都很难得见到朗·布克尔,似乎,他宁愿把自己幽禁在海景房的篱笆墙内。

至于简,她的面色苍白,两眼被泪水浸泡变得红肿,容貌变得极为憔悴,看起来,她又一次经历了可怕的打击。

也就是在这个时期,海景房发生了人事变动。并非出于任何明显的动机,朗·布克尔解雇了原来的女仆,此前,这个女仆一直在海景房服务,而且从未受到过任何指责。

黑白混血女仆承担了海景房的所有家务。除了简,以及混血女仆,任何人都不得接近布兰尼肯夫人。遭受厄运打击后,威廉·安德鲁先生的身体状况急转直下,也不得不中止了对海景房的造访。不仅如此,既然富兰克林号可能已经遇难,他还能对多莉说什么?还能为多莉做什么?而且,安德鲁先生知道,自从多莉停止到外面散步以来,已经重新陷入麻木不仁的状态,精神上一度出现的波动也彻底消失。现在,多莉生活在——或者不如说生存在无意识状态里,她的精神状况持续如此,她的身体状况也已不再需要专门的照料。

6月底,威廉·安德鲁先生收到从加尔各答发来的一封电报。电报称,各方面的海事信息显示,富兰克林号从未出现在原定航线的各个港口,包括菲律宾海、苏拉威西海、爪哇海,以及印度洋海域。然而,既然富兰克林号离开圣迭戈港迄今已经3个月,只能设想,这条船在抵达新加坡之前就已经覆没,原因可能是发生碰撞,也可能是遭遇风暴。

第 六 章

悲惨的一年

布兰尼肯家刚刚遭遇的这场灾难,使朗·布克尔面临新的处境,对这一点,有必要予以关注。

如果说布兰尼肯夫人的经济状况相当清贫,那么,请不要忘记,她可是那个有钱的爱德华·斯塔德,也就是她的叔叔唯一的遗产继承人。这个古怪的人一直隐居在他拥有的那片茂密的森林里,自我流放到——假如可以这样表述的话——田纳西州最偏远的地方,而且一直拒绝提供有关他的任何消息。由于他的年龄只有59岁,要想得到他的财富,还需要等待很长时间。

如果他获悉,自己家族唯一在世的直系亲属,布兰尼肯夫人痛失爱子,并且遭受沉重的精神打击,也许,他会考虑改变原来的安排。但是现在,他对这两个噩耗一无所知;由于他始终拒绝接收任何来信,也拒绝寄送任何信件,因此,他甚至不可能知道这个消息。确实,鉴于多莉的生存状况发生变化,再加上简提醒朗,他有责任通知爱德华·斯塔德,因此,朗·布克尔曾经很想违背不准通信的禁令;但是,最终他还是保持了沉默,对简的提醒置若罔闻。

朗这么做完全是出于自己利益的考虑,在利益与责任之间,他在做出选择时从来都不会犹豫,哪怕一秒钟都不会。他的业务状况日趋糜烂,令人担忧,不得不把最后的希望寄托在这笔财产上面。

其实,情况简单明了:如果布兰尼肯夫人去世,没有留下孩子,那么,她的表姐,作为唯一的亲戚,就成为唯一有资格继承她的遗产的人,并将得到这笔财产。因此,自从小瓦特亡故之后,毫无疑问,朗·布克尔发现自己的妻子拥有爱德华·斯塔德遗产的权力大增,换句话说,这笔财产将落入朗·布克尔的手里。

实际上,事情正在朝有利于朗·布克尔获得这笔巨额财产的方向发展,不是吗?孩子死了,不仅如此,多莉还疯了,而且,根据医生们的意见,只有约翰船长回来,才可能改变多莉的精神状态。

恰在此时,富兰克林号的命运引起人们的极度担忧。如果再过几个星期,富兰克林号依旧音讯全无,如果还没有人在海上看到过约翰·布兰尼肯,如果安德鲁公司仍无法证实它的这条帆船曾经靠泊过任何一个港口,那就意味着,富兰克林号,包括它的全体船员,将永远不能重返圣迭戈港了。这样一来,已经精神失常的多莉即使将来接收遗产,也不得不依赖朗·布克尔。偏偏朗的财务状况陷入绝境,正在苦苦挣扎,而且还是个良心泯灭的家伙,一旦爱德华·斯塔德离世,多莉继承了巨额遗产,他能干出什么事儿,还不一目了然?

不过,要想让布兰尼肯夫人继承遗产,必须让她活得比叔叔更长久。为此,朗·布克尔有必要让这个可怜的少妇活下去,一直活到爱德华·斯塔德的遗产落到她头上的那一天。目前来看,只有两种可能出现的情况不利于朗·布克尔,其一,多莉突然早夭;其二,约翰船长回来了,比方说,富兰克林号在某一座无名岛屿沉没,他幸免于难并且最终返回祖国。不过,第二种可能性出现的概率微乎其微,大家都认定,富兰克林号已经全军覆没。

这就是朗·布克尔面临的处境,也是他预期的前景,然而此时,他已经身陷窘境,亟须搞到一笔钱。实际上,如果此时司法介入他的业务活动,朗将面对特定背信罪①的指控。一些不谨慎的人把资金委托给朗,或者,朗使用不正当手段吸引来资金,这些资金的一部分已经亏损,不在他的账户里了。尽管他采用拆东墙补西墙的办法拖延,但是,很快就会有人起诉索赔。报应早晚要来,只是时候还未到。破产即将来临,而且,来临的还不只是破产,他还将遭到严厉指控,面临牢狱之灾,这种打击将令朗·布克尔声誉扫地。

无疑,布克尔夫人已经猜到丈夫面临困窘的财务危机,但是,她还不相信已经到了司法介入的程度。至少,在海景房里,还感受不到危机的来临。

这是因为:自从多莉遭到精神失常的打击后,由于她的丈夫不在身边,不得不为她指定一位监护人。作为布兰尼肯夫人的亲戚,朗·布克尔被委以这个重任,并因此享有多莉财产的支配权。约翰船长临行前留给家人的生活费落到了朗·布克尔的手里,而且被他出于个人需要,私自挪用。

这笔钱数额不大,事情并不严重,因为富兰克林号原来预计的行程不过五六个月。问题在于,这里面还包括了多莉作为嫁妆带来的钱,尽管只有数千美元,但全部被朗·布克尔拿去应付急于讨债的债主,以便为自己争取时间。

于是,这个寡廉鲜耻的人毫不犹豫地滥用监护人的委托权。他利用自己既是布兰尼肯夫人的监护人,又是亲戚的身份,擅自挪

---

① 背信罪指为他人处理事务,以谋求自己或者第三者利益,或以损害委托人的利益为目的,而实行违背其任务的行为,致使委托人的财产受到损失。

用了多莉名下的证券资金。利用这些不正当获得的资金,他暂缓了自己的财务危机,开始从事新的暧昧勾当。从此,朗·布克尔走上一条犯罪的道路,并且一发不可收拾。

另一方面,约翰船长回来的希望变得越来越渺茫。几个星期过去了,安德鲁公司没有得到富兰克林号的任何消息,迄今已经过去整整6个月,这条三桅帆船依然音讯全无。8月份和9月份相继过去,无论从新加坡,还是从加尔各答,没有传来任何消息,也没有任何迹象可以显示这条三桅纵帆帆船到底发生了什么。现在,人们可以不无道理地认定,富兰克林号彻底覆灭了,对于圣迭戈全城,这是一个公众哀悼的事件。这条船是如何沉没的?对于这个问题,公众舆论并无太大分歧,尽管大家都仅仅局限于猜测。事实上,自从富兰克林号启程以后,陆续又有多条商船启程,它们的目的港是一样的,航行的方向也必然是一致的。然而,这些船都没有发现富兰克林号的蛛丝马迹,猜测只能归结到一个最可能的假设,那就是:富兰克林号遇到了一场可怕的飓风,一场无法抵御的龙卷风,彻底倾覆,人船俱亡,这类飓风或龙卷风往往发生在苏拉威西海,或者爪哇海等海域,碰上这样的灾难,没有任何人能够生还。时间到了1875年10月15日,距离富兰克林号离开圣迭戈已经7个月,种种迹象表明,这条船永远回不来了。

按照那个时代圣迭戈城的惯例,开始了一场募捐活动,旨在帮助遭受灾难打击的不幸的家庭。富兰克林号上的水手和高级船员都属于圣迭戈港,他们的妻子、孩子,还有亲眷都面临贫困的威胁,必须予以救助。

这场募捐活动的发起人就是安德鲁公司,而且它已经认捐了一大笔善款。出于利益和谨慎的双重考虑,朗·布克尔也希望参与

这项慈善活动。城里的其他贸易公司、业主,以及零售商们纷纷予以响应。活动的结果是,失踪船员们的家庭在很大程度上得到救助,也使这场海难造成的后果得到一定程度的缓解。

理所当然地,威廉·安德鲁先生认为自己有责任帮助布兰尼肯夫人,这个少妇已经丧失了精神生活,那么至少应该保证她的物质生活。他知道,约翰船长临行前,给家里留下了生活必需的钱,按照行期计算,可以满足6至7个月的家用。然而,考虑到这笔钱已经快要用光了,而且他不希望多莉成为亲戚的负担,威廉·安德鲁先生决定与朗·布克尔就这个问题进行一次磋商。

10月17日下午,尽管自己的身体状况还没有完全康复,船东踏上了通往海景房的道路,穿过这座城市最高层的街区,来到了海景房的跟前。

从外面看,海景房一切依旧,只不过,一楼和二楼的百叶窗全部关闭得严严实实。使人觉得这栋寂静无声的住宅似乎没人居住,笼罩在神秘的氛围之中。

威廉·安德鲁先生敲了敲那扇安装在院子栅栏上面的门。没有人出现。似乎来访者没有被里面的人看到,或者听到。

难道这个时候海景房里没有人?

安德鲁先生再次敲了敲门,这一次,传来了房子侧门打开的声音。

黑白混血女仆出现了,当她认出威廉·安德鲁先生的时候,不禁做出了一个懊悔的动作,不过,安德鲁先生并没有发现。

不管怎样,混血女仆向门口走来,还没有等到她开门,安德鲁先生隔着栅栏张口问道:

"布兰尼肯夫人在家吗?"

诺回答道:"安德鲁先生,……她出去了,……"她的态度有些犹豫,十分古怪,而且,明显看得出来,还带着些许恐惧。

威廉·安德鲁先生坚持要求进门,同时问道:"那么,她去了哪里?"

"她和布克尔夫人一起出去散步了。"

"不是说散步可能产生刺激,导致病情复发吗?我原本以为已经停止散步了呢。"

诺回答道:"是的,确实,……不过,最近几天,我们又重新开始出门了……这么做似乎对布兰尼肯夫人的身体有些益处。"

威廉·安德鲁先生说道:"很遗憾,没有人告诉我这些情况,布克尔先生在房间里吗?"

"我不知道……"

"去确认一下,如果他在,请告诉我,我有事儿希望和他谈谈。"

混血女仆还没有来得及回答——也许回答这个问题令她很为难!——一楼的房门打开了,朗·布克尔出现在台阶上,穿过花园,走了过来,边走边说道:

"安德鲁先生,请您进来吧。简陪着多莉出去了,都不在家,请允许我来接待您。"

朗·布克尔说这话的时候,没有带着他一贯的冷漠语调,反而透出一些慌乱语气。

不管怎样,既然威廉·安德鲁先生来海景房的目的,原本就是拜会朗·布克尔,于是,他迈步跨进了栅栏门。随后,他拒绝了进楼到一层客厅的邀请,只是来到花园里,找了一个凳子坐下。

朗·布克尔首先开口,确认了刚才混血女仆的回答:几天以来,布兰尼肯夫人已经重新在海景房周围散步,因为这有益于她的身体健康。

威廉·安德鲁先生问道:"多莉不会很快回来吗?"

朗·布克尔回答道:"我觉得,简应该不会在晚饭前陪多莉回来。"

威廉·安德鲁先生感到非常矛盾,因为,他必须赶回贸易公司去发送邮件。另一方面,朗·布克尔也没打算邀请他进房间里等布

兰尼肯夫人回来。

安德鲁先生接着问道:"您就没有发现多莉的病情有改善的蛛丝马迹?"

"没有,非常遗憾,安德鲁先生,我担心她患的是一种疯病,无论是治疗,还是时间,都无法治愈。"

第六章 悲惨的一年

"谁知道呢？布克尔先生，在凡人那里似乎不可能发生的事情，在上帝这里也许有可能！"

朗·布克尔摇了摇头，他不相信神的干预可以影响到凡间。

威廉·安德鲁先生说道："最令人遗憾的是，我们已经指望不上约翰船长的返回了。本来，他的返回有可能让可怜的多莉恢复神志，现在，我们只能放弃这点儿侥幸的希望。我们已经对富兰克林号的返回不抱任何希望了，您知道吗，布克尔先生？"

"我对此一无所知，安德鲁先生。在一系列变故之后，这是新的不幸，而且是最大的不幸。"紧接着，朗又用不合时宜的嘲讽口吻说道，"不过，即使没有神灵的保佑，我认为，约翰船长的回归也并非完全没有可能。"

威廉·安德鲁先生提醒道："已经过去7个月了，富兰克林号依然毫无音讯，我叫人四处打探消息，但没有任何结果，在这种情况下，怎么可能？"

朗·布克尔接着说道："但是，没有任何证据证明富兰克林号在海上沉没了。难道，这条船就不能在穿越某些海域的时候，撞到某一块礁石上而沉没？……谁又能知道，约翰和他的水手们就不会死里逃生，流落到一座荒岛上？……倘若如此，这些人个个坚毅果敢，精力充沛，应该可以努力坚持到回归祖国……他们就不能利用沉船残骸造一条小船？……如果有一条船经过并看到那个荒岛，他们发出的求救信号为什么不能被发现？……毫无疑问，这些可能性的发生需要一定的时间……不！……我对约翰的回归并没有绝望……几个月，也许几个星期之后……曾经有过那么多沉船的先例，大家都以为彻底完蛋了……但他们最终还是回到了港口！"

这一次，朗·布克尔一改往日的习惯，口若悬河，喋喋不休地讲述,一向无动于衷的表情也变得生动活泼。在谈到沉船这个话题的时候,不管他说的是不是有道理,给人的感觉就好像他不是在说服威廉·安德鲁先生,而是在说服他自己,在平息自己惶惶不安的心绪,在安慰自己内心的恐惧,他害怕看到富兰克林号重新回到圣迭戈港,更害怕另一条船载着约翰船长和他的船员们重回故里。因为这样一来,他为自己构建的关于未来的梦想就将彻底落空。

听到这里,威廉·安德鲁先生回答道:"是的,……我知道……有过这样的救助行动,那几乎是奇迹……布克尔先生,您对我说的这些,我都曾经设想过……但是,我已经不可能再抱有任何期望!无论如何——这也恰恰是今天我来同您商谈的主题——我不希望多莉成为您的负担……"

"噢!安德鲁先生……"

"不,布克尔先生,请您同意,只要约翰船长的妻子还活着,约翰船长的工资就将一直支付下去,供他的妻子使用……"

朗·布克尔回答道:"我替她谢谢您,谢谢您的大度……"

威廉·安德鲁先生回答道:"我只是觉得这是我的责任,因为我想到,约翰走之前留下来的钱,应该大部分已经花光了……"

朗·布克尔回答道:"确实如此,安德鲁先生,但是,多莉并不是无家可归,帮助她,这也是我们的责任……就像我们给予她的亲情……"

"是的,……我知道我们可以信赖布克尔先生的奉献精神。不过,请允许我在一定程度上略尽绵薄之力,以确保约翰船长的妻子,哦!是他的寡妻……可以衣食无忧,受到良好的照顾,当然了,我相信,你们一向以来都在尽心竭力地照顾着她。"

"那就按照您的意愿办,安德鲁先生。"

第六章 悲惨的一年

"布克尔先生,今天,我带来了富兰克林号离开之后,约翰船长的合理所得,这笔钱一直保管在我这里,今后,您作为监护人,可以每个月到我公司的财务部门领取他的薪水。"

朗·布克尔回答道:"既然这样,就照您说的办……"

"那么,如果您愿意,请按照我带来的金额,给我写一份收据。"

"安德鲁先生,我非常愿意。"

朗·布克尔起身前往书房,去草拟那份收据。

片刻之后,他回到花园,威廉·安德鲁先生再次对没有见到多莉,并且不能继续等她返回表示歉意,对朗·布克尔和他的妻子给予可怜的疯病人的照顾表示感谢。他们约定,一旦多莉的精神状况出现哪怕一丁点变化,朗·布克尔都将立刻通知威廉·安德鲁先生。随后,安德鲁先生告辞,被送到栅栏门口,在那里略站了一会儿,希望能看到多莉在简的陪伴下回到海景房。之后,他顺着山坡,向圣迭戈的方向走下去。

等到威廉·安德鲁先生的身影消失之后,朗·布克尔高声喊来混血女仆,对她说道:

"简是否知道安德鲁先生刚刚来过海景房?"

"完全可能,朗。简看着他来到,又看着他离开。"

"下次如果他再来这里——这只是假设,至少一段时间里——一定不能让他看到简,特别是不能看到多莉!……你听到吗,诺?"

"我一定盯着,朗。"

"如果简坚持要求……"

诺反驳说道:"噢! 就像你说过的:我不愿意! 不能由着简尝试违背你的意志。"

"好吧,不过,要防止出现意外!……碰巧相遇也是可能的……如果……发生这种情况……那就可能一切都完了……"

混血女仆说道:"我在这儿呢,你不用担心,朗!任何人都不能进入海景房……只要……只要我们不愿意!"

就这样,在此后的两个月里,这栋房子被封闭得比以往更加严密。简和多莉都不再露面,即使在小花园里也看不到她们。无论在阳台走廊里,还是隔着一楼窗户,都无法看到她们的身影,更何况一楼的窗户永远是关闭的。至于黑白混血女仆,她也仅仅在家务需要的情况下才会出门,而且每次出门的时间都尽量短暂,而且只有当朗·布克尔在家的时候,她才会出门,也就是说,多莉和简从来都不可能单独留在海景房。人们还能观察到,在这一年的最后几个月,朗·布克尔很少来到舰队街的办事处,甚至连续几个星期都看不到他的身影,似乎,他在刻意缩小业务范围,正在为一个崭新的未来做准备。

1875年这一年,就在这样的背景下度过,这一年,对于布兰尼肯一家来说是悲惨的一年,约翰在海上失踪了,多莉丧失了神志,而且,他们的孩子在圣迭戈海湾的深处不幸溺亡!

第七章

各种可能性

1876年的头几个月里,依然没有富兰克林号的任何消息。在这条船经过的航线上,无论在菲律宾海、苏拉威西海,还是爪哇海,都没有发现它的踪迹。在澳大利亚北部的各个海域,同样没有任何发现。另一方面,很难想象,约翰船长怎么可能冒险驾驶富兰克林号穿越托列斯海峡?仅仅有一次,在巽他群岛①的北面,距离巴达维亚② 30英里的地方,一条美国双桅纵帆帆船打捞到一块沉船残骸,并把它带回圣迭戈,准备通过鉴定,确认其是否属于富兰克林号。然而,经过深入研究,发现这块残骸的木质比建造富兰克林号所用木材的年代更久远。

不仅如此,只有当一条船撞到礁石上,或者在海上发生两船碰撞事故,才会出现这样的碎片残骸。然而,如果是后一种情况,碰撞事故的秘密不可能被掩盖得如此严密,不露出半点儿风声——除非,发生碰撞的两条船同时沉没,同归于尽。然而,从现在算起

---

① 巽他海峡位于印度尼西亚苏门答腊岛和爪哇岛之间,沟通太平洋的爪哇海与印度洋,海峡中有几个火山岛。
② 巴达维亚是雅加达的旧称,是印度尼西亚最大的城市和首都,位于爪哇岛的西北海岸。

在大约过去的10个月内,并未听说还有另外一条船失踪,因此,碰撞事故的可能性可以排除,如此一来,就只有触礁沉没的假设可以成立,理由十分简单:富兰克林号遇到了龙卷风,不幸沉没,这类龙卷风在马来西亚海域经常发生,没有一条船能够抵御龙卷风的袭击而幸存。

时光荏苒,距离富兰克林号启程出发已经一年了,这条船已被确认为海损船,或者假定为海损船,被列入了海事灾难年鉴的众多沉船名单中。

1875年至1876年的这个冬天,气候异常严酷,即使历来温暖宜人的加利福尼亚滨海地区也不例外。这场罕见的严寒一直持续到2月底,布兰尼肯夫人始终不曾离开过海景房,甚至都不曾在小花园里露过面,对此,没有人觉得奇怪。

然而,时间长了,这种隐秘的生活方式终于引起海景房周围邻居们的猜疑。不过,大家只是猜测布兰尼肯夫人的病情是否加重,而没有想到,朗·布克尔可能出于某种目的,故意将病人隐藏起来。因此,从来没有人想到过"非法监禁"这个词。至于威廉·安德鲁先生,由于身体原因,这个冬天的大部分时间都不得不待在房间里,他一直想去亲眼看一看多莉的病情,心想,一旦自己身体康复,可以出门了,就去拜访海景房。

然而,就在3月份的第一个星期,布兰尼肯夫人又开始在海景房周围散步了,身边陪伴着简和黑白混血女仆。不久之后,威廉·安德鲁先生前往拜访海景房,观察到少妇的身体状况差强人意。从体态外貌上看,多莉的状况令人十分放心。从精神状况看,确实,没有丝毫改善的迹象:意识不清,记忆丧失,毫无理智,症状具备神志衰退的典型特征。即使在散步途中,遇到可能引发记忆的事物，例如，碰到一群路边玩耍的孩子，或者，站在波涛汹涌的海边，看着远处船帆点点，逐渐远去，布兰尼肯夫人始终无动于衷，而过去，这些都曾经让她感受到强烈的刺激。她不想逃跑，因此，可以让她自己独处，由简在一旁监护。她没有任何反抗意识，也没有一丁点儿反应，表现出绝对的顺从，再加上麻木不仁。当威廉·安德鲁先生再次见到多莉的时候，他不得不承认，多莉的疯病无药可医了。

在此期间，朗·布克尔的财务状况进一步恶化。他从布兰尼肯夫人的家产中盗窃走的存款，已经无法填补他在自己脚下挖出的大坑。他的财源已经枯涸，尽管朗竭力挣扎，但是结局即将来临。再过几个月，也许只需再过几个星期，朗·布克尔就将面临司法起诉，要想逃避承担后果，唯一的选择只能是离开圣迭戈。

还有一种情况可能挽救朗·布克尔，但是，这种情况似乎不大可能出现——至少不大可能及时出现。实际上，如果说布兰尼肯夫人还活着，那么，她的叔叔爱德华·斯塔德也依然活着，而且活得很滋润。他幽居在田纳西州自己领地的深处，朗·布克尔曾经极其谨慎，不让对方察觉地打探过这个美国佬的情况。

爱德华·斯塔德今年刚满60岁，体格健壮，精力充沛，身体与心智都极为健康，他生活在大自然里，融入广阔无垠的北美大草原和森林当中，他徒步或者骑马，不停地东奔西跑，把时光的一部分用于狩猎，穿行于猎物丰盛的地区，另一部分用于捕鱼，蹚过一条又一条流经本地区的河流，同时，他亲自管理着自己广袤的领地，从不假手于人。确切地说，他就是北美洲粗犷的农场主当中的一员，他们才不会自己盼着离开这个世界，实际上，他们都很长寿，个个长命百岁。

如此看来,朗·布克尔根本别想指望在近期内获得这笔遗产,最大的可能倒是这位叔叔将比自己的侄女还要活得长久。朗·布克尔原本盼着老爷子早点儿走,但很显然,他的期望破灭了。现在,摆在朗面前的,将是一场无法避免的灾祸。

时光又过去两个月,在这两个月里,朗的财务状况变得更加糟糕。无论在圣迭戈,还是在其他地方,关于朗的账目状况堪忧的传言此起彼伏。一些人从他这里再也得不到钱,于是不断对朗·布克尔发出威胁。威廉·安德鲁先生也开始了解这一切,非常担心布兰尼肯夫人的利益遭到侵占,虽然对简·布克尔还提不出任何指控,而且她与表妹感情深厚,但安德鲁先生还是决定,要求监护人必须向他提交财务审计,如果有必要,将把对多莉的监护权转交给其他值得信任的代理人。

然而,到了这个时候,布兰尼肯夫人财产的三分之二已经被侵吞,剩下留在朗·布克尔手里的钱,仅仅只有1500美元。

面对四面八方压迫过来的索赔要求,这1500美元犹如杯水车薪,就像圣迭戈海湾里的一滴水!不过,这点儿钱虽然不够用来偿还债务,却足够被朗·布克尔用于逃亡,以逃避法律对他的诉究。现在的问题仅仅在于逃跑的时间。

实际上,针对朗·布克尔的起诉很快就要提起,起诉的罪名就是诈欺罪①与背信罪。很快,他就将面临牢狱之灾。然而,当警察来到位于舰队街的办事处,却发现朗·布克尔早已经不在那里。

很快,警察们就追踪到了海景房……朗·布克尔已经于半夜时分离开这栋住宅。不论自愿与否,他的妻子也不得不随同离开。

---

① 诈欺罪是指出于非法获利的意图,以诈骗为手段,获得他人财物或财产性利益,造成他人财产损失的行为。

只有诺留了下来，守在布兰尼肯夫人身边。

在圣迭戈城，发出了追捕朗·布克尔的通缉令，之后，追捕的范围扩大到旧金山，并且进一步扩大到加利福尼亚州的各个角落，然而，追查朗·布克尔行踪的努力没有取得任何结果。

朗·布克尔失踪的消息在城里传开，立时掀起轩然大波，这个可耻的办事处成为众矢之的，人们很快知道，它的亏损数额相当可观。

出事儿的这一天是5月17日，威廉·安德鲁先生在第一时间赶往海景房，他发现，布兰尼肯夫人已经一无所有，变得一贫如洗。那个背信弃义的监护人甚至连生活必需的钱都没给多莉留下来。

威廉·安德鲁先生立即决定采取唯一可行的办法，那就是把布兰尼肯夫人送进一家精神病院，在那里，她的身体状况可以得到保证，另外，解雇了让人无法相信的诺。

这样一来，假如朗·布克尔曾经希望把黑白混血女仆安插在多莉身边，并且通过女仆随时了解多莉的身体状况，以及未来财产的变动情况，那么，他的打算就落空了。

诺被勒令离开海景房，当天，她就走了。警方猜想她可能前去与布克尔夫妇会合，特意跟踪了一段时间。但是，这个女人十分警觉狡猾，成功地摆脱了警方的监视，从此销声匿迹，谁也无法知道她的下落。

现在，海景房被抛弃了，在这里，约翰和多莉曾经幸福地生活过，他们曾经把美丽的梦想寄托在他们的孩子身上，期望他幸福安康！

威廉·安德鲁先生把布兰尼肯夫人送进了布兰雷医生的精神病院，这位医生曾经给她做过治疗。近期，生活环境的变化能否对多莉的精神状态产生影响？大家期望如此,可惜结果令人失望。与在海景房里居住的时候一样,多莉依然麻木不仁。不过,唯有一点特别之处值得关注,那就是,在她沉沦的精神状态中,依然漂浮着某种本能的反应。有时候,她会喃喃地唱一首儿歌,就好像怀里抱着一个婴儿,正在哄他入睡。但是,她从来不曾张嘴说出小瓦特的名字。

在1876年的一年里,约翰·布兰尼肯始终音讯全无。极少数人曾经认为,即使富兰克林号一去不复返,它的船长和船员们仍然有望回归祖国,但是现在,就连这极少数人也不得不陷入绝望。随着时间的流逝和消磨,希望逐渐泯灭。日复一日,找回遇难船员的可能性越来越渺茫,以至于彻底消失。当1877年接近岁末的时候,时间已经过去18个月,在此期间,失踪的富兰克林号始终毫无音讯。

布克尔夫妇同样毫无音讯。搜寻他们的努力没有任何结果,不知道他们逃奔去了哪个州,这两个人使用假名字,躲藏到了无人知晓的地方。

然而,实话说,朗·布克尔的运气真的不好,没有把设在舰队街的办事处维持下来。其实,就在他失踪两年之后,他曾经为自己构建的梦想居然成真了。这么说吧,他只差一步就功亏一篑,就像谚语所说:他把船弄沉在港口里了!

1878年6月中旬,威廉·安德鲁先生收到一封寄给多莉·布兰尼肯的信。这封信通报了爱德华·斯塔德意外死亡的消息。他死于一场事故。一个狩猎伙伴射出一颗子弹,这颗跳弹打中了他的心脏,爱德华·斯塔德当场身亡。

人们拆看了他的遗嘱,遗嘱确认,爱德华·斯塔德把他的所有

第七章 各种可能性

财产留给自己的侄女多莉·斯塔德,就是现在的布兰尼肯船长的妻子。尽管他的遗产继承人目前处于病态,但依然可以拥有这笔财产,而且,斯塔德生前并不知道多莉疯了,同样,他也不知道约翰船长已经失踪。

由于爱德华·斯塔德居住在田纳西州最偏远的地方,那里原始荒蛮,人迹罕至,并且,按照他的意愿,无论报纸还是信件,统统送不进去,所以,斯塔德对遗产继承人所发生的变故一无所知。

这位立遗嘱人的财产总额估值高达200万美元,包括农庄、森林、畜群,以及各类工厂。

这些都是爱德华·斯塔德意外死亡后,转移到他侄女名下的遗产。如果多莉依然神志健康,依然为人妻,为人母,如果约翰还在,能够与多莉分享这笔财富,那么,圣迭戈全城都会为布兰尼肯家的一夜暴富而欢欣鼓舞!多莉一向乐善好施,她将用这笔财富做多少善事!她将帮助多少不幸的人!然而,可惜!这笔财富的收益只能被保存起来,不断积累增多但无益于任何人。朗·布克尔还躲藏在人们不知道的角落里,他是否也获悉了爱德华·斯塔德的死讯,知道他留下了如此巨额的财产?对此,谁也说不清楚。

作为多莉名下财产的管理人,威廉·安德鲁先生把位于田纳西州的土地全部出让,包括农庄、森林,以及牧场,那个地方太遥远了,很难进行管理。求购者数量众多,成交的条件极为理想。出让所得全部兑换成最优良的有价证券,爱德华·斯塔德遗产的一个重要组成部分就是有价证券,安德鲁先生把这些证券一起存入圣迭戈的统一国家银行的账户里。这笔财产每年产生的收益十分可观,布兰尼肯夫人住在布兰雷医生的精神病院,所需护理费用只占其中极小部分,于是,这笔财富不断积累,终将造就加利福尼亚滨海地区的巨富之一。

此外,虽然布兰尼肯夫人的经济状况发生了变化,但是,她仍需继续住在布兰雷医生的精神病院里。威廉·安德鲁先生认为不必将多莉从那里接出来。这家医院可以提供多莉所需的舒适生活条件,以及治疗条件,这些都是她的朋友们所希望的。多莉的人生曾经充满幸福的期望,但是毫无疑问,今后她只能待在精神病院里,度过悲惨、空虚的余生!

尽管时光流逝,布兰尼肯一家的遭遇依然长久保留在圣迭戈城居民的记忆里,人们对多莉的同情始终如一,一直是那么真诚,那么深厚。

1879年来临了,人们以为这一年将会与往年一样平静度过,一切照旧不会有什么变化,然而,这种想法大错特错了。

事实上,在新的一年的头几个月里,布兰雷医生,以及这家精神病院的其他医生都震惊地发现,布兰尼肯夫人的精神状态发生了变化。她对现实生活中所有细节一律麻木不仁,漠视无睹的精神状态开始转变,出现了有针对性的刺激反应。这些反应绝不是病情发作,因为伴随病情发作的应该是神志的彻底丧失。不是!人们可以揣测,多莉感受到了一种需要,一种恢复神志的需要,她在内心努力切断一些联想,这些联想曾经阻碍她与外界发生交集。被带到她面前的孩子们看到多莉眼睛里开始出现目光,似乎还流露出笑意。人们还记得,在她罹患疯病的初期,在海景房,她就曾经出现过短暂的本能反应,同时伴随着病情的反复发作。然而现在,情况恰恰相反,她表现出的感知能力开始持续。似乎,多莉正在询问自己,力图从脑海深处,寻找出那些遥远的记忆。

既然这样,布兰尼肯夫人是否将恢复神志?她的内心是否正在酝酿新生?她的精神状况是否可能完全康复?……是呀,如今,她没有了丈夫,也没有了孩子,难道能够期盼她的疯病彻底痊愈?因为,即便奇迹出现,也只能让她倍感痛苦。

无论期盼与否,医生们已经看到了治愈的可能性,于是采取各种手段,试图在布兰尼肯夫人的精神上,以及在她的内心制造持续的,有益于健康的震撼。他们甚至想到,让她离开布兰雷医生的精神病院,把她带回海景房,让她重新搬回那栋住宅,住进她原来的房间。重返海景房之后,多莉确实感受到了生存环境的变化,对于自己身边新的生活条件,表现出了一定的兴趣。

早春的日子里——此时已经到了4月份——布兰尼肯夫人重新开始在附近散步,好多次,她被带到伊斯朗岬头的海滩上。远处海面上不时驶过船只,她注视着这些船,把手伸向远方的地平线。不过,她不再像过去那样试图躲开陪伴在身旁的布兰雷医生,她看着海浪卷起的浪花拍击沙滩,听到波涛汹涌的海浪声,她也并未因此惊慌失措。可以想象,此时,多莉在脑海中追随着那条海路,富兰克林号就是沿着这条航道离开圣迭戈港,那一刻,升起的船帆消失在岬头高耸的悬崖后面?……是的!……也许!终于有一天,多莉嘴唇动了,喃喃地,清晰地说出了约翰的名字!……

显然,布兰尼肯夫人的病情进入了一个新的时期,在这个时期,有必要仔细研究病情进展的各个阶段。慢慢地,多莉开始习惯了在海景房的生活,并且一点一点地认出了自己曾经熟悉的物品。在这个环境里,她的记忆开始重建,很久以前,这些记忆曾经属于过她。在她的房间墙壁上,悬挂着一张约翰船长的照片,这张照片引起多莉的关注。每天,她都盯着照片看,越看神情越投入,有时候,眼泪会从眼角流出,不过,此时,这个动作仍是下意识的。

是的! 如果不是确信富兰克林号已经沉没,假如约翰有幸能够生还,倘若他突然现身,也许,多莉就能够恢复神志!……然而,约翰已经不可能回来,对此,想都不要再想。

正因为如此,布兰雷医生决定在可怜的少妇身上再制造一次震撼,尽管这么做有些冒险。四年来,多莉的疯病主要症状特点就是麻木不仁,为了不让目前病情显现的好转迹象再次消失,为了避

免多莉重新堕入麻木不仁的状态,布兰雷医生必须采取行动。迹象表明,唤起记忆能对多莉的精神产生震撼,既然如此,那就必须让她受到一次极度震撼,哪怕让她神魂俱碎!是的!总不能看着多莉再次沉沦到虚无境界里,那样子和死亡有什么区别!

这个想法与威廉·安德鲁先生的想法不谋而合,他鼓励布兰雷医生做一次尝试。

那一天,5月27日,他们两个人一起来到海景房,找到布兰尼肯夫人。花园门口停着一辆车,他们乘车穿过圣迭戈的大街小巷,一直来到港口堤岸,停在码头边,那里有一条蒸汽小艇,负责运送乘客前往罗玛岬头。

按照布兰雷医生的设想,并不要再现当年灾难发生的场景,而是要让布兰尼肯夫人重新处于当年她的精神突然遭到重创的那一刻。

就在此时,多莉的眼神中闪现出一道奇异的目光,整个身心被一种特殊的活力攫住,浑身上下开始颤抖……

威廉·安德鲁先生与布兰雷医生带着布兰尼肯夫人走向蒸汽小艇,双脚刚刚踏上小艇的甲板,她的神态就让旁观者大吃一惊。本能地,多莉走到右舷长凳旁边,就是当年她怀里抱着孩子,曾经站立过的那个位置。然后,她把目光投向海湾深处,面向罗玛岬头的方向,似乎正在寻找锚泊在那里的布恩德里号帆船。

蒸汽小艇上的乘客们已经认出了布兰尼肯夫人,威廉·安德鲁先生也已经把此举的目的告诉了众人,大家都感到激动不已。他们能否见证起死回生的一幕?……不是肉体的起死回生,而是一个灵魂的起死回生?

不用说,已经采取了一系列保护措施,万一多莉的病情急剧发作,不能让她跨过小艇船舷跳进大海。

蒸汽小艇已经向前行驶了半里路,多莉的目光始终没有低下来投向海湾水面。她的双眼一直望向罗玛岬头,终于,她的目光开始转动,投向一条正在航行的商船,这条船扬着风帆,出现在海湾的入口,正在驶往检疫隔离锚泊地。

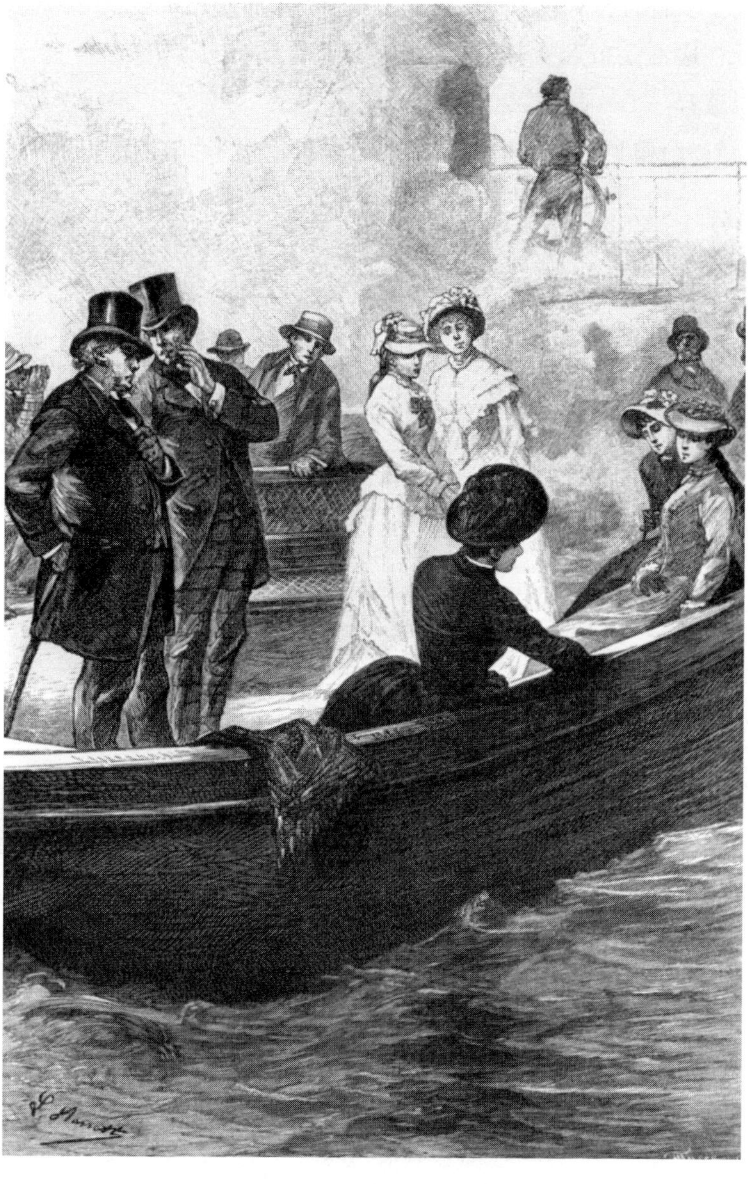

多莉的表情发生变化,……她站起身,看着这条船……

这不是富兰克林号,她绝不会认错。但是,多莉摇了摇头,说道:

"约翰!……我的约翰!……你也该回来了,你很快就要回来……我就在这里迎候你!"

突然,似乎认出了这片海湾,多莉的目光开始在水面搜寻。她发出撕心裂肺的喊叫,转身面向威廉·安德鲁先生,说道:

"安德鲁先生……您……那么,他呢……我的小瓦特……我的孩子……我可怜的孩子!……那儿……那儿……我想起来了!……我想起来了!……"

她双膝跪倒在小艇的甲板上,泪如雨下。

第八章

为难的处境

布兰尼肯夫人的神志恢复了,就像一个逝去的人获得了新生。她曾经拒绝接受这段记忆,拒绝回想起那一幕场景,既然现在,重新唤起的记忆并未把她击倒,那么,是不是就可以认为,或者应该认为多莉已经彻底康复?一旦多莉知道富兰克林号已经失踪4年,知道这条船已被确认沉没,人船俱亡的噩耗,当她被告知再也见不到约翰船长的时候,她的神志会不会再次被击垮?……

精神遭受冲击,情绪极为激动的多莉立即被送回海景房。威廉·安德鲁先生和布兰雷医生都守在她的身边,不愿离开,多亏负责照料她的女仆们,多莉的情绪得到了必要的安抚。

然而,由于精神遭受剧烈冲击,布兰尼肯夫人发起高烧。甚至在几天的时间里,出现谵妄症状,尽管她的神志已经完全清醒,但是医生们依旧忧心忡忡。确实,一旦到了多莉面对所有不幸遭遇的那一刻,必须千方百计,谨防意外。

第一次,当多莉询问自己丧失神志已经有多长时间的时候,布兰雷医生回答道:

"两个月。"他早就准备好了答案。

多莉喃喃说道:"只有两个月?……"

她觉得这一切好像已经过了一个世纪!

她接着说道:"两个月!既然距离约翰出发只有两个月,现在还不到他回来的时候!……他知道我们可怜的孩子已经……?"

布兰雷医生毫不犹豫地接道:"安德鲁先生已经写信……"

"收到过富兰克林号的消息吗?……"

布兰尼肯夫人被告知,约翰船长应该已经从新加坡写信来,但是信件还没有寄到。无论怎样,根据海事信息,富兰克林号应该很快就要抵达印度。过不了多久,就能收到电报。

随后,多莉又问,为什么简·布克尔不在自己身边,布兰雷医生回答说,布克尔夫妇出门旅行去了,不知道何时才能回来。

把富兰克林号的噩耗告诉布兰尼肯夫人的重任,落到了威廉·安德鲁先生的身上。不过,大家同意,要等到多莉的精神状况完全康复,能够经得起这个噩耗打击的时候,再把这件事告诉她。而且还必须小心谨慎,一点儿一点儿地告诉她事情的经过,最后才告诉她结果:沉船事故中无人生还。

关于爱德华·斯塔德先生的死讯,以及由此导致的遗产继承,这些也都暂时保密。现在就让布兰尼肯夫人知道这笔财富的事还嫌太早,因为她的丈夫已经无法与她共同分享!

在此后的15天里,布兰尼肯夫人与外界没有任何接触,只有威廉·安德鲁先生,以及布兰雷医生能够接近她。一开始,她的高烧热度极高,后来,慢慢降了下来,也许,很快就可以退烧了。考虑到她的身体状况,对于她提出的过于具体的问题,特别是敏感问题,必须小心避免做出回答,因此,医生要求病人保持绝对安静。特别是,在她面前,避免提及过去的事情,任何暗示影响都不能有,以免让她知道,自从孩子亡故,时光已经流逝了4年,约翰船长启程离开,也已经过去4年。一个重要的前提是,在一段时期内,要让布兰尼肯夫人以为,时光仍然停留在1875年,而不是现在的1879年。

另一方面,多莉依旧满怀期望,甚至焦急盼望着收到约翰的第一封来信。她计算着日子,觉得富兰克林号即使还没有抵达,应该也即将抵达加尔各答港了,安德鲁公司很快就能收到报平安的电报……越过重洋邮寄来的信件也快送到了,……然后,一旦体力恢复,她就要亲自给约翰写信……是呀!在这封信里该说些什么呢?这将是结婚以后,她写给约翰的第一封信,因为,在富兰克林号启程远航之前,多莉与约翰还从未分开过……是的!这第一封信将容纳多少悲伤的往事!

回想起过去,多莉责备自己不慎导致孩子的亡故!……那个不祥的日子,3月31日又浮现在她的脑海!……如果当初她把小瓦特留在海景房,他今天就会还活着!……那天去拜访布恩德里号,她为什么要带着孩子?……当时,艾利斯船长提议,请她留在船上,随同布恩德里号一起返回圣迭戈码头,她为什么要拒绝?……否则,那个可怕的不幸就不会发生!……还有,当时,蒸汽小艇为了避免撞船,突然转向的时候,为什么她要不假思索地从乳母手中一把抢过孩子!……她摔倒了,孩子从她手中甩脱,……是从她手里,从孩子的母亲手里甩脱……当她发生抽搐的时候,没能下意识地抱紧孩子……当那个水手把她救上船的时候,小瓦特已经不在她的怀里!……可怜的孩子,他甚至都没有一座坟墓,可以让母亲到坟前哭诉!

这些回想,活生生地浮现在多莉的脑海,使她失去平静,而平静的精神状态对她非常重要。多莉开始反复发高烧,并且不断出现谵妄症状，使得布兰雷医生非常担忧。幸好，这次发作逐渐平息，症状慢慢趋缓，最终完全消失。现在不必担心，布兰尼肯夫人的精神状况已经完全康复。威廉·安德鲁先生告诉她全部真相的时刻临近了。

多莉的身体状况已经明确进入康复期，从这个时候起，医生允许她下床活动。在她的房间窗户前，放置了一把长椅子，坐在那里，可以把圣迭戈海湾的风光尽收眼底，甚至还可以看得更远，越过罗玛岬头，一直望到海平线。多莉坐在那里，连续几个小时一动不动。

再往后，多莉想要给约翰写信；她需要和约翰说一说他们的孩子，那个约翰再也看不到的孩子。在这封信里，多莉要倾诉自己的痛苦感受，而这却是一封约翰永远无法收到的信。

威廉·安德鲁先生拿到这封信，允诺把它与公司的邮件一起寄往印度，做完这件事，布兰尼肯夫人平静下来，不再一门心思想着探听有关富兰克林号的消息，不论是直接传来的消息，还是间接传来的消息。

然而，这种状况不可能持久。毫无疑问，多莉早晚得知道那些隐藏的秘密——也许就是从过分谨慎的言谈中获悉。多莉一门心思想着早点儿收到约翰的来信，距离约翰返回的预期时间一天比一天近，越是如此，多莉即将遭受的打击就越沉重！

6月19日，威廉·安德鲁先生与布兰尼肯夫人见了一面，这次见面之后，上述判断就越发确切了。

那一天，多莉第一次下楼，来到海景房的小花园里，威廉·安德鲁先生看见她坐在房子台阶前的长凳上，于是走过去，坐在她的身旁，拉住她的手，热情地紧紧握住。

经过最近这段时期的康复,布兰尼肯夫人感觉自己好多了。她的脸色已经恢复了当初的红润,不过,她的眼里总是饱含泪水。

威廉·安德鲁先生说道:"亲爱的多莉,我发现您身体康复的速度很快。是的!您很快就能好起来!"

多莉回答道:"确实如此,安德鲁先生,不过,我感到自己在过去的两个月里衰老了很多!……我那可怜的约翰回来的时候,会发现我变了许多!……而且,只有我孤零零地等着他……只剩下我一个人……"

"亲爱的多莉,勇敢起来,勇敢起来!……我不允许您灰心丧气……现在,我就是您的父亲……是的,就是您的父亲!……希望您听我的话!"

"亲爱的安德鲁先生!"

"好极了!"

多莉问道:"我写给约翰的信已经寄走了,对吗?"

"确切无疑……但是,等待他的回信需要一些耐心!……从印度寄回来的信,有时候会迟到很长时间!……您怎么又哭了!……求您了,请别再哭了!"

"安德鲁先生,我不哭,但是,我一想到……都怪我,怪我……"

"不,可怜的母亲,不!上帝严酷地惩罚了您……但是,上帝也希望任何苦难终会结束!"

布兰尼肯夫人喃喃说道:"上帝!……愿上帝把我的约翰送回来!"

威廉·安德鲁先生问道:"我亲爱的多莉,今天医生来看过您了吗?"

"来过了,他认为我的身体好极了!……身上的力气已经恢复,很快就能出门……"

"多莉,在得到医生的允许前不能出门!"

"不会的,安德鲁先生,我答应您,绝不贸然行事。"

"我相信您的诺言。"

"安德鲁先生,您还没有收到任何有关富兰克林号的消息?"

"没有,不过,我倒并不觉得意外!……船只驶往印度往往需要比较长的时间……"

"约翰为什么没从新加坡写信来?……他没有在那里靠泊吗?"

"应该靠泊的,多莉!……但是,有时候仅仅因为耽误几个小时,错过了信使,他的信件就会迟到15天。"

"这样……直到现在,约翰都没有给您来过一封信,您就不觉得意外吗?"

威廉·安德鲁先生回答道:"丝毫不觉得意外……"此时,他已经感觉到这场谈话有些吃力了。

多莉问道:"那么,海事报纸就一点儿都没有提到这条船经过的事情?"

"没有……自从富兰克林号遇到布恩德里号以后,那是在大约……"

"是的……那是大约两个月之前……这两条船为什么要相遇呀!……要不然,我也不会去登上布恩德里号……那样,我的孩子……"

布兰尼肯夫人的脸色变了,泪水从眼角流淌下来。

威廉·安德鲁先生回答道:"多莉……我亲爱的多莉,不要哭了,求您了,请别再哭了!"

"噢！安德鲁先生……我不知道……我有时会产生一种预感……无法解释……我感到新的不幸即将来临……我为约翰感到担心！"

"不必担心,多莉！……没有任何理由担心……"

布兰尼肯夫人问道:"安德鲁先生,您能给我送来几份刊登海事信息的报纸吗？我想读一读。"

"当然可以,我亲爱的多莉,我这就让人送来……另外,如果有任何关于富兰克林号的消息……无论是在海上遇到了它,还是它终于抵达了印度,我都会是第一个得到消息的人,而且,我会立即……"

不过,最好还是换一个话题。布兰尼肯夫人最终会发现威廉·安德鲁先生答话中的犹豫语气,多莉还会发现,每当自己的提问更直白的时候,安德鲁先生看她的眼光就会低下来。于是,这位正直的船东开口,准备第一次向多莉谈起爱德华·斯塔德的死讯,以及他遗赠给自己侄女的巨额财产,恰在此时,多莉抢先提问道:

"他们告诉我,简·布克尔和她的丈夫出门旅行去了,是吗？……他们离开圣迭戈很久了吗？"

"不很久,大约两三个星期……"

"那么,他们是不是很快就该回来了？"

威廉·安德鲁先生回答道:"我不知道……我们没有接到任何消息……"

"也不知道他们去了哪里？"

"谁都不知道,我亲爱的多莉。朗·布克尔陷入了危险的事务里……不得不去了很远的地方……非常远……"

"那么,简呢？"

"布克尔夫人不得不陪着她的丈夫……我也不知道怎么跟您说这些事情……"

布兰尼肯夫人说道:"可怜的简!我对她抱有深厚的感情,如果能重新见到她,我会很高兴……她是我唯一的亲戚,对吗!"

她甚至都没有想起爱德华·斯塔德,也没有想起彼此之间的家族血缘联系。

她问道:"为什么简一次都没有写信给我?"

"我亲爱的多莉……当布克尔先生和他的夫人动身离开圣迭戈的时候,您还生着病呢……"

"确实,安德鲁先生,为什么要给一个神志不清的人写信呢!……亲爱的简,她该抱怨了!……她的日子一定会很难熬!……我早就担心朗·布克尔从事某种不正当的投机业务!……也许,约翰也有同感!"

威廉·安德鲁先生回答道:"然而,谁也没有想到他的结局如此令人遗憾……"

多莉激动地问道:"朗·布克尔是不是因为干了坏事,然后才离开了圣迭戈?……"

她盯着威廉·安德鲁先生,后者的窘态显而易见。

她接着说道:"安德鲁先生,说呀!……别把我蒙在鼓里!……我想知道一切!"

"好吧,多莉,我也不愿意向您隐瞒这个不幸的事情,反正您早晚都得知道!……是的!到了最后,朗·布克尔的情况变得非常严重……他已经还不起自己欠下的债……催债索赔的越来越多……他面临牢狱之灾,不得不一走了之。"

"那么,简也跟着走了?"

"毫无疑问,一定是朗强迫她走的,而且,您也知道,简在朗面前从来唯命是从……"

布兰尼肯夫人喃喃说道:"可怜的简!……可怜的简!我真同情她,唉,当时,如果我能帮她一把就好了……"

威廉·安德鲁先生说道:"您一定会施以援手的,是的,您一定会挽救朗·布克尔,不是为了他,这个人不值得任何同情,至少是为了他的妻子……"

"我可以肯定,如果我动用了我们那点儿微薄的家产,约翰一定会赞成!"

威廉·安德鲁先生忍住了没有告诉布兰尼肯夫人,她的家产已经被朗·布克尔侵吞一空。假如告诉多莉,朗曾经是她的监护人,也许她就会询问,为什么在这么短的时间里——不过才两个月——可能发生这么多事情。

因此,威廉·安德鲁先生只好回答道:

"我们不要再谈论您的微薄的经济状况,我亲爱的多莉……如今,您的经济状况已经大为改观!"

布兰尼肯夫人问道:"安德鲁先生,您说的是什么意思?"

"我想说的是,您已经有钱了……而且非常有钱!"

"我?"

"您的叔叔爱德华·斯塔德去世了……"

"去世了?……他去世了!……这是什么时候的事儿?"

"那是……"

威廉·安德鲁先生差一点就说漏了嘴,那可是两年前的事儿了,倘若如实说出爱德华·斯塔德去世的准确日期,就等于让多莉知道了一切真相。

然而,此时,多莉只顾想着自己的心思,她的叔叔死了,表姐失踪了,把她独自抛下无依无靠。当她获知,由于这位自己并不熟悉的长辈的缘故,她和约翰当初以为需要等待很久才能接收到的遗产,如今已经落到自己名下,自己的身家已经高达200万美元的时候,多莉只想到,可以利用这笔钱完成许多善举。

她说道:"是的,安德鲁先生,我要去拯救可怜的简!……我要把她从破产和耻辱当中拯救出来!……她如今在哪里?……可能在哪里?……她将变成什么样子?……"

威廉·安德鲁先生不得不重复说到,寻找朗·布克尔的努力没有取得任何结果。他已经跑到美国最偏远的某个地方,也许,他是否已经离开了美洲?谁也不知道。

布兰尼肯夫人提醒道:"不过,如果他和简仅仅是在几个星期前才离开圣迭戈,也许还能打听到……"

威廉·安德鲁先生急忙回答道:"是的……几个星期!"

不过,这个时候,布兰尼肯夫人心里正在想另一件事儿:多亏有了爱德华·斯塔德的遗产,约翰不需要再去航海了……那就意味着,约翰永远都不会再离开她……这一次为安德鲁公司服务,驾驶富兰克林号的航行,将成为他的最后一次航行……

是啊,可不是最后一次航行么,因为约翰船长将一去不再复返!

多莉叫道:"亲爱的安德鲁先生,一旦返回圣迭戈,约翰将不会再出海远航了!……虽然他热爱水手职业,但是将要为我做出牺牲!……我们将一起生活……永远在一起!……无论什么也无法让我们再分开!"

威廉·安德鲁先生想到,一旦他说出真相——他很快就必须说

第八章 为难的处境

出来——多莉的幸福感立刻就会被砸得粉碎,安德鲁先生一时难以自持。他急急忙忙结束了这次交谈;不过,临走之前,他要求布兰尼肯夫人承诺,绝不贸然行事,在没有得到医生允许的情况下,不要按照自己过去的生活习惯出门走动,偶尔出去也不行。在自己这方面,安德鲁先生再次承诺,一旦获得富兰克林号的消息,不论是直接获得,还是间接获得,他都将立刻通知海景房这边。

威廉·安德鲁先生把这次谈话的内容向布兰雷医生做了汇报,布兰雷医生十分担心,一旦百密一疏,让布兰尼肯夫人知道了真相,后果实在堪忧。多莉的疯病曾经持续4年,4年来,富兰克林号音讯全无,多莉将再也见不到约翰。是的!所有这一切,都必须以尽量委婉的方式,而且只能由威廉·安德鲁先生,或者布兰雷医生本人告诉布兰尼肯夫人。

于是,他们决定,一个星期之后,如果找不到合适的理由继续限制布兰尼肯夫人离开海景房,就把一切都告诉她。

威廉·安德鲁先生说道:"但愿上帝赋予她力量,让她经受得起这次考验!"

6月的最后一个星期,布兰尼肯夫人与往常一样,一直待在海景房。由于受到细心照料,她的身体与精神状况都有很大改善。与此同时,她不断向威廉·安德鲁先生提出各种问题,而且都是安德鲁先生无法做出回答的问题,安德鲁先生因此越来越感到困窘难堪。

23日下午,威廉·安德鲁先生前来看望布兰尼肯夫人,准备交给她一大笔钱,同时把财产状况告诉她,这些财产以有价证券的形式存放在圣迭戈的国家统一银行。

这一天,布兰尼肯夫人对威廉·安德鲁先生的话题不感兴趣,只是勉勉强强地听着。她只想谈论约翰,她心里只想着他。怎么?还没有他的来信?……这让她感到极度担心!……安德鲁公司还没有收到富兰克林号抵达印度的电报,这究竟是怎么一回事?

船东竭力安慰多莉,告诉她,公司刚刚给加尔各答发去了电报,这一两天之内,就会得到回复。终于,安德鲁先生好不容易把多莉的思路引向别处,她却提出了一个问题,让安德鲁先生再次陷入窘迫困境。多莉问道:

"安德鲁先生,有一个人,迄今我从来没有对您提起过,……就是那个曾经救过我,但是没能救起我可怜的孩子的那个人……那个水手……"

威廉·安德鲁先生回答道:"那个水手?……"他明显流露出犹豫不决的神色。

"是的,……那个勇敢的人……他救了我的命……他是否得到了酬谢?"

"多莉,他得到了。"

事实上,确实如此。

"安德鲁先生,这个水手还在圣迭戈吗?……"

"不……我亲爱的多莉……他不在!……我听人说,他又出海了……"

这也是事实。

这个水手离开港口服务部门以后,先后在好几家贸易公司工作,眼下,他正在海上航行。

布兰尼肯夫人问道:"不过,至少,您能否告诉我他叫什么名字?"

"他的名字叫扎克·弗伦。"

第八章 为难的处境

布兰尼肯夫人说道:"扎克·弗伦?……好的!……谢谢您,安德鲁先生!"

多莉头一次听到这个水手的名字,然而,她没有继续打听关于这个水手的更多情况。

不过,从这一天起,扎克·弗伦的名字就留在了多莉的头脑里。在她的脑海中,这个名字与曾经在圣迭戈湾发生的那一幕悲剧永远联系到了一起。等到这个扎克·弗伦返航回来,她就要去找到他……他是在几个星期之前出海航行的……她能打听到这个人在哪条船上工作……也许就是属于圣迭戈港的某一条船……这条船可能6个月之后返航回来……也许一年以后……也许更久……毫无疑问,富兰克林号将在这条船之前返回圣迭戈港……约翰和她都会赞成酬谢这个扎克·弗伦……这是为了偿还欠他的人情债……是的!约翰驾驭着富兰克林号,很快,他就会驾驶这条船返回圣迭戈……他们两人彼此将永不分离!

多莉想着:"到了那一天,为什么要让我们的亲吻伴随着眼泪!"

第 九 章
披 露 真 相

　　威廉·安德鲁先生希望与布兰尼肯夫人见面,告诉她富兰克林号已经确定失踪,所有船员,包括船长已经遇难——在圣迭戈城,大家都对此确信不疑,不过,安德鲁先生又害怕这次会面。多莉的神志已经遭受过一次震动,她还能经受得住又一次打击吗?尽管距离约翰船长启程已经过去了4年,然而,对多莉来说,约翰的死就像是刚刚发生!4年的时间里,人世间发生过无数的不幸,但是,对于她来说,这4年的时间是停止不动的!

　　只要布兰尼肯夫人待在海景房,就可以保证不会百密一疏,过早地让她获悉真相。在这方面,威廉·安德鲁先生和布兰雷医生早已采取了防范措施,任何报纸或信件都不能送进海景房。然而,多莉感觉身体好多了,认为自己可以出门,尽管医生还没有允许,但谁能保证哪一天她不打招呼,自己走了出去?……为此,不能再犹豫了,按照事先的约定,多莉很快就将被告知:不用再等待,富兰克林号回不来了。

　　然而,经过最后一次与威廉·安德鲁先生谈话之后,布兰尼肯夫人已经决定走出海景房,而且不打算告诉身边的服务人员,因为,她们肯定会竭力劝阻。如果说,按照多莉目前的身体状况,出

第九章 披露真相

一趟门不会有任何危险,但是,在外面行走却可能招致可悲的后果,因为,她很可能遇见随便某一个人,在没有任何预防措施的情况下,意外知道了实情。

布兰尼肯夫人决定走出海景房,她想着尝试一下寻找扎克·弗伦。

自从知道了这个水手的名字,一个念头就总在多莉的心里萦绕。

她心里想着:"我们要照顾他一下。是的!……要给他一些钱,我自己就能办这件事……既然扎克·弗伦在五六个星期之前就出发了,……但是,也许他有一个家庭,一位夫人,几个孩子……肯定生活拮据,值得同情!……我有责任去拜访他们,接济一下他们的生活,让他们过得宽裕一些!……去看看他们,提供一些力所能及的帮助!"

其实,如果布兰尼肯夫人之前就这个问题咨询威廉·安德鲁先生,他怎么会阻止多莉表达谢意的仁慈善举呢?

6月21日,大约上午9点来钟,多莉走出家门;没有人发现她出门。她穿着丧服,这丧服是为了她的孩子而穿,因为在她的意识里,这个孩子才刚刚死去两个月。多莉走出小花园的栅栏门,心情十分激动,她还从来没有独自一人出过门。

天气很好,加利福尼亚的夏天刚开始的几个星期里,气候已经有些炎热,尽管吹来的海风缓解了一些暑热。

布兰尼肯夫人进入了城市高处栅栏林立的街区。她心里想着自己要去做的事情,目光有些漫不经心,并没有发现这个街区出现的一些变化,包括一些新近出现的建筑物,本来,这些变化应该引起她的注意。但是,这些变化只让她产生了一点模糊的异样感。

此外,这些变化还不算太大,不至于让她找不到原来的路,沿着大街小巷,向码头走去。她没有注意到,沿途遇到两三位路人,认出了她,纷纷露出吃惊的表情看着自己。

海景房附近有一座天主教堂,多莉是这里最虔诚的堂区教民之一,经过这里的时候,她产生了不可抗拒的愿望,走了进去。教堂里的住持教士正在做弥撒,多莉走进教堂,在一个比较昏暗的角落里,跪倒在一张低矮的椅子上。她全神贯注地为孩子、丈夫,以及所有热爱的人祈祷。弥撒现场还有几位虔诚的教民,但他们都没有注意到多莉,当她准备退出教堂的时候,其他人早已离去。

就在此时,教堂内部装饰的一个细节触动了多莉,让她感到惊奇。她发现,每次祈祷时习惯面对的祭坛不是原来的样子了,现在这个祭坛更为华丽,风格也是新的样式,安放在祭台间的前面,而这个祭台间似乎是新建的。难道这座教堂最近扩建了吗?……

不过,这个短暂的感觉很快就被撇在脑后,布兰尼肯夫人开始走在商业街区的街道上,这个时候,街上已经很热闹了。然而,每向前走一步,眼前的景象都令她吃惊……一张标明日期的海报……一张铁路—公路联运时刻表……一张太平洋航线的启程通知……一场娱乐活动或者一场表演的海报,上面标的日期都是1879年……看到这些,多莉似乎突然感到,威廉·安德鲁先生和布兰雷医生都骗了她,她精神失常的时间是4年,而不仅仅是若干个星期……由此可以得出结论,那就是,富兰克林号离开圣迭戈已经整整4年,而不是区区两个月……人们之所以隐瞒这个事实,那是因为约翰一去不曾复返……是因为约翰应该再也回不来了!……

布兰尼肯夫人快步向港口的码头走去,途中又想到去看一看朗·布克尔的房子,为此只需稍微多绕几步路。

第九章 披露真相 113

她喃喃自语道:"可怜的简!"

走到舰队街那个办事处的对面,她几乎都认不出那里了——这让她非常吃惊,心中隐隐感到不安。

实际上,在原来那个她所认识的狭小阴暗的房屋的位置上,出现了一幢高大的建筑,盎格鲁-撒克逊式的建筑风格,有好几层楼,高大的窗户,一楼的窗户还围着栅栏。在建筑物的楼顶上,矗立着

一座顶塔,顶塔上飘扬着一面公司旗帜,旗子上绣着缩写字母 H. W.。大门旁竖立着一块牌子,上面烫金的文字写着:

哈里斯·瓦丹顿和科洛

一开始,多莉以为走错地方了。她左右环顾了一番,不对!就是这里,位于舰队街的拐角,她曾经来这栋房子探望过简·布克尔……

多莉用手遮住双眼……心头泛起一阵莫名的预感……浑身似乎没有了知觉……

威廉·安德鲁先生的贸易公司就坐落在不远处,多莉加快脚步,很快就在街道的拐角处看到了它。她本想走进去,但是,不……她停住了脚步,转身走了回来……她想先去看一看扎克·弗伦一家……为此,她需要前往码头附近的蒸汽小艇营运处,问一问这位水手的家庭住址。

多莉继续向前走去,精神恍惚,目光迷离,心慌意乱。现在,她的目光开始注视路上遇到的行人……她感到一种无法抗拒的需要,她想走近这些路人,想问一问他们,询问一下……什么?……他们还把她看作疯子……多莉是否确定,她不会再一次丧失神志?……她的记忆里是不是出现了空白?……

布兰尼肯夫人来到了码头。远处,宽阔的海湾一览无余。几条船正在劈波斩浪,驶往自己的锚泊地。还有几条船正在做着出航的准备工作。繁忙的码头景象让多莉想起了什么!……仅仅两个月以前,她还站在这个码头的远端……就是从那里,她看着富兰克林号最后一次转弯,向港湾的航道驶去……也是在那里,她听到了约翰最后一次呼唤告别的声音……然后,那条船掠过伊斯朗岬头;它升起的风帆在海平线上一掠而过,随后,富兰克林号就消失

第九章 披露真相

在浩瀚的大洋深处……

又向前走了几步,多莉来到蒸汽小艇营业室的门前,走近旅客通行的栈桥码头。此时,正有一条蒸汽小艇解缆驶离,向罗玛岬头的方向驶去。

多莉的目光追随着它,听着黑色烟筒顶端冒出的蒸汽的声音。

此时,她的脑海中又浮现出了那悲惨的一幕——她回忆起自己的孩子,眼前的海水甚至都不曾把孩子幼小的遗体送还回来,眼前的海水吸引着多莉……让她失魂落魄……她支撑不住,脚下似乎是万丈深渊……她头晕目眩……几乎就要跌倒……

过了一会儿,布兰尼肯夫人走进蒸汽小艇营业室。

营业室的工作人员坐在桌子后面,看到进来的少妇面容紧张,面色苍白,赶紧站了起来,端过一把椅子,说道:

"夫人,您不舒服吗?"

多莉回答道:"没什么,先生。就是有点儿乏力……我已经感觉好多了……"

"您请坐一会儿,等待下一班小艇,最多不过10分钟……"

布兰尼肯夫人回答道:"谢谢您,先生。我来这里不过是想打听一件事……也许,您能告诉我?"

"夫人,什么事儿?"

多莉坐了下来,把手放到额头上,尽量凝神静气地说道:

"先生,您的这个营业室有没有一位水手,名号扎克·弗伦?……"

工作人员回答道:"有的,夫人。这位水手在这里工作的时间不长,但是我和他很熟。"

"他是否曾经冒着生命危险,救过一个女人……一个不幸的母亲……是不是,就是他?"

"确实,我想起来了……布兰尼肯夫人……是的!……就是他。"

"那么,现在,他正在海上航行吗?"

"在海上。"

第九章 披露真相

"他在哪一条船上航行?"

"在一条三桅纵帆帆船上,名叫加利福尼亚号。"

"这条船属于圣迭戈港吗?"

"不是,夫人,这条船属于旧金山港。"

"这条船正在驶往哪里?"

"正在驶往欧洲海域。"

布兰尼肯夫人感到很累,比预想的还要累,她沉默了一会儿,工作人员也等着回答她提出的新问题。她缓过劲儿来,接着问道:

"扎克·弗伦是圣迭戈人吗?"

"是的,夫人。"

"您能否告诉我,他的家人住在什么地方?"

"我曾经听扎克·弗伦说,他在这个世界上单身一人。我不认为他还有任何亲属,无论在圣迭戈,还是在其他地方。"

"他没有结婚吗?"

"没有,夫人。"

没有理由怀疑这个工作人员的话,看来,他非常熟悉扎克·弗伦。

看来,眼下不需要为这个水手做什么,反正他也没有家庭。布兰尼肯夫人能做的就是等待加利福尼亚号从欧洲返回美国。

她问道:"您知道扎克·弗伦的这趟航行需要多少时间吗?"

"我不知道,夫人,因为加利福尼亚号这次要跑很远的路程。"

布兰尼肯夫人说道:"非常感谢,先生。我非常希望能见到扎克·弗伦,但是看来,需要等待很长时间了……"

"是的,夫人。"

"不论怎样,几个星期之后,也许几个月之后,我们可能得到加

利福尼亚号的消息？"

　　工作人员说道："消息？……这条船隶属于旧金山公司，他们已经收到很多关于这条船的消息了……"

　　"已经收到？"

　　"是的……夫人。"

　　"很多？"

布兰尼肯夫人嘴里重复着这句话，不禁站了起来，看着工作人员，就好像没有听懂这句话的含意。

工作人员手里拿着一份报纸，接着说道："您看，夫人，这是一则《船务信息》，……这上面说了，加利福尼亚号在8天前离开利物浦……"

布兰尼肯夫人嘴里喃喃说道："8天前！"她双手颤抖着接过报纸。

随后，她用一种完全走调的语气，声音低得勉强可以听见，问道：

"那么，扎克·弗伦走了多长时间了？"

"差不多18个月了……"

"18个月！"

多莉用手支撑在桌子一角……片刻间，她的心脏停止了跳动。

突然，她的目光停留在墙上悬挂的一张告示，这是一张夏季蒸汽小艇往返运行的时刻表。

告示的上端，标着以下词汇和数字：

1879年3月份

1879年3月份！……她被人蒙骗了！……她的孩子已经死去整整4年……约翰离开圣迭戈港也已经4年了！……这4年里，她处于疯癫状态！……是的！……威廉·安德鲁先生和布兰雷医生之所以让她相信自己仅仅疯癫了两个月，那是因为他们想要隐瞒富兰克林号的真相……那就是，4年来，约翰和他的帆船始终毫无音讯！

布兰尼肯夫人浑身一阵强烈痉挛，让工作人员大吃一惊。但是，她很快竭力控制住自己，转身冲出营业室，疾步穿行在城市低处街区的大街小巷。

街上行人看到这个少妇,看到她苍白的面色,恐惧的眼神,无不以为这是个疯子。

不幸的多莉,如果说她现在还不是疯子,那么,她会不会重新发疯?……

她要奔向哪里?她直冲威廉·安德鲁先生的公司奔去,几分钟之后,她就跑到了那里。她绕过那些办公桌,从公司职员当中穿过,他们甚至都来不及阻止她,她一把推开办公室的门,船东就在里面。

威廉·安德鲁先生看到布兰尼肯夫人,先是一阵慌乱,然后,看到多莉面庞扭曲,脸色苍白,他又不禁感到一阵恐惧。

他还没有来得及说话,多莉已经喊叫道:

"我知道了……我知道了!……您欺骗了我!……我曾经疯了4年!……"

"我亲爱的多莉……请您安静一下!"

"回答我!……富兰克林号?……它已经走了4年,是不是?……"

威廉·安德鲁先生一语不发。

"大家都认为富兰克林号已经沉没!……它的船员们一个也回不来了……而我再也见不到约翰!"

作为回答,威廉·安德鲁先生默默地流下眼泪。

突然,布兰尼肯夫人倒在旁边的沙发上……失去了知觉。

威廉·安德鲁先生赶紧唤来公司的一位女职员,急急忙忙抢救多莉,另外派了一位职员去请布兰雷医生,他就住在这个街区,很快就赶了过来。

威廉·安德鲁先生告诉他事情的经过。出于疏忽,或者是出于偶然,他也不清楚,也许在海景房,也许是在圣迭戈的街道上,这都不重要,反正布兰尼肯夫人刚刚获知了一切!现在,她什么都知道了!她知道,孩子亡故后,迄今已经过去了4年;她知道,在这4年里,她丧失了神志;她还知道,4年过去了,富兰克林号至今音讯全无……

布兰雷医生很费了一番工夫,终于让布兰尼肯夫人苏醒过来,他担心地想,多莉的神志能否经得起这个最后的打击,对她来说,这是最残酷的一次打击。

布兰尼肯夫人慢慢苏醒过来,她对刚刚获悉的一切仍然记忆犹新!……她恢复了生气,而且神志清醒!……她泪眼蒙眬,盯着威廉·安德鲁先生,用眼神询问着,后者抓住她的手,跪倒在她的面前。

"说呀……说呀……安德鲁先生!"

多莉的嘴里只能说出这几句话。

于是,哽咽着,威廉·安德鲁先生断断续续讲述了事情的经过:起先,得不到富兰克林号的消息,令人万分忧虑……先后分别向新加坡和印度寄送了信件和电报,但是,这条船始终没有抵达过那里……在约翰的船经过的沿线都调查过!……没有任何迹象可以显示沉船的踪迹!

布兰尼肯夫人听着,一动不动,一言不发,目光凝滞。直到威廉·安德鲁先生讲述完整个过程:

多莉喃喃说道:"我的孩子死了……我的丈夫也死了……噢!为什么扎克·弗伦不让我也死掉呢!"

但是,突然,她的面容恢复了生气,神色恢复正常,而且显露出坚毅的力量,这个变化让布兰雷医生吓了一跳。

她语气坚定地问道:"自从最后一次寻找富兰克林号以来,再也没有它的任何消息?"

威廉·安德鲁先生回答道:"什么都没有。"

"那么,您认为它已经沉没了?"

"是的……沉了!"

"那么,也没有关于约翰,以及他的船员们的任何消息?"

"没有,我可怜的多莉……现在,我们已经不抱任何希望……"

布兰尼肯夫人回答道:"不抱希望!"她的声音里几乎带着嘲讽的语气。

她站起身,用手指着一扇窗户,透过窗户,可以望见海平线。

威廉·安德鲁先生和布兰雷医生满怀忧虑地看着她,对她的精神状态极为担心。

但是,多莉完全能够控制住自己,她的眼神里迸发出灵魂的火光,她再次重复道:

"不抱希望!……您是说不抱希望!安德鲁先生,如果说约翰的船沉没了,那也是为了您,而不是为了我!……我现在拥有财富,但我不想没有他而独享!……我要把这笔财产用于寻找约翰,以及他在富兰克林号上的同伴!……噢,上帝保佑,我一定要找到他们!……是的!……我要找到他们!"

第十章
准 备 工 作

　　布兰尼肯夫人即将开始新的生活。如果说,对于孩子的亡故,她已经确信无疑,但是关于丈夫,她并不这么认为。富兰克林号沉没之后,约翰和他的同伴们为什么就不能死里逃生,逃到一座荒岛上去?无论在菲律宾海、苏拉威西海,还是爪哇海,那里分布着数量众多的岛屿。为什么不会存在这种可能:他们落到了某一个土著部落手里,没有办法逃脱?从现在开始,布兰尼肯夫人把希望寄托在这个假设上,她依靠非同寻常坚忍不拔的毅力,很快就在圣迭戈城扭转了关于富兰克林号的舆论看法。不!她不相信,也不能够相信约翰和他的同伴都已经不在人世,也许,她之所以还能保持神志健全,就是依靠了这个坚定的信念。有些人认为,这么做纯属某种偏执,某种疯狂,姑且将之称作"极端希望狂热症",这种看法毫无道理,究竟如何,还得走着瞧。布兰尼肯夫人现在神志健全;同时,她还具有与生俱来的判断力。目标只有一个:找到约翰,拯救他的生命,为此,她一往无前,更何况,现有条件也使她拥有更多能力。既然上帝允许扎克·弗伦把她从第一场灾难里拯救出来,又让她恢复了神志,既然她拥有的财富使她可以动用一切行动手段,那就意味着,约翰还活着,同时也意味着,她最终将救回约翰。利用这笔财产,她可以不停顿地进行搜寻,可以悬赏提供报酬,还可以购置所需的装备。在年轻船长航行经过的海域内,每一座岛屿,包括小岛,都将被确认、勘察、搜寻一遍。当年富兰克林夫人为了寻找约翰·富兰克林①曾经做过的一切,布兰尼肯夫人都将为了约翰·布兰尼肯而再做一遍,不同的是,那位著名海军将领的遗孀没能成功,而布兰尼肯夫人将取得成功。

从这一天起,朋友们都明白,在多莉的人生新阶段里,必须给她提供帮助,鼓励她查找搜寻,并且与她并肩共同努力。威廉·安德鲁先生同样尽心竭力,虽然对于找到沉船生还者的努力能否取得乐观结果,他并不抱多大希望。不过,他还是成了布兰尼肯夫人最热心的顾问,并且得到布恩德里号船长的帮助,这条船目前恰巧停在圣迭戈港,除去帆樯索具,休整待命。

艾利斯船长是约翰的好朋友,为人坚毅果敢,是一个值得信赖的人。布兰尼肯夫人和威廉·安德鲁先生邀请他来共同商议。

他们在海景房多次举行会商。虽然布兰尼肯夫人现在有钱了,但是她仍然不愿意搬离这栋简朴的住宅。约翰临走的时候,把她安置留在这里,等到他回来的时候,也应该是在这里与多莉相聚重逢。只要多莉的丈夫还没有回到圣迭戈,她就不会改变自己的生活方式。她照旧住在这里,过着简朴的生活,除去习惯的日常消费,增加的开支都被用作搜寻活动,以及支持她的慈善预算。

城里的居民很快就都理解了多莉,并且对这位勇敢的女人倍

---

① 1845年5月,英国著名的北极探险家约翰·富兰克林爵士受命率英国皇家海军舰艇"幽冥号"与"恐怖号"出征北极。1847年6月,约翰·富兰克林在探险途中死亡。探险船在海冰中无法解脱,船员只能无奈弃船。富兰克林夫人曾多次遣队找寻富兰克林探险队,但均以失败告终。

第十章　准备工作

加同情,多莉不甘心自己沦为约翰·布兰尼肯遗孀那样的结局。多莉没有想到,居民们拥护她,称赞她,甚至尊敬她,因为她的不幸遭遇,引起了公众的同情,乃至尊敬。对于她正着手进行的搜寻活动,不仅有很多人为此祈祷祝福,希望她能取得成功,而且,他们愿意相信这次活动必将成功。每次多莉从城市高处的街区走下来,前往安德鲁公司,或者前去拜访艾利斯船长,这时,她总会身着黑色的丧服,神情严肃,尽管只有25岁,但她的容貌似乎比实际年龄苍老十年,此时,街上行人看到她经过,总会向她脱帽,或者低头致敬。不过,对于公众向她表达的敬意,多莉并未用心领会。

布兰尼肯夫人多次与威廉·安德鲁先生,以及艾利斯船长见面会商,他们商谈的第一件事情,就是确认富兰克林号应该行驶的航线。这一点非常重要,必须十分精确,而且判断必须正确。

安德鲁公司派往印度的商船都会在新加坡靠泊,然后动身继续前往印度,靠泊期间,商船会把一部分货物卸载在新加坡港。当然,在富兰克林号离开美国西海岸驶入大洋之后,约翰船长可能首先驶往夏威夷群岛,或者桑威奇群岛①。在离开密克罗尼西亚群岛②之后,富兰克林号应该驶往马里亚纳群岛和菲律宾群岛;随后,富兰克林号还应该穿过苏拉威西海,以及望加锡海峡,抵达爪哇海,沿着爪哇海南部的桑德岛行驶,并最终抵达新加坡。穿过由马六甲半岛和爪哇岛构成的马六甲海峡,在海峡的西端,就是孟加

---

① 桑威奇群岛也叫三明治群岛,是英国航海家詹姆斯·库克在1778年1月18日发现夏威夷时,对当地所起的名称。
② 密克罗尼西亚群岛是太平洋三大岛群之一,属热带雨林气候,附近的加罗林群岛海域是台风源地之一。

拉湾,这里有两个群岛,一个是尼科巴群岛①,另一个是安达曼群岛②,除了这两个群岛,沉船逃生者找不到其他可栖身之所。不过,毫无疑问,约翰·布兰尼肯船长从未抵达过孟加拉湾。富兰克林号从未靠泊过新加坡,这点已经确定无疑,那么,由此可见,这条船当初就不曾穿越过爪哇海,也不曾从桑德群岛经过。

如果假设,富兰克林号没有选择途经马来西亚的航线前往加尔各答,而是试图沿着澳大利亚北部海岸,穿过托列斯海峡,走那条困难的航线,那么,任何一位海员都不会赞成这个假设。艾利斯船长很肯定地认为,约翰·布兰尼肯根本不会冒冒失失地驶入这个充满危险的海峡。因此这样的假设绝对不屑一顾,未来的搜寻工作只应该在马来西亚海域展开。

实际上,在卡洛琳海、苏拉威西海,以及爪哇海,那里岛屿众多,包括小岛在内,大小岛屿数以千计,如果富兰克林号发生海上事故,只有在这片海域,船员们有可能被遗弃,或者被某个土著部落扣押,无法逃脱回归祖国。

这些看法明确之后,就要做出决定,派遣一支搜寻队伍前往马来西亚海域。布兰尼肯夫人提出这一建议,而且认为这个建议非常重要。她询问艾利斯船长,是否愿意担任这支搜寻队伍的领队。

艾利斯船长现在是自由之身,因为布恩德里号已经被安德鲁公司卸掉了帆樯索具。如此一来,尽管艾利斯船长对这个建议有些意外,但仍然毫不犹豫地表示接受,并且征得威廉·安德鲁先生同意后,正式开始为布兰尼肯夫人工作,对此,多莉非常感谢安德鲁先生的支持。

---

① 尼科巴群岛是安达曼海当中的20个岛屿。
② 安达曼群岛是孟加拉湾与缅甸海之间、十度海峡之北的一组岛屿。

威廉·安德鲁先生回答道:"我只是做了分内之事,为了寻找富兰克林号的幸存者,如果需要我出力的,我定会全力以赴!……假如约翰船长还活着……"

"约翰一定活着!"布兰尼肯夫人说道,她的语气异常坚定,使得任何怀疑论者都不敢表示异议。

艾利斯船长开始讨论研究一系列问题,这些问题必须逐一解决。需要招募一支海员队伍,这支队伍必须成为他的左膀右臂,这个问题解决起来并不难。然后就是船只问题。毫无疑问,不能考虑使用布恩德里号,它无力执行这样的航行。因为,这次的搜寻活动,根本不是一条帆船能够承担的,必须使用蒸汽轮船。

在圣迭戈港口,停泊着好几条蒸汽轮船,都非常适合此次航行。布兰尼肯夫人委托艾利斯船长,物色了其中一条速度最快的蒸汽轮船,并且交给他一笔资金,足够购买这条船的。几天以后,事情有了一个理想的结果,布兰尼肯夫人拥有了一条名叫"达维特"的蒸汽轮船,随后,它被改称为"多莉-希望号",这是一个吉祥的名字。

这是一艘由螺旋桨推进,排水量为900吨的蒸汽轮船,船舱内部进行了改造,可以装载大量煤炭,不需要中途加载,就能跑很远的航程。船身建造成三桅纵帆帆船的样式,风帆面积很大,蒸汽机的功率高达1200匹马力,使这条船的时速达到15节。以这样的时速和吨位,多莉-希望号操纵灵敏,航海性能极佳,很适合在散布岛屿、小岛,以及礁石的狭窄海域里穿行,没有哪条船比它更适合此次航行了。

多莉-希望号的出发准备工作用了不到三个星期,包括保养锅炉,调试机器,整理帆缆索具和风帆,校正驾驶罗经,装载煤炭,此外还有生活必需品,这是一次长途航行,为期可能长达一年。艾利斯船长下决心,要把富兰克林号可能沉没的那些海域搜个遍,不放过任何可能避难匿藏的地方。为此,他以海员的名义发誓,而他又是一个恪守誓言的男人。

一条好船,再配上一队好船员,就能增加成功的机会,在这方面,艾利斯船长感到庆幸,因为,圣迭戈的航海界向他提供了有力的协助。许多最优秀的水手前来报名,愿意在他麾下工作。大家争先恐后,要求前往搜救沉船遇难者,这些遇难者都出自圣迭戈城的居民家庭。

多莉-希望号的船员团队包括:一名大副、一名二副、一名水手长、一名司务长,以及25名船员,其中有机械师和驾驶员。艾利斯船长确信,自己招收的都是忠诚勇敢的水手,心甘情愿参加这次艰苦漫长,穿越马来西亚海域的航行。

不用说,在上述准备工作进行的时候,布兰尼肯夫人也没有闲着。她不断提供支持,帮助艾利斯船长,用金钱去解决出现的所有难题,每一个细节都不容忽视,以便确保搜寻行动取得成功。

与此同时,这位仁慈的女士丝毫没有忘记那些失踪船员的家人,沉船事故导致这些家庭的生活陷入困窘,乃至凄惨的境地。在这方面,她只是对安德鲁公司已采取的救济措施,以及公众捐款做了补充。从现在起,这些家庭的生活得到了足够的保障,他们都指望布兰尼肯夫人组织的搜救行动能把富兰克林号的幸存者带回家。

多莉向遭受这次海难事故残酷打击的家庭提供了帮助,那么,她为什么就不能向简·布克尔提供帮助呢?现在,多莉已经知道,在自己生病期间,这个可怜的女人曾经对自己多么友善。她知道,

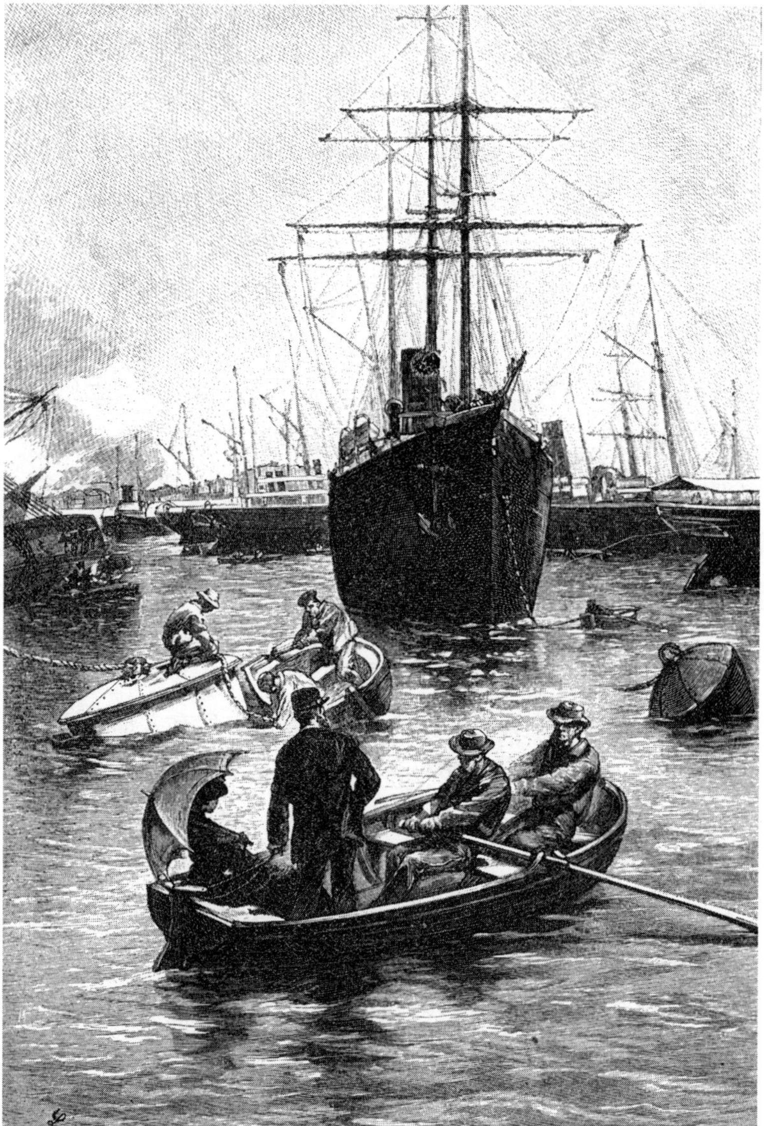

那段时间,简陪着自己寸步不离。如果不是她的丈夫从事了龃龉勾当,迫使她不得不离开圣迭戈,甚至可能离开了美国,那么,这个时候,简应该还留在海景房,与自己一同分享对未来的期望。朗·布克尔理应受到谴责,但可以确信的是,简的行为尽到了一位亲戚应尽的义务,她对多莉的友情达到了无私奉献的程度。因此,多莉对简始终满怀深厚的友情,想到简身处悲惨境地,多莉非常遗憾不能向她提供帮助,借以表达自己的感激之情。然而,尽管威廉·安德鲁先生多方努力打听,始终无法了解到布克尔夫妇的近况。其实,即使打听到他们的藏身之地,布兰尼肯夫人也不能把他们叫回圣迭戈,因为朗·布克尔面临最严厉的侵吞财产罪的指控;不过,多莉可以尽快给简送去一些救济,不幸的简肯定非常需要帮助。

7月27日,多莉-希望号准备出发。一大早,布兰尼肯夫人就来到船上,她最后一次叮嘱艾利斯船长,一定要不遗余力找到富兰克林号的踪迹。当然,她毫不怀疑艾利斯船长定将取得成功,定能把约翰带回祖国,也定能把全体船员带回祖国!多莉语气坚定地说了这番话,博得船员们一阵热烈的鼓掌声。所有人都赞同她的信念,包括前来为多莉-希望号送行的船员们的亲朋好友。

艾利斯船长对站在甲板上的布兰尼肯夫人,以及她身边的威廉·安德鲁先生说道:

"当着您的面,夫人,也当着威廉·安德鲁先生的面,我代表我的高级船员们,也代表全体船员们发誓,是的!我发誓,绝不向任何风险低头,一定不遗余力找到约翰船长,以及富兰克林号的全体船员。您装备了这条船,它的名字叫多莉-希望号,它一定不辜负这个名称……"

布兰尼肯夫人回答道:"有上帝的帮助,有信仰上帝的人们的信任。"

"乌拉！……乌拉,祝福多莉与约翰·布兰尼肯夫妇！"

反复响起的欢呼声来自码头上的全体人群。

系泊的缆绳松开了,螺旋桨开始旋转,推动着多莉-希望号向海湾的出口驶去。随后,它离开出入口航道,船头指向东南方,在马力十足的机械动力推动下,很快就把身后的美国土地甩得无影无踪。

第十一章

在马来西亚海的第一次搜寻

经过2200海里的长途跋涉,多莉-希望号终于望见了冒纳罗亚火山①。这座高达15000码的山峰矗立在夏威夷岛上,位于桑威奇群岛的最南端。

这个群岛包括5座大岛屿、3个小岛屿,除此之外,还有数量众多的小岛,不过,用不着在这里搜寻富兰克林号的踪迹。因为,如果这条船在这个群岛的众多礁石中触礁沉没,甚至在人迹罕至、只有无数海鸟飞过的美多-马努海域触礁沉没,消息早就传开了。实际上,桑威奇群岛的居民人数不算少——仅在夏威夷大岛上,就住着大约10万居民——特别是,由于法国、英国和美国的传教士分布在这些岛屿上,所以,如果这里发生海难事故,消息立刻就会传到加利福尼亚沿岸的各个港口。

另外,4年以前,当艾利斯船长遇到富兰克林号的时候,两船交会的地点已经越过了桑威奇群岛。因此,多莉-希望号继续向西南方向航行,穿过这片景色迷人的太平洋海域,在炎热季节的几个月里,这里海面平静,名副其实。

---

① 冒纳罗亚火山位于夏威夷岛,海拔4176米,是世界著名的活火山之一。

第十一章 在马来西亚海的第一次搜寻

6天之后,高速行驶的蒸汽轮船已经越过了地理学家在波利尼西亚群岛①和密克罗尼西亚群岛之间,自南向北划定的分界线,在波利尼西亚海的西部海域,艾利斯船长无须进行搜寻。但是,越过这片海域就是密克罗尼西亚海域,那里麇集着无数的岛屿、小岛,以及岛礁,在这里,多莉-希望号展开了危险的搜寻行动,试图找到沉船的蛛丝马迹。

8月22日,蒸汽轮船靠泊在奥蒂亚,这里是马绍尔群岛最主要的岛屿,1817年,科策布②和俄国人曾经到访过这里。这片群岛东西分布约30海里,南北分布约13海里,范围覆盖了超过65座小岛或岛礁。

多莉-希望号原本只需几个小时,就能在岛上的淡水补充地点轻松完成淡水补给,然而,实际上却在这里靠泊了5天。艾利斯船长乘坐小艇巡视后确信,最近四年来,这一片岛礁上未曾发生过一起触礁沉船事件。在莫格雷夫小岛群沿岸,他们曾经发现若干残骸碎片,不过,这都是一些松树、棕榈树,或者竹子的残段,被南来北往的海流冲到海滩上,当地居民往往利用这些残骸制作独木舟。艾利斯船长从奥蒂亚岛的酋长那里了解到,自从1872年以来,只听说有一艘船触礁沉没在东边的礁石群,那是一条英国的双桅横帆船,那条船的海员们早已返回祖国。

多莉-希望号驶离马绍尔群岛海域,向卡洛琳群岛的方向驶去。途中经过乌阿拉姆岛的时候,曾经停留,放下小艇进行搜寻,但是一无所获。9月3日,他们开始穿越这片群岛海域,这片海域

---

① 波利尼西亚群岛是中太平洋的岛群,由超过1000个以上的岛屿所组成。
② 科策布是儒勒·凡尔纳的另一部小说《19世纪的大旅行家》里的人物。

范围宽广,北起北纬12度,南至南纬3度,东起东经129度,西至西经170度,也就是说,南北跨越赤道,距离长达225里[①],东西距离大约长达1000里[②]。

多莉-希望号在卡洛琳海域逗留了3个月,经过勇敢的俄罗斯航海家鲁特克,以及法国航海家杜培理和杜蒙·杜尔维尔的相继探索,人们对这片海域已经了如指掌。但是,这片海域分布着很多小群岛,包括:贝利奥群岛、危险的马特罗托群岛、烈士群岛、萨阿维得拉群岛、松索罗群岛、玛莉耶拉群岛、阿纳岛,以及北罗尔岛,等等,要想挨个探访这些岛屿,必须花费3个月的时间。

卡洛琳群岛包含了500个小岛屿,艾利斯船长把其中的雅培岛和故阿普岛作为此次搜寻行动的中心。从这两个岛出发,向周围更远的岛屿开展搜寻行动。在这个群岛的海域里,曾经发生过多少次沉船事件!其中就包括发生在1793年的羚羊号事件,以及发生在1832年的沉船事件,那次沉船发生在北罗尔岛和摩尔兹岛,沉船的船长名叫巴尔纳德。

在此次搜寻期间,多莉-希望号的船员们十分努力,其表现令人赞赏不已。他们每个人甘冒风险,不顾疲劳,驾驶多莉-希望号行进在无数的礁石之间,穿过狭窄的水道,水道下面布满凸起的珊瑚石。另一方面,恶劣的天气把这片海域搅得天昏地暗,令人恐怖的狂风肆虐,各种危险状况层出不穷。

每天,多莉-希望号上的小艇沿着海岛的小海湾搜寻,海湾里面往往堆积着潮水冲来的残骸。上岸的水手们都携带着武器,因

[①②] 此处指法国古里。

第十一章　在马来西亚海的第一次搜寻　　135

为，在这里的搜寻行动与当年搜寻海军将领的富兰克林号不同，也就是说，当年的搜寻行动是在北极的荒凉地区展开。然而，这里的大部分岛屿都有人居住，艾利斯船长的任务与当年安特卡斯铎少将①的任务相似，当年，他们在礁石密布的海域寻找可能在那里失踪的拉贝罗斯伯爵②。在这样的搜寻行动中，最重要的环节是处理与当地土著的关系。多莉-希望号的船员经常遇见岛上的部落土著，受到充满敌意的对待。这些土著对海外来客很不友好，经常对船员们发起攻击，船员们也只能使用武力抵抗。甚至有两三名水手在冲突中受伤，幸好伤势不太严重。

在卡洛琳群岛，艾利斯船长向布兰尼肯夫人发出了第一批信件，信件是委托返回美国沿海地区的商船带走的。然而，这些信件里没有提供任何有关富兰克林号踪迹的消息，也没有遇难船员的任何消息。既然在卡洛琳群岛的搜寻行动没有结果，那就转向西方，去搜寻广阔的马来西亚海域。实际上，在那里找到海难事故幸存者的可能性更大，在太平洋的这个海域，曾经进行过三次水文地理勘测，但仍然存在不为人知的小岛，在众多这样的小岛上，也许能找到幸存者。

12月2日，在卡洛琳群岛西边700海里的地方，多莉-希望号抵达菲律宾海诸多较大岛屿中的一座，这里是马来群岛最重要的岛屿，在地理学家眼里，这座岛屿与其他类似岛屿的地理位置，在马来西亚海，甚至整个大洋洲海域都具有特殊地位。这片群岛于

---

① 安特卡斯铎少将是18世纪法国著名的海军将领和探险家，曾奉命率船队寻找失踪的拉贝罗斯伯爵。
② 拉贝罗斯伯爵是18世纪法国著名的海军将领和探险家。1788年乘船进行环球探险时在太平洋珊瑚海失踪。

1521年被麦哲伦①发现,覆盖海域从北纬5度到北纬21度,从东经114度到东经123度。

这片海域的最大岛屿名叫吕宋岛,也被称为马尼拉②,不过,多莉-希望号并不打算到那里靠泊。既然富兰克林号的目标是新加坡,那么,很难想象它会向北那么远,跑到中国海去。为此,艾利斯船长宁愿把搜寻的中心放到棉兰老岛,这里位于上述群岛的南端,也就是说,这里位于约翰·布兰尼肯船长前往爪哇海的必经之路。

这一天,多莉-希望号停泊在三宝颜港③的西南岸边,三宝颜市也是当地总督的驻地,管理着本岛的三处辖区。

棉兰老岛分为两大部分,一部分属于西班牙,另一部分处于独立状态,受一位酋长统治,首府设在塞琅圻。

首先,艾利斯船长从当地总督,以及三位辖区长官那里收集第一批信息,向他们打听棉兰老岛滨海地区是否发生过沉船事件。棉兰老岛隶属西班牙的当地政府对搜寻行动相当配合,但是,在其管辖区内,至少五年内从未发生过海难事件。

至于在棉兰老岛独立部分的滨海地区,确实可能发生过类似海难事件,而且迄今不为人知,在这个地区居住着明达奈人、卡拉勾人、鲁达人、苏巴尼人,以及其他众多野蛮部落,他们恰恰是那些被怀疑啃噬人肉的土著,他们才不愿意让外人知道沉船的消息!甚至,在这些马来人当中,有不少经常从事海盗的勾当。他们驾驶

---

① 麦哲伦是葡萄牙探险家、航海家,1519年至1521年率领船队环航地球,在环球途中,他本人在菲律宾死于部落冲突。
② 吕宋岛是菲律宾北部的岛屿,面积10.99万平方公里,菲律宾首都马尼拉位于该岛。
③ 三宝颜港位于菲律宾南部棉兰老岛西部。

第十一章 在马来西亚海的第一次搜寻

轻便快船,装备着小型轻炮,追逐袭击过往的商船,这些商船被西风吹到他们所在的滨海地区,一旦被他们攫取强占,必然被彻底摧毁。富兰克林号就可能面对过这样的命运,而当地总督对此一无所知,因此,他所提供的关于本岛自己管辖地区的信息,无疑是很不充分的。

如此一来,多莉-希望号就只能开始海上搜寻,而此时恰逢冬季,搜寻的条件异常艰苦。无数次,水手们在不同的海滨地点登岸,岸上到处是茂密的酸角树、红树、乌木树、野生桃花心木、铁树,以及竹子,这些野生树种都是菲律宾的宝贵财富,水手们经常需要在丛林中冒险搜寻。这里土地肥沃,温带与热带物产兼而有之,艾利斯船长带着水手们拜访了几座村庄,希望找到富兰克林号的某些踪迹,例如沉船的残骸,甚至遭到马来西亚土著扣押的俘虏;然而,这些搜寻行动没有取得任何成果,水手们被恶劣气候折磨得筋疲力尽,轮船曾经在这片海域奇迹般地逃脱过触礁的厄运,最终,不得不返回到三宝颜。

在菲律宾群岛开展的搜寻行动前后超过两个半月;船员们登陆的岛屿超过上百座,其中,除了棉兰老岛和吕宋岛,主要的岛屿还包括:民都洛岛①、莱特岛②、萨马岛③、班乃岛④、内格罗岛、泽布岛、马斯巴特岛⑤、巴拉望岛⑥、卡坦杜安奈岛,等等。

在搜寻过位于三宝颜南边的巴斯兰群岛之后,艾利斯船长驾

---

① 民都洛岛位于吕宋岛西南,介于塔布拉斯和民都洛海峡之间。
② 莱特岛位于菲律宾中东部,在吕宋岛同棉兰老岛之间。
③ 萨马岛位于菲律宾东部,也被译为"三描岛"。
④ 班乃岛是菲律宾中部米沙鄢群岛中最西面的岛屿。
⑤ 马斯巴特岛位于菲律宾中部,在吕宋岛西南和班乃岛之间。
⑥ 巴拉望岛位于菲律宾西部。

船前往郝罗群岛开展搜寻行动,并于1880年2月25日抵达那里。

这里是名副其实的海盗巢穴,从棉兰老岛的南端海岬开始,一直延伸到婆罗洲①北端海岬,这片海域内岛屿密布,岛上覆盖着浓密的热带丛林,麇集着当地土著。这片海域只有一个港口,供来往穿越中国海,以及马来西亚海域的船只靠泊,港口和这座岛屿的名字是贝沃安,贝沃安岛是这个同名群岛的最主要的岛屿。

多莉-希望号靠泊在贝沃安港。一位酋长和他的手下统领着岛上的六七千居民,艾利斯船长需要与他们建立某种联系。为此,他不仅大方地赠送金钱,还赠送了不少实物。如此一来,当地土著向他提供了历次沉船的线索,这些海难大都发生在珊瑚礁和石珊瑚围绕的岛屿附近。

搜寻到了不少残骸碎片,但是,其中任何一个都不属于富兰克林号。另外,这些沉船的遇难者或者已经死亡,或者已经返回祖国。

多莉-希望号最后一次补充煤炭还是在棉兰老岛,经过在郝罗群岛反复曲折的航行搜寻之后,船上的载重减轻了许多。不过,剩下的燃料依然足够让它穿越西里伯斯海②,驶往马拉图巴斯群岛,抵达位于婆罗洲南边的邦戴-玛箐港。

艾利斯船长驾船来到这片海域,一座座马来岛屿,以及成串的小岛,把这片海域包围得像一个湖泊。尽管有这些天然屏障,但是,西里伯斯海仍然难免遭到狂风巨浪的袭击。这片海域麇集着

---

① 婆罗洲,今译加里曼丹岛,是世界第三大岛。位于东南亚马来群岛中部,西部为苏门答腊岛,南部为爪哇岛,东为苏拉威西岛,南临爪哇海,北临南中国海。
② 西里伯斯海又名苏拉威西海,是太平洋西部的一个陆缘海,位于棉兰老岛、苏禄群岛以南,加里曼丹岛以东,苏拉威西岛以北,东以桑格群岛为界与太平洋相接。

颜色鲜艳的植形动物①,以及千奇百怪的软体动物,如果说,这里的海水五光十色,令人赞赏不已,来往的航海家把这里媲美和想象

---

① 植形动物是指外观上像植物的动物,例如海葵;在《海底两万里》一书中也曾出现过"植形动物"一词。

成液体花圃,那么,搅动这片海域的台风就给这幅美丽的图画投下巨大的阴影。

2月28日至29日的那一晚,多莉-希望号领略到了台风的严峻威力。第二天,风势逐渐增强,尽管到了傍晚时分,风力明显减

第十一章　在马来西亚海的第一次搜寻

弱,但是,海平线上堆积的厚厚的铅色乌云仍然预示着,当晚狂风暴雨仍将肆虐。

事实上,大约晚上11点钟,极其猛烈的飓风来临了,海面上顿时波涛汹涌,巨浪翻滚。

艾利斯船长刚刚接到报告,机器已经做好准备,他必须预防出现任何意外,以免搜寻行动受到影响;为此,他把风帆减少到最低限度,同时要求螺旋桨达到必要的转速,以便让轮船保持对舵杆操作的灵敏反应。

龙卷风猛烈袭来,卷起滔天巨浪,尽管采取了措施,多莉-希望号依旧不可避免地遭到巨浪猛烈冲击,船体剧烈晃动,上百吨的海水涌上甲板,打穿舱篷,积聚到底舱。不过,底舱的密封隔板坚固可靠,抵御着入侵的海水,阻止了海水灌进锅炉舱和机器间。这是不幸中的万幸,否则,如果锅炉熄火,多莉-希望号必将无力抵抗海浪的冲击,失去控制,不得不随波逐流,遭到横浪的冲击,很可能万劫不复。

在这个危急时刻,船员们表现得十分镇定和勇敢。他们毫无畏惧地辅佐着船长和高级船员们。艾利斯船长从圣迭戈航海界挑选出来的海员精英个个可以信赖。在船长灵巧、精准的操作下,多莉-希望号终于得到拯救。

狂风暴雨持续了恐怖的15个小时,大海终于恢复平静;当多莉—希望号驶近婆罗洲这座庞大的岛屿时,几乎是一瞬间,暴风雨消失得无影无踪,3月2日清晨,多莉-希望号已经看到了马拉图巴斯群岛。根据地理学概念,这些岛屿隶属于婆罗洲,在3月份的上半个月,这里成为搜寻行动的主要目标,而且搜寻得异常仔细。经过不遗余力的沟通,当地土著部落首领满足了搜寻队伍的所有要求。但是，仍然无法找到关于富兰克林号失踪的任何信息。由于这片海域经常有海盗出没，人们担心，约翰·布兰尼肯船长，以及他的船员们可能遭到屠杀，无人生还。

这一天，艾利斯船长与大副谈到这种可能性的时候说道：

"很有可能，富兰克林号的失踪是因为受到这类攻击。这就是为什么，我们迄今找不到任何沉船的线索。这些海盗不会四处宣扬自己的劣迹。每当某一条船失踪了，人们总会把灾难归咎于飓风，然后，一了百了。"

多莉-希望号的大副赞成道："船长，您说得太对了。这片海域的海盗数量可真不少，我们在穿越望加锡海峡的时候，必须提高警惕。"

艾利斯船长回答道："那是必须的。不过，为了对付这些混蛋，我们的条件要比约翰·布兰尼肯的条件强多了。由于风向的变化，以及风力的强弱不同，一条帆船很难操纵自如。而我们不一样，只要发动了机器，那些马来小艇根本追不上。尽管如此，我还是会命令加强戒备。"

多莉-希望号驶入了望加锡海峡，这个海峡一头是婆罗洲的滨海海域，另一头是形状古怪的西里伯斯岛①的附近海域。艾利斯船长在大马盈港口补充了煤炭，然后，从3月15日到5月15日，整整两个月时间，他们搜索了东部海域的所有小海湾。

西里伯斯岛是由麦哲伦发现的，岛屿的长度不少于192里，宽度只有25里。这个岛屿的形状古怪，以至于有些地理学家把它比

---

① 西里伯斯岛是苏拉威西岛的旧称，是印度尼西亚东部的一个大岛屿，岛形奇特，由四个半岛向北、东北、东南和南方伸出。

第十一章 在马来西亚海的第一次搜寻

喻为一只舞蛛①，岛屿向周围延伸的半岛，就像蜘蛛的巨足。这座岛屿峰峦起伏，物产丰富，风景秀丽，堪与著名的婆罗洲媲美。不过，由于这里海岸线曲折复杂，也为海盗提供了藏身之地，致使穿越这里海峡的航行充满了极大的风险。

尽管如此，艾利斯船长仍然极为细致地完成了在这里的搜寻行动。他让轮船的锅炉随时保持压力，放出船上的小艇，搜寻了所有的小海湾，同时，一旦发现任何危险迹象，立即准备把小艇收回来。

直到多莉-希望号驶近海峡的南端，警戒状态才有所放松。实际上，西里伯斯岛的这一区域处于荷兰人的统治之下，这片领地的首府位于望加锡②，这座城市原来名叫乌戎潘当，守卫城市的是一座军事要塞，名叫鹿特丹。5月17日，艾利斯船长把轮船靠泊在望加锡港，以便让船员们得到休整，同时补充燃料。虽然艾利斯船长没有在这座港口发现富兰克林号的任何踪迹，但是，他却在这里打听到一则信息，这是一条关于富兰克林号航迹的重要信息：1875年5月3日，这条船曾经在距离望加锡10海里的海域出现过，当时，它正在驶往爪哇海。至此，可以确信，富兰克林号并未沉没在危机四伏的马来西亚海域。它出事儿的地点远离西里伯斯和婆罗洲，也就是说，应该到爪哇海，以及从那里延伸至新加坡的海域，去寻找富兰克林号的踪迹。

艾利斯船长在西里伯斯岛的南端，给布兰尼肯夫人写了一封信，向她通报了上述情况，同时再次向她承诺及时通报搜寻进度，

---

① 舞蛛是蜘蛛中最大的一类蜘蛛，属于狼蛛科舞蛛属。
② 望加锡坐落于苏拉威西岛的西南部，濒临望加锡海峡，是苏拉威西岛上最大的城市。

今后,搜寻富兰克林号踪迹的行动将在爪哇海展开,并且向新加坡方向推进。

实际上,本次搜寻行动的最西端就在新加坡,多莉-希望号不宜超过截至那里的南北一线。从新加坡返回的路上,作为补充行动,可以沿着爪哇海的南侧行驶,搜寻那一带的群岛;之后,穿过马鲁古群岛①,多莉-希望号将重新进入太平洋,最终返回美国本土。

5月23日,多莉-希望号离开望加锡,沿着分隔西里伯斯岛和婆罗洲的海峡,顺着海峡南侧行驶,靠泊到邦戴-玛箐港。这里是婆罗洲总督的驻地,其实,这座岛屿正确的地理名称应该是加里曼丹岛;在这里,艾利斯船长仔细查阅了过往船舶登记簿;但是,并未发现富兰克林号在这片海域曾经出现过的记录。不管怎样,只能这样解释:富兰克林号是沿着外海域穿过了爪哇海。

艾利斯船长驾船向西南方向驶去,10天之后,在爪哇岛②西北端的巴达维亚③港抛锚停泊,爪哇岛是一座面积很大的岛屿,也是一座主要由火山形成的岛屿,岛上几乎经常出现火山喷发的现象。

巴达维亚是一座巨大的城市,也是荷兰人在大洋洲海域领地的首府所在地,在这里,短短几天时间,船员们就完成了物资补给业务。这里的总督已经通过海事信息了解到布兰尼肯夫人的壮举,知道她一心要找到海难幸存者,他热情地接待了艾利斯船长。

---

① 马鲁古群岛是印度尼西亚东北部岛屿的一组群岛。西临西里伯斯与摩鹿加海,东接新几内亚与塞兰海,南濒阿拉弗拉海及帝汶海,北接菲律宾、菲律宾海与太平洋。
② 爪哇岛是印度尼西亚的第五大岛,南临印度洋,北濒爪哇海。
③ 巴达维亚即今日的印度尼西亚首都雅加达,是世界著名的海港。

第十一章 在马来西亚海的第一次搜寻

不幸的是,他无法提供任何有关富兰克林号命运的消息。这个时候,在巴达维亚的海员当中,流传着这样的说法:这艘美国三桅纵帆帆船遭到飓风袭击,严重受损,最终整船沉没,人货俱亡。记录显示,1875 年的上半年,失踪了好几条船,这些船消失得无影无踪,海浪都不曾把它们的任何一点儿残骸冲到岸边。

离开巴达维亚之后,多莉-希望号左舷沿着巽他海峡①行驶,这个海峡连接着爪哇海与帝汶海②,此后,轮船驶近比里托岛与邦加岛。过去,这些岛屿附近的海域里海盗猖獗,装载铁矿石和锡矿石的船只经过这里,往往遭到袭扰,费力周旋才能逃避他们的袭击。后来,海警部队最终将这些海盗击溃。因此,可以排除富兰克林号及其船员们成为海盗袭击受害者的可能性。

多莉-希望号向西北方向继续行驶,搜索了苏门答腊岛③滨海海域的一系列岛屿,绕过马六甲半岛的岬头,于6月20日清晨抵达靠泊在新加坡岛④,由于航行途中遇到顶头风,抵达的时间晚于预期。

由于轮船的机器需要维修,艾利斯船长不得不在新加坡港停留了15天,这个港口位于岛屿的南端。新加坡岛屿不大,面积不超过270平方英里,但是,这块领地在与欧洲和美洲的商业活动中占据重要地位,因此,自从1818年英国人在这里成立了第一个商行以来,新加坡变成远东最富庶的地区。

大家都知道,富兰克林号原本应该在新加坡卸载一部分货物,这些都是安德鲁公司的货物,然后才会启程前往加尔各答。不过,这艘美国三桅纵帆帆船始终没有在新加坡出现。艾利斯船长利用在这里停留的时间,四处打听,希望了解最近几年在爪哇海发生过

---

① 巽他海峡是位于印度尼西亚苏门答腊岛和爪哇岛之间的狭窄水道,沟通太平洋的爪哇海与印度洋。
② 帝汶海是印度洋的分支海域。
③ 苏门答腊岛是世界第六大岛。东北隔马六甲海峡与马来半岛相望,西濒印度洋,东临南海。
④ 新加坡北隔柔佛海峡与马来西亚为邻,南隔新加坡海峡与印度尼西亚相望,毗邻马六甲海峡南口,国土除新加坡岛之外,还包括周围数岛。

第十一章 在马来西亚海的第一次搜寻

的海难事件的情况。

确实,一方面富兰克林号曾经在望加锡海域出现过,另一方面,它又不曾抵达新加坡,既然如此,那么,完全有理由认定,富兰克林号就是在这两个点之间遇险沉没。除非约翰·布兰尼肯船长驾船离开爪哇海,穿过分割巽他海域岛屿的若干海峡之一,向南驶入帝汶海……然而,这样做的原因是什么?既然他的目的地是新加坡?这个猜测无法解释,也无法令人信服。

在新加坡进行的调查毫无结果,艾利斯船长只好向新加坡总督告辞,指挥多莉-希望号踏上返回美国的归途。

8月25日,天空昏暗,多莉-希望号开始发动机器。这个地区仅比赤道低几度,气候历来炎热,8月份更是酷暑难当,出发这一天的气温相当高。8月份的最后一个星期,气候恶劣,多莉-希望号再次经受了考验。尽管天气不好,轮船沿着巽他海域岛屿沿岸行驶的过程中,依然仔细搜查了每个地点。此后,又陆续搜查了爪哇地区20个行政区之一的马都拉岛①、商业最发达的领地之一巴厘岛②,以及隆宝克岛和苏姆巴瓦岛,这里有一座即将喷发的托姆博沃火山,威胁着这个地区,一旦喷发,造成的灾难后果堪比1815年的那次喷发。

在这些众多的岛屿之间,形成了好几个海峡,都可以通往帝汶海。多莉-希望号不得不小心翼翼地操作行驶,以避免遭遇海流,这里的海流异常强悍,甚至可以簇拥着船只顶住西方吹来的季风。此时,大家都理解了,为什么在这个海域航行特别艰难,特别

---

① 马都拉岛是印度尼西亚东爪哇省的一座岛屿。
② 巴厘岛是印度尼西亚岛屿,位于小巽他群岛西端,印度洋赤道南方8度,是著名旅游胜地。

是那些帆船,因为它们缺乏足够的动力。正是由于这个原因,在马来西亚海域内,海难事故频发不已。

从佛洛里斯岛①开始,艾利斯船长驾船沿着其他岛屿行驶,这些岛屿位于茂吕克海的南侧海域,但是,搜寻行动依然没有收获。在经历了一系列失望的搜索行动之后,多莉-希望号的船员们劳而无功,都有些心灰意冷,这种心情不难理解。尽管如此,只要搜寻活动还没有结束,就不能放弃找到富兰克林号的一线希望。还有一种可能性,在离开菲律宾的棉兰老岛之后,约翰船长并未驾船南下进入马六甲海峡,而是穿过茂吕克群岛和茂吕克海,抵达爪哇海,因此,富兰克林号才会在西里伯斯岛海域出现。

然而,时间在不断流逝,艾利斯船长的航海日志上依然没有关于富兰克林号命运的只言片语。茂吕克群岛有三个岛群,一个是安博因岛群,它包括两个岛屿,分别是森朗岛和布鲁岛,这里也是总督的驻扎地;还有两个分别是邦达岛群和济洛路岛群,然而,无论在帝汶海,还是在茂吕克群岛,艾利斯船长收集到的信息都没有显示1875年的春天,在这些岛屿所在海域,可能曾经有过一条沉船。多莉-希望号于9月23日抵达帝汶海,12月27日抵达济洛路岛,船员们在这片海域搜寻了3个月,荷兰人对搜寻行动提供了热情支持,然而,关于这次海难,依然迷雾重重,看不到一点希望之光。

多莉-希望号的搜寻行动结束了。按照计划,艾利斯船长应该在马来西亚海域搜索一圈,而这个搜索路线的终点,就是茂吕克群岛最主要的岛屿济洛路岛。全体船员在济洛路岛休整了数天,这

---

① 佛洛里斯岛是位于印度尼西亚东部的偏僻小岛。

第十一章 在马来西亚海的第一次搜寻　　149

是他们应该享受的休息时间。不过,如果出现新的线索,这些勇敢的水手一定还会不遗余力,即使冒着更大的风险!

济洛路岛的首府是特尔纳特,这座城市俯瞰着茂吕克海,荷兰驻扎官①的驻所就在这里,在这座港口,多莉-希望号装载了回程

---

① 殖民政权派驻当地的行政官员。

所需的物资和煤炭,并且在这里度过了1881年的最后一天。自从富兰克林号失踪以后,这已经是第六个年头。

元月9日清晨,多莉-希望号发动机器,向东北方向驶去。

这是一个气候恶劣的季节。在海上航行十分艰苦,风向也不利于航行,并且使航期延误了很多。一直到元月23日,圣迭戈港口的信号台才瞭望到多莉-希望号。

这趟马来西亚海域的搜寻行动持续了19个月。尽管艾利斯船长竭尽全力,尽管全体船员忠心耿耿,富兰克林号的秘密依然隐藏在深不可测的海底迷宫。

第十二章

又过去一年

搜寻过程中,布兰尼肯夫人不断收到来信,来信内容让她对这次行动能否取得成功并不抱太大希望。因此,在收到最后一封来信以后,她对艾利斯船长在茂吕克海域的搜寻行动也没有寄予厚望。

得知多莉-希望号抵达圣迭戈海域的消息后,在威廉·安德鲁先生的陪同下,布兰尼肯夫人动身前往港口。轮船刚刚在锚泊地停稳,他们两人就被送到了船上。

从艾利斯船长和船员们的神情就能看出,第二阶段的搜寻行动并不比第一阶段更有成绩。

布兰尼肯夫人握过艾利斯船长的手之后,转身走向船员们,看到这些船员经过长途跋涉之后的疲惫神情,多莉用坚定的语气说道:

"感谢您,艾利斯船长,感谢你们,我的朋友们!……我期待你们所做的努力,你们尽力做到了!你们没有取得成功,但是,你们对成功从此就将失去信心吗?……就我本人而言,我不会绝望!……不!我仍然期望重新见到约翰,以及他在富兰克林号上的同伴们!……我的希望来自上帝……上帝将实现我的愿望!"

这番话语气异常坚定，充满毅力，明确表达了布兰尼肯夫人决不放弃的决心，她的信心感染了在场的其他人。然而，尽管她的态度赢得了大家的尊重，但是，在场倾听的人心里都相信，富兰克林号和它的船员们一去不复返了。

不过，一个女人往往具有天赋本能，也许应该相信她做出的这个具有洞察力的判断？一个男人往往直观地看待事情，以及事情发展的结果；而一个女人凭着自己的直觉，往往能够正确地预见未来。引导她的是某种天赋本能，这种本能让她未卜先知……谁知道呢，也许有一天，布兰尼肯夫人能够推翻公众看法，证明自己言之有理？

威廉·安德鲁先生和布兰尼肯夫人一起来到多莉-希望号的高级船员休息室，艾利斯船长详细地回顾了这次搜寻行动。波利尼西亚和马来西亚的地图都被摊开在桌子上，用以演示轮船的行进路线，靠泊处和众多的搜寻地点，在各主要港口和土著村庄里搜集到的消息和信息，以及在岛屿和小岛上，船员们以不知疲倦的热情进行的耐心细致的搜寻活动。

最后，艾利斯船长结束讲解，说道：

"布兰尼肯夫人，请允许我特别提请您注意这一点：富兰克林号最后一次被人看见是在1875年5月3日，地点位于西里伯斯岛的南端岬头，此时距离它离开圣迭戈大约7个星期，从那以后，它就消失得无影无踪。既然富兰克林号并未抵达新加坡，那么，毫无疑问，海难事故就发生在爪哇海。灾难如何发生的？有两种假设：第一种，富兰克林号在扬帆行驶途中沉没，或者发生撞船事故而沉没，所以没有留下任何痕迹。第二种，它触到了礁石，或者遭遇海盗攻击，在这两种情况下，都有可能寻找到一些残骸。然而，经过

搜寻,我们并没有找到富兰克林号被毁的物证。

"通过这番论证,可以得出结论,海难事故属于第一种假设里的两种可能之一,这个结论在逻辑上说得通。确切地说,是肆虐的龙卷风导致了富兰克林号的倾覆,在马来西亚海域,龙卷风是常见的自然灾害。关于第一种假设里的第二种可能,即两船相撞,事实上,在海上两船相撞,很少出现其中一条船受损沉没的情况,即使如此,相撞的秘密也迟早会大白于天下。由此可见,找到富兰克林号的希望已经破灭了。"

至此,威廉·安德鲁先生已经听明白,在布兰尼肯夫人的目光注视下,他伤心地低下了头。布兰尼肯夫人还在不停地询问道:

"那么,不!不!……富兰克林号没有沉没!……不!……约翰和他的船员们没有被淹死!……"

在多莉的坚持要求下,这场会谈继续进行,艾利斯船长尽可能详尽无遗地汇报所有细节。多莉不断反复提问,深入讨论,不放过任何疑点。

这场对话持续了三个小时,当布兰尼肯夫人准备向艾利斯船长告辞的时候,后者询问到,如果多莉同意,是否可以让多莉-希望号解除帆樯索具。

多莉回答道:"想都别想,船长,我很遗憾地看到,您和您的船员们都想离船上岸。谁能确保,一旦有了新的线索,我们不会开始新一轮搜索?因此,希望您继续承担多莉-希望号的指挥职务……"

艾利斯船长回答道:"我很愿意接受,但是,我隶属于安德鲁公司,布兰尼肯夫人,公司也需要我去工作……"

威廉·安德鲁先生回答道:"对此您不必操心,我亲爱的艾利斯,既然多莉提出要求,我很高兴您能继续在多莉的麾下工作。"

"安德鲁先生,我服从她的命令。我和我的船员们都将不离开多莉-希望号……"

布兰尼肯夫人回答道:"船长,请您做好准备,让多莉-希望号随时保持再次出海的状态!"

第十二章　又过去一年

船东对多莉的决定表示赞同,现在,他什么都不想,只想满足多莉的愿望。但是,无论安德鲁先生,还是艾利斯船长,他们都相信,在第一次搜寻无功而返之后,多莉最终将会放弃第二次搜寻行动。如果说,时间无法消磨她对这场灾难的刻骨铭心的记忆,但至少,时间将摧毁她仅存的最后一点希望。

于是,按照布兰尼肯夫人的意愿,多莉-希望号没有卸掉帆樯索具。艾利斯船长和他的团队继续扮演船员的角色,同时领取相应的报酬,就好像他们仍然在执行航海任务。此外,经过在马来西亚海域连续19个月的艰苦航行,多莉-希望号也需要进行大量的维修保养工作,船体被送进船坞,部分帆缆索具也被更新,更换了新的锅炉,机器的部分零部件也都换了新的。最后,当所有这些工作完成之后,多莉-希望号开始装载生活物资,装满煤炭,只等一声令下,就能再次出海航行。

布兰尼肯夫人恢复了在海景房习惯的生活节奏,那里,除了威廉·安德鲁先生,以及艾利斯船长,任何人都不得入内。她就在那里生活,整个身心沉浸在回忆与希望当中,在她的回忆里,总会浮现出那场不幸的双重打击。这个时候,小瓦特应该有7岁了——这个年龄的孩子已经开始懂事儿,也是接受能力最强的时候,可是,小瓦特不在了!然后,多莉的思路又转向了那些曾经帮助过自己的人,那个扎克·弗伦,多莉一直想认识,但是这个人始终也没有回到旧金山。不过,他很快就要回来了。海事信息上已经发布了很多有关加利福尼亚号的消息,毫无疑问,在1881年年底之前,这条船就将回到它的母港。只要这条船一回来,布兰尼肯夫人立即就会把扎克·弗伦叫来,偿还欠他的人情债,并且给他未来的生活提供保障。

在扎克·弗伦回来之前，布兰尼肯夫人从未停止对遭受富兰克林号海难事件影响的家庭的援助。她提供援助的方式就是登门拜访，为此，多莉离开海景房，沿山坡走下去，来到下面的城市街区，拜访这些家庭居住的简陋居所，向他们提供帮助，为他们做一些善举。她的仁慈善举采取多种形式，从精神方面的慰藉，到物质方面的给予。特别是，今年年初以来，她就一个慈善项目多次咨询威廉·安德鲁先生，很着急地希望早日实施。

这个项目就是建立一家孤儿院，收容被遗弃的孩子和父母双亡的孤儿。多莉准备把这家孤儿院捐赠给圣迭戈市。

她对船东说道："安德鲁先生，为了纪念我的孩子，我希望捐赠这个机构，并且为它提供运转所需的必要经费。我毫不怀疑，约翰回来的时候，也会赞成我的方案。把我们的财产用于这样的项目，还有什么比这更合适？"

威廉·安德鲁先生提不出任何反对意见。自愿帮助布兰尼肯夫人为创办这样一所机构采取必要的行动。多莉捐赠出15万美元，首先，需要购买一栋合适的建筑物，然后，每年为它提供各种服务。

圣迭戈市政府向布兰尼肯夫人提供了协助，这件事很快就办起来了。由于没有合适的建筑用地，于是购买了一栋大型建筑物，它坐落的位置很理想，在圣迭戈市区的山坡上，紧挨着旧街区。对这栋建筑做了巧妙的改造，使它适合于新的用途，内部装修完成后，可以容纳50名儿童，以及足够数量的工作人员，他们负责养育、照顾，并且教育这些孩子。孤儿院周围有一个很大的花园，景色秀丽，绿树成荫，还有流水潺潺。除此之外，孤儿院还拥有卫生设备，以及其他必备设施。

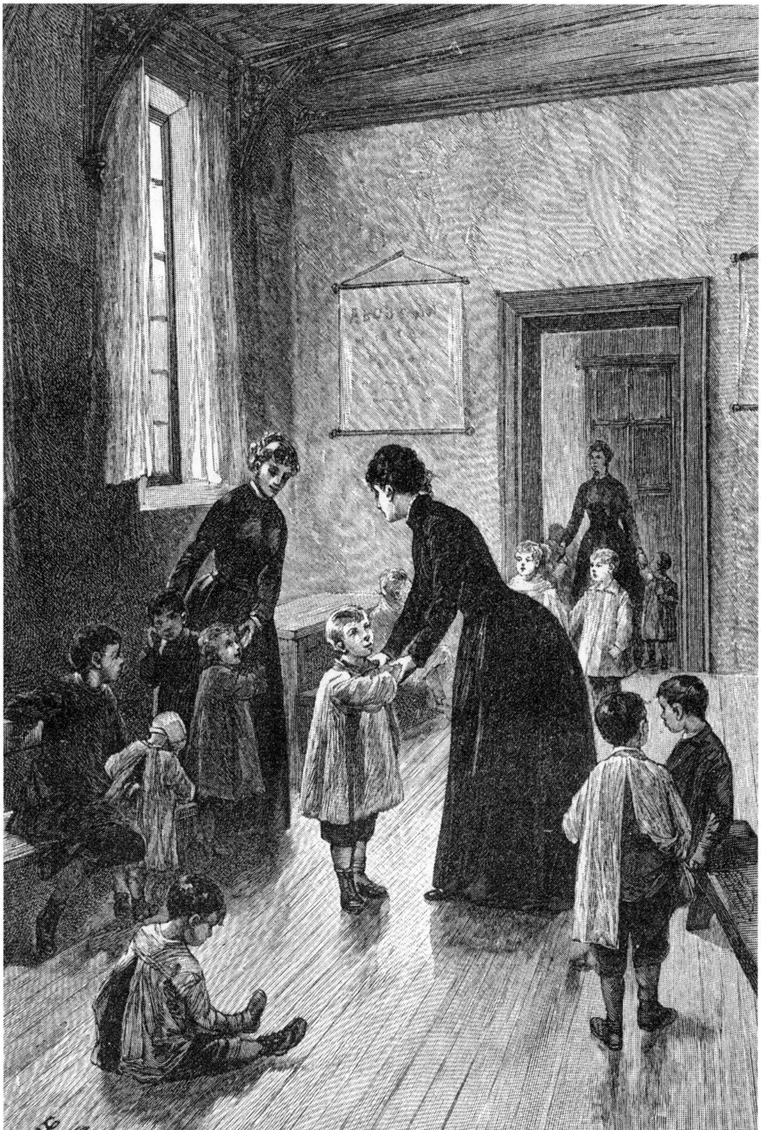

5月19日,孤儿院——它的名字是"瓦特之家"——在全城市民的热烈掌声中正式揭牌成立,它之所以取这个名字,也是为了向布兰尼肯夫人表达最诚挚的同情。不过,这位善意仁慈的女人并没有出席揭牌仪式,她不想离开自己的海景房。但是,自从瓦特之家开始收容第一批孩子后,她每天都要来孤儿院看望孩子们,就好像自己是他们的母亲。这些孩子们可以在孤儿院待到12岁。到了一定年龄,工作人员就会教他们阅读、书写,对他们进行精神和宗教方面的教育,同时,根据每个人的特点,教他们掌握一项职业技能。这些孩子当中,有一些出身于海员家庭,对大海抱有浓厚的兴趣,孤儿院就定向培养他们将来去当少年见习水手和见习水手。事实上,多莉似乎对这些准备当水手的孩子们有一份特殊的感情——无疑,这是出于对约翰的怀念。

时间到了1881年年末,无论圣迭戈,还是其他地方都没有获悉关于富兰克林号的任何消息。尽管重金悬赏,对任何提供蛛丝马迹信息的人给予奖励,但是,多莉-希望号一直没有等到可以第二次出征的机会。不过,布兰尼肯夫人并没有绝望。1881年没有等来消息,也许,1882年就能等来消息?……

至于布克尔夫妇,他们怎么样了?为了逃避针对他的追捕令,朗·布克尔能藏到什么地方去呢?联邦警察终于放弃了对他的追捕行动,布兰尼肯夫人也放弃了打听简的下落的努力。

然而,对于这位不幸的亲戚,多莉始终担忧简的状况,对她抱有真挚的同情和关心。多莉很奇怪,为什么一直没有收到过简的任何书信——因为简如果给多莉写一封信,并不会影响到她丈夫的安全。也许,他们两个人还不知道,多莉已经恢复了神志,还派

第十二章 又过去一年

遣了一艘船前去寻找富兰克林号，而且，相关的搜寻行动无功而返？不应该呀。难道那边的报纸没有连续报道这次搜寻行动各个阶段的新闻吗？很难想象，难道简和朗·布克尔夫妇对此一无所知？他们至少应该已经知道，由于爱德华·斯塔德叔叔之死，布兰尼肯夫人已经变得非常富有，而且有能力向他们提供帮助！然而，迄今为止，他们两人中的任何一个都没有试图与多莉取得联系，虽然尽管他们的情况可能不太稳定。

一月份、二月份、三月份陆续过去，就在人们都以为1882年就这么度过，情况不会发生任何改变的时候，发生了一件事情，让富兰克林号海难之谜的破解露出了一线曙光。

3月27日，蒸汽轮船加利福尼亚号进入旧金山港湾停泊，这条船在海外航行多年，穿越了欧洲地区的各个海域，扎克·弗伦就在这条船上。

布兰尼肯夫人听到这条船回来的消息，立刻提笔给扎克·弗伦写了一封信，此时，他正在加利福尼亚号上担任水手长。布兰尼肯夫人邀请他尽快动身前来圣迭戈与自己见面。

扎克·弗伦恰巧也想返回故乡城市休息几个月，因此，他回信表示，一旦自己可以离船上岸，就会动身返回圣迭戈，而抵达圣迭戈后第一个要拜访的地方，就是海景房。这个过程大概需要几天时间。

然而，就在此时，一则新闻流传开来，如果消息属实，那么它将在整个美国产生巨大影响。

据说，加利福尼亚号曾经捞到一块残骸，看起来，这块残骸很可能来自富兰克林号……旧金山的一家报纸补充报道说，加利福尼亚号是在澳大利亚北部海域遇到的这块残骸，那片海域位于帝汶海与阿拉弗拉海①之间，在靠近梅尔维尔岛②的海面上，在托列斯海峡的西面。

这个消息刚传到圣迭戈，威廉·安德鲁先生和艾利斯船长也已通过电报获知此事，他们赶紧跑到海景房。

布兰尼肯夫人听闻这个消息，脸色立刻变得惨白。然后，她用坚信不疑的语气说道：

"找到残骸之后，就一定能找到富兰克林号，那么，找到富兰克林号，是不是就能找到约翰和他的同伴们？"

事实上，遇到这块残骸确实是一件意义重大的事情。

迄今为止，这是第一次收集到这条沉船的残骸。现在，布兰尼肯夫人掌握了一个环节，这个环节属于一条链条，为了找到这场海难发生的地点，这条链条连接着现在与过去。

布兰尼肯夫人立即叫人拿来一张大洋洲海域的地图。然后，威廉·安德鲁先生和艾利斯船长开始研究新一轮搜寻行动的问题，因为，多莉希望当场做出决定。

威廉·安德鲁先生首先指出："这样看来，富兰克林号并没有取道菲律宾海和马来西亚海前往新加坡。"

艾利斯船长回答道："但是，这不大可能……不可思议呀！"

船东接着说道："然而，如果循着既定路线航行，这块残骸又为何出现在阿拉弗拉海，位于梅尔维尔岛北边的海域？"

艾利斯船长回答道："安德鲁先生，对此我无法做出解释，我也

---

① 阿拉弗拉海是印度洋东部边缘的岛间海。位于新几内亚岛与澳大利亚北岸之间。

② 梅尔维尔岛是澳大利亚岛屿。位于澳大利亚西北海岸外帝汶海上，中隔克拉伦斯海峡。西隔阿帕斯利海峡与巴瑟斯特岛相邻。

无法理解。但是,我所知道的就是,富兰克林号在经过西里伯斯岛西南海域的时候,曾经被人看到,那个时候,它刚刚驶出望加锡海峡。然而,如果说它驶过这个海峡,那就表明,这条船是从北面驶过来,而不是从东边驶过来。否则,富兰克林号就得穿越托列斯海峡!"

围绕这个问题讨论了很久,最后不得不赞成艾利斯船长的意见。

布兰尼肯夫人听着双方的互相提问和回答,自己一言不发。然而,从她紧锁的眉头可以看得出来,她从心底里无法接受约翰和同伴们不能生还的结论,她顽固地坚持,不!只要没有实物能够证明,她就永远不会接受他们的死讯!

威廉·安德鲁先生说道:"好吧!亲爱的艾利斯船长,我和您想的一样,富兰克林号应该穿越爪哇海,然后取道驶往新加坡……"

"安德鲁先生,至少部分事实如此,毕竟,海难事故应该发生在新加坡与西里伯斯岛之间。"

"那好吧,我同意。可是,如果富兰克林号是在爪哇海的某块岛礁触礁沉没,那么,它的残骸是如何被冲到澳大利亚北部海域的呢?"

艾利斯船长回答道:"只有一种可能性可以做出解释,这块残骸被海浪冲过巽他海峡,或者巽他海与阿拉弗拉海诸岛屿之间的其他海峡。"

"海流可以把残骸冲那么远吗?……"

"是的,安德鲁先生。我甚至可以补充说一下,假如富兰克林号遭遇风暴,并因此失去控制,它很可能偏离航路,被冲进这些海峡中的一个,并最终在澳大利亚北部海域触礁沉没。"

威廉·安德鲁先生回答道:"亲爱的艾利斯船长,实际上,这也是唯一合乎情理的解释,在这种情况下,如果说海难事件发生6年后,一块残骸终于出现在梅尔维尔岛海域,那就说明,6年前,富兰克林号触礁破损,而最近船身才刚刚解体!"

这番解释非常严谨,任何一位海员都不会提出异议。

布兰尼肯夫人的眼睛始终盯着摊在桌上的地图,说道:

"现在看来,富兰克林号很可能被冲到澳大利亚沿岸,既然幸存者尚未出现,那么,他们就成了当地土著部落的俘虏……"

威廉·安德鲁先生回答道:"这个,这个可能性无法排除……然而……"

威廉·安德鲁先生的语气让人感到有些犹豫不决,对此,布兰尼肯夫人坚定不移地刚要反驳,艾利斯船长抢着说道:

"现在需要知道的就是,加利福尼亚号捞到的那块残骸,是否确实属于富兰克林号。"

多莉问道:"您有所怀疑?"

船东回答道:"我已经要求把这块残骸快递过来,我们很快就能对此做出判断……"

布兰尼肯夫人补充说道:"那么我呢,我命令多莉-希望号做好随时出海的准备。"

这次会晤之后的第三天,水手长扎克·弗伦抵达圣迭戈,并且立刻前往海景房拜访。

这一年,扎克·弗伦37岁,精力充沛,举止坚毅,面庞被海风吹得通红,神态坦然,和蔼可亲,他属于那种让人很容易产生信任感的海员,只要一声令下,必定勇往直前。

布兰尼肯夫人以充满感激的态度接待扎克·弗伦,让这位正直的海员有些不知所措。

多莉发自内心地倾诉道:"我的朋友,是您……您救了我的性命,而且,您曾经竭尽全力救助我的孩子……我能为您做些什么?"

水手长推辞道,这些都是他分内的事儿!……一个水手做了自己应该做的事儿,否则,他就不配做一个水手……只配做个唯利是图的人!……他唯一的遗憾,就是没能把小宝贝送还给他的母亲!……总之,他做的这些不值一提……他感谢布兰尼肯夫人为此表达的好意……如果夫人允许,他还会再来拜访,只要他还没有出海……

布兰尼肯夫人回答道:"扎克·弗伦,我等待您的来访已经等了很多年,我希望您能留在我的身边,一直到那一天,约翰船长重返故里……"

"等到约翰船长重新回来的那一天!……"

"扎克·弗伦,您能够想到……"

水手长反驳道:"约翰船长遇难了?……噢!这,不,不可能!"

"是的!……您仍然希望……"

"岂止是希望,布兰尼肯夫人……可以乐观地确定!……一个像约翰船长这样出色的船长,怎么可能一阵风吹来,就像一顶贝雷帽似的变得无影无踪!……别扯了!……这种事儿根本不会发生!"

扎克·弗伦的言谈话语中充满了坚定的信念,这番话让布兰尼肯夫人怦然心动。她不再是相信约翰还能回来的唯一一个人……还有一个人也抱有同样的信念……而且,这个人甚至曾经救过她的性命……她愿意相信这就是天意。

布兰尼肯夫人说道:"谢谢您,扎克·弗伦,谢谢!……您都不知道您这么说对我是莫大的安慰！……请再重复一遍……请再告诉我,约翰船长在这场海难事故中死里逃生……"

"当然是的！……当然是！布兰尼肯夫人,约翰船长还活着的最好证明,就是早晚有一天,我们一定能找到他！……此外,这里还有一件东西,虽然算不上是个证明……"

紧接着,扎克·弗伦详细描述了加利福尼亚号打捞那块残骸的经过,以及所有细节。最后,布兰尼肯夫人对他说道:

"扎克·弗伦,我已经决定立即开始新的搜寻行动。"

"好的……这次一定能成功……夫人,如果您允许,我愿意参加！"

"您同意参加艾利斯船长的团队?……"

"衷心愿意！"

"谢谢,扎克·弗伦！……我觉得,您若登上多莉-希望号,定能带来好运气……"

"我也相信这一点,布兰尼肯夫人！"水手长回答道,边说边眨了眨眼,"是的！……我坚信……我已做好出发准备……"

多莉握住扎克·弗伦的手,就好像握住一位朋友的手。脑海中出现的浮想让她情不自禁,心荡神驰,她宁愿相信,纵然其他人可能失败,水手长却一定能获得成功。

正如艾利斯船长向她指出的,而且,尽管布兰尼肯夫人对此坚信不疑,无论如何,首先必须确认,加利福尼亚号带回来的这块残骸是否属于富兰克林号。

前面已经说过,在威廉·安德鲁先生的要求下,这块残骸已经被用火车运输的方式,快递运到圣迭戈,并且立刻被送往造船厂。在那里,当初指挥建造富兰克林号的工程师,以及工地的工头们共

第十二章　又过去一年

同对残骸进行检验。

加利福尼亚号的船员是在梅尔维尔岛海域,距离海岸大约10海里的地方遇到这块残骸的,它应该是一段艏柱,或者确切地说,是一块雕刻过的船艏斜桅托板,正常情况下,它应该位于帆船的船艏位置。这段木质残骸损坏的程度很严重,不是由于长时间浸泡在海水里,而是由于长期暴露在恶劣天气下的空气里。由此可以得出结论,这段残骸曾经长期搁置在礁石上,残骸隶属的那条船就是撞在这块礁石上殒命,后来,出于某种原因——也许是海流的冲击——这段残骸脱离了礁石,在海上随波逐流,漂浮了若干个月,也许若干个星期,直到被加利福尼亚号上的水手发现。至于那条殒命的船,究竟是不是约翰船长驾驶的船呢?……是的,因为在残骸上,人们辨认出了残存的雕刻花纹,这些花纹与当初装饰在富兰克林号船艏斜桅托板上的花纹一致。

另一方面,在圣迭戈城,这块残骸的身份也得到明确,富兰克林号建造者不容置疑地确认,这块托板使用的柚木,就是来自造船厂的库存。人们甚至在托板上还发现了连接艏柱的铁钉痕迹,以及描画在托板前端的叶形纹饰,纹饰上残存着红漆,描着金线。

至此,可以毫无争议地确定,加利福尼亚号带回来的残骸属于安德鲁公司旗下的船只,人们曾经在马来西亚海域徒劳无功地寻找过它。

这一点确定之后,艾利斯船长提出的解释理所当然地得到认可:既然富兰克林号曾经出现在西里伯斯岛西南方向的爪哇海,那么,可以判断,数天之后,它被海流裹挟着穿越巽他海峡,或者其他通往帝汶海或者阿拉弗拉海的海峡,最终撞上了澳大利亚海域的暗礁。

经过充分论证,有必要派遣一艘船,其使命就是搜索巽他群岛与澳大利亚北部滨海之间的那片海域。相比之前在菲律宾海域、西里伯斯海域,以及茂吕克海域的搜寻行动,这次搜寻行动成功的希望是否更大?确实值得期待。

这一次,布兰尼肯夫人很想登上多莉-希望号随行,亲自参与搜寻行动。然而,威廉·安德鲁先生、艾利斯船长,再加上扎克·弗伦三人费尽口舌,终于劝阻了她。这趟航行旅途遥远,如果船上多了一位女士,势必成为大家的累赘。

理所当然,作为多莉-希望号的水手长,扎克·弗伦将随船参加搜寻行动,艾利斯船长着手进行最后的准备工作,争取在最短的时间内启程出发。

第十三章
帝汶海的搜寻行动

1882年4月3日,早晨10点钟,多莉-希望号离开圣迭戈港。从美国本土的外海出发,艾利斯船长把船头调整为西南方向,与第一次搜寻行动的航向相比,这次的航向略微偏南。事实上,他希望走捷径前往阿拉弗拉海,这就需要穿越托列斯海峡,在这个海峡的另一边,就是遇到富兰克林号船首残骸的海域。

4月26日,吉尔伯特群岛①已经遥遥在望,群岛散布在太平洋海面上,这个季节海面风平浪静,是帆船行驶最缓慢最困难的季节。斯卡伯勒岛群和金斯米尔岛群隶属于这座群岛,距离加利福尼亚滨海有800海里之遥,位于卡洛琳群岛的东南方,多莉-希望号把这两个岛群撇到北面身后,在艾利斯船长的指挥下,开始穿越瓦尼科罗群岛②,远隔15里③就能看见那座名叫卡波戈的山峰矗立在海平线上。

---

① 吉尔伯特群岛处在美国和澳大利亚的海上交通线中间,是太平洋中西部环礁群,由16个珊瑚岛礁组成。
② 瓦尼科罗群岛位于西南太平洋,在儒勒·凡尔纳的另一部小说《海底两万里》中,尼摩船长从这个群岛海底遗物中揭开了十八世纪末两艘法国探险船只失踪的真相。
③ 此处指法国古里。

这些岛屿隶属于维蒂群岛,岛上土地肥沃,满目葱绿,到处覆盖着无法穿越的茂密森林,这些岛屿周围密布石珊瑚构成的暗礁,对前来靠近的船只构成极大威胁。大家都知道,就是在这里,航海家杜蒙·杜尔维尔和狄龙找到了拉贝罗斯伯爵指挥的两艘战舰探索号与希望号的残骸,这两艘战舰于1791年从布雷斯特港①出发,最终在瓦尼科罗群岛触礁,从此魂归大海。

看到这座令人伤感的著名岛屿,多莉-希望号的水手们自然而然产生联想。富兰克林号是否遭遇了与拉贝罗斯伯爵麾下战舰相同的命运?艾利斯船长是否也将像杜蒙·杜尔维尔和狄龙一样,只能找到遇难船只的残骸?如果他们不能发现海难事故发生的地点,那么,约翰·布兰尼肯和他的同伴们的命运是否将成为永远的秘密?

离开这里200海里之外,多莉-希望号斜着穿越了所罗门群岛②,这片群岛过去曾被称为新乔吉群岛,或者尖叶沙参群岛。

这座群岛包括10来个大岛屿,分布在长约200里③、宽约40里的海面上。在这些岛屿中,有一组岛群名叫卡特利特,也叫屠杀岛,从名字就可以知道,这里曾经发生过血腥的惨剧。

艾利斯船长不需要向岛上的土著部落询问任何问题,也不需要在这片海域开展任何搜寻行动。他没有让船在这里靠泊,而是匆匆驶过,直奔托列斯海峡,他与扎克·弗伦同样急不可耐,都想早点儿赶到阿拉弗拉海,抵达当初发现那块残骸的海域。只有到了

---

① 布雷斯特港位于法国布列塔尼半岛西端,是法国西部最大的海军基地。
② 所罗门群岛位于南太平洋,在澳大利亚的东北方,共有超过990个岛。
③ 法国古里,下同。

那里，才能开展细致的搜索行动，经过坚持不懈，不知疲倦的努力，也许可以取得成功。

巴布亚这个地方也叫作新几内亚①，距离所罗门群岛并不远。穿过所罗门群岛之后，多莉-希望号继续行驶了几天，就来到了路易西亚德群岛②。轮船先后经过罗塞尔岛群、安德罗卡斯托岛、特罗布里盎岛，以及一系列小岛屿，这些岛屿大都覆盖着茂密壮观的椰树林。

经过三个星期的连续航行，瞭望水手终于看到了凸起在海平线上的新几内亚，继而又看到了突出于澳大利亚海岸的约克角③岬头，这个半岛构成了托列斯海峡南面和北面的分界线。

托列斯海峡是一处极其危险的海上通道。除非万不得已，远洋航船的船长们都不会冒险走这条海路。可能正是由于太危险，海事保险公司都拒绝为在这里的航行提供保险服务。

必须提防这里的海流，这些海流不停地从东向西运动，把太平洋的海水输送到印度洋。海峡里有许多浅滩，严重威胁着过往船只。只有当太阳升起到一定角度，才能看清楚海浪下面隐藏的岩礁，因此，每天只有几个小时可供冒险行船。

当距离托列斯海峡还有咫尺之遥的时候，艾利斯船长曾经与大副，以及扎克·弗伦进行过一场对话，船长向水手长问道：

"加利福尼亚号打捞到富兰克林号残骸的海域，是在梅尔维

---

① 巴布亚新几内亚位于南太平洋西部，包括600余个大小岛屿。
② 路易西亚德群岛是西太平洋上由若干个小火山岛和珊瑚礁组成的小岛群，也是巴布亚新几内亚的属岛。
③ 约克角位于澳大利亚昆士兰州北部的半岛，西临卡奔塔利亚湾，东濒珊瑚海，向北突入托列斯海峡。

岛附近吗？"

扎克·弗伦回答道："确实如此。"

"那么，从海峡出发，穿越阿拉弗拉海到那片海域，算起来大约有500海里的距离？"

"是的，船长。我明白您担忧的是什么。考虑到从东向西不断涌动的海流，既然这块残骸是在梅尔维尔岛海域打捞到，那么看起来，富兰克林号出事的地点应该在托列斯海峡的入口处……"

"看来是这样，扎克·弗伦，是否由此可以认为，约翰·布兰尼肯可能选择这条危险的海路前往新加坡？然而，对这样的推理，我永远无法接受。除非存在无从知晓的原因，否则，我坚持认为，约翰船长应该穿越马来西亚海域，就像我们第一次搜寻行动行驶过的路线，何况他的船曾经最后一次出现在西里伯斯岛的南面。"

大副提醒道："既然这个事实无可辩驳，那么结论就是，布兰尼肯船长驾船通过巽他群岛之间的海峡，最终驶入帝汶海。"

艾利斯船长回答道："这一点确切无疑。不过，我仍然弄不明白，富兰克林号是怎么被冲到东边来的。存在两种可能，只能二选一，一种可能是，船只失去控制；另一种可能是，船只并未失去控制。如果船只失去控制，海流如何把它裹挟到距离托列斯海峡西边数百海里的地方。如果船只没有失去控制，为什么它会来到这个地方？新加坡可是位于相反的方向哦。"

大副反驳道："我只是在想，如果残骸是在印度洋被发现，那么就可以解释为，海难事故发生在巽他群岛海域，或者澳大利亚西部滨海海域……"

艾利斯船长回答道："然而这块残骸是在梅尔维尔岛附近海域发现，这就表明，富兰克林号是在阿拉弗拉海靠近托列斯海峡的区域,甚至可能就在海峡里出事的。"

扎克·弗伦指出道:"也许,在澳大利亚沿海地区,存在着反向海流,这股海流把残骸推向了托列斯海峡。如果存在这种情况,那么,海难事故就应该发生在阿拉弗拉海的西面。"

艾利斯船长说道:"走着瞧吧。但是,在得出结论之前,我们还是要假设富兰克林号在托列斯海峡触礁,并按照这个假设进行搜寻……"

扎克·弗伦回答道:"如果我们搜寻措施得当,就能找到约翰船长!"

总而言之,目前只能这么做,他们也确实是这么做的。

托列斯海峡的长度估计大约为30海里。人们难以想象这里麇集着多少岛屿和暗礁,最优秀的水文地理学家也很难确定它们的方位。据测算,这里有大约900座岛屿和礁石,大部分高度与水面齐平,最大岛屿的周长不过三四海里。这些岛屿上面居住着安达曼部落,船员如果落到他们手里将十分危险,曾经发生过切斯特菲尔德号和霍姆塞尔号船员被屠杀的悲剧。

这些土著乘坐独木舟往来于各个岛屿之间,他们还能乘坐一种产自马来地区的快艇,在澳大利亚大陆和新几内亚岛之间来去自如。因此,假如约翰船长和他的同伴们落难到这里的小岛上,应该能够轻松地登上澳大利亚海岸,抵达卡彭塔利亚海湾,或者约克角半岛上的某一个小镇,从那里返回祖国应该并不困难。然而,既然他们当中没有一个人出现过,那么,唯一合理的解释就是,他们落到了海峡的土著部落手里,不要指望这些野蛮人会尊重俘虏:他们会毫不留情地杀死俘虏,甚至啃噬俘虏,这样的话,到哪里去寻找血腥惨剧留下的痕迹?

这些就是艾利斯船长考虑的事情,也是多莉-希望号的船员们议论纷纷的事情。如果富兰克林号在托列斯海峡出事儿,很可能幸存船员就面临这种结局……确实,还有一种情况,那就是富兰克林号并没有穿越托列斯海峡;但是,这样一来,又该如何解释,为什么富兰克林号的船艏残骸会出现在梅尔维尔岛附近的海面上?

艾利斯船长驾驶多莉-希望号,勇敢地穿越这些可怕的海路航道,小心翼翼采取一切必要的防范措施。他驾驶的是一条优秀的蒸汽轮船,麾下有审慎周到的高级船员,再加上勇敢冷静的船员团队,艾利斯船长有信心战胜这些错综复杂的礁石群,同时提防着准备发起攻击的土著部落。

托列斯海峡的入口处,在靠近太平洋的那一侧,交叉纵横分布着许多珊瑚石暗礁,所有驶入这个海峡的船只,不论出于何种原因来到这里,它们都愿意贴着澳大利亚海岸一侧行驶。但是,在巴布亚的南边,还有一个挺大的岛屿,名字叫作穆莱,必须十分小心地搜索这座岛屿。

为此,多莉-希望号在两座危险的礁石之间穿过,这两座礁石分别被命名为"东边田野"和"隐藏的礁石"。特别重要的是,这后一座礁石怪石嶙峋,从远处望过去,那里似乎搁着一条沉船,人们原本以为它应该是富兰克林号的残骸。然而,这个发现引起的激动情绪转瞬即逝,因为过去探寻的蒸汽小艇很快就发现,那不过就是一堆奇形怪状的珊瑚礁石。

靠近穆莱岛的时候,远远望见很多小艇,都是一些用火烤加工,或者用斧子雕凿,利用树干做成的简陋独木舟,两侧安装了平衡器,用以保持独木舟在海面上的平稳,每条独木舟上有五六个手

持短桨的土著,划动独木舟行驶。这些土著不断喊叫,或者说,发出类似猛兽般的真正的吼叫声。多莉-希望号把蒸汽量调到低挡,绕着岛屿转了一圈,这些土著们没有发起攻击,因此也不需要反击。船员们没有发现沉船残骸的痕迹。在这些岛屿和小岛上,到处都有皮肤黝黑的土著人,他们赤身裸体,头发蓬松,脸上涂成红色,浑身皮肤油亮,硕大的鼻子,鼻梁高挺。为了表达自己的敌意,他们挥舞着手中的长矛、弓箭,麇集在树荫下,身后就是海峡地区随处可见的茂密椰林。

此后,截至 6 月 10 日,艾利斯船长用了一个月的时间,仔细搜索了卡彭塔利亚海湾与新几内亚之间的整个区域,在此期间,多莉-希望号在澳大利亚北部港口萨默塞特补充过燃料,先后在一系列岛屿靠泊,诸如:莫格雷夫岛、邦克岛、号角岛、奥尔巴尼岛,以及隐藏着黑暗洞穴的布毕岛,在其中的一个岛屿上,设置有托列斯海峡信箱。然而,水手们并不愿意把信投放到这个信箱里,因为大家都知道,这个信箱开启的时间很不靠谱。根据一项国际协议,各个国家的船只都必须在布毕岛补充煤炭和生活物资,在这个岛上,不用担心遭到土著袭击抢劫,因为这里海流汹涌,土著的轻便小船根本无法靠岸。

经过多次接触,连蒙带哄,加上赠送了廉价礼物,艾利斯船长终于和这些岛上的酋长,或者说土著头目进行了沟通。作为回赠,土著送来了"盖棕"——海龟的鳞甲片,以及"安克拉"——用线串起来的贝壳,相当于他们的货币。由于相互语言不通,不能彼此理解,无法询问这些安达曼人是否知道,在富兰克林号失踪的那段时间,此地可曾发生过沉船事件。无论如何,看起来,这些土著手中并没有任何美国制造的东西,无论是武器还是工具,他们都没有。船员们也没有找到任何可能来自沉船残骸的东西,包括:金属配件、船体构件、桅杆或者桅桁的残骸,一样都没有。因此,当艾利斯船长最终离开托列斯海峡的土著居民时,尽管他还无法确认富兰克林号是否来过，并且在这里的礁石上沉没，至少，他没有搜集到任何相关的蛛丝马迹。

现在能做的，就是搜索阿拉弗拉海，之后，再去帝汶海搜寻，在北面的巽他群岛成串的小岛屿，以及南面的澳大利亚滨海地区之间的广阔海域内开展搜寻行动。至于卡彭塔利亚海湾，艾利斯船长根本就没有想过要去搜索它，因为，假如在这样的滨海地区发生沉船事件，附近的移殖民不可能毫不知情。相反，他倒是希望首先在滨海的阿恩海姆地区开展搜寻行动。然后，在那里的搜寻结束返回时，艾利斯船长将考虑搜索帝汶海的北部海域，以及那些各个岛屿之间的众多通道。

在滨海的阿恩海姆地区，沿着布满小岛和礁石的海域，多莉-希望号进行了一个多月的航行搜索。这次行动不仅需要热情，还需要百折不挠的勇气。然而，从卡彭塔利亚海湾的西端开始，直到范迪门海湾，那一带都搜遍了，依然一点儿线索都没有。多莉-希望号的船员们始终没有找到沉船残骸。无论是澳大利亚的当地土著，还是在这一带海域做海参生意的中国人，都无法提供任何线索。另一方面，假如富兰克林号的幸存者落到了这个地区的澳大利亚土著部落手中，这些部落素有啃噬人肉的恶习，那么，所有的幸存者都将无一幸免，除非发生奇迹。

7月11日，多莉-希望号抵达130度经度线海域，艾利斯船长开始着手准备搜索梅尔维尔岛和巴瑟斯特岛，这两座岛屿之间仅仅隔着一条相当狭窄的水道。就是在这个岛群北面大约10海里的海面上，找到了富兰克林号的残骸。这块残骸应该是在加利福尼亚号行驶到这里之前不久，才被海浪从礁石上冲下来的，不然的话，它还会被海流带到西边更远的地方去。也就是说，海难发生的地点应该距离此地不远。

这场搜寻行动延续了将近4个月,因为搜寻的区域不仅包括两座岛屿的周边海域,还包括滨海的阿恩海姆地区,以及雷纳海峡,甚至一直延伸到维多利亚河的入海口①。

如果沿着入海口向内陆开展搜寻行动,不仅非常困难,很可能找不到任何线索,而且十分危险。在澳大利亚大陆北部地区出没的土著部落,行踪极为可疑。艾利斯船长在最近一次靠泊时听人说过,不久前,在这片海域再次发生过食人事件。一艘名叫格罗宁根号②的荷兰商船,遭到巴瑟斯特岛上的土著部落的蒙骗,其船员被那些野蛮的畜生屠杀并被啃噬,"畜生"这个词最适合他们,不是吗? 不论是谁,只要成为他们的俘虏,就注定将面临最可怕的死刑!

不过,富兰克林号的船员究竟是在何时何地落到土著手里的? 如果说艾利斯船长不愿意考虑这个问题,那么,最终还是希望找到富兰克林号的下落。照道理讲,还是有希望找到的,毕竟,从加利福尼亚号在梅尔维尔岛北面捞到那块残骸到现在,时间过去了还不到8个月。

从这时起,艾利斯船长和船员们不顾疲劳,冒着风险,搜索了这一带的小海湾、沙滩,以及沿岸的礁石浅滩。这些搜寻行动耗费了大量的时间。由于必须搜寻得特别仔细,整个行动持续了很久。

有好多次,多莉-希望号差点儿撞到礁石上,因为大家对这一片海域还很陌生。还有好多次,他们差点儿遭到土著的袭击,当土著们驾驶小艇攻击多莉-希望号的时候,船员们不得不开枪把他们

---

① 维多利亚河是澳大利亚北部最长的河流,入海口宽约25.5公里,注入帝汶海。
② 格罗宁根是荷兰东北部的一座城市。

驱离,当小艇靠近,土著们试图爬上船舷时,船员们就用斧子予以还击。

然而,无论在梅尔维尔岛和巴瑟斯特岛,也无论在滨海的阿恩海姆地区,乃至维多利亚河的入海口,包括托列斯海峡,搜寻行动都没有获得令人满意的成果。船员们没有发现沉船的任何蛛丝马迹,也没有再遇到过一片残骸。

截至11月3日,搜寻行动陷入困境。下一步,艾利斯船长将向何处去?他是否认为搜寻使命已经结束——至少是在澳大利亚沿海地区,包括那些岛屿和小岛的搜寻已经结束?在帝汶海的北面海域,搜索了巽他群岛的那些小岛之后,他是不是就该考虑返航了?总之一句话,他是否认为已经用尽了所有的努力?

这位正直的水手犹豫着,对此大家都能理解,不过,他仍然尽心竭力,恪尽职守,要把搜寻行动坚持到澳大利亚海岸。

发生了一件事,让他不再犹豫不决。

11月4日清晨,艾利斯船长与扎克·弗伦正在多莉-希望号的后甲板散步,水手长指给他看一件东西,那东西漂浮在距离轮船大约半海里的海面上。这东西肯定不像是木头碎片,也不像船壳板的残骸,或者是一段树干,倒像是一堆野草,或者是从海底深处捞上来的暗黄色马尾藻,而且,这东西的外形就像是个土包。

扎克·弗伦观察着说道:"真是奇怪。我敢拿我的姓氏打赌,这堆草是从西边,甚至是西南方向漂过来的!是否可以确定有一股海流从海峡那边把这堆草带了过来?"

艾利斯船长回答道:"是的,这应该是一种局部海流,向东方流动,除非,这只不过是潮汐运动。"

扎克·弗伦回答道:"我不这么认为,船长,因为,我现在想起来了,早晨天蒙蒙亮的时候,我曾经看到不少这样的草堆向上游漂去。"

"水手长,您确定是这样?"

"我确定,而且我确信,我们最终将找到约翰船长!"

艾利斯船长反驳说道:"好吧,假定这股海流确实存在,那就说明,富兰克林号的残骸是从西边漂过来的,沿着澳大利亚海岸漂流。"

扎克·弗伦回答道:"我恰恰是这么考虑的。"

"那么,水手长,我们就没有什么可犹豫的了。是否有必要沿着海岸线延长搜索距离,穿过帝汶海,一直搜寻到澳大利亚海岸的最西端?"

"艾利斯船长,我从来没有如此确信过,既然我们已经确认,存在着一股沿海岸运动的海流,而且很明显,其流动方向是奔往梅尔维尔岛。假设布兰尼肯船长驾驶的帆船是在西边海域沉没的,那么,就可以这样解释,这条船的一块残骸被海流簇拥到梅尔维尔岛海域,然后被加利福尼亚号打捞起来。"

艾利斯船长命人叫来大副,向他询问,是否可以继续向西航行得更远。

大副的意见是,既然发现了这股局部海流,那就应该溯流而上,一直找到它的源头。

艾利斯船长回答道:"我们继续向西航行。我们带回圣迭戈的报告不能含糊不清,必须严谨明确。必须弄清楚,如果富兰克林号是在澳大利亚沿岸海域沉没,那么它确实全军覆没,无一生还!"

根据这个经过充分论证的决定,多莉-希望号首先驶往帝汶岛,以便补充足够的燃料。

第十三章 帝汶海的搜寻行动

在那里靠泊 48 小时后,多莉-希望号重新向南,返回位于澳大利亚西端的伦敦德里岬角。

驶离皇后海峡之后,艾利斯船长要求轮船尽量沿着澳洲大陆的轮廓线行驶,航行的起始地点为海龟角。在这个地方,可以明显看出海流确实是从西向东流动。

这股海流的涌动不是潮汐运动所导致,因为随着涨潮和落潮,海水流动的方向会改变,然而,这股位于帝汶海南部的海流是稳定的,不断把海水从上游冲向下游。有必要顺着海流溯流而上,一路搜索沿途的岛屿和礁石,一直到面临广阔的海面,抵达印度洋的边界为止。

多莉-希望号抵达剑桥海湾的入口处,科伯恩山就矗立在海湾旁,艾利斯船长觉得,把船驶入这个布满礁石的漏斗形海域,不仅冒险而且冒失,这一带岸边经常有可疑的土著部落出没。于是,放下了蒸汽小艇,艇上搭载了6名持枪的水手,在扎克·弗伦的指挥下,准备深入搜索这个海湾。

艾利斯船长向他叮嘱道:"毫无疑问,如果约翰·布兰尼肯落到这块大陆的土著部落手里,那么他和船员们都不可能生还。但是,对于我们来说,最重要的是弄清楚,如果本地土著在剑桥海湾把富兰克林号弄沉了,那么,是否还能找到这条船的一些残骸。"

扎克·弗伦回答道:"毫无疑问,那帮混蛋干得出来!"

水手长的任务很明确,必须认真仔细地予以执行,同时,保持高度警惕。他驾驶小艇一直抵达阿多佛斯岛,几乎到了海湾的尽头;小艇绕着小岛转了一圈,什么也没有发现,搜索行动无须继续深入开展。

于是,多莉-希望号离开剑桥海湾,继续向前,绕过杜塞尔海岬,掉头向西北方向,沿着澳大利亚海岸行驶,这里属于澳大利亚面积最大的行政区之一,名字就叫作西澳大利亚①。这一带海域的小岛数量可观,众多小海湾导致海岸线蜿蜒曲折。尽管船员们勇敢无畏,不知疲倦地努力搜索,然而,无论在胡利埃斯海岬,还是在伦敦德里岬角,搜寻行动始终徒劳无功。

---

① 西澳大利亚位于澳洲大陆西部,濒临印度洋,是澳大利亚最大的一个州。

第十三章 帝汶海的搜寻行动

多莉-希望号绕过伦敦德里岬角后,这趟充满危险、艰苦累人的航行变得越发严酷。这片滨海地区受到来自印度洋巨浪的直接冲击,找不到任何适宜的避风处,可以让受损的船只临时避难。尽管蒸汽轮船可以依仗机器,但是,在海上巨浪的冲击下,船只前后左右大幅度摇摆,机器也有失灵的时候。从伦敦德里岬角到柯立叶海湾,无论在约克松德湾,还是在布伦瑞克湾,这一带到处都是怪石林立的小岛、蜿蜒曲折的浅滩,以及密布的礁石,其复杂程度堪与托列斯海峡相媲美。在塔尔波和布干维尔海岬,可怕的三角浪在海岸边形成屏障,只有当地土著的小船才能靠岸,因为这种小船安装了平衡器,几乎不可能倾覆。艾米拉蒂海湾的入口处两侧,分别是布干维尔海岬和伏尔泰海岬,这个海域怪石林立,错综复杂,蒸汽小艇不止一次遇险,差点儿倾覆。然而,什么也阻止不了船员们的搜寻热情,这些勇敢的船员争先恐后承担最危险的搜索行动。

驶过柯立叶海湾后,艾利斯船长驾船驶往布喀奈群岛,继而越过勒拜克海岬,以及位于西北方向的金桑德海湾。

不需要担心天气状况,近来天气一天比一天好。这片印度洋海域位于南半球,10月和11月份的天气,相当于北半球的4、5月份。因此,最好的气候季节正在逐渐来临,此后的搜寻行动将在非常有利的气候条件下进行。当然,不可能让搜寻行动无限期地延长下去。这股沿岸海流向东运动,把残骸漂运到梅尔维尔岛海域,什么时候追踪不到海流的踪迹了,这次搜寻行动也就到了结束的终点。

1883年1月底,海流的踪迹消失了,当时,多莉-希望号刚刚结束了对金桑德海湾的搜寻行动,这次行动又是一无所获,这个喇叭口形海湾深处,就是菲茨-罗伊河的入海口。在这个宽阔的水流入口处,蒸汽小艇受到了当地土著的猛烈攻击。冲突中,两名船员受伤,不过幸好伤势不太严重。由于艾利斯船长的冷静处置,土著发动的最后一次攻击才没有演变成一场惨剧。

多莉-希望号最终驶出金桑德海湾,在靠近勒维克岬头的海面停下来。艾利斯船长开始征求大副和水手长的意见。他们仔细研究了地图,决定搜寻行动到此结束,此地位于南纬18度线。越过金桑德海湾,海岸线变得平直,很少见到小岛,这里属于塔斯曼地区,濒临印度洋,即使在最新出版的地图册上,这个地区也是一片空白。继续向西南方向搜寻没有任何意义,同样,也没有必要去搜寻丹皮尔群岛的沿岸地区。

另一方面,船舱里存的煤炭不多了,最好直接驶往巴达维亚,在那里把燃料补足。然后,轮船将沿着巽他群岛行驶,穿越帝汶海,重新进入太平洋。多莉-希望号的船头转向北方,很快就把身后的澳大利亚海岸甩得无影无踪。

第十四章
布鲁斯岛

在澳大利亚西北海岸与帝汶海西部之间的海域内，没有什么重要的岛屿。水文地理学家仅仅在这里发现过几座小岛。在这一带分布的主要是各种奇形怪状、由珊瑚石构成的浅滩，人们把它们分别命名为"某某堆积""某某岩石""某某节拍"①，或者"某某浅滩"——诸如：林赫节拍、司各特节拍、色林巴代姆节拍、克拉朗节拍、古尔杰浅滩、洛夫雷浅滩、贺贝妮娅浅滩、萨胡勒堆积、爱格岩石，等等。这些礁石中的大部分已经被明确定位，但还有部分礁石仅是模糊定位。甚至可能还有一些礁石尚未被发现，这些礁石的高度与水面齐平，对航行构成隐患。有时候，一些航船会从印度洋驶来，冒险经过这片海域，鉴于在这里航行困难重重，需要随时监测海面情况。

现在的天气很好，除了在礁石浅滩，海面相对平静。多莉-希望号的机器极为出色，自从离开圣迭戈至今，从未出过任何问题；它的锅炉也一直在不辞辛劳地运行着。所有的天气和海面情况都表明，从勒维克岬头到爪哇岛的这段航程将十分顺利。但实际上，

---

① 这里的节拍是借用了音乐里表示节奏的词汇。

这却是一段反复曲折的航程。艾利斯船长没有预想到,除了需要在巽他群岛的众多小岛屿停泊搜寻,还会出现其他情况耽搁行程。

离开勒维克岬角海域以后,最初的几天航行里,海上没有出现任何意外情况。负责瞭望的船员处于高度戒备状态。他们守在桅杆上面,尽可能远距离地发现那些"节拍"和浅滩,它们有些仅仅在水面露出一点点。

第十四章 布鲁斯岛

2月7日,大约早晨9点钟,值守在前桅横杆上的一名水手喊叫道:

"前方左舷礁石!"

由于站在甲板上看不见这块礁石,于是,扎克·弗伦爬上了船桅的侧支索,以便亲自确认礁石的方位。

他骑到前桅横杆上,眺望左舷远处的海面,清晰地看到一座平台状的礁石,距离约6海里。

事实上,它既不是一块"岩石",也不是一块"节拍",而是一个小岛,像头驴子趴在那里,呈西北走向。由于距离靠近了,甚至可以辨认出,这座小岛其实是一座岛屿,如果从横向看过去,它的面积其实不算太小。

几分钟之后,扎克·弗伦从横杆上下来,把情况向艾利斯船长做了汇报,他随即命令掉转船艏四分之一方位,逆风行驶,以便接近这座小岛。

面向正南,根据太阳高度测定位置之后,船长在航海日志上做了记录,多莉-希望号此刻位于南纬14度07分,东经133度13分,在海图上查询,这个位置与某一座小岛的方位相吻合,现代水文地理学家把它命名为布鲁斯,距离澳大利亚海岸的约克-顺德大约250海里。

既然这座岛屿恰巧位于多莉-希望号的航路附近,艾利斯船长决定绕着岛屿的轮廓线驶过去,不过他并没有打算在此地停留。

一个小时以后,布鲁斯岛距离多莉-希望号的船舷仅有一海里。海面波涛涌动,小岛东北延伸出一个海岬,海浪拍击在海岬上,发出阵阵轰鸣,溅起水雾笼罩了海岬。由于是纵向眺望岛屿,很难判断出它的面积大小。总体来看,它的形状像一座起伏的平台，但是没有俯瞰四周的制高点。

此前，艾利斯船长曾经命令放慢船速，不过，为了争取时间，现在他想命令机械师提速，准备重新上路，就在这时，扎克·弗伦提请他注意，大声道：

"船长，您请看……那边……那个海岬上面，是不是竖立着一根桅杆？"

水手长边说，边将手指向那个往东北延伸的海岬，海岬尽头岩石峭立，乱石突兀。

艾利斯船长回答道："桅杆？……不像！……我感觉它更像一段树干。"

随后，他拿起望远镜，仔细观察扎克·弗伦手指的那个物体。

他说道："确实，水手长，您没有看错！……这是一根桅杆，我好像看见在风中飘荡着一面小旗子……是的！……是的！……这应该是一面信号旗！"

水手长说道："那么，我们是不是应该停过去……"

艾利斯船长说道："我就是这么想的。"

于是，他发出指令，把蒸汽量调低，轮船向布鲁斯岛驶去。

这道命令立即得到执行。多莉-希望号开始靠近礁石，这些礁石分布在小岛四周，礁石地带的宽度大约为300码。海水猛烈地拍打着礁石，倒不是因为海风强大，而是因为海流从这个方向把海浪推向礁石。

很快，已经可以用肉眼看清楚岛屿岸边的情景。小岛的滨海地带显得荒凉冷峻，一片肃杀，寸草不生，到处是硕大的空洞，仰口向天，在海浪的拍击下，发出雷鸣般的轰响。海岸每隔一小段距离，就会出现一小片黄褐色的浅滩，把滨海一线的岩石群分割开来,浅滩上面盘旋着一群群海鸟。不论怎样,从这个角度看过去,看不到一丁点儿沉船的影子,既没有桅杆也没有船壳的残骸。岬角前端安插的桅杆,应该是船斜桅的一截补助帆桁;至于桅杆顶上被海风吹动的碎布条,已经很难辨认出本来的颜色。

扎克·弗伦叫道:"岛上有幸存者……"

大副说道:"或者,不如说,曾经有过!"

艾利斯船长说道:"毫无疑问,有一条船撞上了这个小岛。"

大副补充道:"同样可以确定的是,有幸存者逃到了这个岛上,然后竖起了信号桅杆,也许,他们还没有离开这里,因为,无论是驶往澳大利亚还是驶往印度的海船,都不会在布鲁斯岛视线范围之内路过。"

扎克·弗伦问道:"我觉得,船长,您是否打算上去查看一番?"

"是的,水手长,但是截至目前,我还没有望见任何一块地方可以让船靠泊。我们首先绕岛航行一圈,然后再做决定吧。如果那些倒霉的幸存者还住在岛上,他们不可能看不到我们,一定会发出信号……"

扎克·弗伦问道:"那么,如果我们看不到任何人,您打算怎么办?"

艾利斯船长回答道:"到了可能的时候,我们将尝试放下小艇。即使现在岛上无人居住,也一定还残存海难事件的痕迹,这些对我们的搜寻行动大有裨益。"

扎克·弗伦喃喃说道:"谁知道呢?……"

"谁知道?……水手长,您是想说,富兰克林号可能撞上这个远离航路的布鲁斯岛?"

"为什么不呢,船长?"

艾利斯船长回答道："尽管这绝对难以想象，但是，我们在难以想象的事情面前，还是需要弄个明白，我们将尝试放下小艇！"

按照船长的设想，轮船绕着布鲁斯岛转了一圈。出于谨慎考虑，多莉-希望号与礁石保持一链的距离，这个小岛向北方伸出好几个岬头，轮船把它们一一绕了过去。小岛滨海地带的景色没有变化，到处是耸立的岩石，几乎都是按照同一个形状凝固在那里，岩石受到海浪的猛烈冲击，礁石笼罩在浪花水雾当中，这样的地形让登陆变得几乎无法实施。礁石浅滩的背后是一片砾石铺就的平台，突兀着几棵萎靡不振的椰子树，看不到任何耕种的痕迹。居民？空无一人。居所？毫无踪迹。没有独木舟，也看不到小渔船。荒凉的海面，荒芜的小岛。一群群海鸥在各个岬头之间飞来飞去，给寂寞荒凉的景色点缀了一丝生气。

如果说这里算不上海难幸存者的理想逃生地，缺乏必要的生存条件，但是，至少这里可以成为幸存者的避难所。

绕布鲁斯岛一周的长度大致为 6 到 7 海里：这是多莉-希望号在沿岛的南部轮廓线航行时估算出来的。船员们试图找到一处港湾入口，或者，如果找不到港湾，至少在礁石林立的地方，找到一处小海湾，可以让轮船停留，哪怕只停留几个小时，但是，这些努力徒劳无果。很快就弄明白了，要想登陆，只能依靠船上的小艇，即使这样，也需要设法找到可以让小艇靠岸的通道。

此时已是下午 1 点钟，多莉-希望号位于岛屿的下风口。由于海风是从西北方向吹过来，拍打岩石的海浪力度有所减弱。在这个位置，海岸线向内凹进去，形成了一片宽阔流动的锚泊场地，只要多加小心,船只可以在这里停泊,前提是海风的风向不能改变。很快做出决定,让多莉-希望号停泊在这里,不使用锚泊方式,而是采用低速运动的方式停泊,船上放下蒸汽小艇,让船员乘小艇上岸。剩下的问题就是在拍打礁石的沿岸白色浪花中,找到一处地点,让船员们可以迈步登陆。

艾利斯船长用望远镜搜索着沙滩,终于发现平台下有一处凹地,类似于沟渠,好像一道敞开的口子,在那个口子里,一条小溪弯弯曲曲流入大海。

扎克·弗伦接过望远镜看了看,确认在那个敞口处可以登陆。看起来,那处岸边的地势不太陡峭,陡坡轮廓线的折角比较突兀。随后,在礁石群之间,又发现了一条狭窄的通道,海水拍击在通道上,没有掀起浪花。

艾利斯船长命令准备蒸汽小艇,半个小时后,小艇已经可以启程了。艾利斯船长和扎克·弗伦登上小艇,同行的还有一名舵手、一名持篙水手、一名机械师,以及小艇驾驶员。谨慎起见,他们携带了两支步枪、两柄斧头,以及数把手枪。船长不在船上期间,大副负责驾驶多莉-希望号在这片流动水域游弋,随时注意可能发生的情况。

下午一点半,蒸汽小艇被放下,沿着礁石之间的通道,向距离足有一海里以外的小岛岸边驶去,小艇吸引来成百上千只海鸥,在上空发出震耳欲聋的尖叫声。几分钟之后,小艇缓缓停靠在一片沙滩旁,沙滩上到处是尖锐石脊。艾利斯船长、扎克·弗伦,以及两名水手立即下船登陆,留下机械师和驾驶员看守小艇,小艇必须保持蒸汽锅炉的压力。他们顺着敞开的口子,沿着注入海里的小溪,逆流而上,很快,四个人登上了平台的顶部。距离100米之外,有

一个小山包似的石头堆，模样有些古怪，俯瞰着下面30码开外的沙滩。

艾利斯船长和同伴们立即走向这个小山包，费劲爬了上去，站在这个制高点上，整座小岛一览无余。

事实上，这座小岛呈椭圆形，样子像个乌龟壳，延伸出的岬角就像乌龟的尾巴。岛上有几处地方生长着植物，这座小岛与马来西亚的珊瑚礁，或者托列斯海峡的珊瑚石岛群不一样，并非由珊瑚

第十四章 布鲁斯岛

石构成,岛上到处是花岗岩,一处又一处的绿色植物点缀其间;不过,这些植物大多是苔藓类,很少有树木生长;到处是裸露的岩石,很少有绿地;绿地上生长着荆棘,很少有灌木。这条小溪是从哪里流过来的?在平台的坡地上,可以看到小溪流淌的路线。它的源头是在小岛的深处?尽管站在这里可以眺望到信号桅杆,但是要找到小溪的源头并不容易。

站在石头山包的顶部,艾利斯船长和同伴们四处张望,看不到炊烟冉冉,也找不到任何生物。至此,可以得出结论:如果说布鲁斯岛曾经有人居住——这点毋庸置疑——那么,现在,很可能已经人去岛空。

于是,艾利斯船长说道:"对于幸存者来说,这是一处令人伤感的避难所。如果他们在这里长时间耽搁,我很难想象,他们如何能够活下来!"

扎克·弗伦回答道:"是的……这个平台几乎是全裸的,只有几处地方点缀着稀疏的树丛……基本上找不到适宜植物生长的土壤……不过,一旦沦为海难幸存者,也只能将就凑合了!……脚下踩着一块石头,总比遭受灭顶之灾要好多了!"

艾利斯船长说道:"在获救后的初期,这没问题,但是往后咋办!……"

扎克·弗伦指出道:"不过,逃到这个岛上的避难者也许很快就被一条船给救走了……"

"水手长,他们也可能因为缺衣少食,饥馑而亡……"

"船长,您为什么要这样想?……"

"这是因为,如果他们终于以某种方式离开了这座岛屿,走之前,他们一定会刻意把那个信号桅杆放倒。我担心,这群不幸的人都已亡故，没有一个人坚持到获救。走吧，我们到信号杆那边去。也许在那里能找到蛛丝马迹，可以知道在这个海域沉没的那条船的国籍。"

艾利斯船长、扎克·弗伦，以及另外两名水手从石堆斜坡走下来，朝延伸向北方的岬头走去。然而，他们刚刚动身，一个人停住脚步，弯腰捡起脚下踢到的一件东西。

他说道："看看，这是什么？……"

扎克·弗伦说道："给我看看！"

这是一把刀的刀身，是那种插在皮鞘里，水手们经常别在腰带上的小刀。刀身齐着刀柄断了，刀刃多处崩缺，毫无疑问，这是一把没法继续使用，因而被遗弃的刀子。

艾利斯船长问道："怎么样，水手长？"

扎克·弗伦回答道："我正在上面寻找标记，以便确认刀子的来历。"

实际上，一般认为，这种刀应该带有品牌商标。但是，这把刀锈蚀得非常严重，因此，先得把上面厚厚的铁锈擦掉。

扎克·弗伦把锈擦干净，依稀辨认出刻印在铁质刀身上的文字：谢菲尔德—英格兰。

可以确认，这把刀产自英国。但是，由此断定布鲁斯岛上的避难者是英国人，这个推理有些武断。为什么这把工具的所有者不能是其他国籍的海员？要知道，谢菲尔德品牌的产品在全世界都能找到。如果能找到其他东西，这个假设也许就能改变，或者得到确认。

艾利斯船长和同伴们继续向信号杆走去。这一段路程并没有道路的痕迹，行走相当困难。即便假设这段路程曾经被人类的足

第十四章 布鲁斯岛

迹踩踏过，那也是很久远的过去了，因为所有足迹都已经淹没在草丛和苔藓的下面。

走了大约两海里，艾利斯船长在一丛椰树旁停住脚步，枯萎的树身下，椰果掉落在地上已经很久了，只剩下腐败的碎屑。

截至目前，再没有收集到其他物品；但是，在距离椰树丛几步远的地方，在一处略微倾斜的山坡上，在稀疏杂乱的荆棘当中，很容易就能辨认出耕作的痕迹。残留的作物包括山药和白薯，它们都已经处于野生状态。一个水手偶然地在密实的荆棘下面发现了一把镐头。这把镐头已经严重锈蚀，从铁柄的安装样式来看，很像是美国制造的产品。

水手长问道："艾利斯船长，您怎么看？"

艾利斯船长回答道："我认为，目前做出判断为时尚早。"

扎克·弗伦接着说道："那么，我们再往前走走。"边说边向两个水手做出跟着走的手势。

从山坡走下来，他们来到平台的边缘，海岬从这里向北延伸出去。在这个地方，一道弯弯曲曲的狭窄沟槽把平台切开，顺着沟槽向下走，可以不太费力地到达一处小沙滩。沙滩的面积大约有一英亩，沙滩周围是漂亮的橙黄色岩石，海浪不停地击打在岩石上。沙滩上散布了许多物品，诸如：玻璃或者陶瓷碎片、粗陶器的残骸、铁钉和空罐头盒，这次可以确定，罐头产自美国。这些物品表明，有人在岛上的这块地方长期停留过；紧接着，又找到了水手才会使用的其他用品，诸如：几段残留的链条，折断的铁环，残存的镀锌铁质帆缆索具，一个缆绳上的铁钩，好几个滑轮，一个扭曲的系缆环，一根泵杆，桅桁和桨的残骸，从装水容器上脱落的板材，对于这些物品的来源，在加利福尼亚号上工作过的水手绝不会弄错。

艾利斯船长说道："撞到这个岛上的船，根本不是英国船，而是一条美国船……"

扎克·弗伦回答道："而且可以确定，是在我们太平洋沿岸港口建造的船！"他的这番话得到另外两名水手的赞同。

第十四章 布鲁斯岛

然而，截至目前，还没有任何证据能够让人相信，这条船就是富兰克林号。

无论如何，需要弄清楚一个问题：甭管这是哪一条船，它是不是在海上沉没的？因为在岛上既没有发现船身的肋骨，也没有发现船壳板。难道幸存的船员们是乘坐救生艇逃到布鲁斯岛上的？

不对！艾利斯船长很快就找到了实物，证明海难事故确实是发生在布鲁斯岛的礁石上。

距离沙滩大约一链远的地方，在一堆尖利的岩石和刚刚露出水面的礁石之间，看得见一堆悲惨的、杂乱无章的船体残骸，这就是那条撞沉的航船。此时海面波涛汹涌，奔涌而来的巨浪势头猛烈，拍击的一瞬间，木质和铁质构件四分五裂，海浪摧枯拉朽，把残骸撞击砸碎，四处抛撒到礁石上。

乱石滩似乎重现着当年海难的一幕，看着眼前的一切，艾利斯船长、扎克·弗伦，以及两名水手触景伤情，深受震撼。这条船的船体，仅剩下变了形的曲板、挂着断裂铁钉的撕碎的船舷、扭曲的梯子横档、一块舵板的残片、好多甲板上的列板，但是，看不到任何船体水面以上的外部构件，也看不到一根桅杆，这些残骸或者是在海上就被摧毁遗失，或者是在船体触礁之后，有人把它们拿走，用于满足构建岛上居所的需要。船体的肋骨没有一根是完整的，也没有一根龙骨是完好无损的。这里的岩石棱角锋利，就像一个个铁蒺藜，这就是为什么，在猛烈撞击下，这条船破损的程度如此严重，以至于它的残骸都无法得以再利用。

艾利斯船长说道："我们找一找，也许能找到一个名字，一封信，一个商标，根据这些可以判断出这条船的国籍……"

扎克·弗伦回答道："好的！上帝保佑，但愿这条船不是富兰克林号,沦落到这步田地!"

然而,能找到艾利斯船长希望的那个标记吗?即使海浪手下留情,让船艉标牌,或者船艏舷墙剩下部分残骸,这些部位本应刻写船名,但是恶劣的天气,以及冲击的浪花是否已经把字迹抹去?

可惜,什么也没找到,既没有船艉标牌,也没船艏舷墙。寻找的努力一无所获,如果说,在沙滩上捡到的一些物品是美国产品,那也不能因此断定这些物品就是来自富兰克林号。

不过,即使海难幸存者逃到了布鲁斯岛上——海岬尽头矗立的信号杆就是无可辩驳的证据——而且他们在这座岛上生活了一段时间,即使无从知晓他们究竟在此生活了多长时间,但是,他们肯定需要寻找一处栖身之所,也许就在沙滩附近的一座山洞里,以便就近利用礁石滩堆积的沉船残骸。

一个水手很快就找到了这座山洞,那里就是幸存者的栖身之所。山洞位于平台与沙滩的夹角处,隐身在一处巨大的花岗岩上。

听到水手的呼叫,艾利斯船长和扎克·弗伦立即跟了过去。也许,海难的秘密就隐藏在这座山洞里?……也许这座山洞能揭示这条船的名字?

山洞的洞口非常低矮狭窄,洞口外面能看到一摊炉灶的灰烬,岩壁已经被炉烟熏黑。

钻进洞里,内部空间高约10英尺,深度是20英尺,宽度为15英尺①,足够容纳十多个人居住。所有的家具包括一些干草垫,上面铺着破碎的帆布,一只用船舷残骸制作的凳子,两只同样材质的矮凳,一张从船上搬来的木桌——可能来自高级船员餐厅。生活

---

① 1英尺等于305毫米。

用具包括几只用锻铁制作的盘子和托盘,以及三把叉子、两把勺子、一把餐刀、三只金属无脚杯,所有金属制品均已锈蚀。在一个角落里,平放着一只桶,应该是用来储存取自小溪的水。桌子上放着一盏船用灯,外表凹凸不平,锈蚀严重,已经无法使用。各处散放着各种厨具,草垫上扔着不少破烂衣衫。

扎克·弗伦叫道:"这些不幸的人,他们在岛上居住期间,物资匮乏到何种程度!"

艾利斯船长回答道:"他们几乎没有从自己的船上抢救出任何物资,这也表明,这条船撞击海岸的程度有多猛烈!所有的东西都毁于一旦,所有!这些可怜的人吃什么呢?……也许播种一些谷物,还有一些咸肉,一些食品罐头,他们一直消耗到最后一盒!……如此的生存状况下,他们可是受苦了!"

是的,即使算上他们捕鱼获得的食物来源,这些幸存者只能依靠这些来满足日常需要。如果他们还生活在岛上,那就说明他们消极地解决了生存问题。如果他们都不幸亡故,那么,完全有可能找到最后逝去的那位幸存者的遗骸……不过,尽管在洞内和洞外进行了细致的搜索,结果却是一无所获。

扎克·弗伦指出道:"这种情况让我想到,这些幸存者是否已经返回祖国?"

艾利斯船长回答道:"如何返回的?难道他们有本事利用沉船的残骸,制造一艘足够大的小艇,能够抵御海上的波浪?……"

"不可能,船长,而且他们甚至都没有制造小船所必需的工具和材料。我更愿意相信,他们发出的求救信号被某条航船眺望到了……"

"水手长,我却无法接受这个想法。"

"为什么呢?船长。"

"因为,如果有一条船营救了他们,这个消息将传遍全世界,除非这条船后来也沉没了,人货俱亡——这实在令人无法相信。因此,我排除这种假设,布鲁斯岛上的幸存者不可能以这种方式获救。"

扎克·弗伦不愿意轻易被说服,他说道:"就算是吧!但是,如果说他们没有能力建造一条小船,也没有证据表明船上的小艇在海难中全部损失掉了,那么,在这种情况下……"

艾利斯船长回答道:"即使在这种情况下,最近几年内,也没有听说过,在澳大利亚西部海域,曾经救起过海难失踪的船员,从布鲁斯岛到澳大利亚海岸,路程足有好几百海里,我觉得,这条小船很可能在途中倾覆了!"

扎克·弗伦十分明白,对这个推论很难予以回应。不过,他仍然不想放弃弄清楚幸存者下落的愿望。他问道:

"船长,我猜想,现在,您是否希望察看一下这个小岛的其他地方?"

为了做到问心无愧,艾利斯船长回答道:"好的……不过,首先我们得过去把信号杆放倒,以免其他过路船只产生误会,因为,这里已经没有需要营救的人了!"

艾利斯船长、扎克·弗伦,以及两名水手走出山洞,又最后查看了一遍沙滩。随后,他们沿着沟槽重新回到平台,向岬角顶端走去。

前面出现一个深坑,像个布满石头的池塘,里面存着一些雨水,他们绕过深坑,准备继续向前走。

突然,艾利斯船长站住了。

面前这个地方,平地隆起四个土包,而且位置相互平行。本来,这样的土包可能不会引起注意,但是,已经有些腐朽的小十字架让人注意到,这些是坟墓。这里是幸存者们的墓地。

艾利斯船长叫道:"终于,也许我们可以弄清楚?……"

检查这些坟墓,应该不算是对死者的不敬,因为,只有发掘坟墓里埋葬的遗体,才能弄清楚他们死亡前的状态,并且从中找到实实在在的证据,证明他们的国籍。

两名水手开始动手,用随身携带的刀子把土扒到四周。然而,由于这些遗体埋葬在这里已经很多年了,坟墓里的遗骸早已变成枯骨。于是,艾利斯船长命令把遗骨重新埋葬,十字架也被重新放置在坟头。

关于这艘沉船有许多问题需要解答。如果说有四具遗体被埋葬在这里,那个为他们履行最后义务的人去了哪里?当死亡降临到这个人身上的时候,他倒在了哪里?他的骸骨会不会被遗弃在小岛的另一个地方?

艾利斯船长不希望如此。

他大声叫道:"我们无法辨认出撞击布鲁斯岛的沉船名字!……难道我们真的要返回圣迭戈,既没能发现富兰克林号的残骸,也没能获知约翰·布兰尼肯和他的船员们的下落?"

一位水手说道:"为什么这条船不能是富兰克林号呢?"

扎克·弗伦回问道:"为什么就一定是它呢?"

事实就是,这条沉船的残骸被抛撒在布鲁斯岛礁石上,但没有任何证据证明它就是富兰克林号。看起来,多莉-希望号的第二次搜寻行动没能成功,与第一次行动相比毫无进展。

艾利斯船长默默无语,垂头看着地面,在那里,可怜的幸存者们结束了自己的生命,也结束了凄惨的遭遇!这些人究竟是不是他的美国同胞?……他们究竟是不是多莉-希望号前来寻找的人?……

他说道:"去信号杆!"

连接岬角与岛屿的是一个铺满岩石的斜坡,扎克·弗伦率领水手们陪着船长走下长长的斜坡。

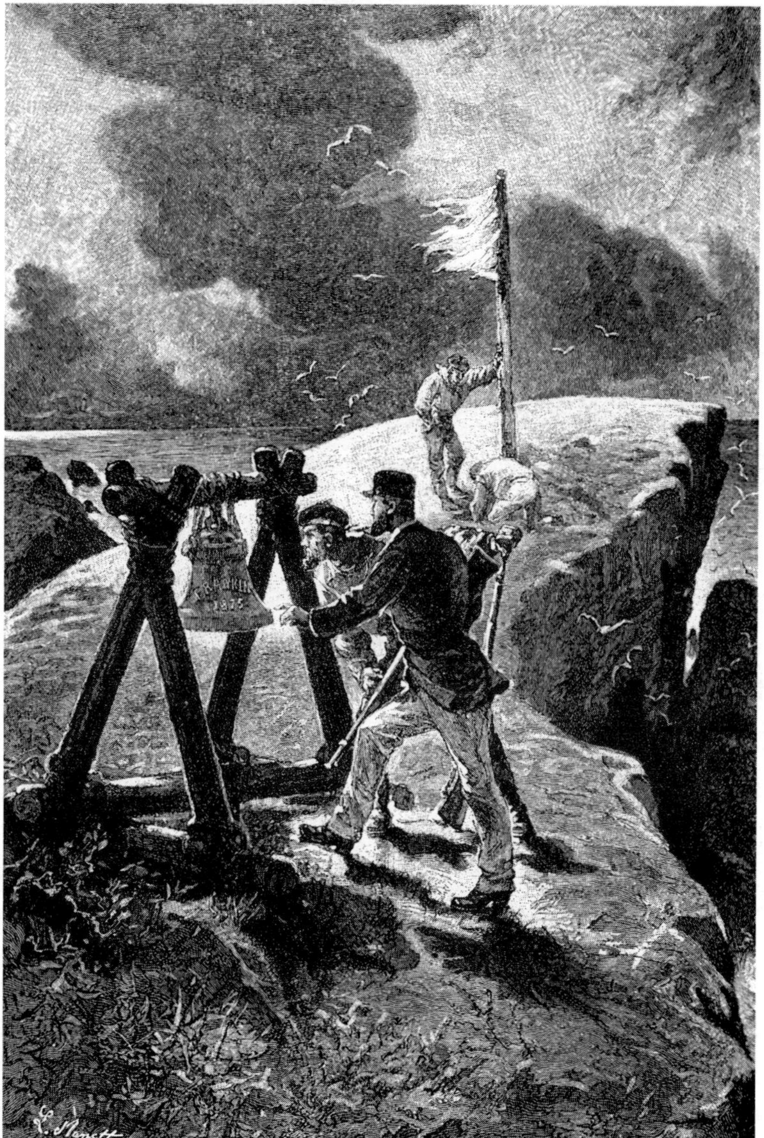

他们距离岬头约半海里,地上到处是荆棘和乱石,因此,走过去需要20分钟。

艾利斯船长和同伴们快步来到桅杆跟前,发现它深深插在石头洞穴里——这就是为什么它能长时间抵御暴风雨的猛烈袭击。与此前通过望远镜观察的结果相同,这根桅杆是船艏斜桅的顶端部分,取自沉船残骸。

至于桅杆顶端系着的破旗子,原来是船帆帆布的一角,已经被海风吹得疏散蓬松,看不出任何国籍属性。

遵照艾利斯船长的命令,两名水手准备把桅杆放倒,恰在此时,扎克·弗伦叫道:

"船长……那儿……您看!"

"什么东西,水手长?"

"这口钟!"

在一个仍然足够结实的架子上,悬挂着一口钟,金属钟柄上面锈迹斑驳。

看来,幸存者们并不满足于竖立这个信号杆,他们还附带安置了这口钟。他们把船上的钟搬运到这里,期待让路过的航船看到信号杆听到钟声……在整个航海界,大家都有在船钟上刻写所属航船名字的惯例,那么,这口钟上面有没有刻写船名呢?

艾利斯船长走向钟架,但随即站住了。

在钟架下面,躺着一架骸骨,或者不如准确地说,在地上散落着一堆枯骨,上面残存着破烂的衣衫。

原来,逃到布鲁斯岛上避难的幸存者总共有五名,四名先后亡故,留下第五人孤苦伶仃……

终于有一天,他离开石洞,把自己拖到海岬尽头,敲响了这口船钟,想让远处海面上路过的航船听到……最终,他倒在了这里,再也没有站起来……

艾利斯船长命令两名水手就地挖掘墓穴,掩埋遗骨,然后做手势,示意扎克·弗伦过来,一起查看船钟……

在铜钟上面,凹刻的名字和数字依然清晰可辨:

富兰克林
1875

第十五章
活的残骸

　　当多莉-希望号驶过帝汶海,继续进行第二次搜寻行动,并且在我们已经知道的情况下,准备结束这次行动的时候,布兰尼肯夫人、她的朋友们,以及失踪船员的家属们都在怀着焦虑的心情等待。加利福尼亚号带回来的这片残骸毫无争议地属于富兰克林号,大家对这片残骸寄予了莫大的期望!在那片海域的某个小岛上,或者在澳大利亚北部海域的某个地方,艾利斯船长最终能否找到富兰克林号的其余残骸?他能否找到约翰·布兰尼肯、亨利·菲尔顿,以及他们手下的12名船员?他究竟能否最终把这次海难事件中的一名,或者几名幸存者带回圣迭戈?

　　自从离开圣迭戈之后,艾利斯船长先后已经寄回来两封信。第一封信汇报了在托列斯海峡,一直到阿拉弗拉海西端的徒劳无功的搜寻结果。第二封信报告称,已经对梅尔维尔岛和巴瑟斯特岛进行了搜索,但是没有找到富兰克林号的踪迹。信中还告诉布兰尼肯夫人,多莉-希望号将沿着帝汶海,一直搜寻到澳大利亚的西部海域,包括毗邻塔斯曼地区的一系列群岛。此后,多莉-希望号将搜索巽他海域的众多小岛屿,如果最后依然找不到踪迹,没有了任何希望之后,多莉-希望号将踏上归途。

第十五章 活的残骸

自从收到第二封信之后,就再也没有了消息。好几个月过去了,现在,人们都在等着,最近这几天,圣迭戈港的瞭望台就会发出多莉-希望号抵达的信号。

然而,已经到了1882年的年底,尽管布兰尼肯夫人再也没有收到有关艾利斯船长的消息,但不必为此感到惊讶,因为,跨越太平洋的邮路历来就很迟缓,而且很不固定。尽管大家都很焦急地盼着多莉-希望号,但是,还没有任何理由为它焦虑不安。

尽管如此,到了2月底,威廉·安德鲁先生还是觉得多莉-希望号的搜寻行动延长得有些过分了。

每一天,总有一些人来到伊斯朗岬头,盼望看到远处海面上出现多莉-希望号的身影。无论距离多远看到它,无须辨认船舶编号,圣迭戈的水手们仅仅依靠外形,一眼就能认出它来——就好像区分法国人与德国人,甚至区分英国人与美国人那样易如反掌。

3月27日早晨,多莉-希望号终于出现了,在远处海面上,相距9海里之遥,顺着清新的西北微风,它正在加足马力驶来。经过不到一个小时的航行,多莉-希望号已经穿过入口航道,驶入位于圣迭戈港湾深处的锚泊地。

这个消息传遍了全城,居民们纷纷拥到码头上,赶往伊斯朗岬头和罗玛岬头。

布兰尼肯夫人和威廉·安德鲁先生与几位朋友会合,经过预先沟通信息,随即登上一艘蒸汽小艇,前往迎接多莉-希望号。

一种莫名的担忧笼罩着麋集的人群,因此,当蒸汽小艇驶过最后一处码头,向港口外驶去的时候,人群静默无声。看起来,假如艾利斯船长的第二次搜寻行动取得成功,那消息一定会传遍全世界。

20分钟后，布兰尼肯夫人、威廉·安德鲁先生，以及几位朋友登上了多莉-希望号。

片刻之后，每个人都知道了搜寻的结果。原来是在帝汶海的西端，在布鲁斯岛，富兰克林号在那里沉没……就是在那里，海难事故的幸存者找到了避难之处……还是在那里，他们死了！

"全都死了？"布兰尼肯夫人说道。

"全都死了！"艾利斯船长回答道。

多莉-希望号驶往位于港湾中部的锚泊地，它降下了半旗，这是致哀的标志——向富兰克林号的遇难者致哀，沮丧的情绪弥漫开来。

1882年4月3日，多莉-希望号离开圣迭戈启程，1883年3月27日返抵出发地。这次的搜寻行动持续了将近一年——在这次行动中，人们始终坚定不移。但是，最终的结果却让希望彻底破灭。

布兰尼肯夫人和威廉·安德鲁先生在船上逗留了一段时间，艾利斯船长扼要地向他们汇报了事情的经过，讲述了富兰克林号在布鲁斯岛触礁沉没的具体状况。

尽管布兰尼肯夫人获悉，约翰船长和同伴们的下落已经确切无疑，但是，她依旧神态如常，眼角并未落下一滴眼泪，也没有提出任何问题。既然已经在这座岛上找到了富兰克林号的残骸，既然在岛上避难的幸存者们无一幸存，现在，她还能再追问什么呢？关于本次搜寻行动的最终报告，将于晚些时候提交给她。就这样，布兰尼肯夫人与艾利斯船长、扎克·弗伦握了握手，转身走向多莉-希望号的后甲板，在那里坐了下来，开始凝神静思，尽管面对如此众多不容置疑的证据，她依然不愿听天由命，放弃希望，"她并不觉得

第十五章 活的残骸

自己变成了约翰·布兰尼肯的遗孀"!

多莉-希望号在港湾抛下船锚,随即,多莉重新走回艉楼的前面,邀请威廉·安德鲁先生、艾利斯船长,以及扎克·弗伦当天到海景房做客。她将在下午时分等待客人来访,希望了解此次搜寻行动所做的各种努力的详情,包括穿越托列斯海峡,以及在阿拉弗拉海和帝汶海的行动细节。

布兰尼肯夫人乘坐蒸汽小艇重新回到岸上。当她走过码头的时候，人群让开道路，充满敬意地分列两旁，多莉一直走向位于圣迭戈城高处的街区。

当天，下午3点钟不到，威廉·安德鲁先生、艾利斯船长，以及水手长来到海景房，他们立刻被让了进去，走进一楼的会客厅，布兰尼肯夫人已经等待在那里。

大家围着桌子坐定，桌上摊着一张澳大利亚北部海域地图，多莉说道：

"艾利斯船长，您可否给我讲述一遍此次搜寻行动的过程？"

于是，艾利斯船长开始介绍，他讲得很详细，就好像面前放着那本航海日志，没有遗漏任何特殊之处，也没有忘记任何偶然事件，时不时询问一下扎克·弗伦，以便确认所说的内容。他甚至详细介绍了在托列斯海峡、阿拉弗拉海、梅尔维尔岛和巴瑟斯特岛，以及在塔斯曼附近群岛的搜索过程，尽管这些搜索徒劳无功。不过，布兰尼肯夫人对这些过程非常关注，默默地倾听着，双眼盯着艾利斯船长，眼皮一眨都不眨。

当叙述到布鲁斯岛的那段经历，艾利斯船长尽量详尽描述，从多莉-希望号发现岬头竖立的信号杆讲起，把每个小时，甚至每一分钟的经过娓娓道来。布兰尼肯夫人始终一动不动，双手略微有些颤抖，脑海里想象着当时的场景，就好像事情重新发生在眼前：艾利斯船长和手下在小溪豁口处登陆，攀爬小山包，从地上捡起刀身，耕种的痕迹，遗弃的镐头，密集散布海难遗物的沙滩，尖利岩石堆中变形的富兰克林号残骸，一定是最猛烈的暴风雨才能把船抛到那里，幸存者们居住的石洞，发现的四座坟墓，这些不幸者中最后一位的骸骨，在信号杆的脚下，紧挨着那口报警用的船钟……听到这里,多莉站了起来,就好像她在孤寂的海景房里听到了敲响的钟声……

艾利斯船长从兜里掏出一个吊坠,交给布兰尼肯夫人,因潮湿锈蚀,吊坠已经失去光泽。

这是一幅多莉的肖像——镶嵌在吊坠上,照片已经模糊不清,是富兰克林号出发那天,多莉送给约翰船长的礼物,在后来进行的搜索行动中,在石洞的一个黑暗角落里被找到。

如果这个吊坠可以证明,约翰船长就是逃生到岛上的五个幸存者之一,那么,是否可以得出结论,他们在岛上经过长期凄惨的匮乏折磨,被世人遗忘,饥馑而亡?……

澳大利亚海域地图还摊在桌子上,过去7年时间里,多莉面对这张地图,无数次地回想起约翰。多莉要求船长在地图上指出布鲁斯岛的位置,这个小点在地图上毫不起眼,隐身在飓风最猖獗的印度洋海域。

艾利斯船长补充道:"如果我们早几年到达那里,也许还能找到活的幸存者……约翰……他的同伴们……"

威廉·安德鲁先生喃喃说道:"是的,也许,如果第一次搜寻行动就前往那里!……但是,谁又能想到,富兰克林号居然会沉没在印度洋上的一个小岛?……"

艾利斯船长回答道:"第一次搜寻行动是循着富兰克林号原定的航线,而且它也确实是走的这条航线,因为它曾经在西里伯斯岛南边出现,因此,第一次行动不可能找到布鲁斯岛!……会不会是约翰船长对富兰克林号失去控制,航船被冲过巽他群岛之间的海峡,冲到了帝汶海,并且一直被吹到布鲁斯岛?"

扎克·弗伦叫道:"是的,毫无疑问,事情的经过一定如此!"

于是,布兰尼肯夫人说道:"艾利斯船长,在马来西亚海域搜寻富兰克林号的过程中,您做了您应该做的一切……但是,首先应该去的地方是布鲁斯岛……是的,就是那儿!"

布兰尼肯夫人在参与谈话的同时,还想根据确切的数字,顽固地保留最后一线希望,她说道:

"在富兰克林号船上,除了约翰船长,大副亨利·菲尔顿,还有12名水手。您在岛上找到了四具被掩埋的遗骸,以及躺在信号杆下的最后一位逝者。那么,对于另外9个人的下落,您是如何考虑的?"

艾利斯船长回答道:"我们一无所知。"

布兰尼肯夫人接着说:"这个我知道,"但仍然继续坚持问道,"我要问的是,您对于他们可能的下落,有什么想法?"

"也许,在富兰克林号撞上礁石的时候,他们不幸遇难了。"

"也就是说,您认为,逃到岛上的幸存者只有5个人?……"

威廉·安德鲁先生补充道:"很不幸,这个应该是最合情合理的解释!"

布兰尼肯夫人回答道:"我不这样认为。为什么约翰、菲尔顿,以及12名船员不能安然无恙地抵达布鲁斯岛?……为什么其中的9个人不能最终离开那里?"

艾利斯船长激动地回答道:"如何离开呢,布兰尼肯夫人?"

"用他们那条船的残骸,建造一条小船,乘船离开……"

艾利斯船长接着说道:"布兰尼肯夫人,扎克·弗伦可以向您确认,就像我说的一样,从那些残骸的状态来看,我们觉得这根本不可能!"

"那么……可以用船上原来的小艇……"

"就算富兰克林号上的小艇没有损坏,乘坐那样的小艇也无法冒险抵达澳大利亚海岸,或者舅他群岛。"

威廉·安德鲁先生指出道:"而且,另一方面,即使那9个人能够离开小岛,为什么另外5个人会留下来?"

艾利斯船长接着说道:"我补充说一下,即使他们拥有了一条小船,甭管什么样的小船,乘船离开的人已在海上溺亡了,或者成为澳大利亚土著部落的牺牲品,因为,这些人再也没有出现过!"

于是,布兰尼肯夫人丝毫没有流露出软弱的神情,转身对水手长说道:

"扎克·弗伦,对于艾利斯船长所说的这一切,您也都赞成吗?"

扎克·弗伦摇了摇头,回答道:"我觉得……我觉得,倘若事情到了这个地步……很有可能另当别论!"

布兰尼肯夫人回答道:"这样吧,我的意见是,在岛上没有找到那9个人的遗骸,关于他们的下落,我们还没有绝对的定论。至于您,艾利斯船长,以及您的团队,你们英勇无畏,竭诚努力,已经尽了全力。"

"布兰尼肯夫人,我本来希望取得更好的结果!"

威廉·安德鲁先生觉得这次谈话的时间已经够长了,他说道:"亲爱的多莉,我们这就告辞了。"

布兰尼肯夫人回答道:"好的,我的朋友,我现在希望一个人待一会儿……不过,任何时候,艾利斯船长如果愿意来海景房,我都非常高兴和他谈一谈约翰,以及他的同伴们……"

船长回答道:"布兰尼肯夫人,我随时听从您的召唤。"

布兰尼肯夫人补充说道:"那么,扎克·弗伦,您也一样,请别忘记,这栋房子也是您的家。"

水手长回答道:"我的家?……那么,多莉-希望号会怎样……"

"多莉-希望号?"布兰尼肯夫人说道,似乎觉得这个问题有些多此一举。

威廉·安德鲁先生指出道:"亲爱的多莉,您的意见是不是,如果有机会,可以把它卖掉……"

布兰尼肯夫人激动地回答道:"卖掉它,卖掉它?……不,安德鲁先生,永远不卖!"

布兰尼肯夫人与扎克·弗伦交换了一下眼神,两个人彼此心领神会。

从这一天开始,多莉深深地隐居在海景房,她让人把从布鲁斯岛收集来的一些物品拿到海景房里,这些都是幸存者们使用过的物品,船灯,在信号杆上飘扬过的那块帆布,富兰克林号的铜钟,等等。

至于多莉-希望号,它被驾驶到港湾深处,解除了帆缆索具,由扎克·弗伦负责看管。船上的船员们都获得了丰厚的报酬,从此衣食无忧。不过,一旦多莉-希望号需要再次出海执行新的搜寻任务,他们随时招之即来。

实际上,扎克·弗伦并不经常来海景房。布兰尼肯夫人很高兴见到他,与他交谈,让他回忆讲述那次搜寻行动中的各种往事细节。另一方面,共同看法让他们彼此日益亲近。他们都不相信富兰克林号的海难事件已经落下帷幕。多莉反复对水手长说过:

"扎克·弗伦,约翰没有死,他的8个同伴也没有死!"

水手长每次都同样地回答道:"那8个人?……我不知道,但是我可以确定,约翰船长还活着!"

"是的!……活着!……但是,扎克·弗伦,到哪里去找他呢?……我可怜的约翰,他在哪儿呢?"

"他就在他该在的地方,肯定在某个地方,布兰尼肯夫人!……即使我们不去找他,我们也终将得到他的消息!……这个消息不会是贴着邮票的来信……但是我们一定能得到他的消息!"

"约翰还活着!扎克·弗伦。"

"布兰尼肯夫人,如果不是这样,我怎么能救起您?……上帝怎能允许我救您?……不……如果那样,对您就太残忍了!"

扎克·弗伦按照自己的想法说这件事,布兰尼肯夫人固执己见,宁愿相信他的想法,就是为了在心中保留一点希望,而无论是威廉·安德鲁先生,还是艾利斯船长,以及他们的朋友们,没有一个人还心存一丝希望。

在1883年的一年里,没有发生任何事情足以引起公众对富兰克林号事件的重新关注。艾利斯船长接受了安德鲁公司的任职,重新出海远航。威廉·安德鲁先生和扎克·弗伦成为海景房接纳的仅有的两位客人。至于布兰尼肯夫人,她全身心地投入到瓦特之家照顾遗弃孤儿的事务中。

现在,这所孤儿院已经收留了五十来名可怜的孩子,他们有些年龄还很小,有些已经长大,布兰尼肯夫人每天都要去孤儿院看望孩子们,关心他们的身体,关注他们的教育,考虑他们的未来。拨付给瓦特之家用于维持正常运行的费用相当可观,足以让这些没有父母的孩子们无忧无虑地生活。当他们长到一定年龄,可以教给他们职业技能了,多莉就把他们送到圣迭戈的工厂、商行,以及工地上，同时，继续关注这些孩子的情况。那一年，有三四个来自海员家庭的男孩儿已经可以上船了，他们被托付到正直可靠的船长麾下，首先做少年见习水手，在13岁到18岁的年龄段，从新手起步，逐渐成为水手、水手长，确保他们成人之后，能拥有一个良好的职业，将来年老之后，也能享受退休生活。时间长了就会看到，瓦特之家孤儿院的目标是成为培育这些海员的苗圃，这些孩子将成为圣迭戈市民，以及加利福尼亚沿海各港口的骄傲。

除了忙于这些事务，布兰尼肯夫人继续为贫穷的人们做善事。前来海景房求助的人从未空手而归。多莉的财产都交给威廉·安德鲁先生打理，产生的收益相当可观，她继续赞助这些慈善事务，其中，对富兰克林号船员家庭的赞助占了很大比重。在这些下落不明的船员当中，她是不是希望有人能最终回归故里？

这个话题是多莉与扎克·弗伦每次谈话的唯一话题。那些在布鲁斯岛上消失了踪迹的遇难者，他们的命运如何？……尽管艾利斯船长是那么说的，但是，为什么他们就不能建造一条小船，然后乘船离开？……确实，这么多年过去了，依然抱着希望不撒手简直就是疯狂！

特别是到了夜晚，在充满了噩梦的梦境中，多莉无数次看到约翰反复出现……他从海难事故里逃生，在遥远的海面被人救起……送他回归故里的船就漂浮在海上……约翰正在返回圣迭戈的路途中……最为神奇的是，梦醒之后，梦境中的景象依旧清晰可见，以至于多莉往往对它们信以为真。

扎克·弗伦抱有同样的坚定信念。他固执己见，那个想法就像用木槌钉进了他的头脑，好像木钉钉进了造船的肋骨！他经常反复思忖，在全体14名船员当中，只找到了5名，那9个人应该离开了布鲁斯岛,人们认定利用富兰克林号的残骸建造一条小船是不可能的,但是,这种看法是错误的,确实,这么长时间过去了,没人知道他们的下落,为什么?不过,扎克·弗伦并不愿胡思乱想,而威廉·安德鲁先生看到他和多莉见面总谈论这些幻觉,难免有些担心。过分的刺激对于一个曾经遭受过精神失常打击的大脑十分有害,难道不应该为此感到担忧吗?……然而,当威廉·安德鲁先生提出和水手长谈一谈这份担忧,后者却始终固执己见,一味回答道:

"我不会改变看法,就好像船舶的主锚,只要锚爪依然坚固,船舶就能停稳!"

很多年过去了。转眼到了1890年,约翰·布兰尼肯船长,以及富兰克林号上的船员们离开圣迭戈港已经整整14年。布兰尼肯夫人已经37岁。她的头发开始花白,红润的皮肤开始失去光泽,但是,她的眼神里依然闪烁着火花,和从前一模一样。看上去,她的体力和精神依然十分健康,精力依然充沛,她一直在等待时机,准备接受新的考验。

她为什么不能以富兰克林夫人为榜样[①],耗尽家财,派遣一支又一支搜寻队伍,竭力寻找约翰和他的同伴们的踪迹?但是,出发去哪里寻找呢?……公众舆论不是一致认为,这次海难事故与那位著名的英国爵士率领的探险队的结局一样吗?……富兰克林号的船员不是都淹死在布鲁斯岛海域,就像"幽冥号"与"恐怖号"的船员困死在北冰洋的冰天雪地里?……

在这个漫长的岁月里,这场神秘的海难事故再也没有新的消

---

① 见第124页注①。

息，与此同时，布兰尼肯夫人没有停止收集关于朗和简·布克尔的信息，但是在这方面，同样音讯全无。没有任何一封信寄来圣迭戈。所有迹象显示，朗·布克尔已经离开美国，借用了假名字，藏匿在了遥远的国度。对于布兰尼肯夫人来说，在众多的悲伤经历之后，又增添了一份忧愁，简是一个无私的伴侣……多莉曾经热爱过那个不幸的女人，在她身边曾经度过美好幸福的时光！……然而，

第十五章 活的残骸

现在她也远去了,对多莉来说,失去她与失去约翰同样痛苦!

1890年的上半年过去了,7月26日,圣迭戈一家报纸刊登了一则新闻,这条新闻应该,而且确实产生了广泛的影响,甚至可以说,影响波及了两个大洲。

这条新闻的来源是澳大利亚一家报纸《悉尼晨报》的报道,报道的部分原文如下:

"人们还记得,7年前,多莉-希望号曾经进行过一次搜寻行动,试图寻找富兰克林号的幸存者,但是没有成功。当时认为,这些遭遇海难事故的人在抵达布鲁斯岛之前,或者是在离开布鲁斯岛之后,已经全部溺亡。

"然而,问题远远没有得到答案。

"事实上,富兰克林号的一位高级船员刚刚抵达悉尼。他就是约翰·布兰尼肯船长的大副亨利·菲尔顿。人们在新南威尔士与昆士兰交界的地方,在达令河的一条支流,名叫帕鲁河的岸边遇到了他,并且把他带到了悉尼。然而,由于他的身体极度虚弱,人们无法从他那里获得任何信息,人们担心,他的来日无多。

"希望此消息引起富兰克林号海难事故相关人士的关注。"

7月27日,这篇报道的摘要通过电报送达圣迭戈,威廉·安德鲁先生看到摘要后,立即赶往海景房,此刻,扎克·弗伦已经在那里了。

布兰尼肯夫人立即被告知此事,而她做出的回答仅仅是:

"我立即去悉尼。"

威廉·安德鲁先生说道:"去悉尼?"

"是的。"多莉回答道。

然后转身面对水手长:

"您陪我去吗,扎克·弗伦?"

"布兰尼肯夫人,去哪儿都可以。"

"多莉-希望号可以出海吗?"

"不行。"威廉·安德鲁先生回答道,"把它重新装备起来,需要三个星期。"

布兰尼肯夫人说道:"三个星期之前,我必须赶到悉尼!有没有最近发往澳大利亚的客轮?"

"有一条奥勒贡号,今天晚上离开旧金山。"

"扎克·弗伦和我,今晚赶到旧金山。"

威廉·安德鲁先生说道:"我亲爱的多莉,愿上帝保佑您和约翰团聚!"

布兰尼肯夫人回答道:"上帝一定会让我们团聚!"

当天晚上,大约11点钟,根据布兰尼肯夫人的要求,一趟火车专列把多莉和扎克·弗伦送到了加利福尼亚州的首府。

凌晨1点钟,奥勒贡号离开旧金山,驶往悉尼。

第十六章

亨利·菲尔顿

　　这次航行途中,蒸汽邮轮奥勒贡号的平均时速达到17节,此时,海上的天气状况十分有利——或者说,在一年里的这个季节,在太平洋的这片海域,轮船遇到了正常的天气。这条船够义气,非常理解布兰尼肯夫人焦灼的心情,理解扎克·弗伦不断重复提出的愿望。不用说,船上的高级船员们、乘客们,以及全体水手们都对这位坚强的女士充满敬意,这位女士经历的苦难,以及她承受苦难的坚强毅力,让她赢得了人们的尊重与同情。

　　当奥勒贡号到达南纬33度51分,以及东经148度40分的位置时,瞭望的水手报告看到了陆地。8月15日,经过19天的航行,穿越7000海里的航程,蒸汽邮轮驶入杰克逊海湾,海湾两侧矗立着高大的片状构造的悬崖,就像一座面向太平洋敞开的大门。

　　邮轮经过的两侧是连串的小海湾,这些小海湾分别叫作沃森湾、沃克吕兹湾、玫瑰湾、双倍湾,以及伊丽莎白湾,海湾里点缀着一栋又一栋的别墅和小农舍,邮轮最后经过大地之爱湾和爱情湾,来到达林港,这里就是悉尼的主要港口,邮轮在码头系缆靠泊。

　　码头上站着海关的关员,见到第一位关员,布兰尼肯夫人就问道:

"亨利·菲尔顿?……"

这位关员已经猜出布兰尼肯夫人的身份,回答道:"他还活着。"

难道整个悉尼都已经知道布兰尼肯夫人乘坐奥勒贡号赶来?大家都在焦急等待她的莅临?

她补充问道:"亨利·菲尔顿在哪儿?"

"在海军医院。"

布兰尼肯夫人,以及跟随的扎克·弗伦很快弃船登岸。迎接的人群与圣迭戈的人群一样,对她满怀敬意,而且,无论走到哪里,她都受到人们的尊重。

一辆汽车把他们送到了海军医院,在那里受到住院医生的接待。

布兰尼肯夫人问道:"亨利·菲尔顿能说话吗?……他的意识还清醒吗?"

医生回答道:"不能,夫人。这个不幸的人一直没有清醒过来……他似乎还不能说话……死神随时都可能降临!"

布兰尼肯夫人说道:"亨利·菲尔顿不能死!他是唯一知道约翰船长,以及他的同伴中几人还活着的人!……只有他一人知道他们在哪里!……我来就是要见亨利·菲尔顿……就是要听他说……"

医生回答道:"夫人,我立刻带您到他身边。"

片刻之后,布兰尼肯夫人和扎克·弗伦被带进了亨利·菲尔顿所在的房间。

6个星期以前,几名旅行者穿越新南威尔士殖民区的乌拉卡拉拉省,那里与昆士兰南部地区交界。在抵达帕鲁河左岸的时候,

第十六章 亨利·菲尔顿

他们发现一个人躺在一棵树下。这个人衣衫褴褛,筋疲力尽,因饥馑而极度衰竭,他始终处于昏迷状态,如果不是在他的口袋里发现了商船高级船员证书,人们可能永远都不知道这个人是谁。

他就是亨利·菲尔顿,富兰克林号的大副。

他从哪里来?他来自澳洲大陆哪一处遥远陌生的地方?他跋涉穿越荒凉偏僻、充满危险的澳洲腹地已经多长时间了?他是否曾经成为土著部落的俘虏,他是否后来成功逃脱?如果他还有幸存的同伴,那么,他把他们留在了何处?无论如何,至少应该知道,在14年前的那场海难事故中,他是否是唯一的幸存者?……截至目前,所有这些问题都还没有答案。

然而,有一点十分重要,那就是需要知道亨利·菲尔顿是从哪里来的。需要知道自从富兰克林号撞上布鲁斯岛的礁石沉没之后,他的幸存经过,也就是说,这场海难事故的最后结局到底是什么。

亨利·菲尔顿被发现后,立即被送往距离最近的火车站,那个车站名叫奥克莱,然后乘火车被送到悉尼。悉尼的《晨报》早于其他报纸,最先获悉大副抵达澳大利亚首都的消息,并以此为题发表了这篇众所周知的文章,文章中提到,这位富兰克林号的大副迄今尚未对询问的问题做出任何答复。

现在,布兰尼肯夫人来到亨利·菲尔顿的面前,她已经认不出他了。他现在的年龄应该是46岁,但是看上去足有60岁。而他是唯一的知情人——尽管已经行将就木——唯一能够说出约翰船长和他的船员们下落的人!

迄今为止,尽管对亨利·菲尔顿给予了最周到的照顾,但是他的状态并未有所改善——显然,这是因为,过去的数个星期里,谁知道他曾经怎样竭尽全力,以至于精疲力竭?在过去的几个月里,他曾经跋涉穿越澳洲中部地区,他的生命力悬于一线,一次昏厥就可能随时熄灭他的生命之火。自从来到这个收容所之后,他曾经勉强睁开过双眼,但谁也不知道,他对自己身边发生的事情是否有所感觉。为了维持他的生命,给他喂了一点儿食物,但是他似乎毫无知觉。人们担心,遭受的极度苦难可能已经损害了他的神志,破坏了他的记忆功能,那里也许还储存着对海难遇难者的牵挂。

布兰尼肯夫人坐到亨利·菲尔顿的床边,每当他的眼皮出现颤动,多莉就会仔细观察他的眼神,倾听他的喃喃细语,努力抓住任何一点微小的迹象,希望听到他嘴唇吐出的一言半语。扎克·弗伦站在她的身旁,希望抓住大副神志闪现的瞬间,就好像水手希望透过迷雾在海平线看到一点火光。

然而,无论是这一天,还是后来的几天里,这点微光始终没有显现。亨利·菲尔顿的双眼始终顽固地紧闭着,当多莉试图拨开他的眼睑,但他的眼睛里露出的只是无意识的目光。

然而,多莉并没有丧失希望,扎克·弗伦也同样没有绝望,他对多莉说道:

"一旦亨利·菲尔顿能认出他的船长的妻子,他一定能剖白心迹,毫无疑问!"

是的!让他认出布兰尼肯夫人,这点非常重要,也许,他的身体状况也因此能出现好转?于是,人们非常谨慎地采取措施,让他经常看到身边出现布兰尼肯夫人。渐渐地,他回想起了富兰克林号……虽然他还不能说话,但是已经开始有所表示……

尽管大家都劝布兰尼肯夫人不要把自己关在亨利·菲尔顿的房间里,但是,她放弃休息,哪怕到户外呼吸一个小时的新鲜空气,

第十六章 亨利·菲尔顿

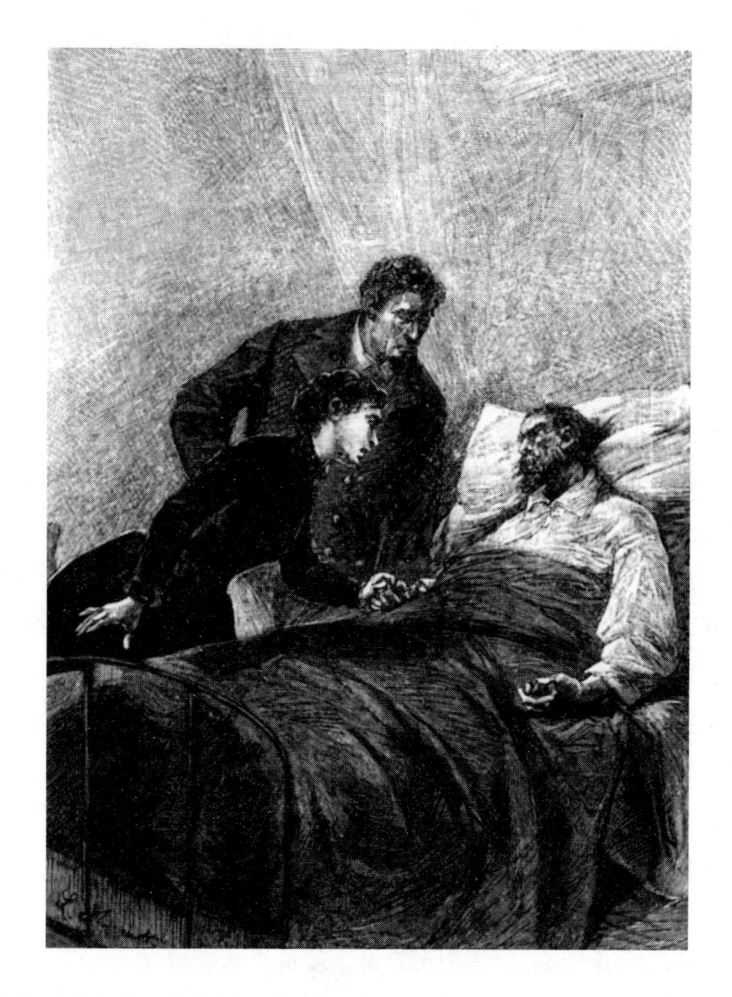

她都断然拒绝。她始终不愿离开亨利·菲尔顿的床边。

"亨利·菲尔顿快要死了,在他咽气之前,如果他说出了我期待的一句话,我必须在他身边亲耳听到……我不能离开!"

傍晚时分,亨利·菲尔顿的状况似乎出现轻微改善。他的眼睛张开了好几次;但是,他的目光并未投向布兰尼肯夫人。尽管如此，多莉弯腰俯身，叫着他的名字，重复说着约翰的名字……富兰克林号的船长……来自圣迭戈! ……这些名字怎能不呼唤起对自己同伴们的记忆? ……一句话……仅仅问他一句话:"活着吗? ……他们还活着吗?"

多莉自忖，亨利·菲尔顿经历了多少苦难，以至于落到这步田地，这些苦难约翰应该也经历了……多莉随即想到，约翰可能也倒在了途中……哦，不……约翰应该没有与亨利·菲尔顿同行……他应该还留在那边……与其他船员一起……在哪儿呢? ……是不是在沿海地区的土著部落手里? ……哪个部落呢? ……只有亨利·菲尔顿才能回答这些问题，然而，看起来，他的神志已经丧失，而且丧失了语言能力!

深夜，亨利·菲尔顿的状况变得更虚弱了。他的双眼再也不曾睁开，他的双手变得冰冷，似乎，他仅存的那点儿生命力正在向内心收缩。他会不会就这样死去，一句话都不能留下? ……多莉脑海中闪过一个念头，她自己不也曾经在多年时间里丧失了记忆和神志! ……就像当初人们无从知晓她心中所想，现在，她也无法知晓这个不幸的人心中所想……无从知晓那个只有他才知道的秘密!

天亮了，医生对亨利·菲尔顿的衰竭状况非常担心，尝试使用更有效的治疗措施，但是毫无效果。他很快就要咽气了。

看来，布兰尼肯夫人对于亨利·菲尔顿起死回生的期待已经落空! ……本来指望他能给破解谜团带来曙光，但实际上等来的却是无尽的黑暗，永远无法驱散的黑暗! ……如此一来，一切就都结束了，彻底结束! ……

根据多莉的要求，全城的主要医生都赶来参加会诊。但是，在检查过病人的病情后,他们都表示无能为力。

布兰尼肯夫人向他们问道:"对于这个不幸的人,你们就拿不出任何办法了吗?"

他们中的一位医生回答道:"没办法,夫人。"

"甚至不能让他清醒一分钟……能产生记忆的一分钟?……"

为了这一分钟,布兰尼肯夫人宁愿付出她的全部身家。

但是,人类做不到的事情,上帝能够做到。当人类束手无策的时候,应该乞求上帝。

医生们离开之后,多莉双膝跪下,此时,扎克·弗伦来到她的身边,发现她正在濒死的人身边祈祷。

扎克·弗伦靠近亨利·菲尔顿,以便查看他嘴唇之间是否还有呼吸,突然,他叫了起来:

"夫人!……夫人!"

多莉抬起头,以为水手长发现床上的病人已经去世。

"死了?……"她喃喃说道。

"不……夫人……不是!……您看呀……他的眼睛睁开了……他正在张望……"

确实,在他抬起的眼睑下,亨利·菲尔顿的双眼闪现出异常的目光,他的脸颊出现浅淡的红晕,他的双手也颤动了好几次。他似乎从漫长的昏迷状态中清醒过来。随后,他的目光投向了布兰尼肯夫人,嘴角露出了一丝微笑。

多莉叫道:"他认出了我!"

"是的!……"扎克·弗伦回答道,"在他身边的,是他的船长的妻子,他认出来了……他就要开始说话!……"

"如果他不能说话,愿上帝保佑,至少让我们能够明白他的心意!"

于是,多莉握住亨利·菲尔顿的手,后者也软弱无力地握住她的手,多莉靠近他,说道:

"约翰?……约翰?……"

亨利·菲尔顿的眼睛做了一个动作,表明自己听见了,听明白了。

多莉又问道:

"活着吗?"

"是的!"

这一声"是的",尽管软弱无力地轻声说出,但是,多莉实实在在地听见了!

第十七章

是或不是

　　布兰尼肯夫人立即让人叫来医生。尽管亨利·菲尔顿的神志出现变化,但是医生心里明白,这不过是生命的回光返照,死亡的时刻即将来临。

　　另一方面,濒死的人眼里似乎只有布兰尼肯夫人,对扎克·弗伦和医生视若无睹。他仅存的精神力量全部集中到他的船长约翰·布兰尼肯的妻子身上。

　　布兰尼肯夫人问道:"亨利·菲尔顿,如果约翰还活着,您把他留在了什么地方?……他现在在哪里?"

　　亨利·菲尔顿没有回答。

　　医生说道:"他已经无法说话。不过,也许我们可以用一种示意的方式获得他的答复?"

　　布兰尼肯夫人回答道:"就用他的眼神作为答复,我能看得懂!"

　　扎克·弗伦说道:"等一下,必须使用特殊的方式向他提问,这点很重要,我们都是水手,彼此容易沟通,让我来提问。请布兰尼肯夫人握住菲尔顿的手,盯住他的眼睛。我要开始提问了……他只要用眼神回答是或不是,这就足够了!"

布兰尼肯夫人俯身向亨利·菲尔顿弯下腰,握住他的手。

如果扎克·弗伦一上来就问约翰船长在哪里,那样肯定无法得到满意的答复,因为要回答这样的问题,亨利·菲尔顿必须说出一个地名,一个省区的名字,或者一个小镇的名字——毫无疑问,他做不到这一点。最好是循序渐进,从富兰克林号的历史问起,从他最后离开富兰克林号的那一刻开始,一直到亨利·菲尔顿与约翰·布兰尼肯分开的那一天。

扎克·弗伦用清晰的语气问道:"菲尔顿,您身边就是布兰尼肯夫人,她是富兰克林号船长约翰·布兰尼肯的妻子,您认出她了吗?"

亨利·菲尔顿的嘴唇没有嚅动;但是,他的眼睑眨了一下,软弱地握了一下手,这是一个肯定的答复。

扎克·弗伦继续问道:"自从在西里伯斯岛南边最后一次被看见,富兰克林号就失踪了……您听见我说吗……听见我说吗,是不是这样,菲尔顿?"

眼神再次表示肯定。

于是,扎克·弗伦接着说道:"您听我说,您可以闭上眼睛,或者睁开眼睛,我就可以知道我所说的是对,或者不对。"

毫无疑问,亨利·菲尔顿听懂了扎克·弗伦刚刚说的话。

扎克·弗伦再次问道:"离开爪哇海之后,约翰船长把船开往了帝汶海?"

——是的。

"是经过巽他海峡吗?"

——是的。

"是主动前往的吗?"

第十七章 是或不是

对于这个问题的答复是否定的,这点不会弄错。

"不是!"扎克·弗伦说道。

这恰恰是艾利斯船长和扎克·弗伦一直思考的问题。富兰克林号之所以从爪哇海进入到帝汶海,一定是被迫所为。

扎克·弗伦问道:"那是冒着暴风雨?"

——是的。

"也许,你们在爪哇海遇到了猛烈的龙卷风?"

——是的。

"龙卷风把你们吹过了巽他海峡?"

——是的。

"也许,富兰克林号失去了控制,桅杆被折断,船舵也失灵了?"

——是的。

布兰尼肯夫人双眼盯着亨利·菲尔顿,一言不发。

扎克·弗伦希望重现海难事故各个阶段的场景,继续这样问道:

"那几天里,约翰船长无法确定方位,不知道所在的位置?"

——是的。

"此后,随波逐流一段时间后,一直被冲到帝汶海的西部,最终在布鲁斯岛触礁沉没?"

亨利·菲尔顿做出一个轻微的举动,表示吃惊,显然,他并不知道富兰克林号触礁沉没的那座岛屿的名字,由于无法观测,他们没能确定自己在帝汶海的位置。

扎克·弗伦继续问道:

"你们离开圣迭戈出发远航的时候,船上有约翰船长,您——亨利·菲尔顿,以及12名船员,总共14个人……富兰克林号沉没的时候,船上还有14个人吗?"

——不是。

"当船撞上礁石的时候,有人因此遇难了?"

——是的。

"一个?……两个?……"

一个示意,确认了后一个数字。

因此,当幸存者登上布鲁斯岛的时候,已经缺少了两名水手。

此时,这场询问已经让亨利·菲尔顿显得极为吃力,根据医生的建议,最好让他休息片刻。

几分钟之后,询问继续进行,扎克·弗伦了解了更多的情况,包括约翰船长、亨利·菲尔顿,以及10名船员如何在岛上维持生计。他们在船上找到了部分物资,包括罐头食品和面粉,这些都被搜集运到岛上,他们还可以钓鱼,捕获的鱼类成为主要的食物来源,多亏了这些,否则,幸存者早就被饿死了。他们很少看到远处海面上有航船经过。他们系在信号杆顶端的旗帜从来没有被人发现过。然而,除了搭乘过路航船回国,他们没有别的办法能够获救。

当扎克·弗伦问道:

"你们在布鲁斯岛上生活了多长时间?……1年……2年……3年……6年?"

一直问到最后一个数字,亨利·菲尔顿才用眼神表示"是的"。

因此,从1875年到1881年,约翰船长和他的船员们一直生活在这个岛上!

但是,他们是如何离开布鲁斯岛的?这是所有问题中最值得

关切的问题,扎克·弗伦从这个问题切入:

"你们是否利用沉船残骸建造了一艘小船?"

——不是。

这点与艾利斯船长和水手长的看法不谋而合,因为他们察看过沉船现场:利用这些残骸根本无法拼凑出哪怕一条小船。

询问到了这一步,扎克·弗伦感到有些为难,不知道该如何组织问题,才能问出幸存者是如何离开布鲁斯岛的。

他问道:"您刚才说,没有一条船发现过你们的信号?"

——是的。

"那么,是不是有马来西亚岛屿上的小艇,或者澳大利亚土著部落的小船靠到了岛上?"

——不是。

"那么,就是一条救生艇——沉船上的救生艇——漂到了岛上?"

——是的。

"一条救生艇的残骸?"

——是的。

这一点明确了之后,扎克·弗伦很容易就能顺其自然,推导出后来的事情。

他问道:"你们最终修复了这条救生艇,让它可以下海?"

——是的。

"然后,约翰船长乘坐这条救生艇,准备乘风驶往距离最近的陆地?"

——是的。

但是,为什么约翰船长和他的同伴们没有全体登上这条救生艇？这个重点必须搞清楚。

扎克·弗伦问道："毫无疑问，这条救生艇太小，坐不下12个人？"

——是的。

"于是，你们7个人登船出发，包括约翰船长、您，以及5名水手？"

——是的。

此时，人们明显可以看出，濒死者的眼神示意，留在布鲁斯岛上的人或许还有救。

但是，看到多莉递过来的眼神，扎克·弗伦忍住没有告诉他，自从船长走了之后，那5名水手都已经死亡。

亨利·菲尔顿再次休息了几分钟，他把双眼闭上，但是依然紧握着布兰尼肯夫人的手。

此刻，多莉的思路飞向布鲁斯岛，她似乎亲眼看见了这一幕幕经历……她看到约翰竭尽全力，试图拯救他的同伴……多莉听得到他的声音，能够对他说话，鼓励他，与他共渡难关……但是，她到哪里才能登上这条救生艇？……

亨利·菲尔顿的双眼再次睁开，扎克·弗伦继续提问道：

"那么就是这样，约翰船长、您，以及5名水手离开了布鲁斯岛？"

——是的。

"救生艇向东行驶，以便抵达距离岛屿最近的陆地？"

——是的。

"就是澳洲大陆？"

——是的。

第十七章 是或不是

"在途中是否遇到暴风雨,是被风暴冲到岸边的吗?"

——不是。

"你们抵达了澳大利亚海滨的一个小海湾?"

——是的。

"毫无疑问,是在勒维克海岬附近?"

——是的。

"也许是在约克海湾?"

——是的。

"下船登陆以后,你们落到了当地土著部落手里?"

——是的。

"他们把你们带走了?"

——是的。

"全体?"

——不是。

"在约克海湾登陆的时候,你们当中已经有几个人死了?"

——是的。

"被当地土著杀死了?"

——是的。

"1个……2个……3个……4个?"

——是的。

"当地土著把你们带往内陆,当时你们只剩3个人了?"

——是的。

"约翰船长、您,还有一位水手?"

——是的。

"那么,这位水手,他还和约翰船长在一起吗?"

——不是。

"在您离开之前,他就死了?"

——是的。

"很久以前吗?"

——是的。

这样看来,目前,富兰克林号活下来的幸存者只有约翰船长和亨利·菲尔顿大副,而且,其中一位的生命只剩下几个小时!

要想从亨利·菲尔顿那里了解到有关约翰船长的具体情况,实在不是一件容易事,但是,又需要了解非常翔实的细节。不止一次,扎克·弗伦不得不暂停询问;然后,当他重新开始,布兰尼肯夫人让他提出一个又一个问题,希望了解过去9年里的经过,也就是从约翰船长和亨利·菲尔顿被沿海地区土著掳走之后所发生的一切。于是,人们了解到,掳走他们的是澳大利亚游牧部落……俘虏们只能跟着这个部落在塔斯曼地区的土地上不停地迁徙,生活条件极为悲惨凄凉。……他们为什么能够侥幸活下来?……也许是需要他们提供某些服务?或者,是想等待合适的时机,以便从英国当局手里换取高额赎金?是的——根据亨利·菲尔顿的答复,基本可以确认,最后一种可能性可以成立。只要能够深入澳洲腹地,找到这个部落,剩下的就只是赎金问题。根据另外的提问,人们终于进一步明白,在这9年时间里,约翰船长和亨利·菲尔顿一直被严密看守着,根本找不到逃跑的机会。

终于,逃跑的机会来临了。他们约定了选择好的会合地点,两人应该在那里碰头,然后一起逃走;然而,出于亨利·菲尔顿至今也不知道的某种原因,约翰船长始终没能来到碰头地点。亨利·菲尔顿在那里等了好多天;他不想独自一人逃走,他甚至回去寻找那个土著部落;但是,土著们已经离开了……于是,亨利·菲尔顿下决心以后再回来解救船长,他开始穿越澳洲中部地区,希望找到一座内陆的小村庄,路上躲躲藏藏,避免重新落入土著手中,在炎热的气候中耗尽气力,几乎累死和饿死……经过6个月的颠沛流离,终于游荡到昆士兰的南部边界,在帕鲁河岸附近晕倒昏厥。

大家都知道,就是在那里,人们根据他身上的证件认出了他,并且从那里把他送到悉尼,在悉尼,他的生命奇迹般地被延长,就是为了说出这一切,多少年来,人们徒劳无功希望了解的这一切。

如此一来,约翰船长成为同伴中唯一的幸存者,而且他还是土著游牧部落的囚徒,这个部落飘忽游荡在塔斯曼地区荒漠里。

扎克·弗伦说出了一连串土著部落的名字,这些部落通常都会在那一带游荡,听到安达斯这个名字,亨利·菲尔顿做出了肯定的示意。扎克·弗伦甚至还弄明白,在冬季,这个部落往往习惯于在费茨-罗伊河畔安营扎寨,这是一条注入勒维克海湾的众多河流之一,位于澳洲大陆的西北部。

布兰尼肯夫人叫道:"就是那儿,我们要去那儿寻找约翰!我们一定要找到他!"

亨利·菲尔顿听懂了,从眼神里看得出他的想法:约翰船长终将获救——被他的妻子拯救。

现在,亨利·菲尔顿完成了自己的使命……他临终前最后的朋友,布兰尼肯夫人已经知道了应该到澳洲大陆的哪个地方去搜寻……亨利·菲尔顿再次闭上双眼,不再有任何表示。

这个男人曾经那么勇敢,那么健壮,如今,由于疲劳和饥馑,特别是由于遭受澳洲可怕的气候的折磨,他已经衰竭到了极

点！……面对痛苦的折磨,他冒死坚持,直至悲惨凄凉的人生终点！如果当初约翰船长也试图逃亡,试图穿越澳洲中部的荒漠,等待他的是不是同样悲惨的命运？如果有人试图前往寻找那个土著部落,是不是也将面临同样的威胁？

然而,这样的想法根本不可能出现在布兰尼肯夫人的脑海中。当初乘坐奥勒贡邮轮奔往澳洲大陆的时候,她就已经在酝酿筹划一次新的搜寻行动;如今,到了准备实施的时刻。

将近晚上9点钟,亨利·菲尔顿死了。最后一次,多莉呼叫了他的名字……最后一次,他听见了她的呼叫……他的眼睑再次抬起,终于从他的嘴唇之间说出了这个名字:

"约翰……约翰!"

随后,他咽下最后一口气,心脏停止了跳动。

当天晚上,当布兰尼肯夫人走出医院的时候,一个等在医院门口的年轻人走近前搭讪。

这是一名商船见习水手,在布里斯班号上服役,那是一条邮轮,在悉尼至阿德莱德①之间的澳大利亚沿岸港口城市游弋停靠。

他语气激动地问道:"布兰尼肯夫人?"

多莉回答道:"您有什么事儿,我的孩子?"

"他死了,亨利·菲尔顿?"

"他死了。"

"那么,约翰船长呢?"

"他还活着……他!……活着!"

年轻的见习水手回答道:"谢谢,布兰尼肯夫人。"

男孩子很快转身离开,既没有说明自己是谁,也没有说明为什么问这些问题,多莉甚至都没有看清他的面容。

第二天,为亨利·菲尔顿举行葬礼,港口的水手们,以及部分悉尼市民出席了葬礼。

布兰尼肯夫人走在棺木的后面,陪着这位约翰船长的忠诚同

---

① 阿德莱德是澳大利亚港口城市,南澳大利亚首府,位于州东南部洛夫蒂山地与圣文森特湾间的滨海平原上,濒临托伦河。

伴和挚友走向墓地。在前来给富兰克林号大副送行的人群中,出现了那位见习水手,他走在布兰尼肯夫人身边,但是,布兰尼肯夫人并没有认出这个男孩儿。

第二部

第一章
航 行 中

当勒塞普先生①打通苏伊士地峡的时候,人们说,非洲大陆从此变成了一座岛屿。当巴拿马运河完工的时候,又有人把北美洲和南美洲形容为两座岛屿。确实,这些广袤的大陆四周都被水包围了。但是,由于它们的面积广袤无垠,因此它们仍旧被称为大陆,同样的道理,澳大利亚,或者说新荷兰②具有同样的特点,因此理所当然地被称为大陆。

实际上,澳大利亚从东到西的最长距离为3900公里,从北到南的最长距离为3200公里。而当这两个距离交集后,产生的面积大约为483万平方公里——相当于欧洲版图的九分之七。

根据最新出版的地图册作者的划分,现在,澳洲大陆被人为画出的界线武断地分割成7个地区,这些界线切割得棱角分明,完全不考虑起伏不平的山岳形态,或者水文地理的实际地貌。

---

① 1854年,法国人勒塞普来到埃及,说服开罗总督赛义德同意开凿苏伊士运河。

② 从1644年起,开发澳洲大陆的荷兰人把这里命名为"新荷兰",这个名字被使用了150年。直到1824年,英国以法律的形式,正式将澳洲大陆命名为"澳大利亚"。

在东部,那里是人口最密集的地方,有昆士兰州——首府布里斯班[①]、新南威尔士州——首府悉尼,以及维多利亚州[②]——首府墨尔本[③]。

[①] 布里斯班位于澳大利亚本土的东北部,是人口仅次于悉尼与墨尔本的第三大城市。
[②] 维多利亚位于澳大利亚大陆的东南沿海,西北部分别与南澳大利亚和新南威尔士相邻,是澳大利亚最小的大陆行政区。
[③] 墨尔本是澳大利亚南部滨海城市,第二大城市。

在中部,北领地①和亚历山德拉领地,没有首府,南澳大利亚——首府阿德莱德。

在西部,西澳大利亚,从澳洲大陆北部延伸到南部,首府是珀斯②。

有必要补充说一下,澳大利亚人试图组建一个联邦,名字就叫作"澳大利亚联邦"。英国政府否决了这个创意,但是,毫无疑问,一旦澳大利亚完成与英国的分离,这个联邦就会诞生③。

我们很快就会看到,布兰尼肯夫人将冒险进入哪几个地区,那都是澳洲大陆最偏僻,也是最危险的地方,她怀揣着虚无缥缈的希望,一个几乎不可能实现的期盼,试图找到约翰船长,把他从土著部落手中救出来,而这个部落已经把他囚禁了整整9年。另一方面,还应该想到,自从亨利·菲尔顿逃跑之后,那个安达斯部落还会给他留条活路吗?

按照布兰尼肯夫人的计划,一旦出发的时机成熟,她就动身离开悉尼。她可以依靠扎克·弗伦的无限忠诚,以及他所具备的坚强务实的聪明智慧。他们进行过长时间的商谈,一张澳大利亚地图摊在面前,为了确保这次新的搜寻行动取得成功,必须选择最快捷、最确切的方式,为此,他们两人反复斟酌。他们明白,选择一个合适的出发地点十分重要,下面就是最终的决定:

第一,布兰尼肯夫人负责出钱出力,组织一支荒漠旅行队,要求配备最好的搜寻和自卫器材,还要准备足够的物资,以便满足长

---

① 北领地是澳大利亚境内直属联邦政府的领地。
② 珀斯位于澳洲大陆西岸,是澳大利亚第四大城市。
③ 1901年1月1日,澳各殖民区改为州,六个殖民区统一成为联邦,成立澳大利亚联邦。本部小说发表于1891年,提前10年预言了这一事件。

途跋涉,穿越澳洲中部荒漠的全部需求。

第二,这支搜寻队伍应当尽早出发,通过海路,或者陆路,抵达滨海地区与澳洲中部地区交通联系的衔接点。

首先,需要考虑如何抵达澳洲西北滨海地区,也就是塔斯曼地区的某个地点,那里是富兰克林号遇难者靠岸的地方,他们在那里登陆,遭到屠杀。然而,绕到那个地方需要耗费大量时间,给人员和物资的运输造成实际困难,因为,预计人员和物资的数量都非常可观。总而言之,谁也不敢担保,搜寻队伍穿越澳洲大陆西部的时候,是否有可能遇见挟持约翰·布兰尼肯船长的土著部落,这些游牧部落既然可以在亚历山德拉地区游荡,当然也可以在澳洲大陆西部的各个区域游荡。对这个问题必须给予慎重考虑。

其次,搜寻队伍一出发,就应该循着合适的方向前进;很明显,这个方向就是亨利·菲尔顿穿越澳洲中部地区行走的方向。即便人们还无法知道它的准确方位,但至少,那个方向应该指向富兰克林号大副被找到的地点,也就是帕鲁河畔,那里位于新南威尔士的西北部,也是这个地区与昆士兰交界的地方。

1770年,库克船长发现新南威尔士,并且以英国国王的名义宣布拥有该片大陆,而实际上,这片大陆早就被葡萄牙人曼纽尔·戈登布霍,以及荷兰人维斯库尔、哈托格、卡彭特,以及塔斯曼等人发现了,这片大陆的东部大片土地被开发,被开化,被殖民化。到了1787年,皮特担任首相期间,海军准将菲利普在这里创立了植物学湾[①]教化院,经过不到一个世纪,从那里走出了一个将近300万人口的民族。如今,这里到处是让一个国家发达崛起的公路、运

---

① 植物学湾位于澳大利亚东南部太平洋岸,英国船长库克1770年在此登陆并宣布澳大利亚东海岸为英国所有。

河，以及铁路，铁路把昆士兰、新南威尔士、维多利亚，以及南澳大利亚的许多地方连接起来，邮轮把滨海地区各个港口连成一线，在澳洲大陆的这个部分，各种设施已经应有尽有。既然布兰尼肯夫人目前在悉尼，这座首府城市人口众多，物产丰饶，完全能够为远征队提供必需的物资装备，甚至比从圣迭戈出发的准备工作还要方便。通过威廉·安德鲁先生的牵线联系，布兰尼肯夫人从澳大利亚中央银行获得了一笔巨额贷款。因此，她能够资金充裕地召集人手、车辆，以及骑用、驮用和驾车的牲口，这些都是在澳大利亚长途旅行所必需的，这趟旅行甚至可能从东到西穿越整个澳洲大陆，也就是说，路程将近2200英里。不过，悉尼这座城市有可能被选为出发地吗？

美国领事非常熟悉澳大利亚的地理现状，根据他的建议，经过周全考虑，南澳大利亚的首府城市阿德莱德似乎最有条件成为本次行动的基地。从这座城市到范迪门湾①已经架设了一条电报线，顺着这条电报线走，也就是从南向北行进，大致与139度子午线平行，工程师们在那里修筑了一条铁路，第一期工程已经越过了亨利·菲尔顿到达过的那条纬度线。借助这条铁路，远征队可以最快的速度，最深入地到达亚历山德拉领地，以及西澳大利亚的各个地区，迄今为止，这些地区还很少有人进去过。

这样一来，第一个决定就做出了，第三次搜寻行动的目的是寻找约翰船长，搜寻队伍将在阿德莱德成立，并被运送到铁路的最远端，这条铁路目前向北延伸了大约400英里，约合700公里。

现在，布兰尼肯夫人将选择哪条途径从悉尼前往阿德莱德

---

① 范迪门湾位于澳大利亚北部，毗邻帝汶海。

呢？如果在这两个首府城市之间存在相互连接、不间断的铁路，那就没有必要犹豫了。有一条铁路沿着维多利亚的边界，跨过墨累河①抵达奥尔伯里②车站，然后再经过贝纳拉、千克莫尔，抵达墨尔本，再往后，道路从这个城市起，一直通向阿德莱德，但是铁路只通到霍斯汉车站，从那里再往前，道路情况很不好，很可能极大延误行程。

有鉴于此，布兰尼肯夫人决定走海路前往阿德莱德。这段行程需要4天时间，另外，还要加上邮轮在墨尔本停靠的48个小时，最终，经过6天沿澳洲大陆海岸线的航程，布兰尼肯夫人才能在南澳大利亚的首府城市离船上岸。确实，现在已经是8月份了，这个月份相当于北半球的2月份。不过，这个季节的海面相对平静，海风从西北方向吹过来，蒸汽邮轮驶过巴斯海峡③之后，海风就会被陆地遮挡削弱。另一方面，布兰尼肯夫人经历过从旧金山到悉尼的海上旅行，因此，对这段从悉尼至阿德莱德的航程并无任何顾虑。

恰巧，布里斯班号邮轮将于第二天晚上11点钟出发，经过在墨尔本的靠泊，预计将于8月27日早晨抵达阿德莱德港。布兰尼肯夫人预订了这条邮轮上的两个舱间，与此同时，她还采取了必要措施，把在悉尼银行获得的贷款转移到阿德莱德银行。银行的经理们都很乐意为她效劳，转款业务进行得十分顺利。

离开海军医院后，布兰尼肯夫人住进了一家旅馆，她选择了一

---

① 墨累河是澳大利亚最长的河流，发源于澳大利亚东南部的大分水岭，注入印度洋的大澳大利亚湾。
② 奥尔伯里小城位于新南威尔士州和维多利亚州的交界处。
③ 巴斯海峡是分隔塔斯曼尼亚与澳大利亚大陆南部的海峡，最窄处宽约240公里。

第一章 航行中

套合适的房间,准备在此居住到启程出发。现在,她脑海中只有一个念头:"约翰还活着!"她双眼固执地紧盯着澳洲大陆地图,目光凝视着一望无垠的澳洲西北与中部荒漠地区,沉浸在想象当中,她要去寻找他……一定能与他相遇……她一定能拯救他……

这一天,扎克·弗伦与布兰尼肯夫人商谈之后,觉得最好让她独自待一会儿,于是出门走上悉尼的街头,这些街道对扎克·弗伦来说十分陌生。在这个清晨时分——作为水手的职业习惯——他想到应该先去看看布里斯班号邮轮,以便确认为布兰尼肯夫人在邮轮上预订的房间是否合适。在他看来,为了满足这趟沿海航行的需要,邮轮的准备工作十分到位。他要求看一看为女乘客预订的房间。给他带路的是一位见习水手,扎克·弗伦提出了一些具体要求,以便让这个舱间更为舒适。扎克·弗伦是个好人!看到如此周到的安排,让人真的以为这是为了一次漫长的旅程!

扎克·弗伦准备离开邮轮的时候,年轻的见习水手叫住他,用有点儿激动的语气问道:

"水手长,请问,明天,布兰尼肯夫人真的要来乘船前往阿德莱德?"

扎克·弗伦回答道:"是的,明天……"

"乘坐布里斯班号?"

"确切无疑。"

"她一定能够成功,一定能找到约翰船长!"

"请你相信,我们一定尽力而为。"

"我完全相信,水手长。"

"你在布里斯班号上服役?"

"是的,水手长。"

"那好吧,小伙子,明天见。"

扎克·弗伦把自己在悉尼度过的最后几个小时用于闲逛,他从皮特大街走向约克大街,街道两旁矗立着用黄褐色砂岩建造的漂亮建筑,接着,他又从维多利亚公园走向绿茵公园,那里耸立着库克船长的纪念碑。他参观了位于海滨的植物园,那里错落生长着各式各样的热带和温带植物,橡树与南洋杉、仙人掌与倒捻子树、棕榈树与油橄榄树。总而言之,悉尼确实不负盛名。这座城市是澳大利亚历史最悠久的城市之一,如果说它的城市建筑规划不如它的姊妹城市阿德莱德,或者墨尔本那样规整,但是,它的靓丽容颜与如画风景却能给人带来意外惊喜。

第二天晚上,布兰尼肯夫人和扎克·弗伦沿乘客通道登上邮轮。11点整,布里斯班号解缆离开码头,驶入并穿越杰克逊港湾。绕过内南投海岬后,把海岬甩到南边,然后与海岸线保持几海里的距离开始航程。

启程后的第一个小时里,多莉留在甲板上,坐到后面的椅子里,看着远处起伏的海岸线,慢慢地,海岸线模模糊糊隐藏到了轻雾里。那里就是澳洲大陆,她即将试图深入其中,就好像准备进入一个硕大无朋的监狱,约翰就被囚禁在里面,迄今尚未逃脱。他们伉俪彼此分离已经有14年之久!

"14年了!"多莉喃喃自语。

当布里斯班号驶过植物学湾,以及乔里斯湾的时候,布兰尼肯夫人到舱间去休息了。然而,第二天,天蒙蒙亮的时候,她重新回到甲板上,此时,德罗美达里山和稍远一些的科修斯科山[①]的身影

[①] 科修斯科山位于新南威尔士州东南部,海拔2228米,是澳洲大陆的最高点。

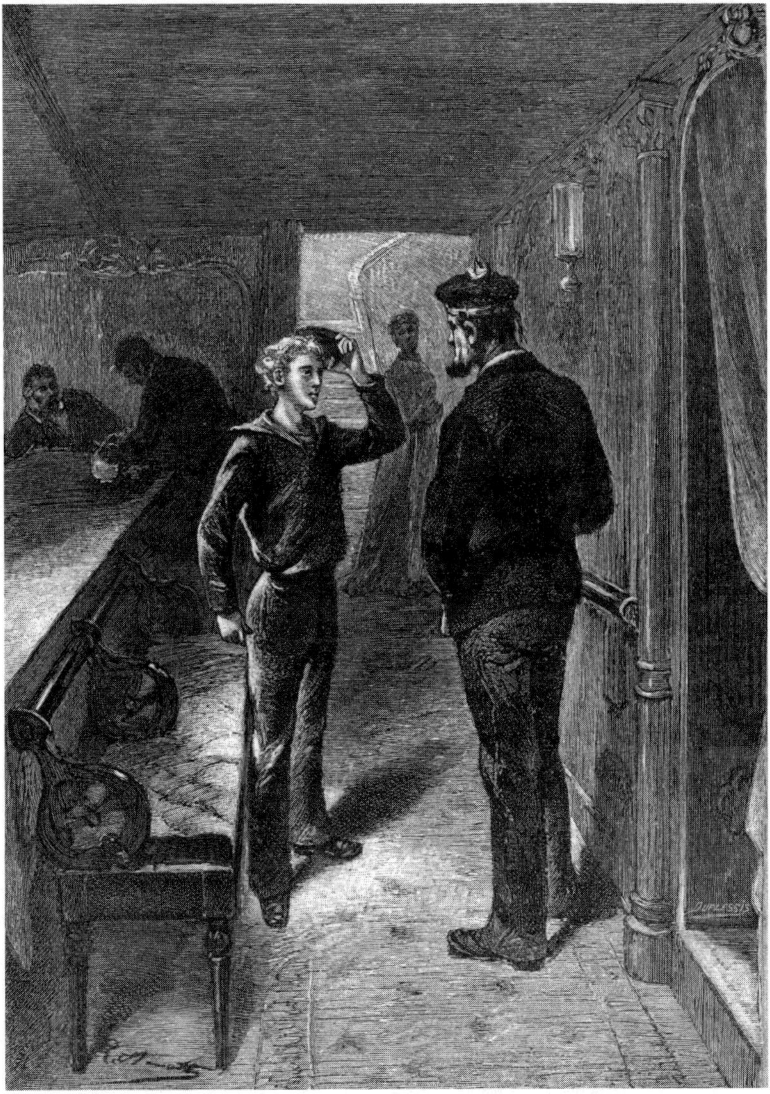

刚刚露出地平线,它们都是澳洲山脉的组成部分。

扎克·弗伦在轻甲板上找到了多莉,两人就一个共同的话题开始讨论,这也是他们之间唯一关注的话题。

就在此时,那个年轻的见习水手犹豫不决,神情激动地走近布兰尼肯夫人,向她转达船长的问询,希望知道她还有什么需要。

多莉回答道:"没有,我的孩子。"

扎克·弗伦说道:"哎!昨天我来布里斯班号检查,就是这个小伙子接待的。"

"是的,水手长,是我。"

"那么,你叫什么名字?"

"我叫戈弗雷。"

"那好吧,戈弗雷,现在你可以确定,布兰尼肯夫人登上了你的邮轮……我想,你一定很高兴?"

"是的,水手长,我们船上的人都很高兴。是的!我们大家都祝愿布兰尼肯夫人的搜救行动取得成功,能够解救出约翰船长!"

戈弗雷对扎克·弗伦说着,眼睛却看着多莉,眼神里充满尊敬与兴奋,让多莉全身感到一种震撼。而且,年轻见习水手的声音打动了她……这个声音,她曾经听到过,而且经常能够回忆起。

多莉说道:"我的孩子,在海军医院门口,向我问话的那个人是不是您?"

"是我。"

"您当时问我,约翰船长是不是还一直活着?"

"是我问的,夫人。"

"您是这条船上的船员?"

戈弗雷回答道:"是的……已经一年了。不过,如果上帝赞成,

第一章 航行中

我也可以很快离开。"

然后,毫无疑问,戈弗雷不愿意或者不方便多说,告辞去向船长汇报关于布兰尼肯夫人的情况。

扎克·弗伦指出道:"我感觉到,这个男孩子的血管里一定流着海员的血液,只要看一眼就能猜出来……他的眼神坦诚、明晰、坚毅……与此同时,他的声音坚定而柔和……"

多莉喃喃说道:"他的声音!"

她凭感觉产生幻觉,似乎听到了约翰的声音,就是他这个年龄刚刚形成的柔和嗓音。

此外,她还注意到另一点——这一点更为特殊。毫无疑问,这是她产生的幻觉,然而,这个年轻男孩子的身形让她想起了约翰的身形……就是那个年龄不满30岁,被富兰克林号从她身边带走的约翰,而且一走就是这么久!

扎克·弗伦搓着自己那双厚实的大手,说道:"您也看到了,布兰尼肯夫人,无论是英国人,还是美国人,大家都非常同情您……在澳大利亚,您照样受到衷心拥护,就像在美国一样……在阿德莱德就像在圣迭戈一样……大家都送给您同样的祝愿,就像这个年轻的英国人……"

布兰尼肯夫人自忖道:"这是一个英国人?……"她感觉到深深的遗憾。

第一天的航行进行得非常完满。迎着陆地方向吹来的西北风,大海显得异常平静。布里斯班号绕过了澳洲大陆的拐角——豪角,随后逐渐进入巴斯海峡。

整整一天时间,多莉几乎都没有离开过甲板。从她身边经过的旅客都对她表达诚挚的敬意,而且都很热情地希望陪伴她。他们渴望见一见这位女士,她经历了那么多的苦难,毫不犹豫地甘冒风险,不知疲倦地奔波,一心想要拯救她的丈夫,但愿上帝保佑她的丈夫依然健在。另一方面,没有人在她面前对此流露出质疑的神态。当人们看到她表达如此坚定不移的决心,听到她陈述下决心要去做的一切,在她的自信心面前,人们怎能不深受感染?不知不觉地,人们愿意跟随她,深入到澳洲大陆中部腹地去冒险。事实上,不止一个人表示过,愿意陪同她去冒险,不仅口头表示,而且还想落实到行动中。

然而,作为对他们的回答,布兰尼肯夫人往往是中断谈话。她的目光中流露出奇异的神态,燃起一种火光,只有扎克·弗伦才能理解她的心中所想。

她心中想的就是刚刚看到的戈弗雷。年轻见习水手的步态、举止、动作,以及他盯着多莉的眼神,还有他对多莉本能的亲近感,这些都让布兰尼肯夫人感觉异样,怦然心动,甚至让她在脑海中把约翰和这个男孩儿融为一体。

多莉对扎克·弗伦毫不隐瞒,她就是觉得戈弗雷与约翰太像了,让她感到震撼。扎克·弗伦不无担忧地看着多莉沉溺于这种感觉,而这种感觉来自纯粹的巧合。他甚至不无道理地担心,把这个男孩儿与约翰的过分比拟,会让多莉再次勾起对那个亡故婴儿的深刻怀念。这个年轻男孩儿的出现对布兰尼肯夫人产生了强烈的刺激,这个问题确实令人非常担心。

然而,戈弗雷没有再回到布兰尼肯夫人的身边,他的工作也不需要他再到邮轮的后甲板来,因为这里是专为头等舱客人保留的地方。但是远远地,他们的目光仍然时常发生交集,而且,多莉很想把他叫过来……是的!只要多莉做一个手势,戈弗雷立刻就会急忙跑过来……不过,多莉没有做这个手势,戈弗雷也没有再过来。

这天晚上,扎克·弗伦把布兰尼肯夫人送回舱间的时候,她对他说道:

"扎克,必须要弄清楚这个年轻见习水手的身份……他的家庭出身……他的出生地……也许他的祖籍不是英国……"

扎克·弗伦回答道:"这很可能,夫人。他也有可能是美国人。

"这样吧,如果您愿意,我可以去问一问布里斯班号的船长……"

"不,扎克,不,我要亲自问一问戈弗雷。"

这时,水手长听见布兰尼肯夫人低声自语道:

"我的孩子,我可怜的小瓦特,也是差不多的年龄……如果活到现在!"

扎克·弗伦走回自己的舱间,自言自语道:"我担心的就是这个!"

第二天,8月22日,布里斯班号在昨晚绕过了豪角之后,继续在良好的天气海况条件下航行。吉普斯兰是维多利亚殖民区最主要的省份之一,这里的海岸线从东南方向弯曲,然后向内转折到威尔逊岬角,这里也是澳洲大陆向南延伸的最南端。与悉尼至豪角之间那一段平直的海岸相比,这一带滨海地区的小海湾、港口、小水湾,以及岬角的数量并不多,而且大多还没有地理学的正式命名。这一带滨海地区到处是一望无际的平原,远处地平线上隆起的山脉轮廓极为遥远,从海面望过去几乎目力难及。

天际刚刚放亮,布兰尼肯夫人就走出了舱间,重新坐到了后甲板的椅子里。扎克·弗伦很快走了过来,发现她的神态出现很大变化。远处向西北方向延伸的陆地不再吸引她的目光,她沉浸在自己的思绪里,当扎克·弗伦询问昨晚睡得可好,她对问话置若罔闻。

水手长没有坚持询问。最重要的是,多莉已经忘记了戈弗雷与约翰船长之间相貌的不同寻常的相似这件事儿,她也没有想着要见戈弗雷,要询问他。很有可能她已经放弃了这个想法,她的思路已经转到其他方面,事实上,她没有要求扎克·弗伦把那个年轻男孩儿带过来,此刻,见习水手正在前甲板忙碌着。

中午饭后,布兰尼肯夫人返回自己的舱间,直到下午三四点

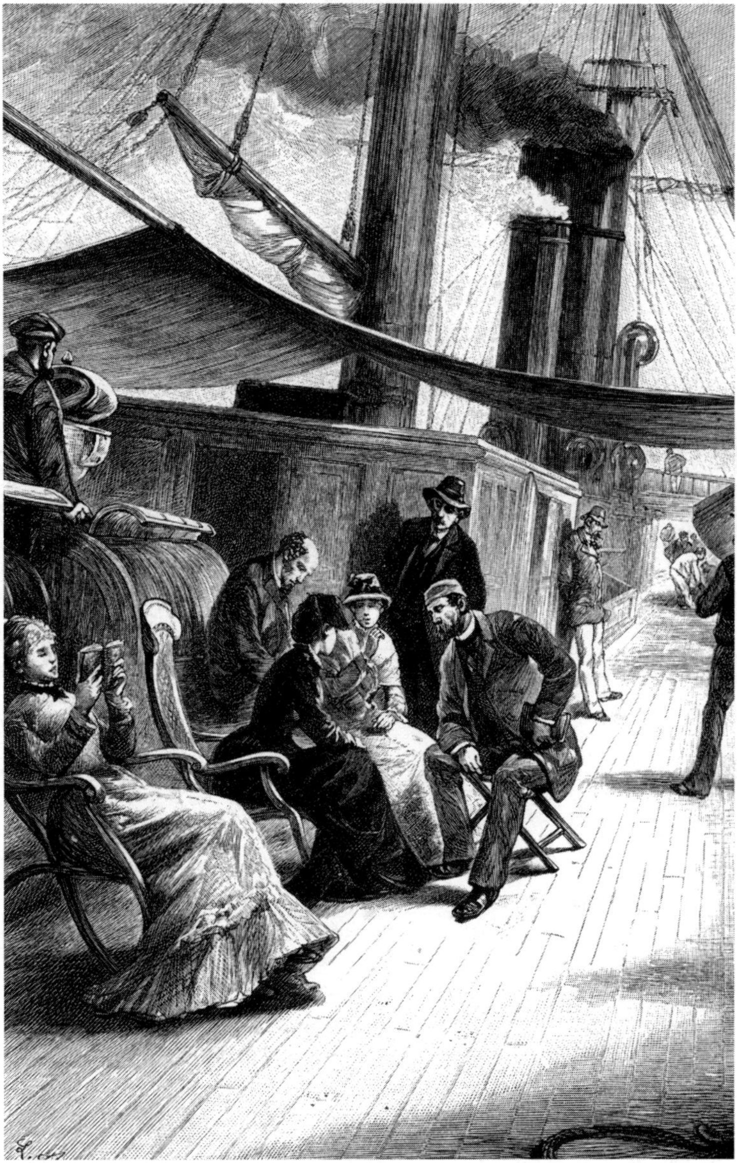

钟，她才再次出现在甲板上。

此时，布里斯班号正全速驶往巴斯海峡，海峡两侧分别是澳洲大陆和塔斯马尼亚岛①，这个岛的旧称是范蝶门领地。

自从荷兰人扬森·塔斯曼②的发现让英国人攫取了成果，自从这座从澳洲大陆自然延伸出来的岛屿成为盎格鲁-撒克逊人的统治领地之后，关于这座岛屿的争论就一直不断。这座岛屿于1642年被发现，它的长度达280公里，岛上土地极为肥沃，森林里的树木种类极为丰富多样，因此，这座岛屿的殖民化速度极快。从这个世纪初开始，英国人按照自己一贯的方式顽固地统治着这个地方，罔顾当地土著居民的利益；他们把这座岛屿分割成若干个县治，构筑了最重要的若干座城市，包括首府霍巴镇，以及乔治镇和其他很多城镇；他们利用这里曲折的海岸线修建了很多港口，让他们的上百条船只可以停泊。这些都是好事，但是，对于那些黑色皮肤，祖祖辈辈居住在这个地方的原住民来说，英国人给他们留下了什么？毫无疑问，这些可怜的人完全没有被开化；他们甚至被看作最原始的人种标本；其地位在非洲黑人之下，也在火地岛③的土著居民之下。如果说殖民化的成功必然要毁掉一个种族，那么，英国人可以吹嘘自己的殖民事业取得了完胜。但是，如果英国人想在霍巴镇举行下一届万国博览会，如果他们想在博览会上展示几个塔斯曼人……可惜，塔斯曼人在19世纪末就已经灭绝了！

---

① 塔斯马尼亚岛位于澳洲大陆南边，巴斯海峡把它和澳大利亚大陆分隔开，它也是澳大利亚最小的州。
② 扬森·塔斯曼是荷兰航海家，曾于1642年在澳洲大陆东南海域探险航行。
③ 火地岛是南美洲大陆最南端的岛屿，岛上原住民是印第安人奥那族。

第 二 章

戈 弗 雷

布里斯班号是在夜里通过的巴斯海峡。在南纬的这个纬度上,在8月份,下午5点钟之后,天很快就黑了。处于新月和上弦月之间的月亮迅速消失在地平线的雾气中。深沉的夜色笼罩了大陆滨海地区,让人看不清地貌。

海浪涌动,汩汩作响,船身前后纵向摆动,让人感到邮轮正在穿越海峡。这个狭窄的通道里,太平洋的海水涌进来,水流与逆流相互冲击,波涛汹涌。

第二天,8月23日,一大早,布里斯班号已经抵达菲利普港湾的入口处。只要进入这个港湾,船只就不用再担心恶劣的天气了;但是,要想驶入这个港湾,必须依靠灵巧准确的操作,特别是在绕过一侧的内皮恩岬头和另一侧的昆斯克利夫岬头的时候,因为这两个岬头狭长而多沙。这是一个相当封闭的港湾,里面分布着好几个港口,在这些港口,大吨位的航船都可以安稳停泊,它们分别是果埃隆港、桑德里基港、维利亚姆斯敦港,其中,后两个港口合起来组成墨尔本港。这一带的滨海地区看上去荒凉单调,毫无生气。岸边植被稀疏,活像一座干涸的池塘,看不到潟湖或者水湾,只看到布满干枯龟裂淤泥的沟壑。今后,这一带的平原地貌需要

改造，把那些稀疏干枯的树木去掉，种植上大片的乔木，在澳大利亚的气候条件下，很快就能形成壮观的森林。

布里斯班号靠泊在维利亚姆斯敦港的一个码头，以便让部分乘客下船登岸。

由于邮轮需要在这里停留36个小时，布兰尼肯夫人决定到墨尔本去度过这段时间。并不是在这座城市有事务需要处理，因为，只有抵达阿德莱德之后，她才会着手开始远征队的准备工作，这次远征很可能将抵达澳洲大陆的最西端。既然如此，她为什么要离开布里斯班号呢？难道是因为不胜其烦那些过于频繁的拜访？但是，要想回避拜访，她只需躲在舱间里不就可以了吗？另一方面，即使住进城里的某座旅馆，在那里，她的行踪也会很快为人所知，她难道不会面对更多的会晤，以及无法避免的更多的纠缠？

对于布兰尼肯夫人的决定，扎克·弗伦也不知道该如何解释。他已经观察到，布兰尼肯夫人的举止与在悉尼的时候判若两人。在悉尼的时候，她很开朗，但是现在却变得沉默寡言。难道是因为，就像水手长之前观察到的，戈弗雷的出现让她过分地想起了自己的孩子？是的，扎克·弗伦没有弄错。年轻见习水手的出现让布兰尼肯夫人心慌意乱，以至于她觉得需要单独待一会儿。她不再想询问男孩子吗？也许是的，尽管她曾经表达过这个愿望，但是昨天并没有这么做。现在，她下船移居墨尔本，准备停泊期间在城里逗留24小时，为此还要冒着盛名之下带来的种种麻烦，给自己的不幸增添烦恼，她这是为了逃避——只有这一种解释——是的，就是为了逃避这个14岁的男孩儿，因为一种强烈的本能把她拉向这个孩子。为什么她对与这个男孩儿的谈话犹豫不决，为什么她不敢询问自己希望知道的一切，他的国籍，他的出身，他的家庭？布兰尼肯夫人是不是害怕这些答复？——这是非常可能出现的情况——这些答复可能彻底摧毁她冒失的幻想，击碎虚幻的希望，她已经沉浸在幻觉的想象之中，而且还把自己的烦躁情绪暴露给了扎克·弗伦。

邮轮停稳后，布兰尼肯夫人在水手长的陪伴下，第一时间下船。她的脚刚刚踏上栈桥码头，立刻转过身来。

戈弗雷站在前甲板，靠在栏杆上，看着布兰尼肯夫人走远，脸上的神情变得如此悲伤，他做了一个充满表现力的动作，似乎竭力想要把她挽留在船上,多莉差点就要对他说出来:"我的孩子……我会回来!"

她控制住自己,然后,示意扎克·弗伦跟上,转身向火车站走去,那里的火车把港口与城市连接起来。

实际上,墨尔本城市位于滨海地区的后面,坐落在亚拉河的左岸,距离港口大约两公里——这段距离乘坐火车只需要几分钟。那里矗立着这座30万人口的城市,这是美丽的维多利亚殖民区的首府,这块殖民地的人口多达100万,这里的人们都知道,自从1851年以来,阿历山大山脉蕴藏的黄金被大量发掘。

尽管布兰尼肯夫人下榻的旅馆是城里旅客最少的旅馆之一,她还是没有躲开好奇的目光——尽管目光里充满同情——在她出现的任何地方都会遇见这样的目光。为此,布兰尼肯夫人更喜欢在扎克·弗伦的陪伴下,在城里的大街小巷徜徉,不过,她的目光充满了异样的忧虑,对眼前的街景视若无睹。

总体来说,一个美国女人即使在参观最现代化的城市时,也不会感到惊奇,更不觉得享受。尽管与加利福尼亚的旧金山相比,墨尔本仅仅晚修建了12年,但这座城市仍然像人们常说的那样,让人觉着"不咋地":宽阔的街道,横平竖直的街区,街心公园缺少草坪和树木,上百家的银行,业务繁忙的公司,零售商业集中的街区,公共建筑,包括教堂、庙宇、大学、博物馆、展览馆、图书馆、医院、市政厅,像宫殿一样的中学,其中有些宫殿作为中学来说略显狭小,还有为两位开拓者伯克和威尔士修建的纪念碑,他们试图从南向北穿越澳洲大陆不幸夭亡;布兰尼肯夫人和扎克·弗伦沿着大街小巷溜达,除了商业街区,其他的地方行人很少;能看到一些外国人,特别是德国裔的犹太人在那里出售白银,或者售卖牲畜、羊毛,价格都很便宜——仅仅是为了取悦以色列之心①。

然而,商人们把墨尔本作为商业谈判的城市,却大多并不住在城里。这座城市的郊区,也就是环绕城市的周围,麇集着无数的别墅、农舍式小型别墅,以及豪华的公寓,它们相对集中于圣吉达、霍姆、绿山丘,以及布莱顿等地,正如一位著名的旅行家M.D.夏奈说过的,这种布局恰恰是墨尔本优于旧金山的地方。那些壮观的大公园里,品种丰富的各种树木已经长大,绿树成荫;那里流水潺潺,在一年的大部分时光里空气清新宜人。因此,很少有哪个城市像这里一样环绕于美丽的绿色环境中。

面对如此壮丽美景,布兰尼肯夫人漫不经心,很少关注,甚至,当扎克·弗伦把她领到城市外围的田园环境中,她依然我行我素。无论是那些环境幽雅的住宅,还是极目远眺的如画风景,任何东西都无法撩动她的目光。看起来,她头脑中似乎萦绕着一个念头,她很想对扎克·弗伦提出一个要求,却始终不敢提出来。

夜幕降临的时候,两个人回到旅馆。多莉让人把晚饭送到房间里,却几乎什么也没有吃。然后,她上床睡下,始终处于半睡半醒的状态,脑海中轮番出现丈夫和孩子的身影。

第二天,布兰尼肯夫人待在房间里,一直到下午两点钟。她给威廉·安德鲁先生写了一封很长的信,告诉他自己已经离开悉尼,很快就要到达南澳大利亚的首府城市。她再次向他表达了对于这次搜寻行动的期望。收到这封信,威廉·安德鲁先生一定会感到非常吃惊,非常担忧,因为他会发现,多莉在谈到约翰的时候,似乎已经确信将要找到鲜活的他,而在谈到她的孩子小瓦特的时候,似乎

---

① 此处指犹太人经营有方,赚钱有术。

这个孩子也没有亡故。看到这封信,这个好心人甚至寻思,是否需要担心这位不幸的女士精神再次失常。

准备搭乘布里斯班号前往阿德莱德的旅客差不多都已登船,布兰尼肯夫人在扎克·弗伦的陪伴下,也已经回到船上。戈弗雷守候在那里,老远看到布兰尼肯夫人,脸上立刻绽放出快乐的笑容。他跑向栈桥码头,到那里时,刚好多莉一脚踏上舷梯。

扎克·弗伦内心感到很不快,粗重的眉毛拧到了一起。他真想采取措施让见习水手离开邮轮,或者,至少让他不要在路上遇到多莉,因为,他的出现总能勾起多莉的痛苦回忆!

布兰尼肯夫人看到了戈弗雷。她停住脚步,盯着戈弗雷看了一会儿;但是,她没有和他说话,低下头,走回自己的舱间,把门关上。

下午3点钟,布里斯班号起锚驶向航道,然后,绕过昆斯克利夫岬头,与维多利亚海岸线保持3海里的距离,船头朝向阿德莱德驶去。

在墨尔本上船的旅客有一百来位——其中大多数是南澳大利亚的居民,准备返回自己居住的地方。也有几个外国人——在这些人当中,有一个中国人,年龄介于30至35岁之间,长得像没睡醒的鼹鼠,皮肤黄得像柠檬,身材滚圆像个大瓷缸,肥胖得像穿三个纽扣衣服的官员。然而,他并不是一位官员。不是!他只是另一个人的仆人,至于那个人的容貌,值得我们比较准确地描述一番。

诸位可以想象一下:阿尔比恩[①]有一个儿子,与他同样是个"英国佬",个头高大,瘦骨嶙峋,从脖子,到上半身,再到双腿,整个

[①] 根据英国神话,巨人阿尔比恩是海神波塞冬之子,他在一个岛屿上建立了自己的国家并让自己的族群逐渐繁衍。

儿就是一个骨头架子。这个盎格鲁-撒克逊人的年龄介于45至50岁之间,身高大约海拔6码(英尺)。他满脸长着黄色的胡须,头发也是黄色的,其中夹杂着几撮金黄色的毛发,小眼睛滴溜乱转,像鹭或者鹈鹕的喙一样硕大的鹰钩鼻,鼻孔紧绷着,最不善于观察的骨相学家也能轻易发现,他的脑壳上长着象征顽固与偏执的隆凸①——以上这些构成了一个让人瞩目的形象,如果落到一位才华横溢的素描画家的笔下,一定是个让人发笑的对象。

这个英国人衣着整洁,穿着传统服装:头戴一顶双帽舌的鸭舌帽,马甲的扣子一直扣到颏下,上衣足有20个口袋,方格呢绒长裤,长长的护腿套缀着镀镍纽扣,带铁钉的皮鞋,淡白色的防尘外衣紧裹着身躯,突显出骨瘦如柴的身形。

这个怪人是干什么的?谁也不知道,在澳大利亚的邮轮上,不允许借口旅途搭伴,故意亲热打探旅客的隐私,打听人家从哪儿来,到哪儿去。他们都是旅客,旅途的过客,仅此而已。船上的乘务员知道的全部情况就是,这个英国人预订舱间使用的名字是乔舒亚·梅里特——简称乔·梅里特——从利物浦(英国)来,陪同他的仆人名叫乞伎,来自天朝(香港)。②

此外,自从上船以后,乔·梅里特就坐在甲板的凳子上,一直到吃午饭的时候才起身,那个时候,已经敲响了下午4点钟的报时。4点半钟,他回来重新坐下,直到7点钟起身去吃晚饭,8点钟的时候再返回,始终保持模特般的姿势不变,双手放在膝盖上,目不斜视,一直望着大陆方向,直至陆地隐匿到夜色雾气之中。然后,晚

---

① 头盖骨的隆凸从前被相术者认为是才能的象征。
② 旧时,欧洲人曾经把中国称为天朝。

上10点钟,他起身返回舱间,步伐如几何图形般规矩,即使邮轮的颠簸也不曾让他动摇。

这天夜里,不到9点钟,布兰尼肯夫人就来到外面,在布里斯班号的后甲板散步,此时,外面的气温相当寒冷。她感到迷惘,或者更准确地形容,她感到产生幻觉,因此无法入眠。舱间过于狭小,她需要到外面呼吸新鲜空气,有时候,还能闻到"刺槐"沁人肺腑的清香,这种香味来自澳洲大陆,能飘散到50海里以外。她幻想着能碰到年轻见习水手,和他说话,向他询问,能够知道他……知道他什么?戈弗雷于晚上10点钟结束四小时值班,要到凌晨两点钟才会再值班,这个时候,多莉感到精神疲惫难受,已经返回舱间休息。

午夜时分,布里斯班号绕过了位于波尔沃思地区最南端的奥特韦角。从这个海岬开始,邮轮将掉头直奔西北方向,一直抵达迪斯科沃利海湾,那里就是位于子午线141度的协定分界线——这条界线把维多利亚和新南威尔士的南部地区与南澳大利亚分开。

一大早,人们就看见乔·梅里特重新坐到甲板的凳子上,还是那个他习惯坐的位置,坐的姿态也一样,就好像他从来没有离开过那里。至于中国人乞伎,他正在某个角落里闷头酣睡。

扎克·弗伦对自己同胞的怪僻行为已经司空见惯,因为美利坚合众国旗下现在囊括了42个州,什么样的人都有。不过,当他看到这哥们儿在人体机械学方面的高深造诣,还是禁不住大感惊讶。

因此,当他走过这位身材顾长,凝固不动的绅士身边,听到一个略显尖细的声音询问,当真被吓了一跳:

"我想,您就是水手长扎克·弗伦?"

扎克·弗伦回答道:"我就是。"

"布兰尼肯夫人的旅伴？"

"正如您所说。我发现您知道……"

"我知道……千里寻夫……失踪了14年……很好！……哦！……非常好！"

"为什么说……非常好？"

"是的！……布兰尼肯夫人……非常好！……我也一样……也在寻找——"

"寻找您的妻子？"

"噢！……还没结婚呢！……非常好！……我的妻子要是丢了,我才不会去找。"

"那么,您在寻找什么？……"

"我想找到……一顶帽子。"

"您的帽子？……您把您的帽子弄丢了？"

"我的帽子？……不是！……那是一顶……我的意思是……请代我向布兰尼肯夫人致敬……很好！……噢！……非常好！……"

乔·梅里特的嘴唇重新紧闭,再也没有蹦出一个词儿。

扎克·弗伦自忖道："这家伙就是个疯子。"

他觉得,继续跟这位绅士纠缠下去,简直就是莫名其妙。

当多莉重新出现在甲板上,水手长走到她的身边,两人并肩坐到凳子上,差不多就在英国人的对面。英国人继续一动不动,好像古罗马的界神①。他刚才已经委托扎克·弗伦向布兰尼肯夫人转达敬意,毫无疑问,他不想再亲自当面致意。

另一方面,多莉完全没有注意到这位古怪的旅客。她长时间地与同伴交流,谈论的话题涉及搜寻队的准备工作,一旦抵达阿德莱德,这项工作就要着手进行。他们不能耽搁一天,甚至一个小时。有一点很重要,澳洲大陆中部地区酷热难耐,如果条件允许,搜寻队应该在干热季节来临前就抵达甚至越过这个地区。在目前

---

① 界神是罗马神话中的神,具体形象就是界桩,古罗马的界桩往往雕刻着护界神的胸像。

条件下进行的搜寻行动面临各种各样的危险,在这些危险当中,最可怕的也许就是恶劣天气导致的危险,因此,必须万分谨慎,采取一切措施予以防范。多莉谈到约翰船长,谈到他健壮的体魄,充沛的精力,有能力战胜困境——对此她毫不怀疑——别人身体不那么健壮,没有经历过艰苦磨炼,在同样的环境里恐怕难以生存。谈话期间,多莉一次也没有提到戈弗雷,扎克·弗伦也希望她的思路绕过这个男孩子,就在此时,多莉说道:

"今天,我怎么还没有看到年轻见习水手?……您一次都没有看到过他吗,扎克?"

"没见到,夫人。"水手长回答道,对这个问题感到非常头痛。

多莉接着说道:"也许,我可以为这个孩子做些什么?"

多莉说这话的时候,装出一副无所谓的样子,扎克·弗伦的心里却是跟明镜儿似的。他回答道:

"那个男孩子?……哦!他有个不错的职业,夫人,……他可以做到……我看几年以后,他就可以做到司务长……只要他努力上进……"

多莉接着说道:"看看吧,我只是对他感兴趣……在某个方面他让我感兴趣……但是,扎克,这么相像,真是的!……在我可怜的约翰和这个孩子之间,那么相像,真是神奇。……而且,瓦特……我的孩子……和他年龄差不多!"

说到这些的时候,多莉的脸色变得苍白;她的声音都变了;她盯着扎克·弗伦,目光里充满了询问,水手长不得不低下眼睛。

然后,她补充说道:

"扎克,今天下午,您带他来见我……别忘了……我要和他谈一谈……这趟旅程明天就要结束了……我们恐怕再也见不到了……那么,在离开布里斯班号之前……我很想知道……是的!知道……"

扎克·弗伦不得不允诺把戈弗雷带到多莉面前。说完之后,布兰尼肯夫人就回舱间了。

水手长感到非常担心,甚至感到非常警惕,他继续在甲板上来回踱步,一直到第二顿午饭的钟声响起。听到钟声,英国人迈着有节奏的步伐向防雨楼梯走去,水手长一转身,险些和他撞个满怀。

乔·梅里特说道:"很好!……噢!……非常好!根据我的请求,您已经……转达了我的致意……她的丈夫失踪了……很好!……噢!……非常好!"

然后,他走开,赶去占据他在餐厅的餐桌旁早就选好的位置,那个位置是公认的最佳座位,紧挨着送餐间,可以确保自己第一个就餐,还可以首先挑选菜肴。

下午3点钟,布里斯班号抵达波特兰港的入口处,这里是诺曼底地区最主要的港口,不久前刚与墨尔本开通了铁路;之后,布里斯班号继续绕过纳尔逊角,开始进入迪斯科沃利海湾的海域,船头几乎笔直地指向北方,近距离地沿着南澳大利亚海岸线行驶。

就在这个时候,扎克·弗伦过来告诉戈弗雷,布兰尼肯夫人希望和他谈一谈。

年轻见习水手惊叫道:"和我谈一谈?"

他的心剧烈跳动,赶紧用手抓住栏杆,这才没有摔倒。

戈弗雷在水手长的带领下,来到舱间,布兰尼肯夫人正在那里等着他。

多莉盯着他看了一会儿。男孩子站在她面前,手里拿着自己的无檐软帽。多莉坐在沙发上。扎克·弗伦靠在桌边看着眼前的

两个人,心里惴惴不安。他知道多莉将要向戈弗雷询问什么,但却不知道年轻见习水手将要如何回答。

布兰尼肯夫人说道:"我的孩子,我希望知道一些您的情况……关于您出身的那个家庭……我之所以询问,是因为我对此很感兴趣……对于您的情况……您愿意回答我的问题吗?"

戈弗雷激动得声音都有些颤抖,他回答道:"非常愿意,夫人。"

多莉问道:"您几岁了?"

"我无法准确知道,夫人,不过,我应该是14至15岁。"

"是的!……14至15岁!……您是从什么时候开始在海上航行的?"

"大约8岁的时候,我开始上船,先是当少年见习水手,现在,我做见习水手已经两年了。"

"您进行过远航吗?"

"是的,夫人,在太平洋上,一直航行到亚洲……后来在大西洋上,一直航行到欧洲。"

"您不是英国人?"

"不是,夫人,我是美国人。"

"但是,您现在服役的不是一条英国籍邮轮吗?"

"我服役的最后一条船在悉尼被卖掉了。于是,我就没有船可以服役了,我现在在布里斯班号上,正在等待机会,以便重新回到美国船上服役。"

"很好,我的孩子。"多莉说道,同时做手势,让戈弗雷靠近自己身边。

戈弗雷服从了。

她问道:"现在,我希望知道,您是在哪里出生的?"

"在圣迭戈,夫人。"

"是的!……在圣迭戈!"多莉重复道,并没有因此感到意外,就好像她早就预料到这个答复。

至于扎克·弗伦,他对自己听到的这番对话感到十分吃惊。

戈弗雷接着说道:"是的,夫人,在圣迭戈,噢!我认出您了!……是的!我认出了您!……当我听说您要来悉尼,我就感到十分高兴……您要知道,夫人,所有关于约翰·布兰尼肯船长的消息,我都十分感兴趣!"

多莉拉过男孩子的手,攥在自己手里,半天没有说话。然后,语调里流露出幻觉般的想象,她问道:

"您叫什么名字?"

"戈弗雷。"

"戈弗雷是您的教名……那么,您的家族姓氏呢?"

"我没有别的名字,夫人。"

"您的父母呢?"

"我没有父母。"

布兰尼肯夫人回答道:"没有父母!那么,您是在……"

戈弗雷回答道:"在瓦特之家,是的!夫人,是在您的照顾下长大。噢!您每次来孤儿院探望孩子们,我经常望见您!……在那一堆孩子里面,您没有看见我,但是我看得到您,我……我当时真想抱抱您!……后来,由于我喜欢航海,到了合适的年龄,我就去当了少年见习水手……还有其他孩子,都是在瓦特之家长大的孤儿,都去了航船上……我们永远都不会忘记感谢布兰尼肯夫人……我们的母亲!……"

"您的母亲!"多莉叫道,浑身颤抖,似乎这声呼叫撕心裂肺,直击她的内心深处。

她一把拉过戈弗雷……亲吻着他……孩子也还以亲吻……他泪流满面……他们两人沉浸在一家人才会有的亲密无间,两个人都没有觉得意外,反而觉得十分自然。

扎克·弗伦待在角落里,看着眼前这一幕,看到多莉发自肺腑地动了真感情,不禁感到恐慌,喃喃自语道:

"可怜的女人!……可怜的女人!……她真的是情不自禁,难以自拔了!"

布兰尼肯夫人站起身来,说道:

"去吧,戈弗雷!……去吧,我的孩子!……我回头见您,……我现在需要一个人待一会儿。"

年轻见习水手最后看了多莉一眼,慢慢退了出去。

扎克·弗伦准备跟着出去,此时,多莉做了一个手势,把他止住。

"留下来,扎克。"

然后她情绪极为激动,断断续续地说道:

"扎克,扎克,这孩子是和其他捡来的孩子一起在瓦特之家长大的……他出生在圣迭戈……他的年龄在14至15岁……他像极了约翰……他那率直的神态、坚毅的性格……他和约翰一样也喜欢大海……他是海员的儿子……他是约翰的儿子……他是我的孩子!……人们原来以为圣迭戈海湾已经永远吞噬了那可怜的孩子……然而,他没有死……他被人救了起来……把他救起来的人不认识他的母亲……而他的母亲,就是我……我,那时候我丧失了神志……这孩子的名字不是他自称的戈弗雷……这是瓦特……这是我儿子!……上帝在让我与孩子的父亲团聚之前,先把孩子还给了我……"

扎克·弗伦听布兰尼肯夫人说着,不敢打断她。他明白,这个可怜的女人一定会这样说。表面看起来她说得很有道理。她顺着自己的思路,用一个母亲无可辩驳的逻辑看待这事儿。正直的水手感到自己的心都要碎了,因为他有责任将这些幻觉摧毁。多莉正在坠入一个新的深渊,他必须制止她继续向下滑落。

他毫不犹豫地出手了——几乎是瞬间出手。

他说道:"布兰尼肯夫人,您搞错了!……我不愿意,也不应该阻止您去相信根本不存在的事实!……两个人相像,它只是出于巧合……您的小瓦特已经死了……是的!死了!……在那场灾难中溺亡了,而且,戈弗雷也不是您的儿子……"

布兰尼肯夫人叫道:"瓦特死了?……您是如何知道的?……谁能确认?"

"我能确认,夫人。"

"您?"

"海湾那场惨剧之后的第8天,一个孩子的遗体被冲上沙滩,就在罗玛岬头附近……我找到了遗体……通知了威廉·安德鲁先生……他认出来,那就是小瓦特,我们把孩子葬到了圣迭戈的公墓,后来,我们也经常送鲜花到他的墓地……"

"瓦特!……我的小瓦特!……在那儿……在公墓里!……从来没有人对我说起过!"

扎克·弗伦回答道:"没有,夫人,没有!那个时候,您还没有恢复神志,后来,4年以后,您恢复神志以后,人们担心……威廉·安德鲁先生也担心……害怕重新勾起您的痛苦……于是,他就缄口不语!但是,您的孩子已经死了,夫人,因此,戈弗雷不可能是……他不是您的儿子!"

多莉重新跌坐在沙发里,闭上双眼。她感到,刚才周围是一片光明,转瞬间,黑暗笼罩了一切。

她打了一个手势,扎克·弗伦转身离去,留下她一个人,心情沮丧,陷入回忆之中。

第二天,8月26日,布兰尼肯夫人没有走出她的舱间,此时,布里斯班号经过位于乌柔岛和杰维斯海岬之间的巴克斯戴尔航道,驶入圣文森海湾,靠泊在阿德莱德港。

第三章

一顶历史性帽子

在澳大利亚殖民区的首府当中，以下三个首府：悉尼算是长女，墨尔本算是次女，阿德莱德就是幼女。事实上，如果说第三座城市最年轻，那么也可以认为，它是最漂亮的那一座。这座城市诞生于1853年，它的母亲——南澳大利亚——作为一个政治实体，仅仅诞生于1837年，而它的独立，正式被承认的独立，更仅仅是在1856年。阿德莱德这座城市的青春期甚至可能被无限期延长，因为这里拥有无与伦比，澳洲大陆最宜人的气候条件，在这座城市的周围地区，没有疾病的困扰，既没有肺结核，也没有地方性的热病，更不存在任何流行性传染病。不过有时候，这里也会死人；但是正如M.D.夏奈不无诙谐地指出的，"那不过是个例外"。

南澳大利亚的土地与毗邻的殖民地不同，这里没有蕴含黄金矿藏，但是，这里却蕴藏着丰富的铜矿。有名的矿山包括：卡篷达、不拉不拉、瓦拉卢，以及芒塔，这些矿山都有40年的开发历史，吸引了成千上万的移民，为殖民地创造了巨额财富。

阿德莱德并没有矗立于圣文森特海湾的滨海地区。就像墨尔本，那座城市也坐落于距离海滨12公里的内陆，依靠铁路把城市与港口连接起来。这里的植物园堪与它的姊妹城市的植物园媲美。这座植物园的创始人名叫舒姆堡,植物园拥有的温室在全世界都独一无二,这里种植的玫瑰园俨然一座真正的花园,这里拥有最美丽的温带树木,混合着各种亚热带植物,使得植物园绿树成荫,美轮美奂。

阿德莱德的景色极为优美雅致,无论悉尼还是墨尔本都无法与之相提并论。它的城市街道宽阔,优雅舒展,而且得到精心维护。有几条街道两侧矗立着壮观的建筑,例如金威廉大街。从建筑学的角度观察,邮政局和市政厅都值得一提。在商业街区里,欣德利街与格伦内尔街的商业气息最为浓厚,喧闹异常。这里,来往的商人众多,每个人都心满意足,因为这里的交易诚实可信,买卖兴旺,轻松便利,丝毫看不到常见的焦虑烦恼。

布兰尼肯夫人下榻在金威廉大街的一座旅馆,扎克·弗伦依然陪侍在左右。最后的幻想破灭让作为母亲的多莉遭受了严酷打击。曾经有那么多迹象表明,戈弗雷可能就是她的儿子,但是,一切如过眼烟云转瞬即逝。她的脸上明显露出失望神情,脸色比往常更加苍白,泪水浸泡的双目红肿。但是,从希望无可挽回地破灭的那一刻起,她不再想重新见到年轻见习水手,言谈中也不再提起他。在她的记忆里,只留下了那个极为相似的容貌,那种令人诧异的相似度让她回想起约翰的音容笑貌。

从现在起,多莉全身心投入到事务中,马不停蹄地忙碌于远征队的准备工作。她需要在所有的供货渠道,以及志愿者当中进行选择。如果有必要,她准备为新的搜寻行动散尽家财,很多人与她共同努力,致力于这场空前绝后的尝试,对于他们的热情奉献,多莉不惜重金酬谢,以资鼓励。

勇于奉献的志愿者可不少。南澳大利亚这个地方,历来就是勇敢探险家的乐园。从这里出发,著名的先驱者们奔赴穿越未知的澳洲大陆中部地区。这里孕育出许多著名的探险家,诸如:沃伯顿、约翰·福里斯特、贾尔斯、斯泰德、林赛,等等,在这片广阔大陆的地图上,他们的探险路线纵横交错,在这些路线中,布兰尼肯夫人也将画上自己的那条斜插路线。在这些探险家当中,1874年,沃伯顿上校沿着20度纬度线,从东向西北方向,横穿了整个澳洲大陆,一直抵达尼科尔湾;同一年,约翰·福里斯特沿着相反方向的路线,从珀斯直抵奥古斯塔港①;1876年,贾尔斯也从珀斯出发,抵达位于25度纬度线的斯潘塞海湾②。

　　按照约定,远征队所需的各种物资,包括人员应该不是在阿德莱德集中,而是在铁路线的终点集中,那个地方在北边,一直抵达诶额湖所处的纬度。在这样的条件下,从阿德莱德到集中地点的纬度距离达到5度,不仅可以争取时间,还能避免奔波劳顿。弗林德斯山脉③的地形复杂,把所在地区切割成条条块块,在这些地区能够找到远征队所需的四轮运货牛车和牲畜,包括押运人员的骑乘马、运输生活物资和野营器材的牛。在一望无际的荒漠中,广袤的荒原黄沙漫漫,植被稀疏,几乎没有水源,必须满足旅行队的需要,这支队伍的成员多达四十来人,包括服务人员,以及负责保证旅行者安全的一小队安保人员。

　　至于人员招募,多莉决定在阿德莱德本地进行。因为,她获得了南澳大利亚总督的坚定不移的支持,从他那里得到很多便利。

---

① 奥古斯塔港位于南澳大利亚州,在斯潘塞湾北端。
② 斯潘塞湾位于南澳大利亚州大海湾,介于艾尔半岛与约克半岛之间,通连印度洋。
③ 弗林德斯山脉位于南澳大利亚州,为侵蚀的块状山脉。

在总督的支持下，多莉招募到了30名装备齐全的武装人员，其中一部分出身于当地土著，其余人从欧洲移殖民中挑选出来，他们都同意接受布兰尼肯夫人提出的条件。她不仅承诺在行动期间支付高额薪酬，还答应在行动结束后，每个人可以获得上百英镑的奖金，而且不论行动是否成功。指挥他们的是本地警察队伍中的一位前任警官，名叫汤姆·马里克斯，此人身强力壮，坚毅果决，年龄在四十上下，推荐并担保他的正是总督本人。前来毛遂自荐的人很多，汤姆·马里克斯从他们当中挑选最健壮、最可靠的人。这些人都是按照最高标准招募的，从现在起，必须依靠这支护卫队的忠诚与奉献精神。

服务人员将由扎克·弗伦负责指挥，就像他自己承诺的，他的职责就是确保"人员与牲畜的随叫随到，随时听命。"

实际上，在汤姆·马里克斯和扎克·弗伦之上，还有一位真正的头领——无可争辩的首领——那就是布兰尼肯夫人，她才是这支队伍的灵魂人物。

在威廉·安德鲁先生的联系安排下，阿德莱德银行为布兰尼肯夫人提供了巨额贷款，她可以随时动用资金。

上述准备工作结束后，扎克·弗伦就应该最迟不晚于30日出发，他将前往法里纳小镇火车站，布兰尼肯夫人结束在阿德莱德的事务后，将率领人员到那里与他会合。

布兰尼肯夫人对他说道："扎克，您要让我们的远征队做好准备，在9月份的第一个星期末出发，一切都用现金支付，甭管什么价钱。生活物资将从这里通过铁路运给您，您在法里纳小镇让人把这些物资装上四轮运货牛车。为了保证此次搜寻行动获得成功，我们不能忽视每一个细节。"

水手长回答道:"一切都将准备妥当,夫人。当您到达的时候,只需发出启程的号令。"

不难想象,在阿德莱德停留的最后几天,扎克·弗伦一定做了大量的工作。按照海员的行事风格,他"亲力亲为"拼命干活儿,赶在8月29日搭乘火车,动身前往法里纳小镇。抵达这条铁路的终点站12个小时之后,他终于能够给布兰尼肯夫人发电报称,远征队所需的部分物资已经集结完毕。

至于多莉这边,在汤姆·马里克斯的协助下,她也完成了有关护卫队的准备工作，包括武器和服装。重要的问题是认真挑选马匹，澳大利亚本地马种就是最佳选择，这个品种的马匹适应当地气候，容易饲养，而且耐力极佳。让它们奔跑在森林和草原上，用不着担心它们的饮食问题，因为这些地方都不缺青草和饮用水。但是，离开森林和草原之后，穿越沙尘漫天的荒原时，就应该用骆驼取代马匹。当远征队抵达艾丽丝泉车站之后，就需要改用骆驼了。也就是从那里开始，布兰尼肯夫人和她的同伴们将要克服物质方面的困难和障碍，而这些恰恰是在澳大利亚中部地区探险面临的最大问题。

在乘坐布里斯班号航行期间，多莉经历了困扰，繁忙的准备工作让这位精力充沛的女士得以在某种程度上排遣烦恼。那么多事情让她忙得头昏脑涨，每天连一个小时的消遣时间都没有。她曾经因想象而产生暂时的幻觉，她也曾产生希望，然而，这希望如昙花一现，扎克·弗伦的供认不讳瞬间击碎了希望，留给她的只有回忆。现在她知道了，自己的小宝贝长眠在那边，在圣迭戈公墓的一个角落里，她可以到他的坟墓去哭诉了……但是，这个见习水手那么相像……在她的心目中，约翰和戈弗雷的意象①已经融为一体……

自从邮轮抵达目的港后，布兰尼肯夫人再也没有见过年轻的男孩子。下船登岸后的最初几天里，这个男孩儿有没有找过自己？对此多莉一无所知。无论如何，戈弗雷似乎没有到金威廉大街的旅馆来过。为什么他要来呢？男孩儿最后一次见到多莉之后，她就把自己关在了舱间里，对这个孩子的情况不闻不问。不

---

① 意象为心理学名词，指一种客观事物中经过思绪创作出来的抽象情感。

过,多莉知道布里斯班号已经启程前往墨尔本,等到下次邮轮返回阿德莱德,她已经动身离开了。

当布兰尼肯夫人忙于准备工作的时候,另一个人也在忙碌地准备同样的旅程。他下榻在后街的一个旅馆里。在旅馆临街的一个套间里,以及面向后院的一间客房里,在同一个屋顶下,聚集着两个人,他们就是英国人乔·梅里特,以及中国人乞伎。

这两个家伙,一个产自欧洲的西端,一个产自亚洲的另一端,他们从哪儿来?要到哪里去?他们在墨尔本是干什么的,来阿德莱德要干什么?最后,这主仆二人是在何种情况下凑到一起的?——他们二人,一个出钱雇用了另一个,而另一个服务于这一个——搭伴乘船周游世界,他们到底要干什么?9月5日晚间,一场对话揭开谜底,对话的双方就是乔·梅里特和乞伎——这场对话还需要一点儿扼要的解释作为补充。

乍一看,如果说那个盎格鲁-撒克逊人的形象可以用奇特的外貌、少见的怪癖、古怪的行为,以及特殊的语言表达方式来描述,那么,也应该来认识一下那位天朝子民,那个仆人,此人身穿中国传统服装,上身是一件"汉朝"短袖衬衣,套一件"马褂",一件侧面系扣子的"长衫",一条布带系着抿裆裤。如果说他自称名叫乞伎,那么,这名字与他挺般配,因为这名字的本来含义就是"懒惰之人"。此人名副其实,很懒,而且懒得出奇,无论面对工作,还是面对危险,总是一副懒洋洋的模样。为了执行一道指令,他不会迈出10步以外;碰到危险需要躲避,他也不会迈出20步以外。可以肯定,乔·梅里特一定拥有异乎寻常的耐心才能容忍这么一位仆人。事实上,习惯成自然,这两个人搭伴儿旅行已经有五六年了。他们两人相遇在旧金山,那是华人聚居的地方,乔·梅里特在那里招募仆人,一开始他说是"试用"——后来毫无疑问,试用期就延长到了相伴终生。还需要说明的是,乞伎是在香港长大的,英语说得活像土生土长的曼彻斯特人。

另一方面,乔·梅里特本质上是个性格冷淡的人,很少发脾气。如果他威胁乞伎,要用天朝最可怕的酷刑惩罚他——天朝掌管司法的部长的衙门就叫刑部——实际上他也不会动乞伎一个手指头。当他发出的指令没有得到执行,那他就自己动手去执行。这样一来,问题就简单了。恐怕用不了多久,就该轮到他来服侍自己的仆人了。很可能,这个中国人也倾向于这个看法,而且,照他看来,这样做也挺公平合理。无论怎样,在这个角色反转的幸福时刻来临之前,乞伎还不得不跟随主人,随着这个怪人梦幻般地颠沛流离,在这件事情上,乔·梅里特绝不让步。每当火车或者轮船就要启动了,他宁愿把乞伎的箱子扛在自己的肩膀上赶路,把乞伎抛在身后跟随着。无论如何,这个"懒惰之人"只得跟在后面亦步亦趋,作为补偿,在路途中就可以完全放松,安然酣睡。就这样,两个人相依为命,在旧大陆和新大陆不辞万里地奔波,然后,作为这场持续运动的延续,此时,两个人来到了南澳大利亚的首府城市。

这天晚上,乔·梅里特说道:"很好!……噢!……非常好!我想,我们已经准备好了吧?"

谁也弄不清楚他为什么要问乞伎这个问题,因为所有的准备工作都是他自己亲手完成的。原则上,已经万事俱备了。

中国人回答道:"早都完成一百遍了。"他没有按照天朝子民的惯例,使用成语作为表达方式。

"我们的箱子……?"

"皮带扣好了。"

"我们的武器……?"

"随时可用。"

"我们装生活用品的箱子……?"

"我的主人,那是您亲自送到火车站行李寄存处的。另外,难道有必要贮备那么多生活物资吗……既然我们自己都准备被别人吃掉……迟早有一天!"

"被吃掉,乞伎?……很好!……噢!……非常好!您总想着自己被吃掉?"

"这是早晚的事儿,6个月之前那次,不就差一点点儿,我们的旅行差点儿就结束在吃人肉者的肚子里……特别是我!"

"您,乞伎?"

"是的,理由很充分,就是因为我胖,而您,我的主人乔,您瘦骨嶙峋,那些人毫不犹豫地把我当作首选!"

"首选?……很好!……噢!……非常好!"

"而且,由于黄皮肤的中国人主要吃大米和蔬菜,因此,那些澳大利亚土著特别喜欢吃中国人,觉得味道特别鲜美,不是吗?"

乔·梅里特冷漠地回答道:"所以,我从未停止过劝您吸烟,乞伎。您也知道,食人肉者不喜欢吃抽烟人的肉。"

这恰恰是这位天朝子民拼命在做的事情,他不抽鸦片,却猛抽香烟,乔·梅里特则敞开提供香烟给他消费。据说,澳大利亚土著与其他国家的食人肉者一样,对于浸透了尼古丁的人肉有一种不可抗拒的逆反心理。这就是为什么乞伎拼命努力,要把自己变成不宜食用。

然而,乞伎和他的主人是不是已经出席过一次人肉大餐,而且不是以受邀嘉宾的身份出现?是的,在非洲海岸的某个地方,乔·

梅里特和他的仆人就曾经差一点以这种方式结束了他们的历险生涯。10个月之前,在昆士兰,在洛坎普顿①和格雷塞梅雷②的西边,距离布里斯班仅有几百英里的地方,他们在长途跋涉的途中,落入了最凶残的土著部落手里。大家都知道,那个地方恰恰是食人部落活动最猖獗的地方。乔·梅里特和乞伎落到了土著黑人手里,本来注定必死无疑,多亏警察部队的搭救。被及时解救脱险以后,他们来到了昆士兰的首府,然后来到悉尼,又从那里乘船来到了阿德莱德。总而言之,这位英国佬并没有因此停止带着他的仆人继续冒险,因为,按照乞伎的说法,他们又在准备去澳洲大陆中部溜达了。

中国人叫着说道:"经历这么多风险,就为了一顶帽子!哎呀……哎呀! ……每当我想到这些,就忍不住热泪盈眶,让我的泪水像雨点儿一样洒在黄色的菊花上!"③

乔·梅里特皱紧了眉头冷冷说道:"乞伎……您打算什么时候停止下雨? ……"

"但是,那顶帽子,您要是永远也找不到呢,主人乔,那玩意儿不过就是块破布……"

"够了,乞伎!……太过分了! ……我禁止您用这种口吻谈论那顶帽子,包括其他任何一顶帽子!您听到了吗? ……很好!……噢! ……非常好!您要是敢再犯错,我就要赏给您在脚底板抽四五十下藤条。"

乞伎反驳道:"我们这不是在中国。"

---

① 洛坎普顿是澳大利亚昆士兰州中部的一座沿海城市。
② 格雷塞梅雷是澳洲东部城市,距离洛坎普顿约9公里。
③ 作者有意描写中国人喜欢咬文嚼字。

第三章 一顶历史性帽子　　285

"那我就不让您吃东西!"

"那样正好让我减肥。"

"我把您脑壳上那根老鼠辫子割掉!"

"割掉我的辫子?"

"我还要停止给您抽香烟!"

"老天爷保佑我吧!"

"他才不会保佑您。"

面对这最后一个威胁,乞伎认怂,重新变得毕恭毕敬。

实际上,这究竟是一顶怎样的帽子,为什么乔·梅里特要用毕生精力,苦苦追寻这顶帽子?

据说,这个古怪的英国人来自利物浦,是那些怪人当中的一位,这些人原本并不是英国本土人士。这些人在卢瓦尔河畔、易北河畔、多瑙河畔,以及埃斯科河畔①到处都能碰到,就像在塔米西河、克莱德河、特威德河流域地区,不是也能碰到吗?乔·梅里特曾经非常富有,拥有各种古怪的收藏品,并因此在兰开斯特及其周边地区享有盛名。他收集的藏品既不是油画,也不是图书或者艺术品,甚至也不是那些他花了很多精力和金钱弄来的小玩意儿。都不是!他收藏的是帽子——他建立了一个帽子博物馆——专门收藏各种男式或者女式帽子:喇叭形高帽子、三角帽、两角帽、阔边浅圆帽、敞篷马车帽、垂耳帽、折叠式高顶大礼帽、男式高顶黑礼帽、盔形防护帽、护耳双角帽、海员戴的漆皮帽、无边扁平软帽、轻盔、无边圆帽、头帕、窄边软帽、卡罗仕帽、大盖帽、土耳其帽、筒形军帽、法国军帽、希达尔帽、高顶长毛军帽、祭司戴的圆锥形冠、主教

---

① 以上这些都是欧洲的主要河流。

冠、希腊式的土耳其帽、波兰式军帽、用缎带和花朵装饰的妇女头饰、主审法官的法帽、印卡帝国①的易郎图帽、中世纪的圆锥形女士高帽、祭司戴的缠头白带、东方式头盔、威尼斯总督戴的角帽、婴儿戴的洗礼帽，等等，等等，成百上千顶帽子，质量参差不齐，品相优劣各异，有的缺帽顶，有的少帽檐。按照乔·梅里特的说法，他还拥有珍贵的历史性珍稀藏品，例如帕特洛克罗斯②的头盔，这位英雄在特洛伊之战③中战死时就戴着这顶头盔；特米斯托克尔在萨拉米战役④中戴过的贝雷帽；伽利略和希波克拉底⑤戴过的无边扁平软帽；恺撒戴过的帽子，这顶帽子曾经被一阵风吹过罗比克通道；卢克雷齐娅·博尔贾⑥前后三次出嫁戴过的头饰，这三任丈夫分别是斯弗尔兹、埃斯特家族的阿方索，以及阿拉贡家族的阿尔菲斯；塔梅兰戴过的帽子，当年这个战士翻越信德山脉时就戴着这顶帽子；成吉思汗戴过的帽子，当年，这个征服者在摧毁布克拉和萨马尔坎德的时候戴过它；伊丽莎白女王加冕时戴过的头饰；玛丽·斯图阿逃离洛克罗旺城堡时戴过的帽子；卡特琳二世在莫斯科加冕时戴过的头饰；彼得大帝在萨尔丹战役戴过的风雨帽；马尔伯勒⑦在雷米利战役中戴过的双角帽；丹麦国王欧拉尔斯戴过的帽

---

① 印卡帝国曾经存在于安第斯山脉，是一个生存时间很短的帝国。
② 帕特洛克罗斯是希腊神话人物，国王墨诺提俄斯之子。
③ 《荷马史诗》中描述的一场战争，史学研究者普遍认为，特洛伊战争发生在公元前12世纪。
④ 公元前480年爆发的萨拉米湾战役是希波战争中具有决定性的一次战役。
⑤ 希波克拉底为古希腊的医师，被西方尊为"医学之父"，西方医学奠基人。
⑥ 卢克雷齐娅·博尔贾是罗马教皇亚历山大六世私生女，欧洲文艺复兴时期的重要人物，前后出嫁过三次。
⑦ 马尔伯勒为英国统帅。1672年至1673年间随英国远征军参加英荷战争，立有战功，晋男爵。

子,他在斯蒂克勒斯塔被害身亡;格斯勒戴过的便帽,纪尧姆·退尔曾经拒绝向他致敬;威廉·皮特年仅23岁担任部长职务时戴过的窄边软帽;拿破仑一世在瓦格拉姆战役戴过的两角帽;最后,还有另外一百顶帽子,珍稀程度不亚于上述所列。乔·梅里特最大的遗憾就是还没能拥有诺亚乘坐方舟停靠在阿勒山顶①时戴过的无边圆帽;以及亚伯拉罕戴过的无边软帽,当时,这位族长正准备把以撒②作为牺牲品。不过,乔·梅里特仍然希望最终能找到它们。至于亚当和夏娃③被从伊甸园赶出来时戴过的帽子,梅里特决定放弃寻找,因为历史学家认真研究后认为,第一个男人和第一个女人应该习惯于裸体出行。

上面扼要陈述了乔·梅里特博物馆的珍稀收藏,我们已经看到,这些其实都是小儿科的玩意儿,然而,这个怪人却终其一生,乐此不疲。此人相当自信,对自己的藏品真伪从未产生过怀疑,他在各个国家奔波,探访一个又一个城市和村庄,在旧货店和小店铺里搜寻,频繁拜访旧货商和中间商,花掉大把的时间和金钱,就为了在经历几个月的辛苦之后,终于找到一块破布,然后不惜重金买下来!他在全世界遍寻珍稀罕见的藏品,现在,他已经把欧洲、非洲、亚洲、美洲,以及大洋洲的库存都搜遍了,参与搜寻的不仅他自己,还有他的联系人、掮客,以及四处游走的商人;现在,他准备到最偏

---

① 诺亚方舟是《希伯来圣经·创世记》中的故事。洪水来临时,诺亚把动物和粮食安置在方舟上,在洪水过后,诺亚方舟搁浅在了阿勒山上。
② 以撒是《圣经》中人物,亚伯拉罕和妻子撒拉所生的唯一儿子,神命令亚伯拉罕献祭他那独生子以撒,被天使出现阻止。
③ 《圣经》记载,亚当是神创造的第一个男人,神将亚当安置在伊甸园,又用他的肋骨造成第一个女人夏娃。后来亚当和夏娃违背神的命令,吃了善恶树的禁果,二人从此被逐出伊甸园。

远、人迹罕至的地方去搜寻,那里就是澳洲大陆!

乔·梅里特这么做是有理由的,这个理由在别人眼里看来,毫无疑问不够充分,但在他看来,却是最有说服力的理由。他听说,澳大利亚的游牧部落有戴男式或女式帽子的习俗——您能想象得出来,那些帽子都成了什么品相!——他还听说,这些破旧的库存货被定期送往滨海地区的各个港口,于是,他认定,在这些库存货里面一定能找到好东西,用旧货收藏爱好者的行话说,就是"可以捡到漏儿"。

碰巧,有一个固执的念头一直在困扰乔·梅里特,这个愿望把他折磨得神魂颠倒,甚至可能使他彻底发疯,因为,他已经为此处于半疯癫状态。这个念头就是寻找某一顶帽子,如果传言属实,这顶帽子可望成为他博物馆收藏中的镇馆之宝。

这顶神奇的帽子究竟是何方神圣?制造这顶帽子的人究竟是现代工匠,还是古代的工匠?这顶帽子曾经戴在什么人的头上,他是国王、贵族、资本家,还是普通老百姓?在什么情况下他要戴这顶帽子?这是一个秘密,乔·梅里特从未对任何人泄露过。无论如何,根据他得到的宝贵情报,怀着无与伦比的热情前往搜寻,他坚信,经过漫长岁月,历经沧桑,这顶帽子终将从澳大利亚土著部落的某位头领脑袋上摘下来,加倍证明它作为"帽子首领"的身份。只要能找到这顶帽子,无论花多少钱去买,乔·梅里特都心甘情愿,如果对方不愿意出售,他宁愿去把它偷到手。这顶帽子将成为此次搜寻行动的战利品,为了这次搜寻行动,他已经跑遍了澳洲大陆的东北部。正因为搜寻行动第一阶段没能取得成功,他才冒着生命危险来澳洲中部继续搜寻。这就是为什么乞伎可能再次被食人土著吃掉,但是,都是哪些食人土著呢?……这次,他要面对的尖牙利齿属于食人土著里最凶猛的那一类。实际上,必须认识到,这位仆人与主人已经存亡与共——就像一根线上拴的两只蚂蚱——无论是出于利益还是感情,他们两人都不可能分手。

乔·梅里特说道:"明天早晨,我们乘快车出发离开阿德莱德。"

乞伎回答道:"坐二等车厢?"

"就算是吧,随你怎么说,请做好出发前的所有准备。"

"尽力而为吧,我的主人乔,同时也请您注意到,我可不是千手观音。"

乔·梅里特回答道:"我不知道观音菩萨是不是真的有一千只手,但是,我知道您有两只手,我请您动用您的两只手为我服务……"

"就等着让人家来把我吃掉!"

"很好!……噢!……非常好!"

毫无疑问,乞伎动用两只手的频率并不比平时快多少,宁愿把活儿留给他的主人来做。于是,第二天,两个怪物离开阿德莱德,火车载着他们全速驶往陌生的地域,在那里,乔·梅里特期待找到自己藏品里还缺的那顶帽子。

第四章

阿德莱德的火车

几天之后,布兰尼肯夫人也将要离开南澳大利亚的首府。汤姆·马里克斯刚刚调整好他的护卫队,这个护卫队包括15名白人,他们都曾经参加过地方军队;还有15名土著,他们都曾经受雇于殖民区政府,在总督的警察部队服役过,这支队伍的职责不是去攻打土著部落,而是保护远征队免受游牧部落的袭扰。千万不要忘记亨利·菲尔顿的告诫:宁愿支付赎金把约翰船长赎出来,也不要动用武力把他从土著手里抢出来。

准备的生活物资很多,足够满足40个人一年的需用,满满装了两节火车车厢,都要运到法里纳小镇。每天,扎克·弗伦都要从这个小镇车站给多莉发一封信,让她随时了解事情的进展。水手长精心选购了牛和马匹,驾驭它们的人员也已集结完毕。四轮牛车停在火车站附近,准备接收装载生活物资的箱子,以及成捆的衣服、工具器皿、武器弹药、各种帐篷,总之一句话,远征队需要的全部物资。火车抵达小镇两天后,远征队就可以启程出发。

布兰尼肯夫人把从阿德莱德出发的时间确定在9月9日。她与殖民区总督举行了最后一次会晤,后者毫不隐讳地告诉这位勇敢无畏的女士,她将要面对怎样的艰难凶险。

他说道:"布兰尼肯夫人,旅途的艰难凶险主要来自两个方面,一方面来自凶残的游牧部落,在我们尚未控制的地区,他们活动频繁;另一方面来自恶劣的自然环境。在这些地区,资源匮乏,特别缺少水源,由于干旱,那里的河流和水井都已经干涸,恶劣的自然环境将让您遭遇极大困苦。出于这个原因,也许你们最好把搜寻行动推迟6个月,等到干热季节结束……"

布兰尼肯夫人回答道:"我知道,总督先生,我已经做好准备面对所有困难。自从离开圣迭戈以来,我一直在研究澳洲大陆,反复阅读了许多当地旅行家的笔记,包括伯克、斯图尔特、贾尔斯、福里斯特、司徒勒、格里戈里斯,以及沃伯顿等人的著作。我甚至与勇敢的戴维·林赛取得了联系,他曾经在1887年9月至1888年4月期间,成功穿越了澳洲大陆,从北方的达尔文港①出发一直抵达南方的阿德莱德。不!我进行这次搜寻行动,既不畏惧艰险,也不在乎劳顿。使命需要我去哪里,我就一定要去。"

总督回答道:"探险家戴维·林赛穿越的是众所周知的地方,因为那些都是横穿澳洲大陆的电报线覆盖的地区。所以他只带了一个年轻的土著和4匹驮马随行。布兰尼肯夫人,您却正好相反,因为您要寻找的是游牧部落,您将不得不率领远征队前往既定线路以外的地方,将冒险进入澳洲大陆的西北部,一直深入到塔斯曼地区,以及维特地区——"

布兰尼肯夫人接着说道:"总督先生,如果有必要,我可以去往任何地方。戴维·林赛和其他先行者经历的探险,都是为了科学探索、开拓文明,或者谋求商业利益。而我要做的却是解救我的丈

---

① 达尔文港位于澳大利亚西北海岸,是土著族居民最集中的城市。

夫,他也是迄今为止富兰克林号唯一的幸存者。自从他失踪以后,我不顾所有人的看法,坚持认为约翰·布兰尼肯还活着,事实证明我是对的。我将把这些地区搜个遍,也许需要6个月,也许需要1年,我坚信一定能找到他,而且,事实将再次证明我是对的。总督先生,我要依靠的是同伴们的献身奉献精神,我们的信条就是:绝不后退!"

"这是道格拉斯使用过的信条,夫人,我相信,在这个信条指引下,您能取得成功……"

"是的……在上帝的帮助下!"

布兰尼肯夫人向总督表示,自从到达阿德莱德后,总督先生提供了一系列帮助,她对此十分感谢,随后,多莉告辞离去。当天晚上——9月9日晚——她启程离开南澳大利亚的首府。

澳大利亚的铁路系统非常完善:火车车厢十分舒适,而且晃动很小;铁轨铺设平稳,让人感受不到列车的颤动。这列火车共有10节车厢,包括两个装满行李的车皮。布兰尼肯夫人预订的包间里还有一位女士,名叫哈莉特,她是撒克逊与土著的混血,是专门招聘来为多莉服务的。汤姆·马里克斯和他的护卫队员分别住在其他包间里。火车只有在补充水和机器所需的燃料时才会停下来,在各主要车站停留的时间也很短暂。这样一来,全部行程所需时间就缩短了大约四分之一。

火车离开阿德莱德后,一路驶往高勒山脉[①],向北途经的县治与山脉同名。列车行进方向的右侧有几座起伏的山峦,林木茂密,俯瞰着周围地区。澳大利亚的山脉都不高,难得有高度超过两千

[①] 高勒山脉是南澳大利亚山丘地带,布拉夫山为其最高峰,海拔475米。

公尺的山峰,而且一般来说,高山都分布在澳洲大陆的外围地区。研究认为这些山脉的地质结构年代十分久远,其成分主要为花岗岩,属于志留纪地层①。

高勒县的这片区域地形起伏不平,沟壑纵横,火车不得不蜿蜒曲折前行,一会儿沿着狭窄的山谷,一会儿穿过茂密的森林,这个地区的桉树叶茂枝繁,形成一片真正的林海。再往前不远,铁路开始进入中部平原地区,一路向前笔直延伸,充分展示现代铁路的风貌。

高勒山脉在格力湾出现分岔,从这里开始,墨累河拐了一个大弯,掉头向南流去。火车也离开了墨累河谷,沿着莱特县的边界行驶,驶入位于34度纬度线的史丹利县。如果此时天色不太暗,可以眺望到布莱恩特山的最后一座山峰,那里是这处山结②的最高处,向铁路东侧伸展过去。从这个地方起,起伏不平的地貌开始出现在铁路的西侧,铁路沿着起伏不平的山脉脚下向前伸展,这条山脉的主要山峰包括:布拉夫山、卓越峰、布朗峰,以及奥尔顿山。这些山峰的分支余脉消失在托伦斯湖岸边,这个湖泊很大,烟波浩渺,毫无疑问,一定与斯潘塞湾③相通,这个海湾把澳大利亚海岸裂开一道口子,深深嵌进陆地。

第二天,太阳刚刚升起,火车已经在弗林德斯山脉④附近掠

---

① 志留纪是早古生代的最后一个纪,也是古生代第三个纪。约开始于4.4亿年前,结束于4.1亿年前。
② 山结又称山汇。是许多山脉的会集中心。
③ 斯潘塞湾位于南澳大利亚州海滨,介于艾尔半岛与约克半岛之间,通连印度洋。
④ 弗林德斯山脉位于南澳大利亚州,自皮里港附近向北伸延430公里,讫于卡拉邦纳湖西南。为侵蚀的块状山脉。

过,远远望去,塞勒山投射出巨大的山影。透过车厢的窗玻璃,布兰尼肯夫人眺望这片土地,对她来说,这是陌生的地方。那里就是常常被人称为"反常热土"的澳大利亚,这个大陆的中部是一片巨大的洼地,高度低于海平面;那里的河流大多数起源于沙地,还没有注入大海,就被大地一点一点吸干了;那里无论空气还是土地都干透了,没有一点儿湿润的地方;那里麇集着全世界最古怪的动物;那里生活着凶残的土著部落,在中部和西部地区到处游荡。那里,在北部和西部,伸展着一望无际的亚历山德拉荒原,以及西澳大利亚荒原,在这片荒原上,远征队将寻找约翰船长的踪迹。当远征队越过了分布小镇和村庄的地区,到了没有人烟的荒原,搜寻行动将依靠哪些迹象指引方向?亨利·菲尔顿在病床上提供了一些模糊的指引,从什么时候开始,远征队将只能依靠这些模糊的指引行动?

想到这些,布兰尼肯夫人不禁反问自己:约翰船长作为俘虏,被澳大利亚游牧部落关押了9年,难道就从未找到过逃跑的机会?这是否合乎情理?针对这个疑问,布兰尼肯夫人只能这样回答:据亨利·菲尔顿说,在漫长的岁月里,能够让他和同伴逃跑的机会仅仅出现过一次——而这一次机会没有被约翰利用上。至于有证据表明,土著有尊重俘虏生命的习惯,甭管这证据是真还是假,事实就发生在富兰克林号幸存者的身上,亨利·菲尔顿本人就是明证。另一方面,还有一个先例,他就是探险家威廉·克拉森,这个人已经失踪38年了,不是还有人相信他活在澳大利亚北方的某一个土著部落吗?那好吧!也许碰巧这就是约翰船长的命运呢?因为我们不仅有假设,还有亨利·菲尔顿的确认足以证明。有很多其他旅行者也失踪了,但是至今没有证据表明他们已经都死了。谁敢说,将来某一天,这些谜底不会大白于天下!

不管怎样,火车继续向前飞驰,在小车站不停车。此时,铁路的方向稍微偏向西方,这是因为需要绕过托伦斯湖的湖岸,这座湖泊的形状狭长,湖岸形成弯弯的曲线,沿着湖岸开始出现起伏的弗林德斯山脉。天气炎热。在北半球的3月份,跨越30度纬度线的国家,包括阿尔及利亚、墨西哥,或者交趾支那①的气温与这里大致相当。人们担心可能会下雨,或者,甚至可能是一场暴风雨。如果是在内陆地区,旅行队拼命祷告也乞求不来这样一场雨水。就是在这样的情况下,下午3点钟,布兰尼肯夫人抵达法里纳小镇火车站。

铁路到这里就没有了,澳大利亚的工程师们正在忙着让这条铁路继续向北延伸,方向就是顺着那条跨越大陆的电报线路,这条电报线路一直延伸到阿拉弗拉海的滨海地区。如果铁路继续沿着电报线往前推进,它就需要向西偏转方向,以便从托伦斯湖与诶额湖之间穿过去,但是,这条铁路从阿德莱德起一直沿着子午线方向延伸,如果它还想继续沿着这条线走,那就得进入湖东面的地域。

布兰尼肯夫人走出车厢的时候,扎克·弗伦率领他的手下在车站集合等候,他们怀着诚挚的敬意热情欢迎多莉。正直的水手长发自内心深处地激动不已。12天了,漫长的12天!自从乘坐多莉-希望号最后一次返回圣迭戈之后,他还从来没有和约翰船长的妻子分开过这么长时间。多莉也非常高兴与她的同伴兼朋友扎克·弗伦重聚,这个朋友对自己忠心耿耿。多莉微笑地握住他的

---

① 交趾支那是越南在法国殖民地时代的称呼。

手——她已经几乎忘记如何微笑了!

法里纳小镇车站是一座新修的车站。甚至在最新的地图上,也找不到它的位置。就像生长的树木结下丰硕的果实,英国或者美国的铁路修建过程中,也会催生许多新的城市,法里纳小镇就是这样城市的雏形;不过,受撒克逊人的率性务实性格的影响,这些城市作为成长的果实,成熟的速度很快。这些车站也是如此,虽然它们仅仅是小村镇,但是已经具备发展的基础设施,包括布局合理的广场和大街小巷,这些小村镇很快就能变身为城市。

这就是法里纳小镇——那个时候,它是阿德莱德铁路线的终点站。

布兰尼肯夫人不会在这个车站停留。扎克·弗伦表现得既聪明又主动。在他的操持下,远征所需物资已经集结完毕,包括4辆四轮牛车,以及赶车的驭手,还有两辆敞篷两轮轻便马车,每辆马车由两匹健壮的马匹拖拽,马车夫也都已经就位。牛车里已经装载了从阿德莱德运送来的各种野营用具。当两节车厢里的物资都装进牛车,就可以启程出发。不过,这个过程需要24至36个小时。

抵达法里纳小镇的当天,布兰尼肯夫人仔细检查了这些物资。汤姆·马里克斯也对扎克·弗伦采取的各项措施表示认可。依照现有条件,远征队能够轻松抵达牛和马匹能够找到青草进食,特别是能找到饮用水的最远的地方。等到了澳洲中部的荒原里,只有几条很难发现踪迹的孱弱的小溪。

汤姆·马里克斯说道:"布兰尼肯夫人,只要我们顺着电报线路走,所到之处都能找到水源,我们的牲畜也不会陷入困境。但是,如果远征队向西行进,就要离开电报线路,到那时,我们的牛和马匹必须换成驮物资的骆驼,骑乘也要换成骆驼。只有骆驼能够适

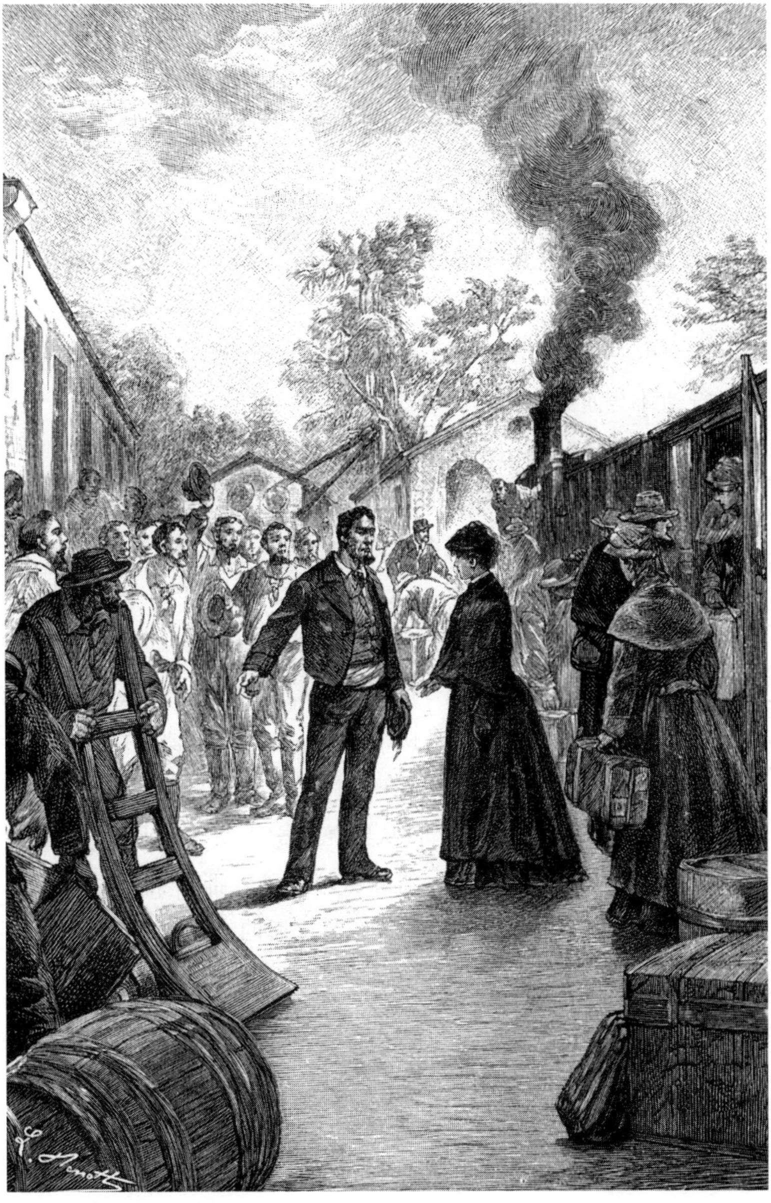

应干旱地区,它们可以依靠井水生存,而在那里,走好几天才能找到水井。"

多莉回答道:"我知道,汤姆·马里克斯,看来,需要依赖您的经验了。当我们抵达艾丽丝泉车站以后,将重新装备远征队,希望我们能尽早抵达那里。"

扎克·弗伦补充道:"骆驼驭手牵着骆驼队已经于4天前出发了,他们将在那个车站等我们……"

汤姆·马里克斯说道:"请不要忘记,夫人,从那里开始,我们的搜寻行动才会遇到真正的困难。"

多莉回答道:"我们一定能克服困难!"

就这样,根据精心制定的方案,这趟旅行的第一阶段行程为350英里,代步工具为马匹、两轮轻便马车,以及四轮牛车。在护卫队的30名成员当中,15名白人将骑马随行;由于这一路林木茂密,地区安全状况很不稳定,每天的行进距离不会太远,因此,黑人可以轻松地步行随队前进。到达艾丽丝泉车站以后,远征队将重新调整装备,白人护卫队员将换乘骆驼,负责道路侦察,收集关于游牧部落的情报,以及寻找分散在广阔荒原里的水井。

在这里有必要说明一下,自从骆驼被引进澳大利亚,而且显示出极大优势以后,穿越澳洲大陆的探险行动就都以骆驼为代步工具。当年,在探险家伯克、斯图尔特、贾尔斯的时代,如果他们拥有这样的代步工具,也就不用经受那么严峻的考验了。直到1866年,埃尔德先生从印度进口了相当数量的骆驼,以及驾驭它们的阿富汗驭手,这种动物才在澳大利亚繁衍兴盛起来。毫无疑问,正是利用了骆驼,沃伯顿上校才成功完成了他的探险行动,那次行动以艾丽丝泉车站为出发点,以位于维特地区海滨的洛克邦纳为终点,

那个地方位于尼科尔湾附近。不久之后,戴维·林赛依靠驮马从北向南成功穿越了澳洲大陆,但是他很少远离电报线路覆盖的地区,在这些地区可以找到澳洲荒原极为匮乏的饮用水和草料。

谈到那些勇敢的探险家,他们面对艰险劳顿无所畏惧,扎克·弗伦不禁说道:

"布兰尼肯夫人,您知道吗,在通往艾丽丝泉车站的道路上,有人走在我们前面?"

"走在前面,扎克?"

"是的,夫人。您还记得那个英国人,还有他的那个中国仆人吗,他们曾经搭乘布里斯班号,从墨尔本到阿德莱德?"

多莉回答道:"记得。不过,这两位旅客在阿德莱德下船,他们没有待在那里吗?"

"没有,夫人。3天前,乔·梅里特——这是他的名字——乘坐火车来到法里纳小镇。他甚至找我仔细询问了我们将要搜寻地区的很多情况,包括我们的行进路线,然后他一个劲儿地说:很好!……噢!……非常好!与此同时,他的中国仆人摇着脑袋,似乎在说:很糟!……噢!……非常糟!然后,第二天一大早,他们两个就离开法里纳,往北方一直走去。"

多莉问道:"他们是怎么走的?"

"他们骑马走的;不过,抵达艾丽丝泉车站以后,他们就得把蒸汽轮船换成帆船了——就跟我们的计划一样。"

"这个英国人是一位探险家吗?"

"看上去一点儿都不像,倒不如说,他更像一个稀奇古怪的绅士,难得一见!"

"那么,他有没有说冒险来澳洲荒原究竟想做什么?"

"他一句都没说,夫人。不过,他独自一个带着中国仆人,我猜想,他应该不会离开本地有居民的地方,到荒原里去经历风险。我祝他旅途顺利!也许,我们在艾丽丝泉车站能碰到他们。"

第二天,9月11日,下午5点钟,所有的准备工作已经完成。四轮牛车上装满了各种物资,数量充足,可以满足长途旅行的需要。这些物资包括美国生产的名牌肉类和蔬菜罐头、面粉、茶叶、糖、盐，还有便携药箱里的大量药品。储备的白兰地、杜松子酒和烧酒装满了好几个小木桶，以后将转移到骆驼背上。在消费品中，还包括了数量可观的香烟——这些贮备都是不可或缺的，它们不仅将满足队员们的需求，还将用来与土著部落进行交换，这些东西在他们那里相当于流通货币。用香烟和烧酒，可以收买澳洲西部的所有土著部落；数量可观的香烟，再加上几匹印花布，一堆各式各样的小玩意儿，就能成为换回约翰船长的赎金。

还有其他物资，包括野营器具、帐篷、卧具，以及装满外套和衬衣的箱子，布兰尼肯夫人以及女仆哈莉特的私人用品，扎克·弗伦和护卫队长的日常用品，烹饪食物用的工具器皿，做饭用的燃油，弹药，包括散弹和铅弹，分别用于猎枪和步枪，武器都分发给了汤姆·马里克斯的手下，所有这些物资都分门别类安放在四轮牛车里。

现在，万事俱备，只待一声出发令下。

布兰尼肯夫人急切盼望启程，她把出发的时间定在第二天。按照确定的方案，第二天破晓，远征队将离开艾丽丝泉车站，顺着电报线路向北行进。扎克·弗伦和汤姆·马里克斯手下的牵牛人、车夫，以及护卫队员的总数达到40人，所有人都接到通知：明天清晨起身，准备出发。

当天晚上，大约9点来钟，在扎克·弗伦的陪同下，多莉带着女仆哈莉特回到车站附近的住宅。他们关上门，两名妇女回到各自的房间，就在此时，外屋房门被轻轻敲响。扎克·弗伦回到门口，打开房门，不禁发出一声惊呼。

站在他面前的是布里斯班号见习水手，他腋下夹着一个小包袱，手里拿着帽子。

实际上，布兰尼肯夫人似乎早已猜出来人是谁了！……是的！但是，这如何解释？……虽然她并未企盼这个年轻的男孩子会赶来，但是，她一直怀有这个念头，知道他会设法亲近自己……无论如何，布兰尼肯夫人还没有见到他，嘴里却已本能地喊叫出这个名字：

"戈弗雷!"

戈弗雷是在半个小时之前,乘坐阿德莱德的火车抵达这里的。

在布里斯班号起航前的几天,见习水手找邮轮船长结算了工资,然后就下了船。登陆之后,他并没有试图到金威廉大街的旅馆去见布兰尼肯夫人。但是,他曾经很多次跟随她,不过没有被发现,也没有主动上前搭讪!他了解事情的来龙去脉,知道扎克·弗伦动身去了法里纳小镇,目的是组织一支远征队。因此,当他获知布兰尼肯夫人离开了阿德莱德,便也坐上火车,下决心与她会合。

戈弗雷究竟想干啥?他这么做的目的是什么?

多莉以后会知道,他究竟想要干什么。

戈弗雷被让进房子里,见到了布兰尼肯夫人。

布兰尼肯夫人拉过他的手,说道:"是您……我的孩子……您,戈弗雷?"

扎克·弗伦喃喃说道:"是他,他想怎样?"他的语气里明显带着气恼的意思,因为,见习水手的出现确实让他感到非常头痛。

戈弗雷回答道:"我想怎样?……我想追随您,夫人,追随您到天涯海角,并且永远不想与您分开!……我想和您一起去寻找布兰尼肯船长,找到他,把他带回圣迭戈,把他送还给他的朋友……送还给他的故乡……"

多莉再也控制不住自己。这孩子的容貌,简直就是约翰再生……在她的眼里,这就是记忆中的那个亲爱的约翰!

戈弗雷跪在她的膝前,双手伸向她,用恳求的语气不断重复道:

"带我去吧……夫人……带我去吧!……"

"过来,我的孩子,过来!"多莉叫道,把他拉到自己怀里。

第 五 章

穿越南澳大利亚

9月12日清晨,远征队启程出发。

天气很好,气温不算太高,微风习习。几朵淡淡的薄云遮挡了刺目的阳光。在38度纬度线上,在一年里的这个时候,在澳洲大陆的这个区域,炎热的季节已经开始明显发威。探险家们都知道它的威力有多么可怕,在中部大平原上,既不会下雨,也没有树荫可供旅行者乘凉。

由于情势所迫,很遗憾布兰尼肯夫人没有在五六个月之前开始进行搜寻行动。如果是在冬季,这样一次旅行经受的考验要容易承受得多。冬季的寒冷——有的时候,温度会下降到冰点,水都会结冰——远不如现在的炎热可怕,甚至在阴影里,温度计的水银柱都会升到40摄氏度以上。在早些时候,5月份,平原上的雾气会随着倾盆大雨的降临而消散,小溪恢复了活力,水井里也灌满了水。人们不需要顶着炎炎烈日,为了寻找带咸味的水而奔波多日。与非洲的撒哈拉沙漠相比,澳大利亚荒原的条件对远征队更为苛刻,前者还有绿洲可供休息,而后者正如人们形容的,是真正的"干渴之地"!

然而,布兰尼肯夫人没有选择的余地,既无法选择地点,也无法选择时间。她迫不得已，不得不出发，气候条件再不利，她也别无选择，只能去面对。找到约翰船长，把他从土著部落手中赎出来，这事儿必须抓紧，不能拖延，为此，她不惜冒死前往，即使最终落到亨利·菲尔顿那样的境地。不过，她的远征队不会面临亨利·菲尔顿遭受的困境，因为这支队伍准备充分，可以应付所有的困难——至少，可以应付所有物质和精神方面可能出现的困难。

我们已经知道了远征队的组成情况，自从戈弗雷来了之后，这支队伍共有41名成员，下面就是他们在法里纳小镇北边行进时的队伍序列，这一路沿着小溪，穿过森林，路途中不会遇到难以克服的障碍。

走在队伍前头的是15名澳大利亚黑人，一律穿着棉布条纹上衣和裤子，头戴一顶草帽，脚下没有穿鞋，这是他们的生活习惯。他们每个人都配备了一支步枪和一把手枪，子弹匣挂在腰带上，在一名白人的指挥下，这些人成为先头部队，担负侦察的职责。

在他们身后，是一辆两轮轻便马车，由两匹马拖拽着，马车夫是土著人，布兰尼肯夫人和女仆哈莉特坐在车上。车上装备了一个折叠式的轻便车篷，可以为她们遮风挡雨。

在第二辆马车上，坐着扎克·弗伦和戈弗雷。尽管水手长对于年轻见习水手的到来感到非常头痛，但是看到他对于布兰尼肯夫人的真心热爱，水手长不得不尽快与见习水手建立亲密友谊。

跟在后面的是4辆四轮牛车，由4位驭手驾驶，整个队伍的行进速度都必须与拉车牛的速度保持一致，牛这种动物被引进澳大利亚还是不久前的事情，但是已经成为农业耕作，以及交通运输的宝贵帮手。

在这支小队伍的两侧和后面，行进着汤姆·马里克斯手下的护卫队员，他们的穿着打扮和他们的指挥官一样，长裤塞进长筒靴里，棉布上衣紧裹在身上，头戴白色布料制作的盔帽，肩上斜披着一件轻便橡胶雨衣，手中的武器与他们的土著同伴一样。他们都骑着马，其职责包括辨认寻找道路，寻找确定中途休息的场所，以及每天下午临近傍晚的时候，寻找确定宿营的营地。

由于道路崎岖不平，需要穿越茂密的森林，四轮牛车的行进速度极为缓慢，在这样的条件下，远征队每日的行程只有12或13英里。夜幕降临时，汤姆·马里克斯负责组织安排宿营地，这事儿对于他来说是驾轻就熟。人畜休息一宿无话，第二日天刚亮就起身出发。

这段从法里纳小镇车站到艾丽丝泉车站的旅途——大约有350英里——危险程度并不大，也算不上多么艰难，整个儿行程可能需要30天。10月上旬之前，远征队无法抵达艾丽丝泉车站，在那里，为了开始前往西部荒原的搜寻行动，队伍需要更换装备。

离开法里纳小镇车站之后，远征队沿着铁路延伸工程的工地行进了若干英里。队伍顺着穿越大陆电报线路的电线杆行进，向西进入弗林德斯山脉。行进途中，汤姆·马里克斯骑马跟在轻便马车旁边，布兰尼肯夫人向他询问关于这条电报线路的情况。

汤姆·马里克斯回答道："夫人，这条电报线路始建于1870年，那是南澳大利亚宣布独立后的第16个年头，当时的移殖民们设想，建设一条纵贯澳洲大陆南北，从阿德莱德港直到达尔文港的电报线路。整个工程的修建速度相当快，到1872年年中就竣工了。"

布兰尼肯夫人询问道:"那么,为什么没有对这片大陆进行更广泛的勘察呢?"

汤姆·马里克斯回答道:"夫人,实际上,在修建电报线路的10年前,即1860年至1861年期间,我们最勇敢的探险者之一斯泰德就已经穿越了澳洲大陆,并且从东到西,对这片大陆做了深入了解。"

布兰尼肯夫人问道:"那么,谁是这条电报线路的创立者?"

"是一位既勇敢又聪明的工程师,他名叫托德,是阿德莱德邮电局的局长,他是我们澳大利亚人最值得自豪的同胞之一,而且,他的声望的确实至名归。"

"为了完成这个项目,他是在本地找到必需的建筑材料吗?"

汤姆·马里克斯回答道:"不是,夫人,建设线路所需的绝缘材料,电线,甚至电线杆,都是从欧洲运来的。不过现在,殖民地已经可以提供任何工业项目所需的材料了。"

"当地土著是否对这项建设工程进行了骚扰?"

"布兰尼肯夫人,在工程开始的时候,土著们干的事情可比骚扰要严重、糟糕得多了,他们捣毁建设器材,把电线拿走就是为了要铁丝,把电线杆砍走拿去做斧头柄。就这样,在全程1850英里的线路上,土著们与澳大利亚人无休止地发生冲突,尽管他们在冲突中并不占上风。土著们不停前来生事儿,在我看来,真的,这项工程就要被迫放弃了,就在这个时候,托德先生想出了一个工程师才想得出来的主意,而且实在是个天才的主意。他设法抓到几个土著部落头领,利用强力电池让他们遭受电击,他们在电击下颤抖,对电线产生恐惧,感到震惊,从此,他们的同伙再也不敢靠近电线。就这样,电报线路工程得以完成,迄今为止运行正常。"

布兰尼肯夫人问道:"这条线路没有安保人员守护?"

汤姆·马里克斯回答道:"不,不是派安保看护,而是派黑人警察巡逻小队,我们这里都这么称呼他们。"

"那么,这些警察从来也没有去过中部和西部地区?"

"从来不去,或者可以说,他们很少去那里,夫人。就是在有人居住的县治区域内,还有那么多坏蛋、逃犯,以及其他坏人需要抓捕!"

"但是,为什么从来没有考虑过,派遣这些黑人警察前往寻找土著部落的踪迹,特别是在人们获悉布兰尼肯船长成为土著的俘虏之后……这段时间已经长达15年之久?"

"您别忘了,夫人,仅仅几个星期之前,您才从亨利·菲尔顿那里获悉此事,我们也只是刚刚知道此事儿的!"

多莉回答道:"确实是的,才刚刚几个星期!"

汤姆·马里克斯接着说道:"另外,我也知道,黑人警察已经接到命令,对塔斯曼地区进行搜寻,正在准备向那个地区派遣一支强大的分遣队;不过,我非常担心……"

汤姆·马里克斯没有继续说下去,布兰尼肯夫人丝毫没有发现他的犹豫神情。

问题在于,如果说汤姆·马里克斯同意担任现在的职务,并且愿意有始有终地履行职责,但是必须看到,他对于此次搜寻行动取得成功却持怀疑态度。他很清楚,找到澳大利亚的这些游牧部落的难度有多大。同样,无论对于布兰尼肯夫人的虔诚信念,还是对于扎克·弗伦的满满信心,更遑论戈弗雷出于本能的盲从,汤姆·马里克斯都无法苟同。不过,再重复一遍,他仍然会认真履行职责。

9月15日晚,在绕过德鲁瓦丘陵地区之后,远征队在波鲁小镇

宿营过夜。北方,可以远眺高耸的诱人山,在这座山峰的另一侧,伸展着广袤的幻境平原。从这两个名字的含义里,可以得出一个结论:如果说这座山峰确实引人瞩目,那么,那片平原是不是充满奇幻意境?甭管怎么说,澳大利亚的地图绘制者在确定地名的时候,往往同时根据实际地貌和精神联想进行命名。

在波鲁小镇,电报线路几乎做了一个直角拐弯,掉头直奔西方,前行大约12英里,线路跨越卡巴纳河。不过,电报线路只要架在电线杆上,就能很容易跨过河面,对于一群步行和骑马的人来说,过河可就没那么容易了。必须寻找一条可以过河的通道。年轻见习水手不愿意总让别人照顾自己,毫不犹豫地跳进水流湍急的河里,找到了一处河床较高、水深不到车轮轴肩的地方,可以让四轮牛车和两轮马车通过,抵达河流的左岸。

9月17日,远征队在西北峰山脉的余脉尽头处宿营,那座山峰矗立在南边大约10英里之外。

这个地区有人居住,布兰尼肯夫人和她的同伴们在一座宽敞的农庄里受到热情款待,这座农庄开垦种植的土地面积多达数千英亩。农庄里饲养了成群的绵羊,在没有树木的广袤平原上种植小麦,以及大面积的高粱和糜子,此外,还有广阔的休耕地正在等着下一个播种季节,树林整治得井井有条,栽种了油橄榄,以及其他适合这个炎热地区的特有树种,上百头用于耕地或者拉车的牲畜,农庄里各种活计所需要的人手——对这些人实行近似军事化的管理,各种严格规定把人员拘束得几乎像是奴隶——澳洲大陆的财富就是这样积累创造出来的。假如当初出发的时候,布兰尼肯夫人的远征队还有哪些物资没有准备充分,那么,在这些农庄里,所有的物资都可以得到补充满足,因为这些农庄的主人们个个自主创业,腰缠万贯,慷慨大度。

另一方面,这些大型的工业化设施数量还在增加。这里大片广阔的土地尽管由于缺水而寸草不生,但是却能开展农业种植。事实上,远征队正在穿越的这片土地距离西南方向的诶额湖只有大约12英里,土地富含地下水,这里新近打成的自流水井,每天可以提供30万加仑的地下水。

9月18日,汤姆·马里克斯在南诶额湖的最南端设立了夜晚宿营地,这个湖泊与北诶额湖首尾相连,湖面十分开阔。在生长着茂密树林的湖岸边,远远看到成群的奇异涉禽,其中最特殊显眼的就是"大喙巨鹳",还有一群一群的黑天鹅、鸬鹚、鹈鹕,以及各种各样羽毛为白色、灰色,或者蓝色的鹭鸟。

这些湖泊的地理位置极为特殊。它们在澳洲大陆从南向北连成一串,包括铁路沿着弯曲的湖畔延伸的托列斯湖,以及小诶额湖、大诶额湖、弗洛姆湖、白湖、阿梅蒂湖。这些都是远古时期自然形成的咸水湖,早先应该是一个内陆海洋,逐渐退缩形成湖泊。

实际上,地理学家经过研究认为,在不是特别久远的远古时期,澳洲大陆曾经是两个分开的岛屿。地理学家观察认为,在大地运动的某种条件下,澳洲大陆的外围陆地逐渐抬高,高出了海平面,另一方面,毫无疑问,大陆的中部地区的升高运动没有停止。随着时间的推移,原来的洼地逐渐消失,随之消失的还有分布于39度纬度线与40度纬度线之间的那些湖泊。

远征队从南诶额湖畔出发,经过大约17英里的路途跋涉,于9月20日晚间抵达翠绿泉火车站,这一路上,到处覆盖着茂密的森林,高大的树木枝繁叶茂,高度足有200英尺。

如果说多莉已经看惯了加利福尼亚的壮观森林,包括那些高耸入云的巨杉,那么,她却无暇欣赏这里令人惊讶的丰富植被,她的思路总是一路向北,向西,把她带往干旱的荒原,那里光秃秃的沙丘上,仅仅生长着稀疏的灌木丛。面对这些澳大利亚特有的品种丰富的高大蕨类植物,面对平缓起伏的山峦上覆盖的一望无际枝叶茂密的桉树林,布兰尼肯夫人却视若无睹。

有一个奇怪的现象,在这些树木的脚下,没有生长着灌木丛,树林里的地面上看不到丛生的荆棘,树木垂下来的枝叶距离树根的距离也大多有 12 至 15 英尺高。在树林间的地面上,生长着成片的金黄色草皮,而且这些草皮永远是鲜嫩湿漉漉的,不会枯萎。这些植物的嫩叶都被动物啃噬了,而林间的灌木丛也都被租用国家土地的牧羊场主放火烧光。实话实说,这里的森林与非洲森林完全不一样,在非洲丛林里,你可能半年都走不出去,而在这里,尽管广阔的树林里没有现成的道路,你却可以毫无阻碍地在树林里行走。树木之间的距离相当宽松,而且下垂的枝叶距离地面很高,如此一来,两轮轻便马车和四轮牛车都可以轻松地穿行在树林里。

另一方面,汤姆·马里克斯对这个地区很熟悉,他在担任阿德莱德警察局长期间,曾经多次往返于此地。布兰尼肯夫人也对这位可靠忠诚的向导非常满意和自豪。没有任何一位护卫队长能够如此勤奋,同时还能如此聪慧。

另一方面,汤姆·马里克斯安排了一位年轻人担任自己的助手,这个年轻人不但活跃,而且坚毅,他就是与多莉关系最密切的年轻见习水手,汤姆·马里克斯感到这个14岁的男孩子身上有一股激情,令他赞叹不已。戈弗雷表示,如果需要,他可以单枪匹马深入到内陆地区。只要发现一点点有关约翰船长的线索,这个男孩子就会跑出队列,很难甚至根本不可能让他循规蹈矩。只要谈起约翰船长,这个男孩子总会激动万分,他认真查阅澳大利亚中部地图,仔细做着笔记,每次长途跋涉中途休息的时候,他从来不顾疲倦,顾不上休息,总是跑去打听消息了解情况,在他身上洋溢着动人的激情,任何情况下都不会削弱的激情。对于这个年龄的孩子来说,他的体格非常健壮,经过海员生活的艰苦历练,身体已经非常结实,他经常走在远征队伍的最前面,他的身影甚至消失在视线以外。只有多莉的强迫命令,才能让他待在座位上。尽管戈弗雷与扎克·弗伦和汤姆·马里克斯两人建立了亲密友谊,但是,他们两人当中无论是谁,都不如多莉的一个眼神,能让戈弗雷变得服服帖帖。面对这个男孩子,多莉毫不掩饰自己本能的感情冲动,这个孩子无论体貌还是精神状态简直就是约翰的原型,多莉对他产生了母亲般的感情。如果说戈弗雷不是多莉的儿子,或者说不是自然法则意义上的儿子,那么,至少,他可以按照收养法则成为多莉的儿子。戈弗雷永远不会再离开多莉……约翰也将会分享她对这个孩子产生的感情。

一天,戈弗雷又跑到远征队伍前面好几英里,很长时间才回来。多莉对他说道：

"我的孩子,希望你能答应我,在得到我的同意之前,你再也不要离开队伍。每次看到你出发,我都一直担心,直到你回来。你让我们等了好几个小时,一点消息都没有……"

年轻见习水手回答道："布兰尼肯夫人,我必须要去收集信息……有人发现,在暖水溪附近,驻扎着一支游牧土著部落……我找到这个部落的首领……我问他……"

多莉问道："他说了什么？"

"他听人说过,有一个白人从西边过来,往昆士兰那边儿去了。"

"这个白人是什么样子？"

"我最后才弄明白,这个白人就是亨利·菲尔顿,不是布兰尼肯船长。不过,我们总能找到他……是的！我们一定能找到他！……噢！多莉夫人,我爱约翰船长,就像我爱您一样,对我来说,您就是我的母亲！"

布兰尼肯夫人喃喃说道："母亲！"

"不过,我对您很熟悉,对于他,约翰船长,我还从来没有见过！……迄今,也就见过您送给我的那张照片……这张照片我一直带在身边……我对着相片说话……他似乎也在回答我……"

多莉回答道："我的孩子,总有一天你会认识他,他将像我一样爱你！"

9月24日，远征队经过暖水溪之后，在陌生泉车站宿营，此后，队伍将在威廉泉车站临时停留，那个地方位于翠绿车站以北42英里。读者能注意到这个形容词汇"泉"——这里的许多车站都使用了这个词汇，其本意就是"水源"的意思——这表明，在这个大陆电报线路覆盖的区域内，水源还是相当丰沛的。然而，随着干热季节的明显来临，这些水源也面临干涸，当远征队需要渡过某些溪流的时候，寻找过河的通道已经变得非常容易。

　　另一方面，可以观察到，茂密的植被还没有明显减少。但是路上遇到的村庄却越来越稀疏，农业设施也开始变得稀稀落落。农庄的周围种植着多刺的金合欢属植物篱笆墙，混杂绽开着芬芳花朵的犬蔷薇，篱笆墙密不透风，空气中弥漫着花香。树林也变得不那么茂密了，欧洲移植来的树种，包括橡树、法国梧桐、柳树、杨树，以及罗望子树逐渐变得稀少，取而代之的是桉树，特别是产树胶的桉树，也就是澳大利亚人称作"斑点树胶"的那种桉树。

　　扎克·弗伦第一次见到这种桉树，大约有五十来棵聚成一片树林，他不禁惊叫道："这是一种什么怪树呀？"这种树的树干长满了五颜六色的斑点，活像天边的彩虹。

　　汤姆·马里克斯回答道："扎克水手长，您以为那是一层涂上去的颜色，其实是天然的色彩。根据这些树的树皮颜色，可以区分树龄的大小。您看这些树皮是白色，那些是粉色，其他是红色。请注意！看这些，树干上有蓝色条纹的，或者，有黄色斑块的……"

　　"还有那个滑稽的，再加上这一个，汤姆·马里克斯，您的大陆真是与众不同。"

　　"滑稽，您愿意这么形容也可以，不过，扎克，请相信，如果您对我的同胞们说，他们的国家与众不同，那您真是在恭维他们了。这个国家真正的完美……"

"就在于当它的国土上所有的土著居民全部消失,一个不留,千真万确!"扎克·弗伦反驳道。

同样令人瞩目的是,尽管这些树木的树荫不够浓密,但却吸引了大量的鸟儿前来栖息。在鸟群当中,有几只喜鹊,几只虎皮鹦鹉,成群的白鹭,白色羽毛耀眼夺目,几只利口豹猫鸟,根据M.D.夏奈的观察,这种鸟儿更准确的名称应该是"号丧鸟";除此之外,还有"坦达拉鸟",这种鸟的喉部羽毛是红色的,叫起来叽叽喳喳没完没了;会飞的松鼠,这是"飞鼠"的一种,猎人们向它们开枪之前,总喜欢模仿夜鸟的叫声来吸引它;还有天堂鸟,特别是那种"里夫鸟",披着一身丝绒羽毛,堪称澳大利亚鸟类的最佳标本;最后,在潟湖的湖面上或者沼泽深处,成双成对的仙鹤,以及成群的莲花鸟,这些鸟儿的脚爪形状特殊,能够在睡莲叶子上轻松奔走。

另一方面,到处是数不清的野兔,队员们用枪打了不少,除此之外,还猎获了许多山鹑和野鸭子,这些猎物让汤姆·马里克斯可以节省不少远征队的库存食物。这些野味在宿营地的篝火上烧烤,成为美味佳肴。有的时候,队员们从地里挖出来鬣蜥的蛋,这些蛋的味道鲜美,比鬣蜥的肉还好吃,护卫队的黑人队员最喜欢吃这玩意儿。

在溪水里面,队员们捞到了一些鲈鱼、几条嘴巴突出的白斑狗鱼,不少鲻鱼,这些鲻鱼受惊之后能从捕鱼者的头上跳过去,特别是还有数量可观的鳗鱼。有时候,需要小心防范鳄鱼,不过,即使在它们的水下领地里,这种动物也不是十分危险。渔猎的收获表明,正如沃伯顿上校谆谆教导过的,钓鱼的渔线和网兜是澳大利亚的旅行者必备的工具。

9月29日早晨,远征队离开乌姆车站,踏上了一片起伏不平的土地,对于步行者来说,这段路程十分艰苦。48个小时之后,在丹尼逊山脉西边,远征队抵达高峰车站,这个车站是最近才修建的,主要是为电报线路的维护提供服务。

汤姆·马里克斯曾经详细描述过斯图尔特的旅行经历,布兰尼肯夫人根据他的描述知道,就是在这里,探险家开始掉头向正北方向行进,在他之前,这片土地几乎完全是一片未知的区域。

从这个车站开始,经过大约60英里的跋涉,远征队已经预感到,即将穿越澳大利亚荒原的旅程将是极为艰苦的。首先必须在极为干旱的土地上徒步跋涉,一直走到马孔巴河畔,越过那条河之后,还要继续跋涉几乎同样的路程,而且艰苦程度毫不逊色,一直走到夏洛特夫人车站。

在这片起伏的平原上,到处点缀着小丛的树木,树叶的颜色绚丽斑斓,人们所谓的猎物数量依然不少。那边,跳出来一群袋鼠,是那种个头比较小的品种,人称"沃拉比斯",它们逃跑时跳跃的步幅极大;另一边,跑出来一群负鼠,这种负鼠人称"布迪库特",或者"迪亚苏尔",它们在桉树的树顶筑巢——用这个词汇形容很准确;然后,远处看得见几对鹤鸵[①]行走着,它们的眼神像老鹰一样高傲而富有挑逗性,不过,作为鸟类之王,它们还有一个好处,就是能够提供营养丰富的肥美鲜肉,味道堪与牛肉媲美。这里生长着一种树木,人称"邦加-邦加",属于南洋杉的一个品种,在澳大利亚中南部地区,它们可以生长到250英尺高;这里的松树个头都不高,结出的松果仁颗粒很大,而且极富营养,澳大利亚人都喜欢吃这玩

---

① 鹤鸵是大型鸟类,不会飞,分布于澳大利亚和新几内亚等地。

意儿。

汤姆·马里克斯已经特意关照过他的同伴,小心遇到熊,这些熊喜欢在桉树的树洞里安家落户。这种情况确实发生过,不过,对这类又被称为"长鼻袋鼠"的跖行动物①不必过于害怕,它们并不比其他拥有长爪子的有袋动物更危险。

至于当地土著,迄今为止,远征队还很少碰到。事实上,只有在电报线路覆盖区域的北边、东边和西边,才能看到游牧部落从一处营地迁往另一处营地。

在穿越这些越来越干旱的区域时,汤姆·马里克斯有效地利用拖拽四轮车的牛群极为特殊的本能,这些牛自从被引入澳洲大陆以后,种群中的这项本能被发扬光大,依靠这种本能,它们可以直奔溪水而去,以满足解渴的生理需求。这些牛群很少走错路,远征队员只需跟着它们走就可以了。在某些情况下,牛群的这种本能特别受到重视。

事实上,10月7日早晨,走在前头的拉车牛群突然站住了。后面的牛群随即模仿它们的动作。赶车的车夫用刺棒驱赶牛群,但是毫无作用,他们无法说服牛群向前迈步。

汤姆·马里克斯了解情况后,来到布兰尼肯夫人乘坐的两轮马车跟前。

他说道:"夫人,我知道这是因为什么,如果说迄今为止,我们在行进的路上还没有碰到过土著部落,那么,我们现在走的路正好与土著部落习惯走的小路交会,我们的牛群发现了他们的踪迹,因

---

① 哺乳动物中,凡用前肢的腕、掌、指或后肢的跗、跖、趾全部着地行走的方式,称为"跖行动物",如猴和熊等。

此拒绝继续向前走。"

多莉问道:"牛群为什么对踪迹这么反感?"

汤姆·马里克斯回答道:"这其中的原因我们还不是很清楚,但事实却是明确无疑的。我猜想,第一批被引进澳大利亚的牛群曾经受到过土著的残酷虐待,并且对这段遭受虐待的经历留下了记忆,这个记忆被一代一代遗传保留下来……"

护卫队长讲述的这个怪诞的遗传现象,甭管是不是牛群犹豫不决的真正理由,反正现在谁也无法劝动它们继续往前走了。于是,只好把牛群卸套,拉着它们掉头,然后在刺棒和鞭子的驱赶下,逼着牛群向后倒退了20步。依靠这种办法,总算让牛群跨过了土著路过留下痕迹的那条小路,然后再把它们重新套上车,四轮牛车终于重新踏上去往北方的路途。

当远征队终于抵达马库姆巴河畔的时候,每个人都痛痛快快地畅饮了一把。确实,在酷热的气候条件下,河水的流量已经比平时减少了一半。不过,如果说这水量无法让醉鬼漂浮起来,但却足够让四十来个人,以及二十来头牲畜开怀畅饮。

10月6日,远征队跨越了水深没不过卵石的汉密尔顿河的河床;8日,远征队把位于东方的哈穆尔斯雷峰甩在了身后;10日早晨,远征队在夏洛特夫人车站停留,自法里纳小镇出发以来,远征队已经跋涉了320英里的路程。

现在,布兰尼肯夫人已经来到了南澳大利亚与亚历山德拉地区的分界线,那个地区的另一个名称是北领地。1860年,一位名叫斯图尔特的探险家从131度经度线出发,一直穿越到21度纬度线,让世人认识了这个区域。

第 六 章

意 外 相 遇

在夏洛特夫人车站,汤姆·马里克斯向布兰尼肯夫人提出要求,希望获得24小时的休息时间。尽管此行一路上并未遇到障碍,但是,炎热的天气让拖拽车辆的牲畜非常疲劳。距离艾丽丝泉车站的路途还很遥远,必须保证运送物资的车辆安全抵达。

多莉认为护卫队长的要求很有道理,于是,安排队伍尽可能舒适地宿营休整。这个车站只有几栋简陋的小屋,远征队在这里停留一天,车站的人口骤然增加了两倍。这样一来,必须搭建宿营地。不过,一位租用国家土地的牧羊场主向布兰尼肯夫人建议,他在附近有一个规模挺大的农场,名叫瓦尔德山庄,可以提供住宿,他的提议十分诚恳,而且那里房屋宽敞舒适,于是,布兰尼肯夫人决定接受邀请,动身前往。

在澳大利亚农村,人们管这种经营面积可观的农庄叫作"经营点",这位农场主就是一个经营点的租户。这些经营点的经营面积最庞大的可以达到60万公顷,最大的经营点位于维多利亚殖民区。尽管瓦尔德山庄的规模没有那么庞大,但也相当可观。农场被类似围栏的东西圈起来,形成"围场",专门用来饲养绵羊——这就需要足够数量的雇工,包括负责照管羊群的牧羊人,还有成群的野狗,野狗的狂吠声让人联想起狼嚎。

土壤的土质决定了车站的选址,因为涉及在车站附近创办经营点。人们喜欢选择自然生长着"盐灌木",也就是耐盐灌木的平原地区。这些灌木饱含营养丰富的汁液,有些像芦笋的嫩苗,又有些像茴芹,都是绵羊最喜欢吃的植物,这里的绵羊都属于"猪脸羊"品种,脑袋的形状有点儿像猪。一旦确认这片土地适宜放牧,就会对这里进行改造,使之成为牧场。人们首先在这些土地上放牧牛群和奶牛群,它们只啃噬天然生长的野草,至于绵羊,它们的饲养难度比较大,只适于啃噬牛群啃过之后再生出来的嫩草。

请不要忘记,绵羊只适宜在平原地区生长,这些绵羊已经成为澳大利亚各殖民区的巨大财富来源。如今,澳大利亚已经拥有上亿只这种羊属动物的杰出代表。

在这个名叫瓦尔德山庄的经营点,围绕着山庄的主要建筑,以及雇工们的住所,有大片的水塘,水源来自一条水量丰沛的溪流,水塘是用来给准备剪羊毛的绵羊洗澡用的。水塘对面是一个厂棚,里面堆满了成捆的羊毛,等待由车队运往阿德莱德港口。

这个季节正是瓦尔德山庄剪羊毛业务最繁忙的时候。好多天以来,按照惯例,成群游荡的剪羊毛人蜂拥而至,来从事这个能挣大钱的工业行当。

当布兰尼肯夫人在扎克·弗伦的陪伴下,进入到农庄的围场里面,立刻就被羊圈里令人震惊的场面吓住了。每一位剪毛工摁住手里的绵羊,手疾眼快,最高明的剪毛工一天能剥掉100只绵羊身上的羊毛皮,并且能够由此每天挣到一个英镑。剪毛工手里的剪刀吱嘎作响,绵羊受到剪刀伤害时发出的咩咩叫声,剪毛工相互之间的吆喝声,工人们来回奔跑把剪下的羊毛运送到厂棚里,这一切

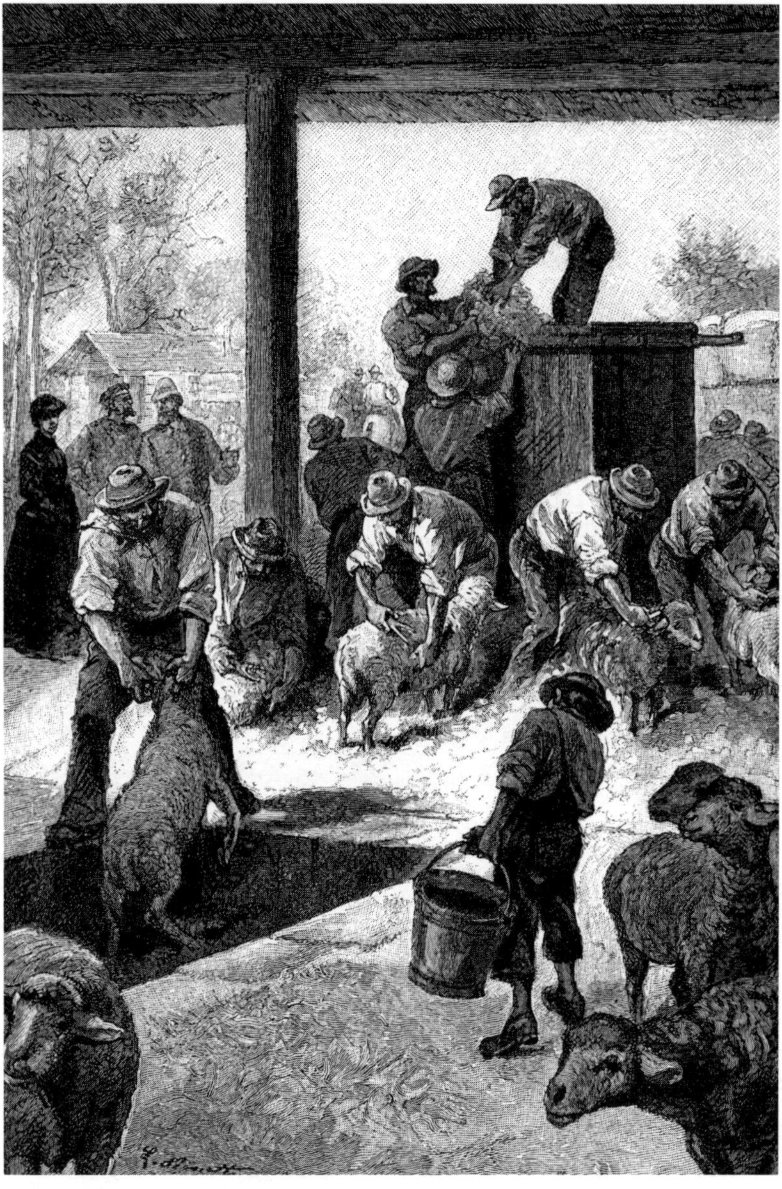

构成了一幅奇特的场景。在这一片喧嚣声中,还夹杂着一些大男孩的喊叫声:"哒儿!……哒儿!"他们手里都端着盛满液体沥青的大碗,给那些被笨拙的剪毛工伤害的绵羊身上的伤口涂抹包扎。

在这样的场合里,必须要有监工,以便维持良好的工作秩序。在瓦尔德山庄经营点,就有几位这样的监工,这些人与办公室里的财会人员不同,其中有男人,也有女人,都是靠干这个挣钱糊口。

布兰尼肯夫人还没有从震惊——与其说是震惊,不如说是目瞪口呆——中恢复过来,忽然听到身后有人在呼唤自己的名字。

跑过来一个女人。她跪倒在多莉身前,伸着双手,眼神中充满乞求的目光。

这是简·布克尔——简不因岁月流逝而衰老,但是因为痛苦经历的摧残,她的头发已经花白,脸色憔悴,几乎已经面目全非,不过,多莉还是认出了她。

"简!……"多莉大声惊叫道。

她把简扶起来,两个表姐妹相互拥抱在一起。

这12年来,布克尔夫妇是如何生活的?他们过着悲惨的生活——至少对于已经一贫如洗的布克尔的妻子简来说,她过着如同罪犯一般的日子。

离开圣迭戈之后,在跟踪追捕的压力下,朗·布克尔逃到了玛萨特兰,那是墨西哥西部海滨地区的一个港口城市。大家还记得,他当初把黑白混血女仆诺留在了海景房。目的是监护多莉·布兰尼肯,那个时候,多莉还没有恢复神志。但是,不久之后,在威廉·安德鲁先生的安排下,可怜的精神病人被送进了布兰雷医生的精神病院,这样一来,诺就失去了继续留在海景房的理由,于是离开那里去寻找自己的主人,她知道主人的藏身之处。

第六章 意外相遇

朗·布克尔冒名顶替隐匿在玛萨特兰，因此，加利福尼亚的警方始终也没有发现他的行踪。事实上，他在这座城市只停留了4至5个星期。他手里只有3000皮阿斯特①——这是他挥霍的大笔财富仅剩的一笔钱，而且那笔财富主要是布兰尼肯夫人的私人财产——这些是他拥有的全部资金。再回到美国继续开展业务已经不可能了，于是，他决定离开美洲。他觉得澳大利亚是个有利可图的舞台，可以不择手段谋取财富，一直到赔尽自己手中的最后一块美元。

简始终受到丈夫的绝对控制，没有能力与他抗争。而她唯一的亲戚，布兰尼肯夫人也丧失了神志。至于约翰船长，他的命运已经不容置疑……富兰克林号沉没了，人货俱亡……约翰永远也回不到圣迭戈了……朗·布克尔已经把简置于水深火热的境地，从今往后，没有人可以拯救简，就是在这样的境况下，简被挟持到了澳洲大陆。

朗·布克尔是在悉尼下船登陆的。在那里，他把手中最后的一点钱都投到业务中，继续坑蒙拐骗，使用的手段比在圣迭戈更加狡诈。于是，他很快就开始了冒险的投机活动，一开始，他的活动小有收益，但很快便又损失掉了。

逃到澳洲大陆18个月之后，朗·布克尔不得不离开悉尼。他终于陷入拮据，几乎沦落到悲惨的境地，被迫到别的地方去寻找发财之路。但是，在布里斯班，财富之神依然没有眷顾他，朗·布克尔不得不再次出逃，躲避到昆士兰的偏僻县城里。

简一直跟着他。作为逆来顺受的被害者，她终于沦落到只能

---

① 皮阿斯特是古代西班牙货币。

依靠双手劳动才能养家糊口的境地。黑白混血女仆依然是朗·布克尔的恶煞守护神,她继续粗暴恶劣地对待简,这个不幸的女人无数次想要逃跑,不想再继续与他们共同生活,她想带着耻辱与失望结束一切!……但是,简生性软弱,优柔寡断,她根本做不到与他们决裂。她就像一条主人豢养的狗,尽管主人虐待它,但又不敢离开主人的家!

那个时期,朗·布克尔从报纸上获悉,有人正在试图寻找富兰克林号的幸存者。他知道布兰尼肯夫人连续两次派遣多莉-希望号开展搜寻行动,这些消息让他知道了最新情况:首先,多莉在布兰雷医生的精神病院里,经过4年时间的治疗已经恢复了神志;其次,在此期间,多莉的叔叔爱德华·斯塔德已经在田纳西州亡故,她因此继承了巨额财产,并利用这笔财产,连续两次组织了在马来西亚海域和澳大利亚北边海域的搜寻行动。至于搜寻行动的最终结果,就是确认富兰克林号在布鲁斯岛礁石上触礁沉没,并且找到了这条船的残骸,另外,朗·布克尔还知道,富兰克林号的最后一位幸存船员也已经在布鲁斯岛亡故。

朗·布克尔心里盘算着,在多莉的财产与简之间,无非就隔着一个多莉,简是她的唯一继承人,而多莉不过就是一个没了孩子的母亲,失去丈夫的寡妇,而且屡遭磨难恐怕身体也已羸弱不堪。那么,朗·布克尔的企图是什么?重新恢复与布兰尼肯夫人的亲戚关系?这恐怕是不可能了。通过简乞求多莉施以援手?他不敢贸然出面,因为根据针对他本人的引渡协议,他还是一个在逃犯。但是,如果布兰尼肯夫人死了,那还有什么能阻止简获得这笔财产,说到底,这笔财产还不是落到他的手里?

自多莉-希望号结束第二次搜寻无功而返,到亨利·菲尔顿现身，让富兰克林号海难往事重提，这中间大约过去了7年的时光，人们并没有忘记朗·布克尔。

在这段时间里，朗·布克尔的日子过得比以往更悲惨。他继续从事违法勾当，毫无悔过之意，在罪恶的泥淖中越陷越深。他甚至失去了固定住处，简也不得不跟着他颠沛流离，过着居无定所的生活。

混血女仆诺已经死了；尽管这个女仆曾经对布克尔夫人的丈夫产生过极大影响，但是她的死亡却丝毫没有让简活得轻松。简变成了一个坏蛋的同伴，这个坏蛋迫使简跟着他在广阔的区域奔波，犯下了一系列未能受到惩罚的罪行。维多利亚殖民区的金矿资源枯竭后，成千上万的"淘金者"被遣散，丧失了生计，这个地区充斥着游民，他们在违法的淘金世界里自由自在惯了，根本无视法律的尊严。很快，这群丧失了社会地位，不臣服于任何君主的人们形成了一个可怕的群体，这个群体人送绰号"拉里金"，在南澳大利亚的各个县治闻名遐迩。由于城市警察的严密追捕，这些人便把乡村作为犯罪活动的舞台，四处游荡，飘忽不定。

朗·布克尔因名声所累，不敢到城市里去生活，于是，他就与拉里金们勾结起来，成了同伙。此后，他逐渐退缩到警力薄弱的地区，骑着马与犯罪团伙四处游荡，其中就包括人称"丛林浪人"的野蛮团伙，这个团伙在殖民时代早期就存在了，至今依旧子孙兴旺。

由此可见，朗·布克尔的社会地位已经沦落到了何等地步！最近几年来，他参与了多起针对农庄的抢劫、拦路打劫，以及法律无力抑制的一系列犯罪活动，他究竟参与这些犯罪到什么程度，只有他自己知道。是的！他独自参与这些犯罪活动，因为他总是把简抛弃到某一个小镇里，所以，简对这些劣迹的秘密一无所知。也许，简已经猜到这个男人手上沾了血，虽然她对这个男人已经死心，但是，她却从未想过要背叛他！

12年过去了，亨利·菲尔顿的重新出现再次引起公众舆论的关注。这则新闻在报纸登载，很快传播开来，许多澳大利亚报纸甚至连篇累牍予以报道。朗·布克尔在昆士兰的一个小镇看到《悉尼先驱晨报》登载的报道，当时，他刚刚完成一次抢劫和纵火，逃到这个小镇上，那次犯罪活动由于警察的及时介入，丛林浪人没有得逞。

得知亨利·菲尔顿的消息之后，几乎同时，朗·布克尔还获悉，布兰尼肯夫人已经离开圣迭戈前来悉尼，以便与富兰克林号的大副当面接触。很快，又传来消息称，亨利·菲尔顿已经死了，不过死前说出了有关约翰船长的踪迹。大约15天之后，朗·布克尔又获悉，布兰尼肯夫人刚刚在阿德莱德下船登陆，并且准备组织一支远征队，前往澳洲大陆的中部和西北部开展搜寻行动，布兰尼肯夫人也将亲自随队前往。

当简知道自己的表妹已经抵达澳洲大陆，她的第一个想法就是逃跑，想办法跑到表妹身边。但是，朗·布克尔猜透了她的心思，面对丈夫的威胁，简没敢把自己的想法付诸实践。

于是，这个坏蛋决定不再等待，就利用这次机会。选择时机是最重要的。在路上找机会遇到布兰尼肯夫人，重新获得她的信任，精心算计做好伪装，找机会陪同她单独前往澳大利亚的荒原，剩下的事情就很容易了，这么一来，完全有把握达到预期目标。即便假设约翰船长还活着，实际上，要想在游牧土著部落找到他的可能性也是微乎其微。最大的可能倒是，多莉在这次危险的搜救行动中不幸亡故。她的所有财产都转移到简的名下，因为简是她唯一的财产继承人……谁知道呢？……总有一些偶然事件可能发生，只要你有本事催生这些偶然因素……

当然了，朗·布克尔向简隐瞒了与布兰尼肯夫人重新套近乎的计划，他离开了丛林浪人团伙，今后，只有当他需要人手的时候，他才会向这个团伙寻求帮助。在简的陪伴下，他离开了昆士兰，直奔夏洛特夫人车站，这段距离只有一百来英里，那里是远征队前往艾丽丝泉车站的必经之路。这就是为什么，三个星期以来，朗·布克尔一直待在瓦尔德山庄经营点，并在这里充任监工一职。他就在这里等待多莉，铁了心不择手段，一定要攫取多莉的财产继承权。

在到达夏洛特夫人车站的时候，简并没有产生任何怀疑。正因为这样，当她意外地看到布兰尼肯夫人的时候，才会激动得如此忘乎所以、无法自持。本来，朗·布克尔还担心这一幕演得不成功，但是现在，简的表现十分有利于朗·布克尔实现自己的计划。

那一年，朗·布克尔45岁，看上去并不老，腰板挺直，精力充沛，他的目光依旧充满虚伪和不可捉摸的眼神，他的容貌透着一股虚伪的表情，让人觉得不可信任。至于简，她的容貌比实际年龄看上去要苍老10岁，容颜枯萎，岁月已经染白了她的头发，身躯也已佝偻。然而，在看到多莉的时候，她那被悲惨生活熄灭的眼神，重新燃起了火光。

布兰尼肯夫人拥抱了简，随后，把她领到瓦尔德山庄主人给自己准备的一个房间里。在这里，两个女人可以不受打扰地互诉衷肠。多莉还能回想起在海景房简对自己无微不至的照料。她对简没有怨恨，而且也准备原谅简的丈夫，只要他同意不再让两姐妹分开。

两个人聊了很长时间。对于自己过去的经历，简只回顾了能

够说出来的往事,回避了对朗·布克尔不利的内容,另一方面,布兰尼肯夫人也谨慎避免谈及这个话题。多莉能感觉到,这个女人遭遇到了极大的不幸,而且不幸仍然纠缠着她。仅凭这一点,难道多莉还不应该怀着恻隐之心,对她热情关照?多莉对简说得最多的,还是关于约翰船长的情况,自己如何下定决心,毫不动摇,一定要尽快找到他,以及自己为取得成功而付出的努力——然后,多莉还谈到了她亲爱的小瓦特……当多莉说到这些永远无法磨灭的记忆时,简的脸色变得如此苍白,神色大变,以至于多莉觉得这个不幸的女人可能身体不舒服。

简终于控制住了自己,现在,她必须回顾自己的经历,从表妹丧失神志的那个悲惨的日子开始,一直到朗·布克尔迫使她离开圣迭戈为止,这期间发生的一切。

多莉问道:"可怜的简,是否有可能,在你照顾我的这14个月里,是否有可能,我的精神状态曾经出现过短暂的清醒?……我就从来没有回想起我可怜的约翰?……我就从来没有呼唤过他的名字?……也从未呼唤过我们的小瓦特的名字?……这可能吗?"

"从来没有,多莉,从来没有过。"简喃喃说道,禁不住泪流满面。

"那么,你呢,你,作为我的朋友,与我亲密无间,你就从来没有在我精神里发现过什么?……你就从来没有从我的话语,或者眼神中发现过,我对过去的事情并非一无所知?"

"没有……多莉!"

"那好吧,我现在要告诉你一件事情,我从来没有对任何人说起过这件事。是的……当我重新恢复神志……是的……我就有一种预感,我感到约翰还活着,我并不是寡妇……而且,我还觉得……"

"觉得什么?"

简问道,她的眼睛里出现无法解释的恐惧神色,惊慌失措地等着多莉继续说下去。

多莉继续说道:"是的!简,我有一种情感,我觉得自己始终仍然是个母亲!"

简猛地站起身,双手在空中挥舞,似乎要驱散某些可怕的想象,她的嘴唇哆嗦着,却一句话也说不出来。此时,多莉依然沉浸在自己的思路,全然没有注意到简的举动,简终于恢复镇定,至少外表看上去平静下来,这时候,她的丈夫出现在房间门口。

朗·布克尔站在门槛上,看着自己的妻子,那神色似乎在询问:"你刚才说了什么?"

在自己男人面前,简再次陷入颓丧。作为精神软弱的一方,她根本无力抵抗精神暴力的统治。在朗·布克尔的目光下,简变得萎靡不振。

布兰尼肯夫人明白了。看到朗·布克尔让她想起了过去的经历,在简的退让容忍下,这个人曾经作恶多端。不过,多莉心中的怒火转瞬即逝。为了不让可怜的简离开自己,多莉决定强压怒火,抑制住自己对这个人的反感情绪。

她说道:"朗·布克尔,您知道我为什么来到澳大利亚。为了履行我的责任,我将竭尽所能,直到与约翰重新相聚的那一天,因为约翰还活着。尽管出于偶然,您出现在了我的路途上,让我找到了简,她是我唯一的亲戚,那么,请把她留给我,让她来与我做伴,而且她本人也希望如此……"

朗·布克尔没有马上回答。他已经感受到对方对自己的防范意识,他期待布兰尼肯夫人补充提议,请求他也加入远征队。然而,面对保持沉默的布兰尼肯夫人,他觉得只能毛遂自荐了。

他说道:"多莉,对于您的要求,我也不打算绕圈子,我也提出自己的想法。我不反对,而且我很愿意让我的老婆留在您的身边。噢!自从恶劣的命运让我们两个被迫离开圣迭戈,生活变得多么艰难!在过去的14年里,我们吃了很多苦,而且,您也看到了,在澳大利亚的土地上,财富之神依然没有眷顾我,我已经沦落

第六章 意外相遇

到活一天算一天的境地。一旦瓦尔德山庄经营点的剪羊毛季节结束,我还不知道去哪里寻找别的工作。另外,与此同时,与简分离也让我悲恸欲绝,因此,从我这方面来说,我恳求您允许我积极加入远征队。我认识内陆地区的土著部落,跟他们打过几次交道,我可以为您提供服务。请相信我,多莉,我将非常高兴与您,以及您的同伴们共同努力,解救出约翰·布兰尼肯。"

多莉明白,这是朗·布克尔强加的交换条件,只有这样他才肯把简交给自己。与这样一种人是没有讨价还价余地的。另一方面,如果他是好心,那么他的加入未必毫无益处,毕竟,他在澳洲大陆中部地区已经游荡生活了这么多年。布兰尼肯夫人的语气十分冰冷——确实如此,她勉强回答道:

"成交。朗·布克尔,您可以加入远征队,请准备出发吧,明天一大早,我们就要启程离开夏洛特夫人车站。"

朗·布克尔说道:"我会准备好的。"说完,他退了出去,没敢向布兰尼肯夫人伸出手。

当扎克·弗伦得知朗·布克尔即将加入远征队,他显得很不快。他知道这个人,从威廉·安德鲁先生那里获知,这个卑鄙的家伙如何滥用职权,侵吞多莉的财产。他也知道,当初,这个背信弃义的监护人,虚伪的掮客是在什么背景下逃离圣迭戈。他也十分怀疑,这个人逃到澳大利亚以后的14年里,究竟干过哪些可疑勾当……尽管如此,他对此事没做任何评论,而且实际上,他认为简来到多莉身边是一件挺好的事情。不过,在内心深处,他提醒自己,要时刻关注朗·布克尔的一举一动。

这一天就这样结束了,没有再发生其他事情。人们再也没有看到朗·布克尔,他已经与瓦尔德山庄的老板结清了工资,正在做着出发前的准备。结算工钱的事情很顺利,那位租用国家土地的牧羊场主甚至还给自己过去的雇工准备了一匹马,以便让他在前往艾丽丝泉车站的路途中,能够跟得上远征队,到了那里,远征队就该更换装备了。

多莉和简在瓦尔德山庄的房间里待了一个下午,又度过了一个夜晚,多莉避免谈及朗·布克尔,对于他离开圣迭戈之后,究竟都干了些什么,多莉也没有刻意打听,因为,她知道,这中间有许多事情都是简不能坦诚相告的。

当天晚上,无论汤姆·马里克斯,还是戈弗雷都没有到瓦尔德山庄来,他们正在距离夏洛特夫人车站不远的一个小村庄里,向定居的土著部落了解情况。只是到了第二天,布兰尼肯夫人才有机会把戈弗雷介绍给简,告诉她这是自己的养子。

看到这个见习水手与约翰船长的容貌如此相似,简也不禁大感震撼。这种感觉对简的触动如此之大,以至于简都不敢用正眼看着戈弗雷。当多莉告诉简关于戈弗雷的情况,包括他们在布里斯班号上相遇的情景……这个孩子是在圣迭戈街道上捡来的……后来在瓦特之家被抚养长大……他今年大约14岁……所有这些给简带来的震撼简直难以形容。

简听着这些描述,哑口无言,一动不动,在恐惧心理的压抑下,心脏几乎停止跳动,脸色像死人一样苍白。

当多莉走开,留下她独自一人的时候,她双膝跪倒,两手抱在胸前。突然,她神色大变……容貌完全扭曲……撕心裂肺地喊叫道:

"他!……他!……他……在她身边!……这是上帝的意志!……"

片刻之后,简走出瓦尔德山庄的房间,穿过院子,跑向她的丈夫居住的小屋,打算把一切向他和盘托出。

朗·布克尔在那里,正在往旅行箱里塞衣服和其他物品,准备带着这个箱子去旅行。看到惊恐万状跑来的简,他不禁也被吓得浑身哆嗦,急忙问道:

"发生了什么事儿?说呀!……你倒是说呀?……到底怎么了?……"

简叫道:"他还活着……他就在这儿……在他妈妈身边……就是我们以为……他……"

朗·布克尔回答道:"在他母亲身边……活着……他?……"这个发现也令他如遭到雷击般目瞪口呆。

他太明白了,这个单词"他"究竟指的是谁。

简重复说道:"他……他……约翰与多莉·布兰尼肯的第二个孩子!"

需要做一个简短的解释,以便了解15年前在海景房发生的一幕。

布克尔夫妇搬进海景房之后一个月,他们就发现,自从悲惨事件发生后,丧失神志的多莉的身体处于特殊状态,这件事儿连她自己都不知道。尽管简苦苦恳求,多莉还是被置于混血女仆诺的严密监管下,或者说被非法监禁了起来。借口多莉生病,让她在朋友和邻居们的视野中彻底消失。7个月之后,多莉的第二个孩子出世了,那时,她仍旧处于疯癫状态,孩子的出生没有在她的记忆里留下任何痕迹。那个时候,约翰船长的死讯已经被广泛认可,这个孩子的出生打乱了朗·布克尔觊觎多莉未来财产的计划,于是,他决定把孩子出生这件事隐匿起来。正是出于这个目的,几个月以来，海景房的女仆们陆续被遣散，来访的客人也被回绝。在丈夫的罪恶行径面前，简被迫俯首帖耳，根本不敢反抗。孩子出生仅仅几个小时，诺就把他抱出去扔到了大街上，所幸路人收留了这个孩子，之后又转送进了收容院。后来，瓦特之家成立了，孩子在那里成长，并且在8岁的时候，作为少年见习水手被送到了船上。现在，一切都得到了合理的解释——戈弗雷为什么那么像约翰船长，他的父亲；多莉为什么总是本能地对他怀有某种预感——因为她是孩子的母亲，只是还被蒙在鼓里！

简叫喊道："是的，朗，就是他！……是她的儿子！……必须坦白承认一切……"

但是，坦白承认就意味着放弃原定计划，而那个计划关系着朗·布克尔的未来，他做了一个威胁的手势，嘴里冒出来一连串诅咒。他一把抓起不幸的简，盯着她的眼睛，声音喑哑地说道：

"为了多莉……也为了戈弗雷，我劝你把嘴闭上！"

第七章

向北方行进

此事千真万确,戈弗雷确实是约翰与多莉·布兰尼肯的第二个孩子。多莉对于戈弗雷的爱怜之情,不过是出于母爱的本能。但是,她并不知道,年轻的见习水手就是她的儿子,那么,她怎样才能知道真相呢?简受到朗·布克尔的威胁,为了戈弗雷的安全不得不保持缄默。因为,如果说出去,就等于把戈弗雷置于朗·布克尔的威胁之下,这个坏蛋曾经把这个孩子遗弃过一次,在这次充满危险的搜寻行动中,他完全可能再次将孩子置于死地……从现在起,必须让母亲和儿子对彼此之间的血缘关系永不知情,这点尤为重要。

另一方面,朗·布克尔看到戈弗雷,了解了孩子的身世,看到了孩子与约翰容貌的惊人相似,他也确信这个孩子的真实身份。因此,当朗·布克尔确认约翰·布兰尼肯生还无望,而他的第二个儿子出世的事实即将暴露,如果简执意要把事情说出去,那好吧!就算这个孩子倒霉!不过,朗·布克尔还是放心了,因为简没打算把事情说出去。

10月11日,经过24个小时的休息,远征队再次启程上路。简坐上了布兰尼肯夫人乘坐的轻便马车。朗·布克尔骑着一匹挺不错的马跑前跑后,在队伍里来回梭巡,他非常乐意地与汤姆·马里克斯聊起了这个地区,他曾经沿着电报线路穿越过这片土地。他没有试图与扎克·弗伦套近乎,因为他从水手长的眼中看到了明显的反感与厌恶。另一方面,他也避免与戈弗雷碰面,因为对方的目光令他心神不安。每当见习水手凑过来,加入多莉与简的谈话当中,朗·布克尔都会掉头躲开,避免与他并辔而行。

随着远征队不断深入内陆,周围环境也逐渐发生变化。不时还能路过稀疏的农庄,农庄的经营活动变成单一的绵羊饲养,广阔的牧场一望无际,成片茂密的树林变得稀稀落落,成为孤岛般的小片桉树林,或者树胶桉树林,与南澳大利亚的大片森林相比毫无共同之处。

10月12日,晚上6点钟,经过炎热疲惫的长途跋涉,汤姆·马里克斯下令在芬克河畔安营扎寨,这里距离丹尼尔山不远,山峰身影突兀在西方天际。

今天的地理学家们已经对芬克河的地位问题达成共识——当地土著把这条河流称为拉哈-拉哈河——它是澳大利亚中部地区最主要的一条河流。晚上,布兰尼肯夫人待在一顶帐篷里,周围陪伴着汤姆·马里克斯、扎克·弗伦,以及朗和简·布克尔夫妇,于是,汤姆·马里克斯提请多莉关注一个问题,他说道:

"要知道,芬克河流入宽阔的诶额湖,就是我们离开法里纳小镇之后绕过的那个湖泊。而这个问题恰恰就是1885年年底探险家戴维·林赛最终寻找到的答案。这位探险家在抵达我们也曾经路过的那个高峰车站以后,他沿着这条河顺流而下,一直走到达尔豪西的东北方,在那里,这条河终于消失在沙堆之下。但是应该知道,在雨季来临的时候,河水暴涨,水流向下游宣泄,最终注入诶额湖。"

布兰尼肯夫人问道:"这条芬克河全程有多长?"

汤姆·马里克斯回答道:"据测算,应该不少于900英里。"

"我们需要沿河流走很久吗?"

"只能沿河走几天,因为前方有许多水流急弯,随后它将奔西北方向而去,一直爬上詹姆斯山脉。"

这时候,朗·布克尔插话道:"您说的这个戴维·林赛,我认识他。"

扎克·弗伦用怀疑的语气说道:"您认识他?"

朗·布克尔回答道:"这有什么奇怪的,我碰到林赛的时候,他刚刚走到达尔豪西车站,然后他就去了昆士兰的西北边界,当时我正在那里忙于布里斯班一家公司的业务。"

汤姆·马里克斯接着说道:"事实上,这确实是他选择的行进路线。他在抵达艾丽丝泉车站以后,沿着马克唐奈山脉脚下绕行,相当全面地勘察了赫伯河,然后向北直奔卡彭泰里海湾,并且在那里完成了他从南向北穿越澳洲大陆的第二次旅行。"

朗·布克尔说道:"我补充一句,在戴维·林赛身边,还陪伴着一位德国植物学家,名叫迪特里希。他们的远征队用来运送物资的牲畜,全部都是骆驼。因此,我觉得,多莉,既然您已经准备好在艾丽丝泉车站给远征队换乘骆驼,那么,我相信,您一定能像戴维·林赛那样取得成功……"

布兰尼肯夫人说道:"是的,朗,我们一定能成功!"

扎克·弗伦说道:"没人对此表示怀疑!"

总之看起来,朗·布克尔确实在他刚才描述的情况下遇见过戴维·林赛——关于这一点,简也可以作证。但是,如果多莉再追问一句,朗·布克尔当时是为布里斯班的哪家公司工作并旅行,也许,这个问题就会让他比较尴尬了。

布兰尼肯夫人和同伴们在芬克河畔逗留的几个小时里,他们间接地打听到了英国人乔·梅里特的消息,当然还包括他的那个中国仆人乞伎。这两个人行进在远征队前面大约12段路程[①];事实上,他们也是走的同样的路线,而且每天都比远征队快了那么一点儿。

远征队是通过土著人打听到这位著名的帽子收藏家的下落。5天之前,乔·梅里特和他的中国仆人曾经在一个名叫齐尔纳的村庄住宿,那个村庄距离车站大约一英里。

齐尔纳村居住着大约百十来个土著黑人——男人、女人和孩子——他们住在树皮搭建的简陋小屋里,在澳大利亚本地语言里,这种小屋名叫"维鲁姆",值得注意的是,这个土著语言里的单词与拉丁语系的语言里"村庄"或者"城市"这两个单词具有奇特的相似性。

在这些土著人当中,有几个人的外表看上去非常优秀,他们身材高大,具有雕塑模特般的身材比例,体格健壮,身形灵活,身体耐力极强,他们的体质令人赞叹不已。这些土著中的大多数人的体形都具有这些特征,从人种学角度分析,这是野蛮种族特有的体格;他们的眉骨高高隆起,头发呈波状或者卷曲状,卷发下的额头狭窄,狮形鼻,鼻翼宽阔,嘴巴阔大,一口猛兽般的锋利牙齿。至于那些挺着大肚皮,四肢纤细的丑陋身形,与刚刚描述过的那些标准体格完全是两码事儿——这样的体形在澳洲土著那里,属于罕见的特例。

---

① 远征队每天的行程分为上午和下午两段。

第七章 向北方行进

这个世界第五大陆上的土著人种是从哪里来的？许多学者认为——也许滥竽充数的学者太多了！——曾经存在过一个太平洋大陆，现在这个大陆已经沉入海底，只留下一些山峰露在海面上，成为岛屿，这种说法可信吗？很久很久以前，这个太平洋大陆上生活过很多不同种族的人类，这些澳大利亚土著是不是那些种族的后代？这样的推论当然只是猜想，但是，如果这个解释能够成立，那么可以得出结论，即原住人种无论在精神上，还是在体格上都已经明显退化了。从风俗与癖好方面看，澳大利亚土著还停留在野蛮阶段，由于他们顽固不化地保留啃噬人肉的习俗——至少在部分土著部落中是如此——他们还处于人类进化的最后一个阶段，与食人族几乎处于同一水平。在这个国度里，没有狮子，没有老虎，也没有豹子，从啃噬人肉这个角度上说，他们取代了那些食肉猛兽的角色。澳大利亚黑人不事农耕，因为土地过于贫瘠，他们仅以破布裹身，连最简陋的生活器皿都没有，只有最原始的武器，诸如带硬尖的标枪、石斧、"挠拉-挠拉"——一种硬木大头棒，以及著名的"飞去来器"，如果动作灵巧地把这种螺旋形器物抛出去，它还能掉头飞回来——再重复一遍，无论从哪个角度说，澳大利亚黑人都属于野蛮人。

对于这样的种族，大自然选择了最适合于他们的女人，"土著女"体格健壮，能够肩负游牧生活的沉重负担，干最艰苦的活计，背负年幼的孩子，扛起宿营的器物。这些不幸的女人从25岁就已开始衰老，不仅身体衰老，而且容颜丑陋，嘴里嚼着"比土里"叶子，这种类似烟叶的植物能够在长途跋涉途中给她们带来刺激，有时候，还能帮助她们忍受漫长的寂寞。

可是，谁能相信？那些在小镇里与欧洲移殖民交往的土著人，

居然开始追求欧洲式的时髦风尚。是的!他们追求穿裙子,甚至追求裙子的装饰下摆!他们追求戴帽子,甚至追求帽子上的羽毛!男人们甚至开始在意自己的发式,为了满足这个爱好,他们把二手供货商的存货都买光了。毫无疑问,乔·梅里特已经知道了卡尔·卢姆霍兹在澳大利亚进行的壮观旅行。这位勇敢的挪威旅行家穿越澳洲大陆,在东北部可怕的食人部落里生活了6个多月,他

写过这么一段文字,乔·梅里特一定记忆犹新:

"我在半道上碰见了那两个土著人……他们把自己打扮得非常漂亮:一个穿着衬衣大摇大摆,另一个戴着一顶女式帽子。澳大利亚黑人特别喜欢这些服装,这些衣服从一个部落转到另一个部落,从生活在移殖民身边,文明化程度最高的土著手里,转到别的与白人素未谋面的土著手里。我手下的很多人(土著人)都喜欢借着戴一顶帽子;他们轮流戴这顶帽子,都为自己戴过这顶帽子感到自豪。走在我前面的那个土著背着我的步枪,汗流浃背,斜戴着那顶女式帽子,那样子真的十分滑稽。这顶系带女帽经过漫长旅行,从一个白人国度来到野蛮人居住的崇山峻岭,前面还有多少路程在等着它穿越!"

显然,乔·梅里特知道这段文字描述的内容,也许,这顶帽子就流落在澳大利亚的某个土著部落,戴在澳洲大陆北部或者西北部某个部落首领的头上,他希望找到这顶可遇不可求的帽子,为了找到它,乔·梅里特冒着生命危险深入澳洲大陆,甚至进入食人部落。另一方面,还需要强调一点,那就是,他在昆士兰土著部落里的搜寻没有取得成功,似乎在齐尔纳的土著人那里也一无所获,这就是为什么他再次开展搜寻行动,继续从事危险的长途跋涉,向北深入到澳洲大陆的中部荒原。

10月13日,太阳刚刚露头,汤姆·马里克斯就发出了动身启程的号令。远征队按照习惯的队列秩序上路。多莉对于把简留在自己身边这件事感到非常满意,与此同时,简也为自己回到布兰尼肯夫人身边感到欣慰。她们两人坐在两轮马车里,能够与外界隔开,可以单独交流想法,推心置腹说悄悄话。为什么简不敢把心里话都说出来,为什么不得不三缄其口?有时候,看到多莉与戈弗雷之

间的母爱与子女对父母的爱相互交织,无处不在,一个眼神,一个动作,一句话,都充满了爱,简几乎忍不住要说出心中的秘密……但是,每当这时,她就会想起朗·布克尔发出的威胁,她害怕失去年轻见习水手,她甚至不得不装出一副无动于衷的样子,而布兰尼肯夫人已经发现异常,禁不住忧心忡忡。

第七章　向北方行进

我们能够很容易地想象出,那一天,当多莉询问简的时候,她心里是怎样的感受,多莉问道:

"简,你应该能够理解,他们之间如此相像,令我深感震撼,而且,我也能感受到发自内心的本能冲动,我原本以为我的孩子死里逃生,只是威廉·安德鲁先生,以及其他朋友都不知道……我由此想到,戈弗雷是我的儿子,是我和约翰的……然而,不是!……可怜的瓦特现在长眠在圣迭戈的公墓里!"

简回答道:"是的!……亲爱的多莉,我们把他送到了那里,他的坟墓就在那里……被鲜花簇拥着!"

多莉叫道:"简!……简!……既然上帝没有把孩子还给我,那就请他把孩子的父亲还给我,把约翰送还给我吧!"

10月15日,晚上6点钟,远征队把哈姆弗莱斯山甩在身后,在棕榈溪河畔停住了脚步,这条溪流是芬克河的支流。溪流已经快要干涸了,它和这个地区的大多数河流一样,完全依靠降雨补充水源。远征队很轻松地跨越了这条溪流,并且3天以后,在北边34英里的地方,同样轻松地跨过了胡格斯溪。

朝这个方向前进,跨越大陆的电报线路一直架在空中向前延伸,这条阿丽亚娜之线①引导着远征队从一个车站走向下一个车站。农庄更加稀少了,远征队时不时还能遇见几栋农庄的房屋,在那里,汤姆·马里克斯用高价还能买到新鲜的肉制品。至于戈弗雷和扎克·弗伦,他们依旧负责出去收集情报。那些租用国家土地的牧羊场主很主动地告诉他们有关本地区游牧部落的活动情况。他

---

① 阿丽亚娜是古希腊神话克里特岛国王麦诺思的女儿。她帮助热恋中的雅典王子塞休斯逃出魔鬼把守的迷宫,一起奔向自由。

们从来没有听说过,在北部或者西部的安达斯部落里,羁押着一个白人俘虏?他们是否知道,最近有没有旅行家冒险进入了这些遥远的县治地区?回答都是否定的。没有任何迹象,哪怕是模糊不清的迹象,能够显示约翰船长的行踪。从这里开始,必须要加快步伐,以便赶到艾丽丝泉车站,那里距离此地还很远,路程至少还有80英里。

跨过胡格斯溪流以后,道路变得更难通行,迄今为止尚能保持的行进速度,也开始大幅度减缓。这里的地形起伏不平。狭窄的山口一个接着一个,而且沟壑纵横,难以逾越。远征队在水屋山脉的沟壑里曲折前行。汤姆·马里科斯和戈弗雷走在队伍的最前面,寻找最适宜通过的路径。徒步和骑马的人都能顺利通过,甚至两轮轻便马车都能在马匹的拖拽下不太费力地通过,这些都不用过分担心。但是,对于满载物资的四轮牛车来说,就不那么容易,拖拽的牛群个个累得筋疲力尽。最关键的是要避免出现事故,诸如车轮,或者车轴断裂的事故,这就需要很长时间进行修理,甚至不得不把车辆抛弃。

10月19日,从早晨上路开始,远征队进入了电报线路也无法直线伸展的地域。与此同时,由于地形的缘故,电报线路不得不掉头向西——这个方向恰恰也是汤姆·马里克斯指挥他的人马前进的方向。

另一方面,如果说这个地区的道路事故频出,严重影响了队伍的正常行进速度,那么,由于此地毗邻山区,因此茂密的树林重新出现,遮天蔽日。队伍不时需要绕过浓密的"黄耆树丛"①,同时,

---

① 黄耆属植物又称紫云英属。分布于北半球、南美洲及非洲,稀见于北美洲和大洋洲。

那里还生长着大量的刺槐。在山涧溪水岸边,生长着成片的杉木林,冬季寒风吹动树枝的时候,它们的树叶也会脱落。在狭窄山路的入口处,生长着几棵加拉巴士木,这种树木的树干上部膨大,活像一个大瓶子,澳大利亚人就把它叫作"瓶子树"。这种树很像桉树,桉树如果把根部扎到一口井里,就能把井水吸干;而瓶子树也能把周围土壤里的水分吸干,它的树干像海绵一样浸透了水分,里面蕴含的淀粉可以当作牲畜的饲料。

在那些黄耆树丛里,生活着数量众多的有袋类动物,例如小袋鼠,这种动物奔跑速度极快,土著们要想抓住它们,往往不得不在草丛里点火,让火势围成一个圆圈,把它们困在中间。有些地方,麇集着众多的康氏鼠,以及大康氏鼠,对这种动物,白人大多没有兴趣狩猎捕捉,因为,这种动物的肉很硬,吃起来味同嚼蜡,只有黑人——澳大利亚的黑人——才会吃它们。这种动物的奔跑速度可以和骏马媲美,汤姆·马里克斯和戈弗雷仅仅用枪打到了两三对。必须指出,用康氏鼠尾巴熬出的汤味道异常鲜美,晚饭的时候,每个人都吃得津津有味。

当天晚上,发生了一起报警事件。由于老鼠的入侵,整个宿营地陷入一片混乱。自从康氏鼠被移民进入澳洲大陆以来,这种事情时常发生。每个人都不敢睡觉,担心会被老鼠撕碎,于是全体一宿无眠。

第二天,10月22日,布兰尼肯夫人和同伴们一边诅咒这些可恶的畜生,一边收拾动身启程。太阳落山的时候,远征队来到了马克唐奈山脉的最后分岔处,从这里开始,旅途的条件开始明显改善。再走40英里,远征队的第一阶段行程就将在艾丽丝泉车站圆满收官。

10月23日，远征队开始行进在一望无际的平原地区。不时还会看到一处又一处略有起伏的地势。一处又一处耸立的树林点缀着单调的景色。四轮牛车沿着狭窄的道路顺利地前进，道路一直沿着电报线路的电线杆向前伸展，串联起彼此相距遥远的一座又一座车站。在如此荒凉的地域，电报线路无人看护，居然没有遭到土著人的破坏，实在令人难以置信。

众人就这个问题询问汤姆·马里克斯,他于是回答道:

"我得说,这些游牧部落自从被我们的工程师处以电刑,遭到惩罚以后,他们以为雷电附着在电报线上,从此再也不敢触碰。他们甚至认为,电报线路的两端分别连接着太阳与月亮,如果他们胆敢触碰线路,两个巨大的天体就会降临到他们头上。"

中午11点钟,按照惯例,队伍停下来开始午休。远征队在一片桉树林里安顿下来,桉树的叶子就像水晶吊灯上面的坠子,稀稀落落,很少甚至根本没有树荫。不远处流淌着一条小溪,或者不如说是一道浅浅的水流,勉强能够淹没河床里的卵石。小溪对岸是土地,突兀而起的河岸上,伸展着广阔的平原,从东向西延展开来,广袤无垠。队伍的身后,还能看得见突兀于地平线之上的马克唐奈山脉。

按照惯例,队伍休息到下午两点钟。这样安排可以让队伍避免在一天当中最热的时候上路。准确地说,这只能算是一次休息,不能算宿营。因此,汤姆·马里克斯没有下令把牛卸套,也没有让人给马卸下笼头。这些牲畜就在原地吃草。大家没有支帐篷,也没有生起篝火。凉的野味肉和罐头食品就权当今天的第二顿饭了,至于第一顿饭,那还是早晨日出时候吃的早餐。

每个人都按照平时的习惯,席地而坐,或者在肩膀下面垫块布,躺倒在草地上。半个小时之后,赶车的驭手,以及护卫队的队员,包括白人和黑人,都吃过午饭睡着了,静静地等待出发。

布兰尼肯夫人、简,以及戈弗雷三人在旁边凑在一起,土著女仆哈莉特拿过来一个篮子,里面盛着食品。他们一边吃午饭,一边聊着即将抵达的艾丽丝泉车站的情况。多莉始终满怀希望,年轻见习水手绝对赞成多莉的想法,即使缺乏足够的理由支持这个信

念,但是他们依然毫不动摇。而且,他们相信此次搜寻行动一定能取得成功,他们下定决心,只要约翰船长的命运之谜没有水落石出,他们就绝不离开澳洲大陆。

不言而喻,朗·布克尔假装赞成他们的想法,毫不吝啬鼓励之词,与此同时,却在暗暗等待时机。因为多莉和戈弗雷的想法符合他的计划,他不希望布兰尼肯夫人返回美国,因为对他来说,美国已经是禁地。多莉对朗·布克尔的罪恶阴谋一无所知,只知道他也赞成自己的想法。

在休息的时候,扎克·弗伦和汤姆·马里克斯一起商量了远征队的重组事宜,这件事必须在动身离开艾丽丝泉车站之前完成。这个问题十分重要。这是否意味着,穿越澳洲大陆中部地区真正困难的阶段即将开始?

大约1点半的时候,从北方传来一阵沉闷的声响。这声音好似阵阵喧嚣,又好似持续翻滚,一阵阵喧嚣声从远处传到远征队休息的营地。

布兰尼肯夫人、简,还有戈弗雷都抬起身子,侧耳静听。

汤姆·马里克斯和扎克·弗伦一起走了过来,抬眼望着,仔细倾听。

多莉问道:"这声音是从哪里传来的?"

水手长说道:"也许是暴风雨的声音?"

戈弗雷形容道:"不如说更像海浪拍打沙滩的声音。"

然而,天上没有任何暴风雨来临的征兆,空气中也没有任何闪电的迹象,至于水流下泻的可能性,也只有在洪水泛滥,填满溪水河床的情况下才会发生。扎克·弗伦打算用山洪暴发解释声音的来源,但是,汤姆·马里克斯却回答道:

"在澳洲大陆的这个区域,这个季节,在这样干旱的时候,暴发山洪?请放心吧,绝对不可能!"

他说的完全正确。

每当暴风雨过后,大量的雨水骤然而至,往往能引发山洪,水流顺着地势向下倾泻。这种情况多发生在天气恶劣的季节。但是,现在是10月底,这种解释显然不成立。

汤姆·马里科斯、扎克·弗伦,还有戈弗雷三人攀爬到对岸突兀的河岸上,用担心的目光眺望着北方和东方。

平原向远方伸展,景色单调而荒凉,看上去没有任何异样。不过,在远方的地平线上,堆积着一簇形状怪异的云团,它与长期炎热在天地之间积累产生的雾气截然不同。它与泡状的雾气堆积毫不相似;更像是炮弹出膛时产生的轮廓清晰的螺旋状烟团。声音就是来自这团烟雾——也许这是一团沙尘构成的幕布?——它正在迅速变大,似乎在向前推进,就好像一队庞大的骑兵在奔驰,队伍的步伐回响在广阔荒原那似乎富有弹性的土地上。它从哪里来?

汤姆·马里克斯叫道:"我知道了……我曾经见识过……这是一群绵羊!"

戈弗雷笑着反问道:"绵羊?……如果只是一群绵羊……"

护卫队长回答道:"别笑了,戈弗雷!也许,那里有成千上万只绵羊,它们受到惊吓……如果我没弄错,它们会向雪崩一样拥过来,摧毁沿途遇到的一切!"

汤姆·马里克斯没有夸大其词。这些动物一旦由于这样或那样的原因受到惊吓——这种事情有时会在经营点内发生——它们就会冲倒围栏,慌忙奔逃,任何东西都无法阻止它们。有一句古老的谚语说过:"在羊群面前,国王的车驾也得停住……"这群愚蠢的畜生蜂拥而上,宁愿把自己撞得粉碎,也不会让开回避;问题在于,这些绵羊数量巨大,狂奔而来,它们在把自己撞碎的同时,也撞碎了沿途的一切。眼下就是这种状况。眼前这团尘雾面积足有两三里①宽,估计数量不少于10万只绵羊,它们惊恐万状,盲目奔跑在远征队前方的必经之路上。这群绵羊疯狂地自北向南狂奔,好像一股怒潮席卷草原大地,一直到筋疲力尽才会停住脚步。

扎克·弗伦问道:"怎么办?"

汤姆·马里克斯回答道:"尽可能地在河岸陡坡下隐蔽起来。"

没有别的办法了。于是,他们三人从河岸反身下来。尽管汤姆·马里克斯提出的防范措施可能不够完善,但还是立即得到执行。此时,席卷而来的羊群距离营地只有不到两英里了。漫天尘土呈螺旋状升到半空,烟尘中,传来震耳欲聋的咩咩叫声。车辆都被摆放在斜坡下隐蔽妥当,至于马匹和牛群,都被驭手和赶车人驱赶分散开来,以便在羊群蜂拥而至的时候,可以从它们身上跃过,从而避免受到伤害。所有人员也都倚靠在斜坡下,戈弗雷紧挨着多莉,以便更有效地保护她;大家静静地等待着。

这时候,汤姆·马里克斯重新登上河岸陡坡,他想最后再看一眼远处的平原,只见平原上已经成了绵羊的"海洋",如急风暴雨般席卷而来。羊群占据了三分之一的地平线,迅速接近,喧嚣声震耳欲聋。正如汤姆·马里克斯此前预计的,这群羊数量足有10万只。用不了两分钟,它们就能跑到营地来。

汤姆·马里克斯大声叫道:"小心啦!它们来了!"

随后,他迅速顺着斜坡滑下来,直接跑到布兰尼肯夫人身边,那里还蜷缩着简、戈弗雷,以及扎克·弗伦,大家一个挨着一个挤在一起。

几乎就在同时,第一批绵羊出现在河岸陡坡上,它们没有停住

---

① 此处指法国古里。

脚步，它们也停不住脚步。河岸陡坡下是悬空的，跑在前头的绵羊跌落下来，紧接着又有百十只绵羊跌落堆积到一起。咩咩的羊叫声，还掺杂着马匹的嘶鸣，以及牛群的哞叫声，叫声中充满了恐惧。一时间，烟尘四起，灰土弥漫，四周什么也看不到了，河岸上面，羊群奔驰而过，形成一股不可遏制的洪流——这是一股真正的牲畜洪流。

5分钟过后，汤姆·马里克斯、戈弗雷，以及扎克·弗伦第一个直起身来，看到可怕的羊群身影消失在南边。

护卫队长叫道："起来！……起来！"

大家都站起身，幸亏得到河岸斜坡的保护，人员和物资没有遭受太大损失，有几个人身体被挫伤，四轮牛车也受到一点儿损坏。

汤姆·马里克斯、戈弗雷，以及扎克·弗伦很快重新登上河岸陡坡高处四处张望。

南边，羊群已经消失在一片沙土烟尘的后面，北边，依然是一望无际的平原，地面上到处布满深深的踩踏痕迹。

突然，戈弗雷叫了起来：

"那边……那边……快看！"

距离斜坡50步开外的地方，地上躺着两个人——两个土著人，毫无疑问，他们是被汹涌的羊群裹挟、掀倒，也许已被践踏致死。

汤姆·马里克斯和戈弗雷向那两个人跑了过去……

他们大吃一惊！地上一动不动，死人一般躺着的两个人，一个是乔·梅里特，另一个是他的仆人乞伎。

不过，他们还有呼吸，经过紧急救助，很快从遭受的强烈冲击

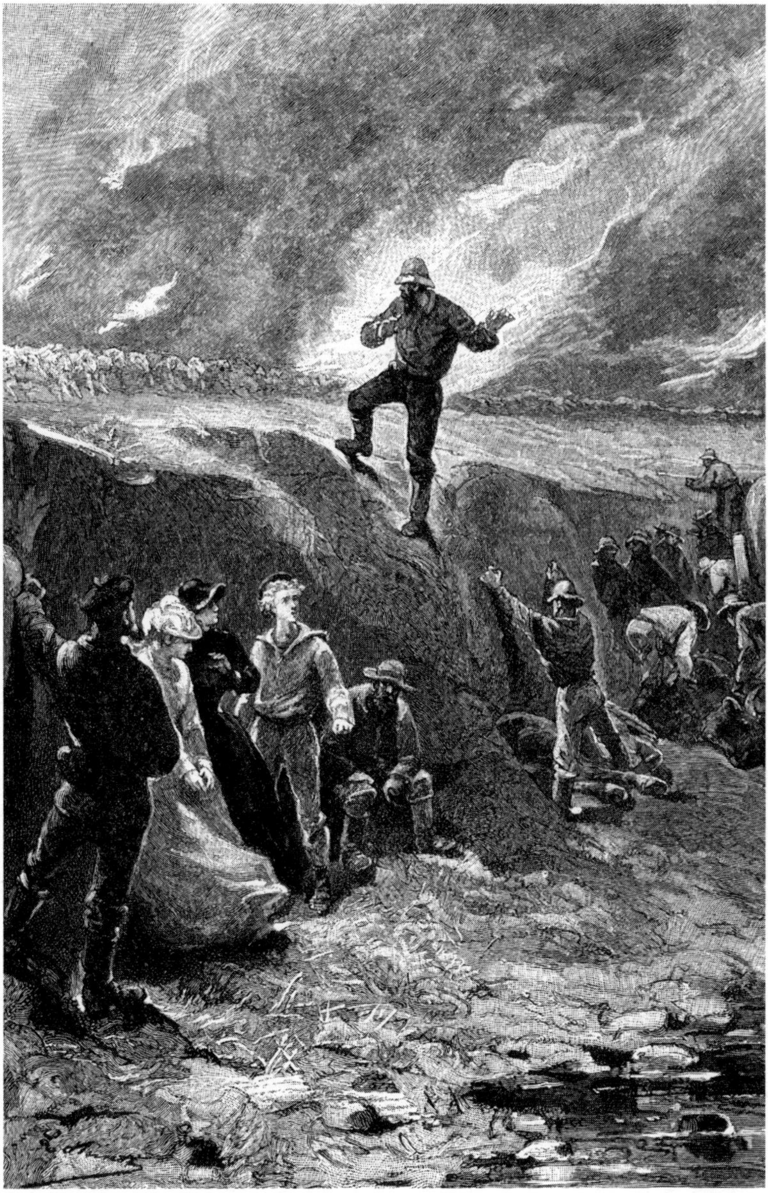

下缓过劲儿来,他们两人都受到严重挫伤,不过,刚一睁开眼睛,两人就先后坐了起来。

乔·梅里特说道:"很好!……噢!……非常好!"

然后,他转过身来,问道:

"咦,乞伎?"

中国人揉着自己的腰,回答道:"乞伎在这儿呢……或者不如说,他剩下的半条命在这儿呢!确实呀,我的主人,乔,这绵羊可太多了,简直是成千上万!"

绅士回答道:"乞伎呀,羊后腿从来不嫌多,羊肋排也不嫌多,因此,绵羊也就不能嫌多!令人遗憾的是,在羊群经过的时候,怎么没能抓住一只呢……"

扎克·弗伦回答道:"梅里特先生,请您放心吧!那边斜坡下面,有百十来只绵羊,足够您吃了。"

这个头脑冷静的家伙郑重地总结道:"非常好!……噢!……非常好!"

随后,他转身面向自己的仆人,后者刚刚揉完自己的腰,又开始揉肩膀,梅里特说道:

"乞伎?……"

"我的主人,乔?……"

他说道:"今天晚饭,两份羊排,要两份羊排……要半熟的!"

然后,乔·梅里特和乞伎回顾了他们的遭遇。他们走在远征队前面大约3英里的地方,突然遇到了这群迎面冲过来的羊属畜生。尽管他们用尽力气,依然无法控制住受惊逃跑的马匹。他们被马匹甩了下来,徒步逃跑,居然没有被羊群撞碎,只能说是个奇迹。他们的运气实在太好了,碰巧布兰尼肯夫人和同伴们及时赶到,把他们救了起来。

　　大家逃过了一劫,开始重新上路,大约晚上 6 点钟的时候,远征队抵达了艾丽丝泉车站。

第八章

越过艾丽丝泉车站

第二天,10月24日,布兰尼肯夫人着手重组远征队,以便为下一步的搜寻行动做准备,远征队即将进入澳洲大陆中部,这个地区几乎就是一片陌生土地,也许接下来的旅途将是漫长、艰苦,而且充满凶险的行程。

艾丽丝泉不过就是穿越澳洲大陆的电报线路沿途的一个车站——只有二十来栋房屋,勉强算得上是个村庄。

首先,布兰尼肯夫人前去拜访了这座车站的站长弗林特先生。也许,他能知道一些关于土著部落的消息?……那个羁押约翰船长的安达斯部落会不会经常从澳洲大陆西部一直游荡到中部地区?

对于这种可能性,弗林特先生无法给出清晰明确的答案,他只知道,确实有土著部落时不时游荡在亚历山德拉西部区域。但是从来没有听说过约翰·布兰尼肯。至于亨利·菲尔顿,他所知道的就是,这个人在距离电报线路东边80英里,靠近昆士兰边界的地方被人收留。他认为,那个不幸的人在临死之前,一定留下过具体的信息,现在最需要的是搜集到这些信息;他承诺提供协助,沿斜线向澳洲大陆西部的各个县治开展搜寻。此外,他还祝愿布兰尼肯夫人的搜寻行动取得成果,六年前,弗林特本人曾经试图寻找莱卡特,但是没有成功,因为当时恰逢当地土著之间爆发了一场战争,他的搜寻计划因此被迫中断。他表示愿为布兰尼肯夫人奔走,提供车站所能提供的所有资源。他补充说道,1886年,戴维·林赛在旅途中经过艾丽丝泉车站,他也曾提供大量协助,后来,戴维·林赛从这里动身前往纳什湖,以及东边的马克唐奈山脉。

这些就是澳洲大陆本地区的基本情况,远征队即将朝西北方向前进,在这个区域内开展搜寻行动。

在距离艾丽丝泉车站260英里、经线127度的地方,有一条从南向北划分的直线,它就是南澳大利亚、亚历山德拉地区,以及西澳大利亚北部地区的分界线,西澳大利亚的首府是珀斯,它也是整个澳洲大陆7个殖民区当中面积最大、人口最少,也是最鲜为人所知的殖民地。实际上,从地理学角度说,这个地区只有周边沿海的区域才被测量确定过,包括努伊特地区、列温地区、弗拉明地区、安德拉克地区、维特地区,以及塔斯曼地区。

在这片广阔荒凉的区域里,只有土著游牧部落在那里游荡,现代地图绘制者把这里划分为3个不同的荒原:

1. 南部荒原,位于30度至28度纬度线之间,1869年,福里斯特曾经在这个区域探险勘测,勘测的区域从海滨直到123度经线;此外,贾尔斯也曾于1875年完整地穿越过这个地区。

2. 吉布森沙漠,这个地区纵贯28度至23度纬度线,1876年,同一位探险家贾尔斯曾经跑遍了这个区域。

3. 格里阿特荒原,范围从23度纬度线直到北边沿海地区,沃伯顿上校曾经于1873年成功地从东向西北方向穿越了这个地区,大家都知道,他在那次探险过程中历尽艰辛。

然而，恰恰就是在这个地区，布兰尼肯夫人的远征队即将开始搜寻行动。根据亨利·菲尔顿提供的线索，远征队即将开始的行程路线，恰恰与当年沃伯顿上校的探险路线相吻合。远征队从艾丽丝泉车站出发，将最终抵达印度洋海滨，完成这趟大胆的探险之旅至少需要4个月的时间，甚至可能需要15个月，整个行程从1872年9月一直延续到1874年1月。那么，布兰尼肯夫人和同伴们打算用多少时间走完全部路程呢？

布兰尼肯夫人要求扎克·弗伦和汤姆·马里克斯抓紧时间，一天都不要耽搁，他们在弗林特先生的积极协助下，终于按时完成任务。

15天以来，已经有30峰骆驼麇集在艾丽丝泉车站，驾驭它们的是来自阿富汗的骆驼驭手，这些骆驼都是布兰尼肯夫人出高价买来的。

骆驼被引进澳大利亚不过是最近30年的事情。那是在1860年，艾乐德先生从印度引进了一定数量的骆驼。这种动物性格温顺，体格强健，适应性极强，能够负重150公斤，24小时之内行走40公里，是十分有用的牲畜，它们被通俗地称为"行走之舟"。不仅如此，它们还能够忍饥挨饿长达一个星期，在冬季可以6天不吃不喝，在夏季也可以3天不吃不喝。因此，它们在澳洲这块气候严酷的大陆承担起了在非洲炎热地区同样的重任。在非洲和在这里一样，它们任劳任怨地忍受着干渴和高温的折磨。非洲的撒哈拉沙漠与澳大利亚的格里阿特荒原难道不都处于南北两个半球的相同纬度吗？

布兰尼肯夫人拥有30峰骆驼，其中20峰用于骑乘、10峰用于托运物资。雄骆驼的数量明显多于雌骆驼。多数骆驼都很年轻，但无论体力还是健康状况都处于最佳状态。就像护卫队里有一个首领名叫汤姆·马里克斯,在骆驼群里也有一个首领,那是一峰雄骆驼,年龄最大,所有骆驼都对它唯命是从。骆驼头领指挥全体骆驼,在休息的时候把它们召集在一起,阻止它们跟雌骆驼私奔。如果头驼死了,或者生病了,整个骆驼群就会群龙无首,驭手们也难以维持驼群的正常秩序。理所当然地,这头珍贵的头驼被交与汤姆·马里克斯掌握,于是,这两个首领——一个驮着另一个——就成为整个远征队的领队。

同样顺理成章的是,那些把远征队从法里纳小镇运送到艾丽丝泉车站的马匹和牛群都被留下来,交由弗林特先生细心照料。远征队返回的时候,还需要它们拖拽两轮轻便马车和四轮牛车。实际上,远征队很可能还将沿着跨越大陆的电报线路,原路返回阿德莱德。

多莉和简共同使用一架"圆顶帐篷",这是一种类似阿拉伯人使用的帐篷,驮运帐篷的是驼群中最健壮的那头骆驼。她们可以躲在帐篷厚厚的篷布下面,抵挡强烈的阳光,也可以在澳洲中部大平原上躲避突如其来的暴风雨——虽然,确实这种天气十分罕见。

布兰尼肯夫人的女仆哈莉特早已习惯了游牧部落长途跋涉的生活,她宁愿选择随队步行。在她看来,这些体形硕大、背上长着两个肿块的畜生更应该用来驮运行李,而不是用来骑乘。

给朗·布克尔、戈弗雷和扎克·弗伦三人配备了3峰骆驼,他们都学会了适应这种动物颠簸而坚硬的步伐。另一方面,由于远征队的部分成员必须步行,因此,毫无疑问,整个队伍行进的速度只能与这些动物有节奏的步伐相匹配。不需要有人加快脚步,奔跑在队伍的前面,除非在穿越格里阿特荒原的过程中,必须有人到前头去寻找水井或者别的水源。

至于护卫队的白人队员，另外15峰骑乘骆驼就是给他们准备的。土著黑人被指派牵引另外10峰驮运物资的骆驼，他们每天徒步跋涉的路程为12至14英里；对于他们来说，这段路程不算太远。

以上就是远征队重组后的情况，在本次旅行的第二阶段，远征队将不可避免地经受考验。经过布兰尼肯夫人的同意，远征队的每个环节都被搭配组合起来，以便适应远征搜寻行动的需要，这次行动旅途遥远，必须周密安排所有人员和牲畜。这支远征队配备了充分的运输手段，贮备了足够的生活和宿营物资，它具备的条件比澳洲大陆有史以来所有探险家的条件都要优越，因此，完全有理由相信，远征队一定能如愿以偿。

接下来，就要说一说乔·梅里特的情况。这位绅士和他的仆人乞伎将停留在艾丽丝泉车站吗？如果他们离开此地，是否将要沿着电报线路向北行进？也许他们将要向东，或者向西继续寻找土著部落？实际上，只有往这些方向去搜寻，这位收藏家才可能找到那顶可望不可即的帽子，为了这顶帽子，他已经长途跋涉，历经坎坷。然而眼下，他已经丢失了坐骑，弄没了行李，衣食无着，如何才能继续上路呢？

在与他们交往的过程中，扎克·弗伦就这个问题已经询问过乞伎很多次，然而，这位天朝子民却回答说，他从来也猜不出主人将要做出何种决定，而且，他的主人恐怕自己也不知道该怎么办。不过，乞伎能够确定一点，那就是，只要乔·梅里特的偏执狂热没有得到满足，他压根儿就没想过后退，与此同时，原籍香港的乞伎本人也没打算重返故国，那里"年轻的中国人身穿绫罗绸缎，用纤纤细指采摘着睡莲花"①。

然而,直到远征队出发前夕,乔·梅里特始终没有吐露过他的计划,就在这时候,布兰尼肯夫人接到乞伕的传话,绅士先生希望举行一次特别的会晤。

布兰尼肯夫人很愿意尽可能地帮这个怪人一把,于是捎话说,她恳请尊敬的乔·梅里特同意屈尊前来弗林特先生的住所,自从远征队抵达艾丽丝泉车站后,她就一直在这里下榻。

乔·梅里特很快就莅临了——这是在10月25日下午——他在多莉对面坐下来,立即开门见山说道:

"布兰尼肯夫人……很好!……噢!……非常好!我不怀疑,不对……我丝毫都不怀疑您一定能找到约翰船长……同样,我也很愿意坚信能够找到这顶帽子,为了发现它,我曾经四处颠簸,竭尽全力……很好!……噢!……非常好! 您应该知道我为什么要到澳大利亚最神秘的地区来寻觅吧?"

布兰尼肯夫人回答道:"我知道,梅里特先生,而且从我这方面来说,我也毫不怀疑您为此殚精竭虑,坚持不懈。"

"坚持不懈……很好!……噢!……非常好!……那是因为,夫人,您必须知道,这是一顶世间独一无二的帽子!"

"您的藏品中缺少这顶帽子?"

"非常遗憾,是的……为了找到它,我宁愿丢了自己的脑袋!"

多莉对这个狂人的天真幻想十分诧异,她并非出于同情,而是出于好奇地问道:"这是一顶男式帽子?"

"不,夫人,不是的……这是一位女士戴过的帽子……不过,她

---

① 作者在这里调侃中国人说话喜欢咬文嚼字。

是一位了不起的女士!……请您原谅我对她的名字和身份保密……以避免引起竞争……您设想一下,夫人……如果让别人知道……"

"不过,您知道这顶帽子有什么标志吗?"

"标志?……很好!……噢!……非常好!……我收集了大量的信息,长途跋涉调查研究,知道这顶帽子颠沛流离,命运辗转曲折,最终流落到了澳大利亚,我还知道,这帽子现在的地位很高……是的,非常高!……它现在应该装饰在土著部落的某位首领头上……"

"那么,这个部落……?"

"这是在澳洲大陆北部或西部四处游荡的部落之一。很好!……噢!……非常好! 如果有必要,我将挨个儿拜访这些部落……我要把它们都搜一遍……至于先搜哪一个,后搜哪一个,对我来说都一样,因此,我希望得到您的允许,让我们跟随您的远征队一起找到土著人。"

多莉回答道:"我非常愿意,梅里特先生,我会下令让他们再多找两峰骆驼,如果可能的话……"

"一峰就够了,夫人,我的仆人和我两个人,只要一峰骆驼就够了……在这种情况下,我可以骑骆驼,让乞伐步行就挺好。"

"梅里特先生,您知道我们将在明天早晨出发吗?"

"明天?……很好!……噢!……非常好! 布兰尼肯夫人,我是不会给您拖后腿的。不过,我们还是要事先说好,不是吗? 我绝不掺和约翰船长的事情……这纯粹是您的事……我只管寻找我的帽子……"

多莉回答道:"找您的帽子,一言为定,梅里特先生!"

言尽于此,乔·梅里特转身退了出去,临行前还一个劲地说到,这位女士聪明、能干、大度,有资格找到自己的丈夫,就像他一样有资格找到宝物,这件宝物将使他的历史性收藏更加完善。

乞伎接到通知,准备第二天出发,马上着手收拾从那场绵羊事件的灾难里抢救捡回来的物品,至于绅士与他的仆人将要共享的那峰骆驼——刚才绅士已经描述了共享的方式——弗林特先生已经设法找来了。对此,乔·梅里特非常感激,但也不过仅仅说了一句:"很好!……噢!……非常好!"

第二天,10月26日,布兰尼肯夫人向车站站长告辞,然后发出了启程的号令。护卫队的白人队员全体骑上骆驼,汤姆·马里克斯和戈弗雷走在队列的最前面。多莉和简钻进驼背上的圆顶帐篷里,骆驼两边分别是朗·布克尔和扎克·弗伦。随后过来的是乔·梅里特,他神情庄重地骑坐在骆驼背上的两个驼峰之间,骆驼后面跟着乞伎。再后面是驮着物资的骆驼,以及护卫队的另一半黑人队员。

早晨6点钟,远征队把跨越大陆的电报线路和艾丽丝泉车站抛在了右侧身后,队伍的身影消失在麦克唐纳山脉的一条支脉后面。

10月份的澳大利亚,天气已经十分炎热。因此,汤姆·马里克斯建议把队伍行进的时间安排在每天早晨——从凌晨4点至上午9点钟——以及每天的下午——从下午4点到晚上8点钟。就连夜里的气温都已经开始闷热,因此,为了让远征队适应中部地区令人疲惫的旅程,长时间的休息是必需的。

这里还不算是荒原,一望无际的平原赤地千里,溪流早已干涸见底,水井还没有因干旱而彻底干枯,但只剩下少许咸味的井水。

山脉脚下,地貌起伏不平,那些都是麦克唐纳山脉和斯特朗维山脉错综复杂的余脉分支,一条电报线路穿越这片山地,蜿蜒向西北方向延伸。远征队必须与那条电报线路分道扬镳,坚定不移地向正西,与南回归线几乎平行的方向行进。这条路线与贾尔斯于1872年曾经走过的路线几乎一样,那条路线在距离艾丽丝泉车站以北25英里的地方,与斯图尔特曾经走过的路线相交。

在如此起伏不平的地方行走,骆驼的步履十分缓慢。沟壑间稀稀落落地淌着几条细小的溪流,在这种地方,人们可以找到遮阳避暑的树荫,还能喝到相对清凉的溪水,那些骆驼可以连续几个小时不停地饮水,以便在体内储藏备用。

远征队的猎手们负责补充野味肉类储存,他们沿着稀疏的灌木丛狩猎到很多可供食用的猎物,其中大多是兔子。

人人都知道,澳大利亚的兔子就好像非洲的蝗虫。这些啮齿动物的繁殖能力超强,如果人类不采取措施,它们最终将把一切可以啃噬的东西全都啃光。截至目前,远征队的猎手还没有把兔子当作主要食物来源,因为在南澳大利亚的平原和森林里,真正的猎物有很多。只有当野兔①、山鹑、大鸨、野鸭子、野鸽子,以及其他飞禽走兽都打不到的时候,猎手们才会把这些不太好吃的兔子作为狩猎果腹的对象。但是,在这片位于麦克唐纳山脉脚下的地区,猎手们只能遇到什么打什么,而这里漫山遍野到处是兔子。

10月31日晚上,戈弗雷、乔·梅里特,以及扎克·弗伦三个人凑到一起,他们谈论的话题落到了兔子这种亟须消灭的家畜上面。戈弗雷问道,这种家畜在澳大利亚是否一直存在,汤姆·马里克斯

---

① 这里所说的兔子是指生活在野外的家兔,与野兔不是一种动物。

回答道：

"不，我的孩子，它们被引进澳大利亚不过是30年前的事情。它可真是给我们送来的好礼物！这种畜生繁殖的速度如此之快，肆意践踏我们的田园。在有些县份，牧场遭到严重毁坏，以至于绵羊和其他牲畜都无法生存了。田地里到处都是兔子打的洞穴，被破坏得像个漏勺，野草也都被连根啃光。这简直就是一场毁灭性灾难，我相信，移殖民吃不光这些兔子，相反，最终将是这些兔子吃掉移殖民。"

扎克·弗伦指出道："难道就没有想方设法，采取有力措施除掉它们？"

汤姆·马里克斯回答道："应该说，采取的措施都收效甚微，因为它们增加的速度快于被减少的速度。我认识一位农场主，他花费了4万英镑致力于消灭兔子，因为兔子让他的经营点变得一片荒芜。政府甚至悬赏消灭兔子，就像在英属印度，政府悬赏消灭老虎和蟒蛇。然而，唉！兔子就像多头怪兽，你把它的脑袋砍下来，它马上就又长出来新脑袋，甚至长出来更多的脑袋。人们曾经使用士的宁①对付兔子，毒死了成千上万只，甚至差点儿在整个国家引发瘟疫。然而，最终还是无能为力。"

戈弗雷问道："我好像听说，有一位名叫巴斯德的法国学者，他建议采用鸡霍乱对付这些啮齿动物？"

"是的，也许这种措施行之有效？但是，首先必须……进行尝试，但还没有尝试过，尽管已经悬赏2万英镑，鼓励发明有效措施。为此，昆士兰、新南威尔士等地刚刚兴建了长达800英里的金

---

① 士的宁又名番木鳖碱，是由马钱子中提取的一种生物碱，毒性较大。

属网,就是要保护澳洲东部地区免受兔子的入侵。这是一场真正的灾难。"

乔·梅里特接着说道:"很好!……噢!……非常好!真正的灾难……就像是一场'黄祸'①,黄种人最终将入侵全世界五大洲。"

幸亏此时乞伎不在场,否则,他一定会对这种诋毁天朝子民的比喻提出抗议,或者,至少他会耸耸肩,表示对于针对自己种族的嘲笑不屑一顾,权当是一阵耳旁风。

扎克·弗伦说道:"这么说来,澳大利亚人放弃了继续战斗?"

汤姆·马里克斯回答道:"他们用什么方法继续战斗呢?"

乔·梅里特说道:"不过,我倒是觉得,有一种办法能够对付这些入侵的兔子。"

戈弗雷问道:"什么办法?"

"这个办法就是让英国议会通过一项法律,规定'在整个英国,包括英属殖民地,规定只准使用海狸皮帽子。同时,规定所有的海狸皮帽子的制作都必须使用兔毛'……很好!……噢!……非常好!"

说到这里,乔·梅里特用口头禅结束了自己的演讲。

无论如何,在等待英国议会通过上述法律的时候,最好还是先用沿途狩猎来的兔子肉填饱肚子。对于澳大利亚来说,在这里开展狩猎活动总算是件好事儿。

---

① "黄祸论"是成形于19世纪的一种极端民族主义理论,"黄祸"之说最早可追溯至4世纪西迁至欧洲的匈奴人。

至于其他动物,他们还未能打到品尝过;不过,他们倒是远远看到过几只比较特殊的哺乳动物,这些动物在博物学家眼里一定倍受重视。其中一只就是属于单孔目的针鼹,这种动物的口鼻部生长着角质的喙,浑身长满刺猬一样的尖刺,它的食谱主要由昆虫组成,善于躲在洞穴里,伸出细长的舌头捕食昆虫。还有一种动物叫鸭嘴兽,它长着鸭子一样的喙,扁平的身躯长满红棕色的毛发,毛发足有一码长。这两种动物的雌性都有一个特殊之处,即卵胎生;它们产卵,但是幼崽出生后,它们哺乳育雏。

有一天,戈弗雷没有跟远征队的其他猎手在一起,单独一人,非常幸运地发现了一只"艾利",这是一种外形极为粗野的袋鼠,戈弗雷开枪打伤了它,但是被它成功逃脱,钻进了附近的密林里。年轻见习水手只能表示失望,没有紧追不舍,因为,他听汤姆·马里克斯说过,这类哺乳动物虽然很难打到,但其实它们的肉却非常难吃。另外还有一只"邦加利",这是一种浑身长满黑色鬃毛的大型动物,它像其他有袋类动物一样,钻进一簇高高的树丛里,用它那猫爪一样的爪子抓住树枝,吊在上面甩动着长长的尾巴。这种动物主要在夜间活动,藏身在浓密的树枝里,很难被发现。

要知道,汤姆·马里克斯曾经说过,邦加利是一种极佳的狩猎目标,它的肉在炭火上烤熟以后,味道比袋鼠肉鲜美多了。大家都很遗憾没有机会品尝一次,因为在靠近荒原的地区,很可能再也看不到邦加利的踪影。确实如此,随着路程向西延伸,远征队将不得不依靠携带的食品维持生计。

不过,尽管路途艰难,汤姆·马里克斯依然成功地把每24小时的平均行进速度维持在12至14英里——达到了本次远征预期的平均速度。尽管天气已经非常炎热——阴影下的温度高达30至

35摄氏度——大家还能够比较轻松地忍受。确实,在白天的时候,还能够找到几丛树木,在树荫下搭建宿营地,舒适条件也还差强人意。另一方面,水还不缺,尽管只是在河床上的涓涓细流。每天上午9点至下午4点钟的休息,足可以让人、畜从长途跋涉的疲惫中缓过劲儿来。

这个地区无人居住。最后的经营点也已经被抛到了身后。看不到围场,也没有了农庄的围墙,这里的野草矮小干枯,根本养不活绵羊。偶尔难得遇见几个土著人,他们都是前往大陆电报线路沿途的各个车站。

11月7日,下午,走在队伍前面半英里的戈弗雷返回队伍,他报告说前面看到一个骑马的人。这位骑士沿着麦克唐纳山脉脚下的一条狭窄小路行进,那里地面上到处是变质的石英岩和砂岩。他老远看到远征队,立刻双腿一夹,驱马赶过来会合。

远征队的人员刚刚在一簇稀疏的桉树丛安顿下来,两三棵树勉强用树荫给大家遮阳。树荫下,有一条细小的溪流,水源隐藏在山脉深处,溪水流到这里,全部被这几棵桉树的根须吮吸净尽。

戈弗雷把来人带到布兰尼肯夫人面前。她首先给来人送上一满杯白兰地酒。来人对这份意外的礼物感激万分。

来人是位澳大利亚白人,年龄在35岁左右,此人是个出色的骑手,他的皮肤好似防水塔夫绸一般光润油亮,足以抵御雨水浇淋;他的皮肤焦黄,足以抵御太阳光的烧灼。他是这个国家的邮差,他性格开朗,对于自己履行的职责虔诚而执着。他在这块殖民区的各个县份之间往返奔波,递送信件,从一个车站到一个车站传播消息,游走于各个村庄之间,这些村庄从东到西分布在电报线路的沿途各地。他穿越了延伸到麦克唐纳山脉脚下的整个地区,刚刚从位于布拉夫山脉南坡的马丘泉车站返回。

这个邮差属于"干粗活"的那个阶层,大致类似于当年法国的驿站马车夫,是那种"好小伙儿"类型的人物。他耐得住饥饿,也耐得住干渴。这种人走到哪里都会受到热情欢迎,即使他没有从帆布包里取出来一封信。他坚定勇敢,体格健壮,腰间别着手枪,斜背着步枪的皮背带,胯下的骏马体态矫健,迅疾如风,他日夜兼程,

从不畏惧沿途任何艰险。

　　布兰尼肯夫人很高兴与他攀谈,向他了解本地土著的有关情况,邮差与这些土著免不了要打交道。

　　这位正直的邮差殷勤而简洁地回答布兰尼肯夫人的提问。他听说过——和所有人一样——富兰克林号海难事件；不过，他并不知道有一支远征队，也不知道这支队伍的组织者是约翰·布兰尼肯船长的妻子，更不知道这支远征队已经离开阿德莱德，动身前往澳洲大陆中部地区开展搜寻行动。布兰尼肯夫人还告诉他，根据亨利·菲尔顿的叙述，14年来，约翰·布兰尼肯船长就被羁押在当地的安达斯部落手里。

布兰尼肯夫人问道："在您的奔波途中，是否与这个部落的土著人发生过交集？"

邮差回答道："没有，夫人。尽管这些土著有时候会靠近亚历山德拉地区，而且我也经常听人说起过他们。"

扎克·弗伦问道："也许，您能告诉我们这些土著现在在哪里？"

"要想知道这些游牧部落在哪里，这实在很难……不同的季节，他们会游荡在不同地点。"

布兰尼肯夫人坚持询问这个问题，她接着说道："知道他们最后一次露面的地方吗？"

邮差回答道："夫人，我能够肯定地说，6个月之前，安达斯部落曾经出现在澳大利亚东部的西北方向，靠近费茨-罗伊河①的区域。塔斯曼地区的土著部落最喜欢经常光顾那片区域。活见鬼！您知道，要想到达那个区域，必须穿越中部和西部的荒原，我还真无法告诉您，穿越这些荒原有多么艰难！……总而言之，俗话说：有勇气和能力，就能走得遥远……那么，请储备足够的勇气和能力吧，布兰尼肯夫人，祝您一路顺风！"

---

① 费茨-罗伊河是澳大利亚北部的河流，全长525公里。发源于都拉克山脉，由金恩湾注入印度洋。

邮差又接受了一大杯白兰地,甚至还接受了几个罐头,他把罐头塞进马鞍旁的口袋里,然后,翻身上马,疾驰绕过麦克唐纳山脉的最后一处山脚,消失了踪迹。

两天以后,远征队翻过了这条山脉的最后一条支脉,那里矗立着李比希峰,来到位于艾丽丝泉车站西北方向130英里的地方,这里已经属于荒漠的边缘地带。

第九章

布兰尼肯夫人的日记

提到"荒漠"这个词汇,人们脑海里总会想起撒哈拉沙漠,想起那一望无际的沙漠平原,以及清凉葱绿的沙漠绿洲。不过,澳洲大陆中部地区与非洲北部地区毫无相似之处,当然,在缺水这一点上两个地区都一样。土著们有一句谚语"水在阴影里",澳洲荒漠里有井,每口井彼此相距遥远,旅行者往往不得不从一口井奔往另一口井。澳洲大陆的很大一部分地区都覆盖着沙漠,这些沙漠或平坦无垠,或隆起成为沙丘,尽管如此,澳洲荒漠的土地并非绝对干燥无水。澳洲荒漠里有灌木丛,灌木丛上还点缀着小花儿,远远地还会出现几株树木,例如树胶桉树、刺槐、桉树,这些景色与光秃秃的撒哈拉沙漠相比,少了些荒凉凄惨的情调。然而,这些树木和灌木丛既没有可供食用的果实,也没有树叶可供利用,远征队必须携带足够的生活物资,这个地区到处死寂沉沉,只有天上路过的飞鸟能够带来一丝生机。

布兰尼肯夫人坚持有规律地书写日记,而且日记内容准确翔实。摘录几段她的日记,比我们所做的简短描述更有助于了解这段艰辛历程。这些日记更能折射出多莉那充满活力的内心世界,反映出她面对考验的坚定信念;即使周围的同伴都已气馁绝望,她仍毫不动摇，坚忍不拔，从不放弃。从她的日记里可以看到，当一个女人下定决心要去履行责任，她就几乎无所不能。

....

11月10日——早晨4点钟，我们离开位于李比希峰脚下的宿营地。邮差向我们提供的信息非常宝贵。这些情报与可怜的亨利·菲尔顿提供的信息相吻合。是的，必须取道西北方向，特别是朝费茨-罗伊河走，才能找到那个安达斯部落。这段路程需要跨越大约800英里！……我们一定能够跨越！我一定要去，哪怕就剩我一个人，哪怕我也变成这个部落的俘虏。至少，我将和约翰一起做俘虏！

我们朝西北方向前进，行进路线与沃伯顿上校的路线大致相同。一直到费茨-罗伊河之前，我们的行进路线都与他的路线高度重合。但愿我们的遭遇不要与他的遭遇相似，在我们中间，千万不要有人因筋疲力尽而夭折，迫使我们不得不抛下他们离去。很不幸，我们的处境比沃伯顿的处境更为艰难。沃伯顿上校离开艾丽丝泉车站的时间是4月份——相当于北半球的10月份，换句话说，是在炎热季节即将结束的时候。我们的远征队则恰恰相反，我们离开艾丽丝泉车站的时间是10月底，现在已经是11月份，也就是说，是澳大利亚的夏初时节。因此，现在的天气已经十分炎热，在树荫下也高达35摄氏度，更何况还不一定有树荫。我们只能盼望出现一片云朵遮挡太阳，期盼一簇树丛可以暂时遮阴……

汤姆·马里克斯制订的行进作息时间表非常实用。每天行进的时间和里程也都安排得十分合理。早晨4点至8点钟是第一个行进时间段，然后休息，直到下午4点钟。第二个行进时间段为下午4点至晚8点钟，然后是整晚休息。按照这个安排，我们就避免了在正午高温时行进。然而,我们也丧失了很多时间!延误了很久!即使一切顺利,从现在起3个月以后,我们才能勉强抵达费茨-罗伊河畔……

我对汤姆·马里克斯的服务非常满意。他与扎克·弗伦两个都是意志坚定的人,我在任何情况下都可以信赖他们。

戈弗雷天性好动,令我十分担忧。他总是跑到队伍的前面,经常跑出我们的视线以外。我很难把他拘在自己身边,然而,这个孩子非常爱我,就好像是我的亲儿子。汤姆·马里克斯已经对他的轻举妄动提出过警告,我希望他能引以为戒。

朗·布克尔总是待在队伍的最后面,似乎不愿意与护卫队的白人队员打交道,宁愿与黑人队员为伍。朗·布克尔与土著有过长期交往,了解这些黑人的爱好、天性,以及生活习惯。今后,当我们遇到土著人,朗·布克尔将对我们非常有用,因为他懂得土著人的语言,能够与他们相互交流。但愿可怜的简的这位丈夫能够痛改前非,不过,我仍然心存疑虑!……他的眼神并没有改变——总是躲闪回避,隐晦莫测。

11月13日——最近三天来,没有任何新的消息。看到简回到了我的身边,真让我感到宽慰和欣喜!一路上,我们两人单独待在圆顶帐篷里,彼此交谈了许多话题!我把自己的信念告诉了简,她已经不再怀疑我一定能找到约翰。不过,这个可怜的女人依然非常悲伤。朗·布克尔强迫她跟随远赴澳大利亚,从那时以来,她都经历了什么,我从来也没有向她询问过这段经历。我明白,她不可能向我和盘托出。有时候,我能感到她想对我说点儿什么……似乎朗·布克尔在监视着她……每当简看到他,每当朗·布克尔走

过来,简就会神态失常,脸色都变了……她害怕他……毫无疑问,这个男人控制着简,而且,只要这个人做个手势,简就会跟随他浪迹天涯海角。

简似乎很爱戈弗雷,但是,每当这个可爱的孩子靠近我们的圆顶帐篷,想要和我们说话,简总是不敢对他说话,也不敢回答他的问话……简的眼神总是回避戈弗雷,故意低头躲避……似乎,戈弗雷的出现让简感到局促不安。

今天早晨行进的时候,我们穿越了一片广阔的多沼泽的平原。我们在那里找到了几处水洼,那些水都有咸味,几乎就算是盐水。汤姆·马里克斯告诉我们说,这些水洼过去都曾经是湖泊,而且与诶额湖和托列斯湖连成一体,把澳洲大陆一分为二。真幸运,我们刚刚在上一次休息的时候补充了储备水,不过,我们的骆驼倒是开怀畅饮了一番。

看起来,我们曾经路过不少潟湖,不仅在平原的洼地,就是在地势较高的地区也遇到过。地表是湿润的;我们的坐骑踏破了覆盖地表的一层盐壳,蹄子上沾满了黏稠的泥巴;有的时候,地表的盐壳扛住了骆驼蹄子的压力,但是,有时盐壳会突然破裂,骆驼蹄子猛地陷进淤泥,激起一股泥浆喷涌而出。

穿越这些沼泽地区真是困难重重,这些沼泽地区向西北方向延伸,绵延数十英里。

澳大利亚到处都能遇到蛇,我们从阿德莱德出发以后,就已经遇到过蛇,然而,在这儿到处散布着小灌木和灌木丛的沼泽地区,蛇的数量尤其众多。我们的一名护卫队员甚至被这种有毒的爬行动物咬了一口,这些蛇身长超过3英尺,棕色,人家告诉我,它们的学名叫竹叶青蛇。汤姆·马里克斯立刻给这个人的胳膊上倒了一小撮火药粉末,并且点着了烧灼伤口。那个人——是个白人——连吭都没有吭一声。在动手术的时候,我一直托着他的胳膊。他对我表示了感谢。我让人给他额外倒了一杯白兰地。我们有理由相信,这个伤口不会导致严重的后果。

在走路的时候要特别小心。即使骑在骆驼身上,也不能完全逃避蛇的伤害。我总是担心戈弗雷粗心大意,每当听到黑人大声叫道:"万道尔!"我都会感到浑身颤抖,因为在土著语言中,那个词的意思就是"蛇"。

晚上,在搭建过夜帐篷的时候,我们的两个土著队员又打死了一条大蛇。汤姆·马里克斯说,在澳大利亚的蛇里面,大约有三分之二是有毒的,但是,对人类生命真正构成威胁的只有5种蛇。刚刚被打死的那条蛇长度达到12英尺,这是一种蟒蛇,那帮澳大利亚人准备把它烹饪了当作美味晚餐。随便他们去吧。

原来他们是这么干的:

首先在沙子里挖一个坑,在火堆里把一些石头烧热,然后把烧热的石头放进沙坑里,并在石头上铺满带香味的树叶。蟒蛇被砍掉了头尾,放入坑内,再把树叶铺放到蛇身上,树叶上面再覆盖热石头。最后用土整个儿掩埋,土层很厚,确保不让香味飘散出来。

我们不无厌恶地看着整个烹饪过程;然而,当这条蟒蛇被烤熟后,从临时炉灶里取出来时,必须承认,蛇肉香味阵阵扑鼻,尽管汤姆·马里克斯向我们保证,这种爬行动物白色的嫩肉绝无异味,而且它的肝脏一向被视为美味珍馐,但我和简都拒绝品尝。

汤姆·马里克斯说道:"蛇肉可以和味道最鲜美的猎物媲美,甚至可以和花尾榛鸡相提并论。"

乔·梅里特叫道:"花尾榛鸡!……很好!……噢!……非常好!美味佳肴,花尾榛鸡!"

他先吃了一小块蟒蛇肝,马上要求给他再来一大块蛇肝,然后大口吞了下去。有啥办法呢?这就是英国式的不客气。

至于乞伎,他根本不用人请,摆开美食家的架势,津津有味地吃下去一大块热气腾腾的蟒蛇肉,随即感到心情特别愉快。

第九章 布兰尼肯夫人的日记

"哎呀!"他叫了一声,颇为遗憾地深深叹了一口气,说道,"如果再有几只宁波产的牡蛎,加上一小瓶绍兴老酒,那可就真像到了铁观园!"

然后乞伎很高兴地告诉我,那是在北京一个名叫铁穹顶的著名茶会。

戈弗雷和扎克·弗伦克制住内心的厌恶感,分别品尝了一小块蛇肉,他们觉得,这蛇肉确实挺好吃。我相信他们的话,但没打算品尝。

不用说,这只爬行动物被护卫队的土著队员们吃得一干二净,就连烹饪过程中掉下来的几小块脂肪都没被放过。

当天夜里,不太远的地方不断传来阴森的嗥叫声,把我们的美梦搅得乱七八糟,这是一群澳洲犬。澳洲犬也被称作澳大利亚豺,因为这种动物既像狗,又像狼。它浑身披着黄褐色,或者棕红色的毛发,拖着一条毛发浓密的长尾巴。非常幸运的是,这群猛兽仅仅是在那里嗥叫,没有对宿营地发起攻击。这种东西如果数量众多,还是相当令人生畏的。

....

11月19日——天气越来越炎热了,我们还能遇到的溪流几乎已经彻底干涸。我们不得不向下挖掘河床,把渗出的水收集起来,储存到小木桶里。很快,我们就不得不依赖井水,溪流将彻底消失。

我不得不承认,在朗·布克尔与戈弗雷之间,存在着无法解释的对立情绪,甚至可以说是天生的反感。他们两人之间从不说话。可以确定,他们两人有意识地尽量相互回避对方。

有一天,我就此问题和戈弗雷谈过一次话。我问他道:

"你不喜欢朗·布克尔?"

他回答道:"没有,多莉夫人,但请别要求我喜欢他……"

我接着说道:"但是,他与我的家庭有联系,是我的亲戚,戈弗雷,既然你爱我……"

"多莉夫人,我爱您,但我永远不会喜欢他……"

亲爱的戈弗雷,是什么样的预感、怎样的神秘原因让他说出这样的话呢?

....

11月27日——今天,展现在我们眼前的荒漠一望无垠,到处覆盖着鬣刺①,景色荒凉单调。鬣刺是一种带刺的草,人称"豪猪草",这个名字恰如其分。我们必须在草丛中穿行,有时候,这些草丛能长到距离地面5英尺高,草丛的尖刺非常锐利,极有可能伤害到我们的坐骑。此时,鬣刺幼苗的颜色已经变得很特别,单看颜色就知道,这种植物不适宜用来喂牲口。而当鬣刺幼苗的颜色为黄色,或者绿色的时候,骆驼是不会拒绝啃噬它们为食的。然而,现在的情况完全不一样了,骆驼们在经过鬣刺的时候,都小心翼翼避免碰到它们。

在这样的条件下,行进变得异常艰难。我们只能迎接挑战,因为,前面还有数百英里的路途,都是这样长满鬣刺的荒原。在澳洲大陆中部的干旱地区,这些荒原上的小灌木丛是唯一能在这里生长的植物。

气温在不断升高,到处都找不到阴影。队伍里的步行者异常艰辛地忍受着高温的折磨。5个月之前,正如沃伯顿上校观察到的,有时候,这里的气温居然可以降到零度以下,溪流的水面上结了拇指厚的一层冰,这种情况谁能相信呢?

那个时候,溪流众多,溪水潺潺;如今呢,无论你在河床里挖掘多深,都看不到一滴水。

---

① 鬣刺属于禾本科,产于热带亚洲和大洋洲,刚硬草本,叶强硬如刺,为固沙植物之一。

汤姆·马里克斯发出命令,要求骑骆驼的护卫队员不时地把骆驼让给步行者骑乘,采取这项措施是为了满足黑人队员的要求。我很遗憾地看到,在这件事上,朗·布克尔成了黑人队员的代言人。毫无疑问,这些人有理由抱怨:光着脚走在鬣刺灌木丛中,在难以忍受的高温折磨下行进,即使行进的时间安排在晚上和清晨,这份艰苦还是难以忍受。但无论如何,朗·布克尔也不应该刺激他们针对白人护卫的嫉妒心理。他掺和了与他无关的事情。我劝他谨言慎行。

他对我回答道:"多莉,我做的这些,是为了大家伙儿的利益。"

我反驳道:"我希望如此。"

"合理分配负担,这点很重要……"

在我们谈论的时候,汤姆·马里克斯插进来说道:"请让我来料理这件事儿,布克尔先生,由我来采取必要措施。"

我看得很清楚,朗·布克尔让步了,但他恨恨地看了我们一眼,神情中带着难以掩饰的怨恨。简也看见了,但是,当丈夫的目光盯向她时,这个可怜的女人却把头扭向一旁。

汤姆·马里克斯向我承诺,处理好他分内的事情,以便让护卫队的队员们,包括白人和黑人队员不再彼此心生怨恨。

....

12月5日——中途休息的时候,白蚂蚁给我们制造了很多麻烦。这些昆虫成群结队向我们发起攻击。它们隐藏在粉末般的沙子下面,只要用脚在沙子上使劲一踩,它们就会爬上沙子表面。

扎克·弗伦对我说道:"我这个人皮糙肉厚,皮肤就像鲨鱼皮,可是,这些可恶的家伙却连我都不放过!"

事实就是,动物的皮肤不够厚,抵御不住这种昆虫上下颌的叮咬。我们不能平躺在沙子上,也不能躲在阴影里,要想躲避这些昆虫,必须待在阳光下,因为它们也抵御不了灼热的阳光。这样一来,真成了前门拒狼,后门进虎。

在我们中间,最少受到这些蚂蚁骚扰的人,居然是中国人。是不是因为他过于懒惰,以至于对这种烦人的叮咬麻木不仁?我不知道;不过,当我们频繁调换位置,浑身乱动,被叮咬得快要发疯的时候,这个幸运儿乞伎却安然高卧在鬣刺灌木阴影里,一动不动,恬然入睡,似乎这些可恶的畜生对他的黄皮肤敬而远之。

此外,乔·梅里特也和他一样耐力十足。尽管他那颀长的身躯为攻击者提供了广阔的啃噬战场,他却毫无怨言。两只胳膊有规律地自动举起又放下,机械地砸死成千上万只蚂蚁,他看着自己那个对蚂蚁叮咬毫不在意的仆人,满意地说道:

"这些中国人当真是大自然最中意的宠物——乞伎?"

"我的主人,乔?"

"要不然我们交换一下皮肤?"

天朝子民回答道:"非常愿意,条件是,我们同时交换一下地位。"

"很好!……噢!……非常好!不过,要想交换皮肤,必须把我们中一人的皮先扒下来,那就先扒您的皮……"

乞伎回答道:"等第三次满月的时候①,我们再讨论这件事。"

他翻身再次入睡,用他诗歌般的语言描述就是:一直睡到第五

---

① 一个月最多只能有两次满月,这句话的意思相当于中国俗语"日头从西边出来"。

次醒来；换句话说，就是一直睡到远征队准备再次上路。

....

12月10日——一直到汤姆·马里克斯发出启程的号令，蚂蚁的叮咬才终于结束。幸运的是，这些蚂蚁没打算顺着骆驼的腿爬上来。至于我们那些步行者，他们还不能彻底摆脱这些烦人昆虫的骚扰。

另一方面，在行进途中，我们还可以免受另一种敌人的攻击；这个敌人就是蚊子，它们简直就是澳大利亚最可怕的瘟疫之一。特别是在雨季的时候，在它们的叮咬下，大批牲畜日渐消瘦，慢慢蔫萎，甚至死亡，人们对此束手无策。

不过，我们还是宁愿身处雨季，不是吗？事实上，与澳大利亚12月份的炎热，以及由此导致的口渴折磨相比，这些讨厌的蚂蚁和蚊虫实在是小巫见大巫。

缺水口渴最终能让人丧失神志，耗尽体力。而现在，我们最后一次遇见溪流时储备的水已经用光，我们的储水木桶已经见底！木桶里仅仅剩下一点儿热乎乎、黏稠，被颠簸搅弄得浑浊不堪的液体，根本无法用来解渴。我们面临的处境很快就要和那些穿越红海轮船上的阿拉伯驾驶员一样：这些不幸的人在轮船锅炉跟前陷入半昏迷状态，跌倒在地。

同样严重的问题是，我们的骆驼变得步履艰难，行进步伐与正常速度相比，开始放缓。它们伸长脖子看着远处的地平线，那里是广阔无垠的光秃秃平原，地势毫无起伏，一马平川。眼前永远是一望无际的荒原，到处长满干枯的鬣刺，这种植物的根系深深地扎进沙土里。一眼望去看不到一棵树，也没有任何迹象显示可以找到水井或者水源。

12月16日——今天,在两个休息点之间,我们的远征队仅仅行进了9英里。另一方面,好几天以来,我已经发现队伍的平均行进速度明显降低。尽管我们的牲畜依然健壮有力,但是行进的步伐变得无精打采,特别是那些驮着器材的骆驼,更是步履维艰。汤姆·马里克斯发现他的手下还没有听到休息号令就突然站住,立刻变得怒不可遏。他走到驮器材的骆驼跟前,用马鞭抽打它们,然而,皮鞭在这些粗犷的牲畜身上收效甚微。

看到这一幕,乔·梅里特用他那一贯的冷静语调说道:

"很好!……噢!……非常好!马里克斯先生!不过,请允许我向您提个建议:您要敲打的不应该是骆驼,而应该是赶骆驼的人。"

毫无疑问,他不应该掺和这事儿惹恼汤姆·马里克斯。我赶紧介入,阻止梅里特继续说下去。

我们的人已经感到筋疲力尽,此时,至少应该小心谨慎,不要再虐待他们,以免他们有人忍不住开了小差。我很担心发生这类事件,特别担心护卫队的黑人队员产生这个念头,不过,汤姆·马里克斯不断安慰我,保证不会发生这类情况。

12月17日至27日——我们在这样的条件下继续旅行。

在本周的最初几天里,天气有些变化,风力越来越强劲。北方天空出现了云朵,堆积成浑圆的螺旋形状,让人觉得,这些云朵好像硕大的炸弹,只要一点火星,就能天崩地裂。

那一天——23日——火星点燃了,一道闪电划过天空。雷电刺耳的爆炸声惊心动魄,但是没有山区特有的持续不断的回声。

与此同时，强大的气流迅猛扑来，我们在骆驼身上坐不稳，赶紧下来，甚至躺在地上，以免被风掀翻。扎克·弗伦、戈弗雷、汤姆·马里克斯，以及朗·布克尔拼尽全力抢救圆顶帐篷，以免被狂风卷走。此刻，要想在鬣刺丛中支起帐篷，安排宿营躲避风雨已经根本不可能。只需片刻工夫，所有帐篷都会被吹散、撕碎，变成破布。

第九章 布兰尼肯夫人的日记

扎克·弗伦搓着双手说道:"没事儿,就是一场暴风雨,一会儿就过去。"

戈弗雷高声叫道:"暴风雨万岁!给我们送点儿水来吧。"

戈弗雷说得对,水!水!这是我们共同的心声……但是,会下雨吗?……问题就在这儿。

是的,水是问题的关键。如果下一场豪雨,对于我们来说,不啻荒原里的吗哪①。很不幸,空气是如此干燥——雷电持续的时间极为短暂——这就表明,云朵中的水汽依然停留在空中,根本不会化为降雨。然而,很难想象还有比这更猛烈的暴风雨,比这更震耳欲聋的雷暴。

曾经有人告诉过我,澳大利亚土著面对这种大气现象抱有一种特殊心态,现在我也观察到了这一点。他们不怕遭到雷击,在闪电面前瞪大眼睛,雷声大作的时候,他们也毫不颤抖。事实上,我们的护卫队黑人队员一齐发出了高兴的欢呼声。当天空中布满雷电,天穹仿佛在燃烧,闪电撕裂了阴暗的天幕,任何生物都感受到强烈震撼的时候,这些土著却毫不畏惧,无动于衷。

很明显,这些野蛮人的神经器官不够敏感,不过,或许他们已经感觉到了暴风中酝酿的骤雨,正在期待着雨水的降临?然而事实上,这种等待犹如坦塔罗斯那令人心酸的苦恼②。

戈弗雷对我说道:"布兰尼肯夫人……布兰尼肯夫人,那确实

---

① 据《出埃及记》记载,吗哪出现于以色列人出埃及后第二个月的15日,耶和华应许摩西将要赐食物予以色列人。吗哪夜间随着露水降在营中,是有如白霜的小圆物。

② 坦塔罗斯是希腊神话宙斯之子,因骄傲自大,侮辱众神而被打入地狱,永远受痛苦的折磨。"坦塔罗斯的苦恼"喻指能够看到目标,却永远达不到目标的痛苦。

是雨水,纯净的好雨,就悬在半空中,在我们的上方!您看到那闪电撕开云彩,但是一滴雨都落不下来!"

我回答道:"耐心一点儿,我的孩子,别放弃希望……"

扎克·弗伦说道:"实际上,那些云彩正在变得浓密,云层正在降低。噢!如果风势能够减缓,那么这喧嚣的一切就终将化作倾盆大雨。"

事实上,最令人担心的事情发生了,狂风席卷着包含水汽的云朵向南吹去,没有给我们落下一滴雨水……

大约下午3点钟的时候,北方的地平线似乎开始显现出轮廓,暴风雨应该是结束了。简直令人大失所望。

"很好!……噢!……非常好!"

这是乔·梅里特刚刚说出的惯用口头禅。这句赞许式的口头禅从来没有如此灵验过。这个英国佬伸出一只手,发现掌心已经被几滴雨水淋湿。

滂沱大雨顷刻来临。我们只能蜷缩在橡胶衣下避雨。随后,一分钟都不耽搁,我们携带的所有容器都被摆放在地上,迎接天降甘霖。人们甚至把衣服、帆布、卧具都摊开,让它们浸透雨水,然后再拧出水来——这些水可以供牲畜们解渴。

此外,雨水落下的同时,鬣刺丛中很快形成了溪水和水塘。骆驼们开怀畅饮,努力缓解干渴的折磨。平原几乎变成了一片沼泽。有水了,人人都有份。我们对这场丰沛的雨水欣喜若狂,脚下干旱的土地像海绵一样吸吮着雨水,太阳已经在地平线上露头,很快就会把每一滴水蒸发殆尽。

无论如何,我们储存的水够用好多天。我们的人员精神焕发,体力充沛,骆驼们步履矫健,每天的行进速度也可以恢复正常了。

存水的木桶装得满满的。所有可能用来存水的容器都用上了。至于骆驼们，它们把老天恩赐的体内储水袋填满，利用体内存水，它们可以在一段时间内自给自足。说起来让人吃惊，骆驼体内的储水袋可以容纳大约15加仑的水。

遗憾的是，暴雨虽然可以湿润澳洲大陆的地表，但是这样的暴雨太少了，特别是在盛夏高温最猖獗的季节，暴雨尤其弥足珍贵。降雨为我们提供了有利时机，但是将来，如果过分依赖这种机会，那可是非常危险。这场暴雨仅仅持续了3个小时，溪流干涸的河床很快就能把天降甘霖吮吸净尽。确实，水井里的水可以保持得持久一些，我们应该为此感到庆幸，但前提却是这场暴雨并非局部降水。希望这场甘霖能够浸润方圆数百英里的澳洲平原。

....

12月29日——就是在这样的条件下，我们紧贴着沃伯顿上校走过的路线，顺利地抵达了滑铁卢泉，此地距离李比希峰大约140英里。我们的远征队就此抵达了126度经度线，汤姆·马里克斯和戈弗雷在地图上标出了这个地点。远征队刚刚越过了协议边界，这条边界由一条纵贯南北的直线构成，边界一侧是临近的几个殖民区，另一侧是澳洲大陆一块辽阔的土地，它的名字叫作"西澳大利亚"。

第十章

再摘录几段日记

滑铁卢泉算不上是个小镇,甚至都算不上是个村庄。那里只有几栋土著人的茅屋,而且,在这个季节里还被废弃空置,别的啥也没有。只有在雨季,当雨水滋润了这里的河流,游牧土著部落才会在这里停留——雨水能让他们在这里停留一段时间。与荒原里的其他地名一样,滑铁卢泉这个名字里包含的"泉"字根本名不副实。这里没有一滴泉水涌出地面,如果说在撒哈拉沙漠的清凉绿洲里,绿树成荫,溪水潺潺,在澳大利亚的荒漠里,却完全是另一番景象。

布兰尼肯夫人在日记里描述了这番景象,我们还将再摘录几段她的日记,与大多数翔实的描述相比,这些日记片段能让我们更好地了解这个国度,了解那些冒险进入这个地区的勇敢者面临的恐怖考验。这些日记片段也能让我们欣赏到作者的精神力量,以及她坚忍不拔的毅力,不惜一切代价,不达目的绝不罢休的决心。

....

12月30日——我们需要在滑铁卢泉休整48个小时。每当想到距离费茨-罗伊河谷还有遥远的路程,我都会因延误时间而感到心焦。谁知道我们是否需要越过那个河谷去寻找安达斯部落?自从亨利·菲尔顿离开那个部落以后,不知道我可怜的约翰怎么样了?……那些土著不会因为约翰同伴的逃走而惩罚他吧?……我实在不应该这么去想……这个想法令我悲恸欲绝!

扎克·弗伦试着安慰我。

他对我说道:"既然那么多年了,约翰船长和亨利·菲尔顿一直遭到安达斯人的羁押,那就说明土著觉得有必要留着他们。夫人,正如亨利·菲尔顿所说,这些土著们发现约翰船长是个有利可图的重要人物,他们一直在等待时机,妄想用他交换到与其身份等值的赎金。在我看来,同伴的逃跑应该不会导致约翰船长的处境更加恶化。"

上帝保佑,但愿如此!

······················

12月31日——今天是1890年的最后一天。15年以前,富兰克林号启程离开圣迭戈港……15年了!……而我们的远征队离开阿德莱德才只有四个月零五天!我们在荒漠里开始了新的一年,这一年将会怎样结束呢?

······················

1月1日——我的同伴们不希望还没有给我新年祝福就让这一天匆匆过去。我亲爱的简神情异常激动,她拥抱了我,我也长时间地把她拥抱在怀里。扎克·弗伦和汤姆·马里克斯都来和我握过手。我知道,他们是我的朋友,至死不渝的朋友。远征队所有人围着我,向我送上热情洋溢的新年祝福。不过,我说的所有人不包括护卫队的黑人队员,他们总是会流露出不满情绪。很明显,汤姆·马里克斯费了很大劲才让他们循规蹈矩。

朗·布克尔用他一贯的冰冷语气向我祝福,向我保证彼此合作成功。我们必将达到预定目标,对此他并不怀疑。不过,他对我们前往费茨-罗伊河的道路是否正确仍心存疑虑。在他看来,这些游牧部落更多出现在昆士兰附近地区,也就是说,是在澳洲大陆东部。他补充说,确实,我们正在前往亨利·菲尔顿离开他的船长的地方……但是,谁能保证这些安达斯部落的土著没有迁移呢?等等。

朗·布克尔说这些话的时候,他的语气让人无法给予信任,就像有些人在说话的时候,不敢看着对方的眼睛。

然而,我最倾心关注的人还是戈弗雷。他在鬣刺丛中采摘小野花,做成一个花束,然后兴高采烈地送给我,他对我说话的语调那么温柔,令我不禁热泪盈眶。我紧紧拥抱着他,我的戈弗雷,亲吻着他,他也回吻了我……为什么我总要想到我的小瓦特与他年龄相仿……如果小瓦特能像他一样……

简就在旁边看着……她很受感动,看到戈弗雷出现,简的脸色变得苍白…..我觉得她都快昏过去了。不过简又缓过来了,她的丈夫把她搀扶走……我没敢把她留住。

这一天,凌晨4点钟,天还没亮,我们重新上路了。气温不太高还能让人接受。经过充分休息,骑乘和驮物资的骆驼都已经恢复体力,行进的步伐也更矫健。甚至还得让骆驼走慢一点,以便让步行的队员能跟得上。

....

1月15日——连续几天,我们都保持了足够快的行进速度。又下了两三次大雨。我们不再受到干渴的困扰,携带的储备水也已更新补足。在荒漠旅行遇到的所有问题中,水是最重要,也是最可怕的问题。必须时刻关注这个问题。事实上,在我们的行进路线上,下雨的机会似乎很少。沃伯顿上校在旅途中也遇到了同样的问题,他的旅行最终结束于塔斯曼地区的西部沿海地带。

从现在开始,我们依靠携带的物资生存——完全依赖这些物资。狩猎的收获已经根本指望不上,猎物都已逃离这片死气沉沉的孤寂荒漠。偶尔还能远远看到几群鸽子,但根本无法靠近。它们经过长途飞行,已经无力扇动翅膀,这才会落到鬣刺丛上休息。不过,我们携带的食物可以满足好几个月的需要,在这个问题上,我并不感到担忧。在扎克·弗伦一丝不苟的监控下,这些食物,包括罐头、面粉、茶叶、咖啡得到合理有序的分配。我们也服从分配,因为我们有着共同的命运。任何人都不能特殊。护卫队的黑人队员也不能抱怨我们享受了比他们更好的待遇。

在这个地区,偶尔还能看到几只迷路的麻雀,不过,不值得花费气力去追赶它们。

依然到处都有数量众多的白蚂蚁,让我们在休息时间感觉极为痛苦。至于蚊子,这个地区太干燥了,以至于让我们免除了蚊子的骚扰。汤姆·马里克斯说道:"等到了潮湿地方,蚊子就会去而复返。"好呀,我宁愿忍受蚊子的叮咬。水能吸引蚊子,我们就能喝到水,这个代价不算高。

1月23日白天,我们抵达了距离滑铁卢泉90英里的玛丽泉。

这个地方生长着一簇稀疏的树木,这是几株桉树,它们把周围土壤里的水分吸干,半死不活地立在那里。

戈弗雷说道:"它们的叶子垂着,活像受到干渴折磨的舌头。"

这个比喻恰如其分。

我注意到,这个年轻的男孩子虽然热情果敢,但仍然保留着与年龄相符的快乐天性。他的身体发育很好,打消了我原来的担忧,因为他正处于成长的青春期。他与约翰令人难以置信的相似,令我时常感到困惑……当他双眼看着我的时候,那眼神与约翰一模一样;当他与我说话的时候,那语调也和约翰一模一样;……他谈论事情和表达思想的方式,都让我想起可怜的约翰!

有一天,我想提醒朗·布克尔注意到这个特殊现象。

他回答道:"可是不对呀,多莉,这纯粹是您的幻觉。我得告诉您,这些相似之处并没有让我感到有何特别。我觉得,它仅仅存在于您的想象之中。没关系,总而言之,如果您对这个男孩如此看重,仅仅是出于这个原因……"

我接着说道:"不是,朗,我之所以这么喜欢戈弗雷,那是因为我发现,他热衷追求的,恰恰是我生命中唯一的目标……那就是找到并拯救约翰。他恳请我带他来,他的恳求打动了我,所以我同意了他的请求。另一方面,他是我在圣迭戈抚养的众多孩子之一,是那些可怜的无家可归的孩子中的一个,他们都是在瓦特之家长大的……戈弗雷就好像是我的小瓦特的兄弟……"

朗·布克尔反驳道:"我知道……我知道,多莉,我在某种程度上能够理解您。但这件事情上,您在感情用事,而非理性思考,但愿您不会为此而后悔。"

我生气地反驳道:"朗·布克尔,我不愿意听到您如此说话,您这样的指责让我很受伤,您跟戈弗雷之间有什么恩怨吗?"

"啊!没有……迄今什么都没有。但是,谁知道呢……过些时候……也许他会滥用您对他的有些过分的溺爱,为自己捞好处?……一个捡来的孩子……谁也不知道他是从哪儿来的……他的身世……他的血管里流淌着谁的血……"

我大声叫道:"我告诉您!他的血管里流着勇敢正直人的血,

在布里斯班邮轮上,他受到所有人的喜爱,包括他的上司和同事,他的船长告诉我,戈弗雷从未遭到过任何投诉!扎克·弗伦了解他,同我一样欣赏他!请您告诉我!朗·布克尔,究竟为什么您不喜欢这个孩子?"

"我……多莉!……我既没有喜欢他,也没有不喜欢他……他对于我根本无所谓,仅此而已。至于我的友谊,我不会随便送给别人,我只想着约翰,想着把他从土著人手里夺回来……"

如果说,朗·布克尔想要给我一个告诫,我拒绝接受。因为这个告诫是错误的。我不会因为这个孩子而忘记我的丈夫;但是想到戈弗雷将要与我共同努力,我感到十分幸福。我坚信,约翰一定赞成我做过的一切,以及我为这个年轻男孩的未来而准备做的一切。

当我把这次对话内容告诉简,可怜的女人低下头,一言不发。

至于简对此抱什么态度,我不会强求。简不愿意,也不可能指摘朗·布克尔的错误。对于她的保留态度,我能理解,这是她的义务。

━━━━━━━━━━━━━━━━

1月29日——我们来到一个小湖泊边,它是一种潟湖,汤姆·马里克斯认为这里就是白湖。这个湖泊之所以叫"白色的湖",那是因为这里的湖水蒸发后,在湖底留下了一层盐壳。白湖也是内陆海的残余部分,那个内陆海当初曾经把澳洲大陆分隔成两个大岛屿。

扎克·弗伦更新了我们的食盐储备;本来我们希望找到饮用水。

附近麇集着大量的老鼠,这些老鼠比普通老鼠的个头要小。

必须提防它们的攻击。这些动物特别贪婪,能啃噬光所有够得着的东西。

另一方面,黑人们并不认为应该忽视这些猎物。他们成功地抓捕了十多只老鼠,把它们收拾干净,做熟了,把恶心的老鼠肉当作美餐吃得一干二净。我们必须保证物资不要发生短缺,以免陷入不得不吃老鼠肉的窘境。愿上帝保佑我们永远不要沦落到这一步!

现在,我们来到了那个名叫"格里阿特荒原"的边缘地带。

在走过最后20英里的路程时,地貌逐渐发生变化。鬣刺丛变得不那么浓密,这种绿色植物逐渐稀疏,乃至慢慢消失,也许是由于土壤过于干燥,以至于连这种耐旱植物也无法适应?也许真是如此,眼前这片一望无际的荒原起伏不平,到处是隆起的红色沙丘,看不到溪流河床的踪迹。眼前景象让人猜想,这片烈日灼烤的土地上也许从来就没有下过雨——即使在冬季也滴雨全无。

眼前的干旱景象令人心惊肉跳,面对这片惨景,我们当中不少人都产生了强烈的悲哀预感。汤姆·马里克斯在地图上给我指出这片荒僻凄凉的地方:贾尔斯和吉普森走过的路线在这里留下一片空白。向北,沃伯顿上校的路线显示,他在行进中犹豫不决,多次左右摇摆,为了寻找水井而往返奔波。在这里,他的人员开始生病,忍饥挨饿,筋疲力尽……就是在这里,他的牲畜纷纷倒毙,他的儿子濒临死亡……如果有人真想重蹈他的路线,最好不要去阅读他的旅行笔记……否则,最勇敢的人都会打退堂鼓……但是,我读过他的笔记,而且反复阅读……我却并不灰心丧气……这位冒险家以身犯险,目的是研究澳洲大陆的未知地域,而我却是为了找到约翰……这是我生命中唯一的目标,我一定要实现它!

....

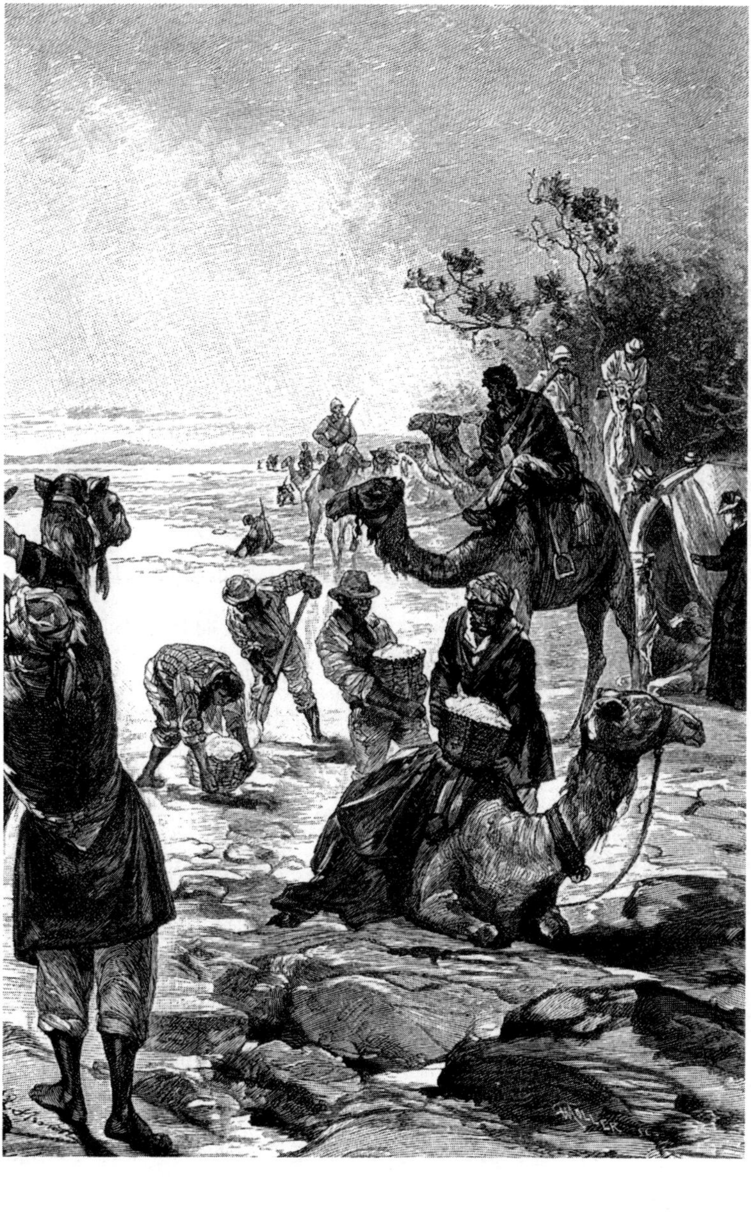

2月3日——5天以来,我们不得不再次减缓行进速度。在漫长的旅途中损失时间。没有什么比这更令人遗憾了。由于地面坎坷不平,我们远征队无法沿直线行进,因此耽误了更多时间。地面变得更加坎坷,迫使我们不停地上坡、下坡,有时候坡度相当陡峭。有时候,面对突兀的沙丘,骆驼队无法翻越,只好在沙丘之间绕行。还有一种沙质的丘陵,丘陵高度可达100英尺,丘陵彼此之间的距离只有600至700英尺。步行者陷在沙子里行走,步履日趋维艰。

天气酷热难耐。太阳投射出强烈光芒,让人无法忍受,就好像点燃了火焰的箭镞,向你万箭齐发。只要有可能,简和我就尽量蜷缩在圆顶帐篷里。我们的同伴在每天早晚的旅途中要承受多大的痛苦!扎克·弗伦尽管身强力壮,也已感到筋疲力尽;但是他毫无怨言,依然性情温和,他是一位真诚的朋友,与我患难与共!

乔·梅里特勇敢地坦然面对考验,身处险境而临危不惧。乞伎的耐性不太好,不停抱怨,但丝毫没有打动他的主人。唉,真没想到,这个怪人为了获取一顶帽子,居然甘愿经受如此磨难!

每当有人就此质疑,他总是回答道:"很好!……噢!……非常好!真是一顶世间罕见的帽子!……"

扎克·弗伦耸耸肩膀,喃喃说道:"不就是一顶街头艺人戴过的旧帽子!"

乞伎说道:"就是一顶破帽子,人家趿拉着拖鞋也不愿意戴的破帽子!"

白天,从早晨8点钟到下午4点钟,队伍一步都不想走。大家支起两三顶帐篷,随意就地休息。护卫队员们,包括白人和黑人队员,大家都尽可能地平躺在骆驼的身影里。最令人恐怖的是,水很快就要不够了。如果我们遇到的始终都是枯井,那将面临什么下场?我感觉到汤姆·马里克斯的焦虑不安,尽管他试图掩饰自己的焦躁情绪。他错了,最好什么都不要对我隐瞒。我什么都能理解,就是不会变得软弱无措。

··

2月14日——又过去了11天,在这期间,我们仅仅遇到一次持续两个小时的降雨。这点儿降水勉强能把我们的储水桶灌满,勉强能让我们的人解渴,也勉强让我们的骆驼补充了体内的水分贮备。我们抵达了艾米莉泉,那里的泉水已经彻底枯竭。我们的牲畜已经筋疲力尽。乔·梅里特甚至已经无法驱动他胯下的骆驼前进。尽管如此,他并没有鞭打这头牲畜,而是试图感化它,我听到他对骆驼说道:

"瞧瞧,我可怜的畜生,即使你感到困苦,但至少你还没有感到恐惧。"

那头可怜的牲畜似乎没听懂这两个词汇含义的区别。

我们继续上路,内心的焦虑超过以往任何时候。

有两峰骆驼生病了。它们步履艰难,无法继续前行。这峰驮骆驼身上的物资被转移到另一峰骑驼身上,那峰骆驼本来归一位白人护卫队员骑乘。

让我们感到庆幸的是,迄今为止,汤姆·马里克斯胯下的那匹公骆驼依然精力充沛,如果没有了它,其他骆驼,特别是那些母骆驼就会群龙无首,四处溃散,没人能控制住局面。

对于病倒的可怜骆驼,必须结束它们的生命。否则,任由它们死于饥渴,遭受临终前的漫长折磨,那样做更不人道,还不如一枪结束它们的痛苦。

远征队走远了,绕到一座沙丘的背后……听到了两声枪响……汤姆·马里克斯追上我们,远征队继续自己的旅程。

更让人害怕的事情发生了,我们当中有两个人的身体状况令我极为担心。他们开始发烧,我们给他们服用了金鸡纳霜①,随队携带的药箱里还有许多药品。不过,他们都感到极度干渴。我们储备的水已经喝完了,而且没有任何迹象显示附近能找到水井。

生病的队员分别躺在一峰骆驼背上,他们的同伴用手牵着骆驼走。我们不能像抛弃生病的骆驼那样抛弃同伴。我们要照顾他们,这是我们的职责,必须履行职责……但是,残酷的高温正在一点儿一点儿地吞噬他们的生命。

面对荒漠的考验,汤姆·马里克斯早已司空见惯,尽管他曾经照顾过殖民地警察队伍里的同伴,但是现在他也束手无策……水……水!……既然在地面上找不到水,我们只好向天上的云彩祈祷。

护卫队的黑人队员抗疲劳和忍受高温的能力比较强,他们感受的痛苦比较小一些。

然而,尽管他们的感受不如其他人更痛苦,但是,他们的不满情绪却与日俱增。汤姆·马里克斯竭力安抚他们,但是毫无效果。在途中休息的时候,情绪最激进的黑人队员聚集到一旁,商量、发泄,即将爆发的变故已经显露征兆。

21日白天,按照预先商量的方式,所有黑人队员拒绝向西北方向行进,理由就是他们都要渴死了。确实呀,他们的理由非常充分!12个小时以来,我们的水桶里已经没有一滴水了。我们不得

---

① 金鸡纳霜即奎宁,是一种抗疟药物。

不靠喝酒解渴,结果很不幸,酒精令人头晕。

我不得不亲自介入,劝慰这些固执己见的土著人。必须要让他们明白,在目前情况下,停下来丝毫无助于缓解他们遭受的痛苦。

他们当中的一个人回答道:"如果这样,我们希望往回走。"

"往回走？……走到哪里去？……"

"一直走到玛丽泉。"

我回答道："你们都知道，在玛丽泉找不到水。"

土著人反驳道："如果在玛丽泉找不到水，我们就再往北走一点儿，到威尔逊峰那边，往斯泰德溪方向。"

我看着汤姆·马里克斯，他去找来一张格里阿特荒原的专用地图，我们一起查看这张图。实际上，在玛丽泉的北面，存在着一条比较大的河流，也许，这条河还没有彻底干涸。但是，这些土著是如何知道这条河流的存在？我就此询问那个土著，他一开始有些犹豫，最后还是回答我说，是布克尔先生告诉他们的。甚至，那个向北前往斯泰德溪的建议，也是出自布克尔。

让我感到十分气恼的是，朗·布克尔说话如此不谨慎，但是，鼓动一部分护卫队员掉头向东走——这难道仅仅是不谨慎吗？如此一来，不仅耽误了行程，而且大幅度改变了原定行进路线，使我们远离了费茨-罗伊河。

我坦率地与他进行了交谈。

他回答我道："您想怎么样呢？多莉，与其顺着一条很少有水井的道路前行，不如延误一点，或者绕道一点。"

扎克·弗伦生气地说道："无论如何，布克尔先生，您应该是向布兰尼肯夫人，而不是向土著人传递您的信息。"

汤姆·马里克斯补充说道："您对我们的黑人如此行事，我已经无法控制他们。布克尔先生，究竟是我，还是您当他们的头领？"

朗·布克尔反驳道："汤姆·马里克斯，我觉得您的指责很不合适！"

"先生，您要知道，究竟合适不合适，您的行为就是证明！"

"我在这里不接受任何人的命令,除非是布兰尼肯夫人……"

我回答道:"那好吧,朗·布克尔,如果您打算提出某些批评,我请您告诉我,而不是告诉别人。"

这个时候,戈弗雷说道:"多莉夫人,您是否愿意让我走到远征队前面,先行去寻找水井?……我一定能找到……"

"找到井也是枯井!"朗·布克尔低声说道,耸了耸肩膀转身走开。

简站在一旁观看了这场争论,我能很容易地想象出她的感受。她丈夫的行为破坏了远征队人员之间的良好氛围,可能为我们制造了非常严重的困难。我必须赶紧和汤姆·马里克斯一起说服黑人,让他们放弃掉头往回走的念头。我们费尽气力才说服他们。不过,他们宣称,如果我们在48小时之内依然找不到水井,他们就要掉头走回玛丽泉,并且前往斯塔德溪。

....

2月23日——随后的两天里,我们经受了无法描述的痛苦!生病的两个同伴病情恶化。又有3峰骆驼跌倒再也爬不起来,它们的头平躺在沙地上,腰部鼓胀,一动不能动。必须把它们打死。这是两峰骑驼,以及一峰驮驼。骑在骆驼上行进都让人疲惫不堪,而截至日前,已经有4名护卫队的白人队员开始徒步行进。

格里阿特荒原没有人烟!在塔斯曼地区找不到一个澳大利亚人,没有人能告诉我们水井在哪里!很明显,我们已经偏离了沃伯顿上校的行进路线,因为沃伯顿上校从未走过这么远的路而没有补充到水。确实,他遇到水井往往是半干枯的,里面只有一些黏稠、温热,勉强可以饮用的水。现在,即使有那样的水,我们也能心满意足……

今天，在早晨行程即将结束的时候，我们终于喝到了水……是戈弗雷在不太远的地方发现了一口水井。

23日一大早，这个勇敢的孩子就跑到远征队前面好几英里远的地方，两个小时之后，我们远远看到他急匆匆地赶回来。

隔着老远我们就能听到他喊叫道:"水井!……水井!"

听到叫喊声,我们这个小小的队伍沸腾了。骆驼也加快了脚步。似乎戈弗雷胯下的那峰骆驼边跑边对它们说道:"有水……有水!"

一个小时以后,远征队在一簇树丛前停下脚步,树叶已经枯萎,树荫下就是那口水井。很幸运,这几棵是树胶桉树,而不是另外一种桉树,如果是那种桉树,水井里的水会被吸光,一滴都剩不下!

不过,在澳洲大陆地表挖掘的水井不仅数量稀少,而且必须承认,这么一群数量不算太少的人,片刻之间就能把井水喝干。井里的水不会太多,而且还需要到沙层下面把水舀上来。其实这些井并不是人工挖掘出来的,而是天然洞穴,在冬天雨季的时候自然形成。水井的深度勉强达到5至6英尺——这个深度足够让井里的水免受阳光暴晒,避免被蒸发,甚至在漫长炎热的夏季也能保存下来。

有的时候,这些存水的地方没有生长着树丛,在荒原地表没有明显标志,很容易从它旁边走过而没有发现。为此,特别需要仔细观察周围地貌:这些都是沃伯顿上校叮嘱的事项,都是至理名言。因此,我们也特别注意观察。

大约上午11点钟的时候,我们已经在水井旁安扎好营地,这一次,戈弗雷特别走运,这口井里的水不仅让我们的骆驼喝了个饱,而且还让我们充分补足了储备水。经过沙子的过滤,井里的水不仅澄澈,而且清凉,因为这个洞穴位于一座高沙丘的脚下,避免了阳光的直接照射。

我们每个人都高兴地从这个储水洞穴中汲水畅饮,甚至需要奉劝同伴慢点儿喝,别畅饮过度闹出病来。

经过这么长时间的干渴折磨,很难想象水给我们带来的美好效果,而且立竿见影,最萎靡不振的人站起来了,立刻感到体力充沛,精神上也随之信心满满,这不啻是一次复活,一次绝处逢生!

第二天,凌晨4点钟,我们重新上路,取道西北方向,走捷径直奔乔安娜泉,那里距离玛丽泉大约190英里。

以上摘录自布兰尼肯夫人的日记,这些文字足以表明,她从未有片刻丧失毅力。现在,我们重新开始讲述这个旅程,未来,在这次旅途中,还将发生很多意外事件,这些事件无法预测,它们带来的后果将非常严重。

第十一章

迹象与事变

通过布兰尼肯夫人日记的最后几段文字,我们已经知道,远征队成员的勇气和信心都已得到恢复。迄今为止,食物从未出现匮乏,携带的食物还够吃好几个月。只是在几段旅途中,出现了缺水现象,不过,戈弗雷发现的水井解了燃眉之急,远征队毫不犹豫地重新上路。

确实,远征队仍然需要面对高温酷热,继续呼吸平原上火烧般的空气,这片平原一望无际,没有树木也没有阴影。如果旅行者不是澳洲本地人出身,他们当中,很少有人能够在要命的高温面前全身而退。在这个地方,土著人能够活下来,外来者无法续命。这里的天气能置人于死地,唯有适者能够生存。

这个地区到处是一望无际的沙丘,以及红色的沙子,沙子的表面的纹路细长匀称,如波浪般起伏延伸。这片土地简直就像被烧灼过,颜色鲜艳,在太阳光的照射下尤为耀眼,不断刺激着人的双目。地表温度极高,以至于白人队员根本不敢光脚跋涉,至于黑人队员,脚上硬化的皮肤能让他们免受烫伤,他们不应该为此再生怨言。然而,他们又在抱怨了。他们的恶意不断上升,表现得越来越露骨。如果汤姆·马里克斯不是为了维护护卫队的团结,以便有效抵御某一个游牧部落的袭击,他肯定已经请求布兰尼肯夫人开除几名手下的土著队员。

另一方面,汤姆·马里克斯注意到,本次远征面临的困难越来越大,他意识到队员们已经疲惫不堪,面临的威胁可能导致减员,他不得不设法保持镇定,不让自己的想法流露出来。只有扎克·弗伦猜到了他的心思,并且愿意得到他的信任。

这一天,扎克·弗伦对他说道:"确实,汤姆,我不觉得您是一个丧失了勇气的男人!"

"我会丧失勇气?……您弄错了,扎克,至少在这一点上弄错了。为了把使命执行到底,我并不缺少勇气。让我害怕的不是穿越荒漠,我是担心穿越荒漠之后,达不到目标,不得不无功而返。"

"汤姆,您是不是担心,自从亨利·菲尔顿逃离之后,约翰船长已经不幸亡故了?"

"我不知道,扎克,而且,您也未必知道得更多。"

"不,我知道,就像我知道一条船需要向左舷行驶的时候,必须把舵杆向右舷转动!"

"扎克,您这么说话的口气,跟布兰尼肯夫人和戈弗雷的口气一模一样,你们把愿望当成了现实。我希望你们是对的。但是,即使约翰船长还活着,他也还在安达斯部落的土著手里,那么,这些安达斯人又在哪里呢?"

"他们就在自己该在的地方。汤姆,他们在哪儿,远征队就去哪儿,哪怕需要继续奔波6个月。见鬼了!当航船无法顺风行驶,那就设法逆风行船,一往无前……"

"扎克,在海上航行,只要知道目的港在哪里,您可以一往无前。但是,穿越面前这片地区,谁知道往哪里去?"

"一味悲观失望,当然无法知道。"

"我没有丧失希望,扎克!"

"不,您失望了,汤姆,更糟糕的是,您让别人看出了自己的心思。一个不能掩饰内心忧虑的人,只配当个坏船长,只会让船员们灰心丧气。请留意自己的表情,汤姆,不是为了在布兰尼肯夫人面前掩饰,她历来毫不动摇,而是为了您护卫队的白人队员!如果他们也和黑人队员一起闹起来……"

"我相信他们,就像相信我自己……"

"就像我一样,我也相信您,汤姆!要知道,有人就盼着咱们逆风行船呢!"

"谁盼着,扎克,不就是朗·布克尔吗?"

"噢!那个家伙,汤姆,如果我是船长,早就把他扔到底舱里,给他两只脚都拴上铁球!不过,他最好小心一点儿,因为我时刻都在盯着他!"

扎克·弗伦对朗·布克尔的监视不无道理。远征队出现混乱状况,罪魁祸首就是他。汤姆·马里克斯原本指望依赖的黑人队员,在朗·布克尔的鼓动下已经乱作一团。这种混乱状况可能妨碍搜寻行动取得成功。这场混乱本来不会出现,因为汤姆·马里克斯对找到安达斯部落,救出约翰船长的可能性并不抱太多幻想。

然而,由于远征队正在向费茨-罗伊河附近地区行进,尽管还没有开始历险,但是,安达斯部落可能会在某种情况下离开塔斯曼地区;那就有爆发战争的可能。每个土著部落的人数在250人到300人左右,部落之间很少和平相处。他们之间的仇恨根深蒂固,敌对双方有着血海深仇,以至于在食人族那里,战争演变成了一场狩猎。换句话说,此时,敌人已经不仅仅是敌人,他同时变成了猎物,胜利者要吃掉战败者。由此爆发的争斗、追击,以及逃亡,往往迫使土著人进行长距离迁徙。因此,有必要弄清楚,安达斯部落是否已经放弃了自己原先的领地,要想弄清楚这些,就必须抓住一个来自西北方向的澳大利亚人。

这正是汤姆·马里克斯努力做的一件事情,戈弗雷也在积极帮助他,尽管布兰尼肯夫人千叮咛万嘱咐,甚至不惜下禁令,戈弗雷依然经常跑到远征队前方好几英里远的地方。他跑出去或者是寻找水井,或者是希望找到几个土著人,不过,迄今为止他还没有获得过成功。

这个地方非常荒凉。实际上,又有哪一个人,无论他对环境的适应能力有多强,能够在如此严酷的条件下生存呢?如果是沿着电报线路冒险,在万不得已的情况下也许可行,但还是要经历严峻考验。

总而言之,3月9日,大约早晨9点半钟,大家听到不远处传来喊叫声——叫声由两个单词组成:库-依喝!

汤姆·马里克斯说道:"附近有土著人。"

多莉问道:"土著人?……"

"是的,夫人,这是他们打招呼的方式。"

扎克·弗伦回答道:"快去找到他们。"

队伍向前走了大约一百步,戈弗雷示意在沙丘之间有两个土著人。要想抓住他们可不容易,因为澳大利亚土著只要看到白人,立刻就会跑得老远。这两个土著试图隐藏到一座高高的红色沙丘后面,躲进鬣刺丛中。但是,护卫队员们成功地包围住他们,并且把他们带到布兰尼肯夫人面前。

其中一个人的年龄大约有五十来岁,另一个是他的儿子,20

第十一章 迹象与事变　　413

岁。他们正准备前往树林湖车站,那个车站属于电报网服务公司。汤姆·马里克斯拿出来各种布料,特别是几磅烟叶作为礼物,把两个土著哄得服服帖帖,他们表示愿意回答他提出的问题——他们的回答随即被汤姆·马里克斯翻译给布兰尼肯夫人、戈弗雷、扎克·弗伦,以及他们的同伴。

两个澳洲土著首先说了他们准备去哪里——大家对这个回答不太感兴趣。不过,汤姆·马里克斯随即问他们从哪里来,这个回答引起大家的认真关注。

土著父亲指着西北方向说道:"我们从那边来……很远……非常远。"

"从海边来?"

"不……从内陆来。"

"从塔斯曼地区来?"

"是的……从费茨-罗伊河来。"

大家都知道,远征队前进的目标,恰恰就是这条河。

汤姆·马里克斯说道:"你们属于哪个部落?"

"属于古尔斯部落。"

"是游牧部落吗?"

土著似乎没有听懂护卫队长的问话。

汤姆·马里克斯再次问道:"这个部落从一个营地换到另一个营地,从来不住在村子里?"

土著儿子看起来更聪明一些,他回答道:"这个部落住在古尔斯村。"

"那么,这个村子紧挨着费茨-罗伊河?"

"是的,从我们村子经过十整天的路程之后,费茨-罗伊河流进了大海。"

费茨-罗伊河流入大海的地点是国王湾,正是在那里,多莉-希望号于1883年年底结束了第二次搜寻行动。年轻土著所谓的10日路程,根据推算,古尔斯村应该位于距离海滨大约100英里的地方。

戈弗雷找来一张大比例尺的西澳大利亚地图，在图上标出了古尔斯村的位置——地图上显示了费茨-罗伊河的方位，这条河发源于塔斯曼地区腹地，那个地区在地图上还是一片空白，费茨-罗伊河从那里发源后，经过250英里的流淌注入大海。

汤姆·马里克斯向两个土著又问道："你们知道安达斯部落吗？"

听到有人提起这个名字，土著父亲和儿子的目光似乎燃起了一团火焰。

汤姆·马里克斯转身对布兰尼肯夫人指出道："很明显，这是两个敌对的部落，安达斯部落与古尔斯部落相互交战。"

多莉回答道："看起来很像，也许，这两个古尔斯部落的人知道安达斯部落在哪里。汤姆·马里克斯，询问他们一下这个问题，想办法获取尽量具体准确的答复。这个问题的答复也许直接关系到我们搜寻行动的成败。"

汤姆·马里克斯提出了问题，年长的土著毫不犹豫地确认，安达斯部落现在占据着费茨-罗伊河的上游地区。

汤姆·马里克斯问道："他们距离古尔斯村有多远？"

年轻人回答道："朝着太阳升起的方向走，20天的行程。"

根据地图上测量的这段距离，安达斯部落的营地距离远征队目前所在的地点大约280英里。这些信息与之前亨利·菲尔顿提供的信息正好吻合。

汤姆·马里克斯再次问道："你们的部落与安达斯部落经常打仗吗？"

土著儿子回答道："一直在打！"

他的语气和动作都表明,食人族的仇恨是多么刻骨铭心。

土著父亲下颌骨咔咔作响表现着食肉的欲望,他补充说道:"我们追踪他们,只要白人头领不继续待在那里给他们出主意,我们就能打败他们。"

第十一章 迹象与事变

当汤姆·马里克斯翻译出这段话,可以想象布兰尼肯夫人和她的同伴们的心情是多么激动。这个所谓的白人头领,在安达斯部落做了这么多年俘虏,谁还能怀疑他就是约翰船长呢?

根据多莉的要求,汤姆·马里克斯继续追问两个土著,但是,关于白人头领的情况,他们只能提供一些并不准确的信息。不过,他们确认,3个月之前,当古尔斯人与安达斯人进行最后一次争斗的时候,这个白人还在安达斯部落的掌握之中。

年轻的澳洲土著叫喊道:"如果没有他,安达斯人不过就是一帮娘儿们!"

这两个土著人的话是否有些夸张,这点并不重要。大家已经从他们口中知道了想要知道的一切。约翰·布兰尼肯与安达斯人待在一起,就在西北方向,距离此地不到300英里……必须在费茨-罗伊河畔追上他们。

远征队准备拔营启程,布兰尼肯夫人向两个土著人又送了一些礼物,然后放他们离开,这时,乔·梅里特拦住了两个土著人。然后,这个英国佬请求汤姆·马里克斯向他们提一个问题,这个问题关系到古尔斯和安达斯两个部落的头领们在举行仪式的时候,他们头上戴着什么帽子。

实际上,乔·梅里特在等待两个土著人的答复时,神情异常激动,丝毫不亚于多莉在询问他们时的激动程度。

这个痴迷的收藏家感到非常满意,当他听说在西北部地区的部落里,有很多外国制造的帽子,他的嘴里连续迸出:"很好!……噢!……非常好!"在举行重大仪式的时候,按照惯例,这些帽子都会戴在澳洲土著最重要头领的脑袋上。

乔·梅里特强调说道:"布兰尼肯夫人,您要知道,找到约翰船长固然很好！……但是,我走遍全世界五大洲,终于找到历史性的珍宝,这个更好!"

布兰尼肯夫人回答道:"那是当然!"

对于这位奇特旅伴的偏执狂热,布兰尼肯夫人敬而远之。

乔·梅里特补充说道:"您听到了吗？乞伎。"他边说边转身看着自己的仆人。

中国人回答道:"我听见了,我的主人乔,当我们找到这顶帽子以后——"

"我们就返回英国,回到利物浦,然后在那儿,乞伎,您要优雅地戴上一顶无边圆帽,穿上红色的绸缎长袍,再披上一件黄色绸缎的'马考尔',您不用干别的,就负责向帽子爱好者展示我的藏品,您觉得满意吗？……"

乞伎诗意盎然地回答道:"就像一朵汉唐花,在微风中盛开,玉兔从天而降,奔向西方。"

与此同时,他摇了摇脑袋,表示对自己幸福的未来毫无信心,就像当初他的主人曾经允诺,以后要推荐他出任穿7个纽扣衬衫的中国官员。

朗·布克尔旁听了汤姆·马里克斯与两个土著人的对话,他能听懂土著语言,但是没有插话,也没有提出任何有关约翰船长的问题,他认真听着,用心记下了有关安达斯部落现状的所有细节,他在地图上查看那个部落所在的地点,也许他们就待在费茨-罗伊河的上游。他计算着远征队前往那里需要跋涉的距离,以及队伍穿越塔斯曼地区的这个区域所需要的时间。

实际上,如果不出现意外,运输工具平安无事,队伍能够克服旅途劳顿,经受住高温的折磨,那么,幸运的话,这个过程大约需要几个星期的时间。朗·布克尔感到这些确切的信息将会鼓起全体队员的勇气,为此他不禁暗自怒火中烧。什么！约翰船长将要成功获救。多莉携带了赎金,她真的能从安达斯人手里解救出约翰船长?

当朗·布克尔思考这一连串可能性的时候,简看到他双眉紧皱,两眼充血,由于心生恶毒主意,他心情烦躁不安。简深感恐惧,预感到一场灾难即将发生,当她与丈夫的目光相交,相互注视的那一刻,简感到自己濒临崩溃……

这个不幸的女人知道这个男人脑子里想的是什么,这个人不惜犯下任何罪行,一心要攫取布兰尼肯夫人的财产。

事实上,朗·布克尔心里想的是,如果约翰与多莉破镜重圆,他未来的一切都将灰飞烟灭。戈弗雷与他们之间的关系迟早都要被承认。他的妻子最终必将吐露这个秘密,除非他让她永远把嘴闭上,但是,简的存在目前对他来说还是必要的,因为布兰尼肯夫人死了以后,遗产只有通过简才能转到他的名下。

这样一来,必须把简和多莉分开,然后,为了让约翰·布兰尼肯永远消失,他必须赶在远征队之前找到安达斯部落。

对于朗·布克尔这样一个没有道德底线,同时办事果断的人来说,这个计划实行起来没有任何问题,另一方面,情况也很快变得对他有利。

那一天,凌晨4点钟,汤姆·马里克斯发出启程的号令,远征队按照习惯的队列顺序开始上路。人们已经忘记了过往的疲惫。多莉变得神采奕奕,她的情绪感染了队伍里的同伴。大家正在接近目标……成功已经变得触手可及……护卫队的黑人队员似乎也变得愿意服从指挥,如果没有朗·布克尔在那里煽动背信弃义的反叛情绪,也许,汤姆·马里克斯可以指望他们的协助,一直到搜寻行动结束。远征队迈出了正确的步伐,差不多重新走上了沃伯顿上校的探险路线。不过,酷热仍在肆虐,即使在夜里,高温依然令人窒息。在荒漠平原上,看不到一丛树木,人们只有在沙丘的背后才能找到阴影,而且沙丘的阴影极为狭窄,因为太阳光几乎是垂直地照射下来。

另一方面,这里的纬度比回归线还要低,换句话说,这里处于高温地带,再加上澳大利亚的极端天气,更让人倍感痛苦。最为严重的是每天都会面临缺水问题。必须走出去很远才能找到水井,这就打乱了正常的行进路线,由于频繁绕道而行,导致旅途更加漫长。大多数情况下,总是招之即来的戈弗雷,或者不知疲倦的汤姆·马里克斯付出更多代价。布兰尼肯夫人看到他们远远离开,总会感到心情紧张。然而,在每年的这个时间段,雨水照例变得极为稀少,根本不要指望出现暴风雨。天空中,无论往哪个方向的地平线望去,都看不到一丝云彩。只能设法在地上找水。

每当汤姆·马里克斯和戈弗雷找到一口水井,整个队伍就直奔那个地点。队伍立刻出发,牲畜加快步伐,在干渴的驱使下,人们急忙赶过去,但是,大多数情况下,人们看到了什么?……浑浊的泥水,水坑里面麇集着老鼠。如果说护卫队的黑人和白人队员毫不犹豫地喝这样的井水,多莉、简、戈弗雷、扎克·弗伦,以及朗·布克尔情愿谨慎地等一等,让汤姆·马里克斯清扫一下井底,把上面一层污秽去掉,再向下挖掘,等着渗出来不那么污浊的井水。然后,他们喝水解渴。再把水桶装满,让储备水量足够坚持到下一个水井。

从3月10日到17日,远征队就这样行进了8天——没有发生其他状况,但是大家的疲劳程度与日俱增,已经无法继续坚持。两个病人的情况没有好转,相反,很可能出现令人担心的致命结局。由于减少了5峰骆驼,面对运输需要,汤姆·马里克斯有些捉襟见肘。

护卫队长开始感到忧心忡忡,布兰尼肯夫人同样心急如焚,不过她没有流露出自己的焦虑心情。榜样的力量非常重要,她必须维护自己异常勇敢的形象,勇气建立在信心之上,而信心绝不动摇。

为了避免持续不断发生的延误,她愿意付出任何代价,只要能够缩短行程!

有一天,布兰尼肯夫人询问汤姆·马里克斯,为什么不能直接前往费茨-罗伊河的上游,根据两个土著人提供的信息,安达斯人最后的扎营地点就在那里。

汤姆·马里克斯回答道:"我考虑过这个问题,布兰尼肯夫人,然而,仍然是水的问题让我放心不下,担心不已。按照沃伯顿上校的提示,如果往乔安娜泉方向行进,一路上,我们就能遇到一连串水井。"

多莉问道:"在北部地区就没有水井了吗?"

汤姆·马里克斯说道:"也许有,但我不能确定。另一方面,必须考虑到,这些水井现在可能已经干涸,如果我们继续向西走,就可以确保抵达奥卡欧芙河,沃伯顿上校曾经在那里停留过。而且,那条河里流动的是活水,在那里,我们可以很容易地补足水储备,然后抵达费茨-罗伊河谷。"

布兰尼肯夫人回答道:"好吧,汤姆·马里克斯,既然有必要,那就请您领着我们前往乔安娜泉。"

于是,远征队继续前行,这一段旅途特别艰难,远征队员们忍受痛苦的程度超过了以往任何时候。此时,尽管已经到了夏季的第三个月份,高温依然令人难以忍受,在阴影里的温度高达40摄氏度,而这里所谓的阴影温度,是指晚上的温度。实际上,根本休想在天空中找到一丝云彩,也休想在荒漠平原的地上找到一棵树。队伍在令人窒息的空气中向前行进。井里的水不够队员们饮用解渴。每段行进的距离只能勉强维持在10英里。步行者个个步履蹒跚。在简和女仆哈莉特的协助下——她们自己也已疲惫不堪,多莉给予两名病人的照顾并不能让他们减轻痛苦。必须停下来,找一个村庄投宿,多休息一段时间,等待酷热变得温和一些……然而,这根本是不可能的。

3月17日下午,远征队又丧失了两峰驮驼,恰巧,其中一峰驮着用来与安达斯部落交换人质的物资。汤姆·马里克斯不得不把物资转移的骑驼身上——这就必须要求两名护卫队的白人队员下来步行。这两名正直的队员没有抱怨,接受了安排,对于额外承受的痛苦并无一句怨言。那些黑人队员就完全不同了,他们不停地抱怨着,给汤姆·马里克斯制造了很大麻烦!有理由担心,终有一天,这些黑人可能企图抛弃远征队,也许还要抢劫一番之后逃之夭夭?……

最终,3月19日夜里,远征队在距离乔安娜泉5英里的一口水井旁停了下来,井水隐藏在6英尺深的沙子下面。队伍已经不能继续向前走了。

天气显得异常沉闷。空气似乎在人的肺里燃烧,就好像从火炉里喷吐出来的热气。晴空万里,天空湛蓝得有些刺眼,就好像在地中海的某些地区,密史脱拉风①刮起之前的天象,看起来有些古怪,令人恐惧。

汤姆·马里克斯观察着天气状况,神情有些焦虑不安,这副神情没有逃脱扎克·弗伦的眼睛。水手长向他问道:

"您是否预感到了某种东西,而这个东西让您感到焦虑?"

汤姆·马里克斯回答道:"是的,扎克,我在等待一阵西蒙风②,这种风很像非洲沙漠里肆虐的狂风。"

扎克·弗伦说道:"这么说……要刮风……有没有可能带来雨水?"

"根本不能,扎克,它只会带来更可怕的干旱,在澳大利亚中部地区,谁也不知道这种风能干出啥事儿!"

汤姆·马里克斯的经验极为丰富,他的观察结果让布兰尼肯夫人和同伴们深感担忧。

于是采取了相应的措施,用水手们的习惯用语表达,就是防范"风云突变"。此时已是夜里9点钟。帐篷都没有支起来——这样炎热的夜晚,支帐篷毫无意义——远征队就待在平原上的沙丘之间。用木桶里的水解渴之后,每个人领到了自己那份食品,汤姆·马里克斯负责指挥分配食物。人们都没有多少食欲,此时需要的是清凉的空气;胃部感受的痛苦远不如呼吸器官的感受更难忍耐。沉睡几个小时给这些可怜人带来的好处,远远胜于那几口食物。然而,空气如此沉闷难耐,在如此罕见的氛围中,人们如何能

---

① 密史脱拉风是法国南部及地中海上干寒而强烈的西北风或北风,一次能持续几天。
② 西蒙风是非洲和中东地区沙漠里的干热风。

睡得安稳!

  一直到午夜,还没有发现任何异常。汤姆·马里克斯、扎克·弗伦,以及戈弗雷三人轮流巡察,他们轮番站起身来,观察北方的地平线。那里的天空异常清澈,甚至纯净澄清,显得阴森可怖。太阳落山之后，月亮也已西沉，消失在西边的沙丘后面。南十字座①闪烁在地球南极的上方，成百上千颗星星围绕在它的周围。

接近凌晨3点钟的时候，明亮的天穹变暗了。顷刻间整个天空变得漆黑，笼罩了荒漠平原。

汤姆·马里克斯喊叫道："警报！……警报！……"

布兰尼肯夫人猛地站起身，问道："发生什么事？"

在她身边，簇拥着简、女仆哈莉特、戈弗雷，以及扎克·弗伦，大家在漆黑一团中试图互相辨认。趴在地上的骆驼也抬起了脑袋，惊恐万状地发出嘶哑的吼叫。

布兰尼肯夫人再次问道："究竟发生了什么事情？"

汤姆·马里克斯回答道："西蒙风！"

这是人们能听到的最后几句话。天地之间充满了喧嚣，耳朵已经无法分辨任何话语，黑暗之中，眼前闪过一道亮光。

确实如汤姆·马里克斯所说，这是一场西蒙风，突然降临的飓风横扫在广阔的平原上，摧毁蹂躏着澳大利亚荒原上的一切。南方天空中涌起了大朵的云团，很快就席卷了整个平原——云团里不仅有沙子，还有被酷暑烤灼的地面上被卷起的尘土。

营地周围的沙丘像海浪一般开始移动，汹涌翻腾起来的不是海水浪花，而是极细的阵阵沙尘。这一切让人看不见周围，听不清声音，喘不过气来。狂风平地横扫，人们觉得荒漠要被吹成一马平川。如果此前把帐篷支起来，现在连一片破布也剩不下。

每个人都感到一股无法抵御的狂风如洪流般冲来，空气里卷着沙子，好像散弹一样击打着身体。猛烈的狂风似乎要把远征队

---

① 南十字座是南天星座之一，在北回归线以南的地方皆可看到整个星座，在澳大利亚的国旗上标有南十字座。

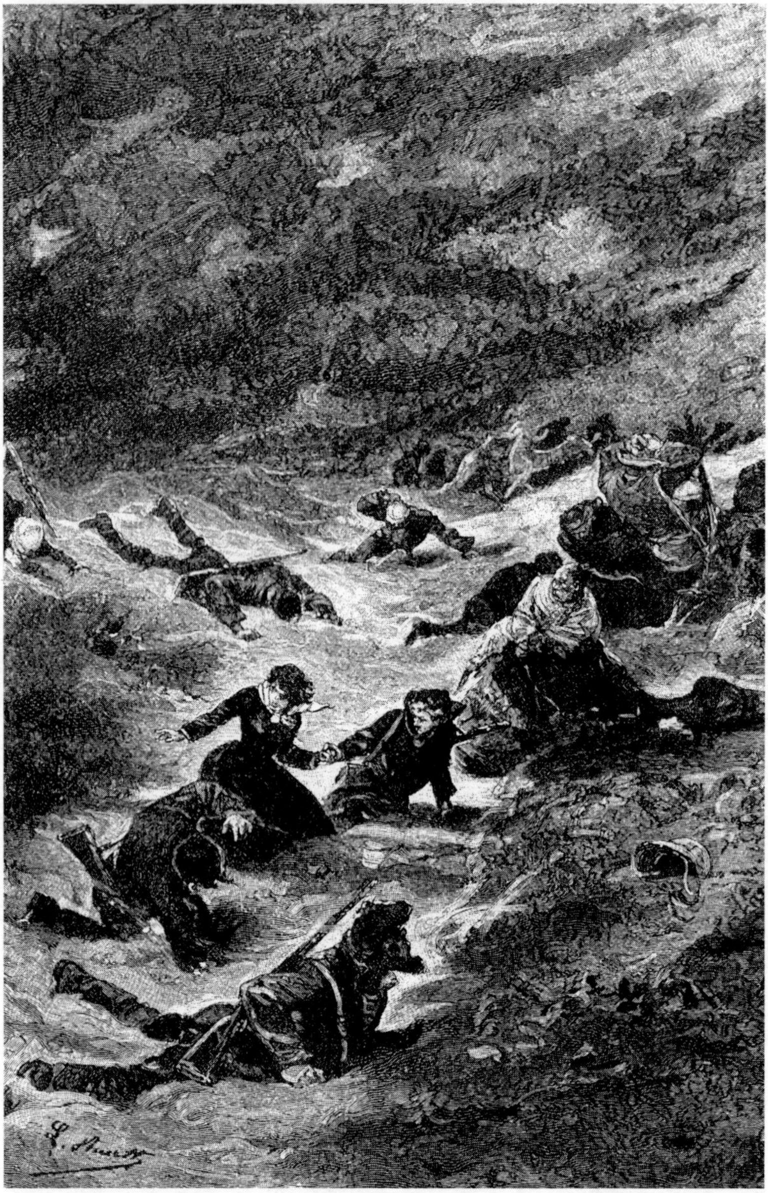

吹向北方，戈弗雷双手抱着多莉，丝毫不愿与她分开。

事实也是这样，远征队正被风吹向北方，任何抵抗都无济于事。

这场风暴持续了一小时——这一个小时足以改变整个地区的面貌，沙丘被移动位置，地面高度也普遍发生变化——布兰尼肯夫人和同伴们，包括两个病人被吹出了4至5英里，他们爬起来又被吹倒，有时候被旋风吹得满地打滚，就像一捆秸秆，他们什么也看不见，听不见，甚至有彼此失散的危险。他们就这样被吹到了乔安娜泉附近，来到了奥卡沃河的河畔，此时，最后一缕尘雾散去，在升起的太阳照射下，天空终于开始恢复明亮。

听到呼唤，是否所有人都做出回应？……所有人？……不。

布兰尼肯夫人、女仆哈莉特、戈弗雷、乔·梅里特、乞伎、扎克·弗伦、汤姆·马里克斯，还有守在岗位上的白人护卫队员，他们都在，而且还牵着4峰骆驼。但是，所有的黑人队员都不见了！……失踪的还有另外20峰骆驼——那些骆驼驮着生活物资，还驮着交换约翰船长的赎金！……

而且，当多莉呼唤简的时候，简杳无音讯。

简和朗·布克尔踪影全无。

第十二章

最后一搏

护卫队黑人队员的失踪,以及驮驼与骑驼的丢失,让布兰尼肯夫人和忠实的同伴们几乎陷入绝望的境地。

扎克·弗伦第一个说出了"叛变"这个词——紧接着,戈弗雷也表示赞同。尽管部分人员失踪这件事发生在特殊情况下,但是,叛变的事实已经十分明显。汤姆·马里克斯对此并无异议,他事先毫无察觉,原来朗·布克尔一直在恶毒鼓动护卫队黑人队员。

多莉还想对此表示怀疑。她根本无法相信居然会有如此口是心非,无耻下流的行为!

"难道朗·布克尔不会被风吹走,就像我们自己经历过的一样?"

扎克·弗伦反驳道:"恰巧与黑人一同被吹走,同时还带走了驮运所有物资的骆驼!……"

多莉喃喃说道:"我可怜的简!在我没注意的时候,就与我分开了!"

扎克·弗伦说道:"夫人,朗·布克尔根本就没打算让简留在您身边。这个混蛋!"

乔·梅里特补充道:"混蛋?……很好!……噢!……非常

好！如果这不是叛变,我敢打赌,那就让我永远也找不到那顶帽子……历史性的帽子……而且……"

然后,他转身面向乞伎说道:

"乞伎,您怎么看待这件事?"

"哎呀,我的主人,乔！我一千次一万次地后悔,不该来到这个令人极不舒适的国度！"

乔·梅里特反驳道:"也许吧！"

实际上,叛变的事实如此明显,布兰尼肯夫人也不得不承认。

她自言自语道:"但是,为什么要欺骗我呢？我对朗·布克尔做了什么？……难道因为我没有忘记过去？……难道是因为我没有把这个不幸的女人和他当作亲人对待？……他抛弃了我们,让我们一无所有,他还偷走了我用来换取约翰自由的赎金！……这究竟是为什么?"

没有人知道朗·布克尔心中的秘密,因此,没有人能回答布兰尼肯夫人的问题。只有简知道,并且可能揭露她丈夫的可恶计划,但是,简已经无影无踪。

很显然,朗·布克尔刚刚实行了一个酝酿已久的阴谋,而且他十分幸运地取得了成功。在更高报酬的诱惑下,护卫队的黑人队员轻而易举对他俯首帖耳。在狂风最猖獗的时候,人们听不到简的喊叫声,两个土著人乘机挟持了她,与此同时,其他土著驱赶散布在营地周围的骆驼向北方跑去。

当时四周漆黑一团,到处是旋风卷起的沙尘,没有人发现他们的行为,在天亮之前,朗·布克尔和他的同谋们已经远在乔安娜泉以东几英里之外了。

简一旦与多莉分开,她的丈夫就不用担心简因悔恨而吐露戈弗雷身世的秘密。另一方面,布兰尼肯夫人和同伴们已经没有了生活物资,也没有了运输工具,因此,有足够的理由相信,他们将在凄凉孤寂的格里阿特荒漠里自生自灭。

事实上,远征队所在的乔安娜泉距离费茨-罗伊河还有300英里之遥。远征队现在物资极度匮乏,在如此遥远的路途中,汤姆·马里克斯如何满足全体人员的生存需要?

奥卡沃河是灰河的主要支流之一,灰河经过威特地区的一个小海湾,最终注入印度洋。

高温酷暑没有让奥卡沃河干涸,在河边,汤姆·马里克斯找到了沃伯顿上校曾经遇到的同样的阴影,同样的风光,他对此曾经欣喜若狂,大加赞赏。

在经历了无边无际到处是沙丘和鬣刺的荒漠平原之后,眼前景色一变成为绿草茵茵,流水潺潺,令人倍感幸福!但是,如果说沃伯顿上校抵达这里后,已经几乎可以确信即将抵达目的地,因为他只需顺流而下,就能到达滨海地区的洛克邦纳定居点。然而,布兰尼肯夫人的目标不止于此,她面临的局面正好相反,前面的路途将更加艰苦,因为远征队需要穿越奥卡沃河与费茨-罗伊河之间的干旱地区。

在离开艾丽丝泉车站的时候,远征队总共有43人,如今仅剩22人,包括:多莉和土著女仆哈莉特、扎克·弗伦、汤姆·马里克斯、戈弗雷、乔·梅里特、乞伎,以及护卫队的15名白人队员,其中有两人病势沉重。至于坐骑,现在只有4峰骆驼,其他的都被朗·布克尔赶走了,包括那匹领头的雄骆驼,以及驮着圆顶帐篷的骑驼。乔·梅里特最喜欢的那头品质最好的骆驼也失踪了——为此,英国佬只好和他的仆人一样徒步旅行。至于生活物资,只剩下了很少一些罐头食品，那是从一匹母骆驼身上掉下来的一只箱子，被队员们捡到了。没有了面粉，也没了咖啡、茶叶、糖和盐，没有了酒，旅行药箱也已丢失，多莉拿什么照顾正在发烧的两个病人？此地没有任何资源，他们面临极度匮乏的窘境。

在初升的阳光里，布兰尼肯夫人召集全体人员。这个勇敢的女人拥有超人的意志，丝毫没有灰心丧气，她的话振奋人心，终于让大家重新振作起来。她让大家看到，目标近在咫尺，触手可及。

旅行重新开始了，但条件如此艰苦，队员里最有信心的人也不指望此行能获得善终。在仅有的4峰骆驼中，有两峰必须留给病人，大家不能把病人留在乔安娜泉，这里无人居住，就像沃伯顿上校描述的沿途一连串站点一样。但是，这些可怜人还有力气坚持到费茨-罗伊河吗？只有从那里，才有可能把他们送到滨海地区的定居点……这么做有把握吗？一想到在富兰克林号事件的受难者当中，又要增加两名新的受难者，布兰尼肯夫人的心都要碎了……

尽管如此，布兰尼肯夫人并不打算放弃原定计划！不！她绝不会让搜寻行动半途而废！什么也无法阻止她履行自己的职责，哪怕最后只剩下她一人！

远征队在距离乔安娜泉上游1英里的地方涉水渡过奥卡沃河，队伍离开这条河的右岸，向正北—东北方向行进。沿着这个方向，汤姆·马里克斯希望抵达距离费茨-罗伊河最近的地点，这条河的河道走向复杂，蜿蜒曲折注入国王海湾。

气温不算太高，还可以忍受。扎克·弗伦和汤姆·马里克斯竭力恳求，——甚至不得不强行命令——这才让布兰尼肯夫人接受一峰骆驼作为坐骑。扎克·弗伦和戈弗雷始终步履矫健。乔·梅里特也同样，迈着两条僵硬的长腿，活像一只长脚鹬。布兰尼肯夫人

邀请他换乘自己的坐骑,他拒绝接受并且说道:

"很好!……噢!……非常好!英国人就是英国人,夫人,但是,一个中国人也只能是中国人,如果您向乞伎提出这个建议,我不会觉得有何不妥……不过,我禁止他接受邀请。"

这样一来,乞伎只好继续徒步跋涉,一边抱怨,一边怀念那个遥远美丽的苏州城,那座城市到处鲜花盛开,是天朝子民最向往的地方。

第四峰骆驼由汤姆·马里克斯和戈弗雷轮流骑乘,他们骑着骆驼到队伍前面去探路。从奥卡沃河汲来的储备水很快就消耗光了,于是,水井再次成为最严重的问题。

离开奥卡沃河畔以后,队伍在一片略显起伏的平原上向正北行进,沿途还能看到几座沙丘,它们一个接一个延伸到远方的地平线。鼷刺丛开始变得更加浓密,其他种类的灌木丛被秋风染成黄色,使这片荒原的景色变得不那么单调凄凉。也许运气好的话,还能碰上几只猎物。汤姆·马里克斯、戈弗雷,以及扎克·弗伦的枪从来不离身,幸亏如此,他们的步枪和手枪都没有丢失,他们也懂得在必要的时候,如何更好地利用手中的武器。确实,弹药数量十分有限,使用起来必须谨慎小心。

远征队就这样又走了几天,早晨走一程,晚上走一程。这个地区纵横着不少河流,但是,河床里只有灼热的鹅卵石,散布在因干旱而枯萎的野草里。沙子上没有一丝潮湿的痕迹。因此,必须找到水井,而且每隔24小时就需要找到一口水井,因为汤姆·马里克斯已经没有可以储存水的木桶。

这样一来,戈弗雷就需要沿着行进路线,忽而向左,忽而向右,只要发现踪迹就过去探察。

布兰尼肯夫人叮嘱道："我的孩子，千万要小心呀！……不要冒险……"

戈弗雷回答道："既然关系到您，多莉夫人，关系到您和约翰船长，我怎么能够不冒险！"

幸亏有他的努力，幸亏某种指引他的本能天赋，戈弗雷发现了几口水井，这些水井有的在北边，有的在南边，彼此距离足有好几英里。

就这样，尽管干渴的折磨没有彻底消除，但是，在这片塔斯曼地区位于奥卡沃河与费茨-罗伊河的区域内，远征队没有遭受到干渴的极端折磨。现在，最大的问题是缺乏运输工具而导致的极度疲劳，食物只能实行定量配给，没有茶叶和咖啡，只能分配那几个剩下的罐头，香烟也没有了，这让护卫队员们感到尤其痛苦。更没有可能给带咸味的水里添加几滴烧酒。走了两个小时以后，最强健的人也被累趴下，筋疲力尽，凄惨万状。

另一方面，在荆棘丛生的地区，骆驼也找不到任何食物，无论是荆棘的茎秆，还是叶子，骆驼都无法食用。找不到矮小的金合欢属植物，这些植物的树脂可供食用且富有营养，在饥馑难耐的时候，土著人也会寻找这种植物充饥。只能找到长着荆刺的稀疏的含羞草，夹杂在鬣刺丛中。骆驼伸直了脑袋，弓着腰，拖着疲惫的步伐，双膝跪倒，要想让它们重新站起来，需要花费很大气力。

3月25日下午，汤姆·马里克斯、戈弗雷，以及扎克·弗伦终于搞到了一点儿新鲜食物。有一群鸽子路过，看样子是野鸽子。还没等猎人靠近，它们就从一丛刺槐里快速飞起来。不过，他们还是打到了几只。野鸽子算不上多好的猎物——其实也算不错——只有饿极了的可怜人才会觉得这种猎物鲜美可口。他们用干树根烧起一堆火,把鸽子烤熟,感到差强人意。至少在两天的时间里,汤姆·马里克斯可以节约使用库存的罐头了。

但是,能让人吃下去的食物,却无法让牲畜吃饱。于是,26日早晨,一峰驮着病人的骆驼沉重地倒在地上。只能就地解决它,因为这峰骆驼已经无法站起来行走。

汤姆·马里克斯再次执行死刑,用一颗子弹结束了骆驼的生命。尽管这峰骆驼因饥馑而死,已经非常瘦弱,但是它的肉仍然可以维持好多天的食物供给,他不想放弃,按照澳大利亚人的方式开始切割骆驼肉。

汤姆·马里克斯知道,骆驼身上的各个部位都可以作为食物加以利用,他把骆驼骨头和一小块骆驼皮放到唯一剩下的容器里,把水烧开,熬成了一锅清汤,饥饿的人们把汤喝得一干二净。骆驼的脑子、舌头、头部的肉,这些小块儿部位都被精心加工成便于携带的食物。至于骆驼身上的肉,被切割成狭长的肉条,在太阳下很快被烤干,都被储存了起来,还有骆驼蹄子,那是这头牲畜身上最好的部位。最令人遗憾的是没有盐,因为如果给骆驼肉抹上盐,将会更容易保存。

旅途就在这样的条件下继续,每天只能行进数英里。很不幸,由于缺乏药物,尽管得到精心照料,两个病人的情况丝毫没有改善。布兰尼肯夫人力图追求的目的地,也就是那条费茨-罗伊河始终没有出现,如果到了那里,也许两个病人的病势能在某种程度上得到缓解!

事实上,3月28日,紧接着29日第二天,两名白人队员经过长期煎熬,油尽灯枯,终于去世。这两个人的家乡是阿德莱德,一个刚满25岁,另一个比他年长15岁。他们两人不幸命丧澳大利亚荒漠平原上的旅途中。

真可怜！他们是第一批死于这次行动的人，他们的同伴因此非常痛心，深受影响。自从朗·布克尔叛变以后，大家被抛弃在这个连动物都难以生存的荒漠里，难道都要落得如此悲惨的下场？

当汤姆·马里克斯这样询问扎克·弗伦，他会怎样回答呢！汤姆·马里克斯说道：

"为了挽救一个人，却死了两个人，这还不包括此后还可能要丧命的人！……"

布兰尼肯夫人毫不掩饰自己的悲痛，这种情绪感染了每一个人。她为两位逝者做了祷告，他们的坟墓上面放置了小小的十字架，不用多久，酷热的天气就会把十字架变成粉末。

远征队继续上路。

现在有3峰骆驼，体力最弱的人轮流骑上去，这样可以避免延误同伴们的行进速度。布兰尼肯夫人拒绝了让她骑乘骆驼的建议。在休息的时候，这些牲畜被派出去寻找水井，执行这个任务的不是戈弗雷就是汤姆·马里克斯，因为找不到任何一个土著可以打听情况。这似乎表明，土著部落已经向塔斯曼地区的东北方向转移。面对这种情况，有必要向费茨-罗伊河谷的上游深处追踪安达斯部落——这个情况比较麻烦，因为这将把旅途行程延长上百英里。

进入4月份以后，汤姆·马里克斯发现食物储备接近枯竭。有必要牺牲3峰骆驼中的一峰。这样可以保证几天的食物供应，进而有把握抵达费茨-罗伊河，从此地到那里，还剩大约15段路程。这次牺牲必不可少，必须忍痛割爱。他们挑选了一峰最不堪重负的骆驼，把它杀掉，切成碎块，晾在阳光下，做成干肉条，以便在食

用时,经过长时间的烹煮,营养仍然不会流失。至于牲畜身上的其
他部位,包括骆驼的心脏和肝脏,都被小心地储存起来。

此后,戈弗雷成功打到了好几对鸽子——尽管要想喂饱20个
人,这点儿猎物只能算杯水车薪。汤姆·马里克斯发现,荒原上生
长的金合欢植物丛逐渐增多,这些植物的种子经过篝火烧烤,可以

第十二章 最后一搏

用来充饥。

是的！他们确实快要抵达费茨-罗伊河谷，并且将要在那里得到地狱般的荒漠地区无法找到的生活资源。如果再晚几日，这群人中大多数都将没有力气抵达那里。

4月5日那一天，储备的食物吃光了，宰杀骆驼获得的肉干也消耗殆尽，布兰尼肯夫人和同伴们只能靠吃一些金合欢植物的种子充饥。实际上，汤姆·马里克斯一直在犹豫要不要牺牲掉仅存的两峰骆驼。想到未来还要奔波的路程，他下不了决心。等到了晚上，他就必须痛下决心，因为大家都已经连续15个小时没吃东西了。

但是，中途休息的时候，一位护卫队员跑过来叫道：

"汤姆·马里克斯……汤姆·马里克斯……两峰骆驼刚刚倒下了。"

"想办法让它们站起来。"

"不可能。"

"那就别等了，立刻杀死它们。"

来人说道："杀死它们？……但是，它们马上就要死了，可能已经死了！"

汤姆·马里克斯叫道："死了！"

他不禁做了一个绝望的动作，因为，一旦已经死了，这些动物的尸体就不能够再食用了。

汤姆·马里克斯向两峰骆驼刚刚倒下的地方跑去，后面紧随着布兰尼肯夫人、扎克·弗伦、戈弗雷，以及乔·梅里特。

两峰骆驼躺在地上，痉挛地抽搐着，嘴里吐着泡沫，四肢挛缩，胸部急促地一起一伏。它们马上就要死了，但是并非自然死亡。

多莉问道:"它们究竟怎么了?这不像是累死的……不是力竭而亡……"

汤姆·马里克斯回答道:"不是,我看像是一些可恶的野草造的孽!"

乔·梅里特回答道:"很好!……噢!……非常好!我知道是怎么回事儿!我在东部殖民区看到过类似情况……那是在昆士兰!这两峰骆驼是中毒了……"

多莉重复道:"中毒了?"

汤姆·马里克斯说道:"对的,是中毒!"

乔·梅里特接着说道:"那好吧,既然我们已经没有别的资源,只能向食人土著学习……至少,我们不至于饿死!……有什么办法……每个国家都有自己的习俗,最好的办法就是入乡随俗!"

这位绅士说这些话的时候,虽然带着嘲讽的语气,但是两只眼睛由于饥饿而瞪得老大,比平时显得更加瘦骨嶙峋,那样子看着真有点儿瘆人。

就这样,两峰骆驼中毒身亡。毒死它们的——乔·梅里特说得没错——是一种有毒的荨麻,不过,这种植物在西北荒漠地区很少见:这是"艾麻属"①的一种,果实形状类似覆盆子,叶子上长着尖锐的小刺,如果不小心碰到,会让人感到很疼,而且疼痛持久难消。至于这种植物的果实,其毒性可以致人死命,只有"芋属眠布袋"②的汁液才能解毒,那是另外一种植物,往往与有毒的荨麻共同生长在同一个地区。

---

① 艾麻属是荨麻科乔木、灌木或草本植物,常有刺毛,刺毛有毒。
② 眠布袋是葫芦科睡布袋属植物,原产于肯尼亚、坦桑尼亚,又名"睡布袋"。

第十二章 最后一搏

本来,动物拥有辨别食用有毒植物的本能,但是这一次,两峰骆驼没能抵抗住饥饿的诱惑,终于吃下荨麻,经受了可怕的折磨后一命呜呼。

剩下的两天是如何度过的,无论布兰尼肯夫人本人,还是她同伴中的任何人,都记不清楚了。他们不得不放弃死去的两峰骆驼,因为在这种有毒植物的快速作用下,骆驼的尸体在一个小时之后彻底腐败掉。随后,远征队向费茨-罗伊河谷方向蹒跚行进,试图发现围绕河谷的起伏地形……他们所有人都能抵达那里吗?……不能,已经有人为了逃避临死前的恐惧,请求旁人帮忙把自己就地处死……

布兰尼肯夫人从一个人的身边走向另一个人,试图帮助他们恢复神志……她请求他们进行最后的一搏……目标就在前面不远处……再走几步就到了……到那里就获救了……但是,她如何才能说服这些不幸的人!

4月8日晚上,大家都没有力气建立宿营地。这些不幸的人们匍匐爬到蕊刺丛下,咀嚼着落满灰尘的蕊刺叶子。他们连说话的气力都耗尽了……也没有力气继续行进……在最后一次休息的地方,所有人倒地不起。

布兰尼肯夫人还在拼命挣扎。戈弗雷跪在她的身边,满怀深情地注视着她……他呼唤道:"妈妈!……妈妈!……"就好像是她亲生的孩子,恳请她不要抛弃自己长眠不起……

多莉站起身来,周围是自己的同伴,她用目光搜寻着地平线,呼喊道:

"约翰!……约翰!……"

就好似约翰船长能在最后时刻挺身而出!

第十三章
在安达斯部落

安达斯部落由几百名土著人组成,包括男人、女人和孩子,此时,他们占据着费茨-罗伊河畔,距离这条河的入海口大约140英里。这些土著人来自塔斯曼地区,奥卡沃河上游的河水浸润着那里。最近几天,这些依靠游牧为生的土著人偶然恰巧来到了距离河谷25英里的格里阿特荒漠的这个地方,就是在这里,远征队经过长途跋涉,刚刚结束了最后一次休息,队员们经历艰辛困苦,已经超过了常人所能忍耐的极限。

约翰船长和他的大副亨利·菲尔顿在安达斯部落里生活了9年。为了方便理解后面将要发生的事情,有必要回顾这段漫长的岁月,作为对亨利·菲尔顿在病床临终前叙述情节的补充。

在1875年至1881年期间——这两个年份令人难以忘怀——富兰克林号的船员们落难到一座印度洋上的小岛,即布鲁斯岛,这座小岛距离约克海湾大约250海里,约克海湾包围着澳洲大陆西北角,也是这片滨海地区距离布鲁斯岛最近的突出地带。在暴风雨中,富兰克林号损失了两名水手;其余12名海难幸存者在布鲁斯岛上生活了6年,没有任何办法返回祖国,恰在此时,一条救生小艇漂流到了小岛岸边。

第十三章 在安达斯部落

约翰船长希望利用这条小艇拯救大家,他维修好小艇,让它能够抵达澳洲大陆,并且在小艇里配备了足够漂泊几个星期的生活物资。但是,这条小艇只能容纳7个人,约翰船长和亨利·菲尔顿,以及5名同伴乘上了小艇,把另外5名同伴留在布鲁斯岛,让他们

等待救援的船只。我们已经知道这几个不幸者在救援船抵达之前,就已陆续死去,也知道艾利斯船长于1883年,如何驾驶多莉-希望号进行第二次海上搜寻并找到他们的遗骸。

救生小艇穿越了印度洋气候恶劣的海域,历经艰险,终于抵达澳洲大陆,在勒维克海岬附近靠岸,小艇甚至成功驶入海湾,来到了费茨-罗伊河的入海口,然后,厄运降临了,约翰船长一行遭遇了土著人的攻击,4名水手在抵抗时被杀害。

这些土著人属于安达斯部落,他们押着约翰船长向内陆迁徙,一同被押送的还有亨利·菲尔顿大副,以及最后一名在屠杀中死里逃生的水手。这名水手受了伤,伤口始终无法治愈。几个星期之后,约翰·布兰尼肯和亨利·菲尔顿成为富兰克林号海难事故中仅剩的两名幸存者。

从此,他们开始囚徒生活,尤其在被羁押初期,生命安全随时受到威胁。大家都知道,这些安达斯人,以及澳洲大陆北部地区的所有土著部落,不论是游牧迁徙的部落,还是定居的部落,他们历来以凶残嗜血而闻名于世。他们在部落之间进行着无休止的战争,战争中的俘虏都被残忍地杀害,并被吞噬净尽。这些土著人都是真正野蛮的畜生,根深蒂固地保留着啃噬人肉的习俗。

为什么约翰船长和亨利·菲尔顿能够幸免于难?这其实是形势所迫。

大家知道,澳洲内陆和滨海地区的土著部落之间,战争持续不断,代代沿袭。那些定居部落的每个村庄之间相互征伐,互相摧残,彼此相食对方的俘虏。这样的习俗在游牧部落中同样存在:他们相互追踪对方的营地,胜利总是意味着一幕恐怖的人肉大餐。这些屠杀最终不可避免地摧毁了澳大利亚土著种族,毫无疑问,导致澳大利亚人种族灭绝的另一个原因,就是盎格鲁-撒克逊人的所作所为,而且在某些情况下,盎格鲁-撒克逊人的手法十分野蛮,令人不齿。他们干下这些勾当:黑人成为猎物,遭到白人的猎杀,而且这场狩猎还被当作体育运动一般,赋予了细腻情感的激情;还有大规模的纵火焚烧,目的是摧毁土著居民赖以栖身的"古尼奥斯"树皮棚屋——这些勾当让人作何评价?他们甚至大规模施放士的宁,以求取得快速摧残灭绝的效果。我们可以摘录一段澳大利亚的移殖民笔下透露的文字:"在我的牧场上,所有被我看到的男人都被我用枪击毙,因为他们伤害了我的牲畜;我还枪毙了所有遇到的女人,因为她们会生出伤害牲畜的人;我还枪毙了所有遇到的孩子,因为他们长大了会伤害牲畜!"

由此就不难理解,为什么澳洲土著对曾经虐待自己的人怀有刻骨仇恨,——而且这种仇恨世代相传。落到土著手里的白人鲜有不被残忍屠杀的。但是,为什么富兰克林号的幸存者能够得到安达斯人的宽恕?

很有可能,如果那名水手不在被俘虏后不久就死去,本来也是可以获得同样命运的。安达斯部落的首领名叫威利,他与滨海地区的移殖民保持着联系,他比较了解白人,认出了约翰船长和亨利·菲尔顿两人都是高级船员,也许能从他们身上获得双重利益。一方面,作为武士,威利可以利用两名俘虏的智慧帮助自己战胜敌对部落;另一方面,作为经常从事交易的谈判对手,他隐约发现这是一笔赚钱的买卖,换句话说,用这两名俘虏,可以换取数量可观、品种丰富的赎买物资。因此,两名俘虏得以保全性命,与此同时,他们不得不屈就游牧部落的生活环境,更难以忍受的是,安达斯人一刻不停地监视着他们。他们被夜以继日地监管,不准离开营地。有两三次,他们尝试逃跑,但是每次都失败了,而且差点儿付出生命的代价。

在此期间,在部落之间频繁的争斗中,他们也被迫涉足其中,至少是提供了相关建议——这些建议确实非常宝贵,威利从中获益匪浅,因为从此以后,他总能获得战争的胜利。由于接连取得的胜利,在澳洲西部各个地区游荡的部落中,现在,安达斯已经成为最强大的部落之一。这些澳洲西北部的土著人似乎属于澳洲土著与巴布亚土著的混血人种,与这些同类一样,安达斯人也披着长发,并且盘成环状;他们的肤色与澳洲南部的土著人相比,颜色要浅淡一些,更像是另一个更健壮的人种;他们的身材不高,平均身高大约在113厘米到130厘米。男人比女人的身材要好一些;他们的额头略显扁平,但是眉弓高高隆起,——按照人种学家的说法,这是智力偏高的象征;他们眼睛的虹膜是深颜色的,瞳孔里仿佛迸发出炽热的火花;他们的头发是深棕色的,与非洲黑人的短而卷曲的头发截然不同;不过,他们的脑壳并不大,大自然并未慷慨地赋予他们更多的脑容量。他们被称为"黑人",但是他们与努比亚黑人①截然不同:他们的皮肤呈"巧克力色",如果可以臆造出这个词汇的话,这种肤色是他们普遍具有的典型特征。

澳洲黑人天生嗅觉极为灵敏,堪与嗅觉最好的猎狗相媲美。他们只要闻一闻地面、野草,或者荆棘,就能辨别出是人类还是动物留下的踪迹;他们的听觉同样很敏锐,似乎,就连蚂蚁在窝里劳作的声音,他们都能听得一清二楚。如果把这些土著与攀禽类②

---

① 努比亚人是非洲东北部苏丹的民族,另有部分分布在埃及南部。
② 攀禽脚短而强健,为对趾足、异趾足或并趾足,适于在树上攀爬。啄木鸟、杜鹃,以及翠鸟都属于攀雀类。

相比，那么这个比喻十分恰当，因为无论树胶桉树有多么高大，树干多么光滑，他们都能利用自己构造柔韧的脚趾，拽着白藤细茎一直攀爬到树顶，他们把这种白藤称作"卡闽"。

　　我们在前面介绍芬克河流域的土著人时曾经提到过，澳洲土著的女人衰老得很快，很少活到40岁，在昆士兰的某些地区，土著男人一般也只比女人多活10来年。这些不幸的女人负担了家庭里最繁重的劳作;她们简直就像奴隶,在主人冷酷无情的繁重奴役下,俯首帖耳,不得不背负重担;迁徙途中她们负责背运器皿和武器;还要负责寻找可供食用的草根、蜥蜴、昆虫,以及蛇类,整个部落都要赖此维持生计。我们在这里再次说起土著女人,那是因为,这些女人用母爱抚养了自己的孩子,而他们的父亲却很少照顾孩子,因为,一旦有了孩子,他就成了母亲的负担,这个土著女人就无法全身心地维护游牧部落的生存,然而,维护部落的生存本来就是土著女人的职责。于是,在某些土著部落那里,就发生了黑人强迫女人割掉乳房的事情,目的就是让她们无法哺育婴儿。然而,这种可怕的习俗似乎并不能减少婴儿的降生——于是,在发生饥荒的时候,在某些还保留着最后的食人习俗的部落里,就会发生啃噬婴孩的事情。

在澳洲黑人那里——他们勉强还算得上是个人——生存活动的唯一重心就是"阿麦利!……阿麦利!"这个词汇在土著语言里不断得到重复,它的意思就是:饥饿。这些野蛮人做出的最常见的动作,就是拍打自己的肚子,因为他们的肚子经常是空的。在那些既没有猎物,也没有农作物的地区,土著们无论在白天还是在夜间,只要机会来临,他们随时都会进食,因为他们随时都会面临饥馑,担心长时间找不到食物。确切地说,这些土著是大自然抛撒到澳洲大陆上最凄惨不幸的人,他们以什么东西作为食物呢?一种被称为"当贝"的粗糙面饼,这种东西以小麦为原料,没有添加酵母,不是在火炉上,而是埋在炭灰里烤熟;蜂蜜,他们砍倒结着野蜂巢的大树,掏食蜂巢里的蜂蜜;"卡杰喇",这是一种白色的糊状物体,他们把有毒的棕榈树果实捣碎,用一种巧妙的方法剔除毒素,

然后做成卡杰喇；在树林找到的野鸡蛋，这里的野鸡把蛋埋在地里，让外界高温孵化小鸡；澳洲特有的一种鸽子，它们把窝悬挂在树枝的顶端；最后，土著人还食用某些鞘翅目昆虫的幼虫，其中一些采集自金合欢属植物的枝叶上，还有一些采集自树丛下面的朽

木中。这些就是土著们的全部食物。

这就是为什么,在这场为了生存而争分夺秒的战斗中,可怕残酷的食人习俗历久不衰。这不是因为澳洲黑人天生残忍,这是大自然为了让他们满足迫切需要而产生的后果,因为他们饿极了。

那么,在这样的条件下,都会发生什么事?

在墨累河的下游,在北部地区的土著人那里,有一种杀死孩子分而食之的习俗,甚至母亲要把孩子奉献给食人盛宴,而且若无其事,神情自若!

无论如何,导致澳大利亚土著食人的原因不仅仅是饥饿:他们特别喜欢吃人肉——他们把人肉称为"塔尔高罗",用土著语言可怕的现实主义表达方式,这个单词的意思就是"会说话的肉"。他们不仅会吃同一个部落的同类,更喜欢出去捕捉人类。由于部落之间无休无止的战争,出征的目的就是去猎获塔尔高罗,他们不仅吃刚刚杀死的新鲜人肉,而且还会把人肉加工储藏起来。正如卡尔·伦豪尔茨医生所说:在他勇敢地穿越东北部地区的旅行中,他的黑人护卫队员不停地讨论这个人肉食品问题,他们说道:"对于澳洲土著来说,没有什么比人肉更好吃的了。"而且,他们不喜欢吃白人的肉,因为白人身上有一股令人厌恶的咸味儿。

除此之外,还有一种动机导致土著部落之间彼此相残。澳洲土著的思维方式极为幼稚。他们特别害怕一种名叫"克文-阿甘"鸟的叫声,他们认为这是一种幽灵,徘徊在田野和山区峡谷里,其实这种凄凉的叫声来自一种可爱的鸟儿,它是澳洲特有的奇特鸟类。然而,尽管他们承认存在着恶魔幽灵,但是,根据最权威的旅行者的描述,从未见过任何土著做过祈祷,也从未发现过任何宗教仪式的痕迹。

其实，澳洲土著极为迷信，他们固执地认为，敌人可以用巫术置自己于死地，因此他们急于杀死自己的敌人——这种想法结合吃人肉的习俗，导致这些地区陷入无休止的战乱之中。

顺便说一下，澳洲土著对死亡是尊重的。他们不让死者遗体碰到土地；他们把尸体用树叶和树皮做成的枝条捆绑，然后放置于不太深的坑里，尸体的双脚冲着太阳升起的方向，除非是让尸体站立在坑里,在某些土著部落里存在这样的葬俗。部落首领的坟墓上面会盖一座窝棚,窝棚的门冲着东方。还必须补充说一下,在不太野蛮的部落里,存在着一种奇特的信仰:那就是死去的人将投胎转世为白种男人,根据卡尔·伦豪尔茨医生的观察,整个澳洲的土著语言里,在说到"白种男人及其精神"的时候,使用的是同一个词汇。根据土著人的另一种迷信说法,动物的前世都是人类——这是一种违背自然的灵魂转世说。

这些就是澳洲大陆土著部落的形象,那些扣押约翰·布兰尼肯和亨利·菲尔顿的安达斯人的形象也是这样。毫无疑问,这些部落终有一天都会消亡,就像已经消失了的塔斯曼人。

在那名水手死了之后,约翰·布兰尼肯和亨利·菲尔顿不得不跟着安达斯人颠沛流离,游荡于澳洲大陆的中部和西北部地区。时而攻击敌对的部落,时而遭到敌对部落的攻击,在敌人面前,安达斯部落获得了无可争议的优势,这主要得益于部落俘虏提出的建议,威利非常倚重这两个俘虏。

从国王湾到范迪门湾,从费茨-罗伊河谷到维多利亚河谷,一直到亚历山德拉地区的广阔平原,他们辗转穿越了数百英里。约翰船长和他的副手穿越了地理学家们从未踏足的地区,这些区域位于塔斯曼地区、阿尔内姆地区,以及格里阿特荒漠地区的东部,迄今为止,在现代地图上,这里仍然是一片空白。

对于约翰船长和大副来说,这些无休无止的长途跋涉历尽千辛万苦,然而,对于安达斯人来说,这些旅行稀松平常,他们已经习惯了这样的生活方式,对旅途的距离及其耗费的时间毫不在意,而且,他们计算距离与时间的方式也很随意。实际上,对于需要五六个月才能完成的一件事情,一个土著人可能十分真诚地表示只需要两天,或者3天……或者,一个星期。他们对于年龄的概念很模糊;对于时间的概念也不太清楚。看起来,澳洲土著在人类进化的过程中,非常特殊。

约翰·布兰尼肯和亨利·菲尔顿只能想方设法适应这样的生活习俗。他们不得不每天长途跋涉,疲惫不堪,而且只能逆来顺受。食物经常匮乏,无论多么难以下咽,他们也只能甘之如饴。除此之外,还要面对可怕的食人场面,他们曾经试图劝阻,但根本无法制止这类恐怖行为,特别是在一场战斗之后,上百名敌人倒地阵亡的时候。

约翰·布兰尼肯和亨利·菲尔顿假意屈服顺从,一心想着麻痹土著部落的警惕性,以便寻找机会,伺机逃跑。然而,在西北部地区的荒漠里,要想逃跑必然面临厄运,大副后来的遭遇就是如此。而且,两名俘虏受到严密的监视,可供逃跑的机会难得一遇,在过去的9年时间里,约翰和同伴很难脱身。只有唯一的一次——发生在布兰尼肯夫人动身开始澳大利亚之行的前一年——这唯一的一次本来可以获得成功。这就是故事发生的背景。

在与内陆地区的部落进行战斗之后,安达斯人在位于亚历山德拉地区西南方向的阿梅蒂湖畔扎下了营盘。安达斯部落很少如此深入到澳洲大陆的中部腹地。约翰船长和亨利·菲尔顿知道那里距离穿越澳洲大陆的电报线路只有300英里的距离,认为这是个难得的机会,并且决定乘机逃脱。经过深思熟虑,他们决定分头逃跑,并且约定在距离营地数英里的地方会合。亨利·菲尔顿躲过了安达斯人的监视,幸运地逃到了等待同伴的约定地点。不幸的是,威利在最后一次战斗中负了伤,约翰被他叫去帮助处理伤口,因此无法脱身,亨利·菲尔顿白白在那里等了好几天……后来他想到，如果能够抵达内陆或者滨海地区的一个小镇，也许可以组织起一支救援队伍，前去解救他的船长，于是，亨利·菲尔顿向东南方向走去。但是，这一路上，他要经历疲劳和饥馑，遭遇极为凄惨，长途跋涉4个月之后，他终于倒在了帕鲁河畔，濒临死亡，那个地点位于新南威尔士的乌拉卡拉县。后来，他被送到悉尼的医院里，在那里昏迷弥留了几个星期，终于死去，临终之前，他向布兰尼肯夫人讲述了关于约翰船长的一切。

约翰身边没有了同伴，这对他来说又是一次可怕的考验。他的身体依然强健，但此时，他必须让自己的精神状态也强健起来，以免陷入绝望境地。从今往后，他还能向谁倾诉自己对祖国的思念之情，他怀念圣迭戈，怀念远在故乡的亲人，自己勇敢的妻子，还有他的儿子瓦特，这个孩子在远离自己的地方成长，也许再也见不到自己了，还有威廉·安德鲁先生，最后，还有那么多朋友，今后，他还能向谁倾诉自己的思念之情？……已经过去9年的时光，约翰一直沦为安达斯人的俘虏，还需要度过多少年，他才能重获自由？尽管如此，他并没有丧失希望，支持他的信念就是，一旦亨利·菲尔顿成功抵达澳洲滨海地区的某一座城市，他一定会竭尽所能，设法营救自己的船长……

沦为俘虏后没有多久，约翰就学会了说土著语言，这种语言有很强的逻辑性，词汇含义明晰，表达方式精致细腻，这说明，澳洲土著曾经拥有过某种文明。因此，约翰经常劝说威利，希望他给予俘虏自由，让他们返回昆士兰，或者澳洲南部，这样做有益无害，而且，被释放的俘虏能够送来他所需要的赎金。然而，威利生性多疑，对上述建议不屑一顾。他提出，只有当赎金送到，他才可能把自由还给约翰船长和他的大副。至于俘虏的承诺，在他看来也许别人会接受，但是他绝不会轻易相信。

此后，亨利·菲尔顿的逃跑强烈刺激了威利，他大发雷霆，对待约翰也比过去更加严厉。无论在扎营以后，还是在行进途中，约翰船长都不能自由行动，而且，还派了一名土著专门看管他，这个土著以人头担保不让他逃跑。

好几个月过去了，约翰船长一直没有得到同伴的任何消息。是不是可以由此认为，亨利·菲尔顿已经在半路上死去？如果这个逃亡者成功抵达昆士兰或者阿德莱德，他是不是已经开始着手营救行动，以便把约翰船长从安达斯人手里解救出来？

1891年第一季度——也就是澳大利亚夏季开始的时候——安达斯部落重新返回费茨-罗伊河谷，威利习惯于在那个地区度过最炎热的季节，在那里，他能够让自己的部落找到必要的生活物资。

安达斯人在那里一直待到4月初，部落的营地就扎在一道河湾旁，紧挨着从北方平原流过来的一条小支流。

自从部落在这个地方扎下了营盘，约翰船长并不知道此地距离滨海地区已经很近了，不过他一直在盘算，如果能够抵达滨海地区，他就有可能逃跑，找到更南边一点儿的定居点，沃伯顿上校就是在那里结束了自己的探险旅行。

约翰决心不顾一切风险，一定要摆脱这个令人厌恶的处境，为此哪怕丢掉性命。

不幸的是，安达斯人开始迁徙，营地的改变让约翰船长原来抱有的希望化为泡影。实际上，4月份的后半个月，威利显然准备重新启程，把过冬的营地安扎到费茨-罗伊河的上游。

发生了什么事情？是什么原因让安达斯部落改变以往的

习惯?

约翰船长费了好大劲儿才弄明白其中的缘由:原来黑人警察刚刚在费茨-罗伊河下游出现了,安达斯部落不得不溯流而上,向东方迁徙。

读者应该还记得,汤姆·马里克斯曾经说过,自从亨利·菲尔顿说出了约翰船长还活着的事实，黑人警察就接到了命令，向西北部地区开展搜寻行动。

土著们都非常惧怕黑人警察，一旦警察发现他们，立刻就会展开令人难以置信的猛烈追击。这支警察队伍由一个上尉指挥，队长名叫"玛尼"，他手下有一名中士，三十来名白人警察，以及八十来名黑人警察，他们都骑着快马，配备了步枪、马刀，以及手枪。这支队伍人称"土著警察"，他们的职责就是保护本地区居民的安全，并且不定期地对本地区开展巡视。他们对土著部落进行毫不留情的追剿，这支队伍经常被一些人指责缺乏人道主义精神，但是在维护地区公共安全方面，又经常受到另一些人的称赞。这支队伍的行动极为敏捷，在本地区巡弋，从一个地点奔向另一处地点，速度快得令人难以置信。游牧部落都害怕遇到这支队伍，因此，当威利听说黑人警察在附近出现，马上决定溯流前往费茨-罗伊河的上游。

然而，让安达斯人惧怕的危险，恰恰是约翰船长的救星。如果他能遇到这支队伍的分遣队，那就意味着最终获救，确定可以返回祖国。可是，安达斯部落在拔寨出发的时候，约翰船长真的可能逃脱土著人的监管看押吗？

不难想象，威利已经猜到了约翰船长的逃跑计划，因为，就在4月20日早晨，关押约翰船长的棚屋门没有像往常一样按时打开。一名土著人专门被派在棚屋旁守卫。面对约翰提出的问题，安达斯人一概不予回答。当约翰提出要去见威利的时候，安达斯人也予以拒绝，部落首领甚至也不再来看望他了。

到底发生了什么事情？安达斯人正在着急准备转移营地？约翰船长听到窝棚周围人来人往，喧嚣嘈杂，而威利仅仅让人给他送来了一点儿食物。

就这样过去了整整一天,情况丝毫没有发生变化。俘虏继续受到严密监管看押。然而,就在4月22日至23日的那天夜里,他听到窝棚外面的嘈杂声停止了,他猜想安达斯人刚刚已经彻底放弃了在费茨-罗伊河的营地。

第二天,天刚放亮,窝棚的门突然打开了。

约翰船长面前出现一个人——一个白人。

他是朗·布克尔。

第十四章
朗·布克尔的阴谋

32天之前——也就是3月22日至23日的那个夜晚——朗·布克尔与布兰尼肯夫人及其同伴们分道扬镳。这场西蒙风给远征队造成了致命伤害,也为朗·布克尔提供了实施阴谋的最佳时机。他挟持着简,带着那帮黑人护卫队员,赶着那群身强体健的骆驼,尤其是那几峰驮着赎取约翰船长物资的骆驼逃之夭夭。

为了找到驻扎在费茨-罗伊河谷的安达斯部落,朗·布克尔拥有的条件要比布兰尼肯夫人有利得多。他长期过着游荡生活,与澳洲土著的游牧部落打过交道,了解土著部落的习俗,懂得他们的语言。偷来的赎金也能让他受到威利的热情欢迎。约翰船长一旦从安达斯部落被解救出来,就会落到他的手里,剩下的……

抛弃远征队之后,朗·布克尔加快速度直奔西北方向,当太阳升起的时候,他和黑人同伴已经远在数英里之外了。

简恳求自己的丈夫,恳求他不要把多莉和同伴们抛弃在荒漠里,提醒他这么做是犯罪,是在戈弗雷出生这件事之后的罪上加罪,乞求他放弃恶劣行径,把那个孩子还给他的母亲,恳请他迷途知返,回去帮助多莉一起拯救约翰船长……

简的劝说毫无成效,白费口舌。任何人都不可能阻止朗·布克尔实现自己的目标，没人能阻止。何况再过几天，这个目标就唾手可得。多莉和戈弗雷将因饥馑而凄惨地死去；约翰·布兰尼肯则将会失踪；爱德华·斯塔德的遗产将会转移到简的名下，换句话说，就是转移到朗·布克尔的名下，有了这数百万财产，他将大展宏图！

根本不要指望这个卑鄙的人能回心转意。他强行命令简闭上嘴巴，迫使她在威胁面前畏首畏尾，要知道，如果不是需要简才能攫取多莉的财产，朗·布克尔早就把她抛到一边了，甚至，也许对她干出更残忍的事情。至于逃跑重返远征队，简何尝有那个胆量？剩下的问题就是，简将落得怎样的下场？更何况，还有两个黑人寸步不离看守在简的身边。

无须细说朗·布克尔的旅途经过，他既不缺乏牲畜，也不缺少生活物资。他拥有足够的条件，他每日的行程更为长久，日益迫近费茨-罗伊河谷，更何况，他的手下早已经习惯于这样的生存条件，从离开阿德莱德的那天起，他们遭受折磨的感觉就没有白人队员那么强烈。

经过17天的长途跋涉，4月8日，朗·布克尔抵达了费茨-罗伊河的左岸，那一天，正是布兰尼肯夫人和同伴们在最后一次休息的地方倒卧不起的时候。

在费茨-罗伊河边，朗·布克尔遇到了几个土著，并且从他们口中了解了安达斯部落的现状。了解到安达斯部落在河谷西边的下游地区，他决定顺流而下，找到威利并与他见面。

这一路下去没有遇到任何困难。适逢4月份，在澳洲大陆的北部地区，尽管纬度比较低，但气温已经没有那么灼热。很明显，即使布兰尼肯夫人的远征队能够抵达费茨-罗伊河，恐怕也已历尽艰辛，奄奄一息了。再过几天，多莉就将同安达斯人展开接触，因为现在,多莉与约翰彼此之间相距只有95英里。

就在朗·布克尔确信还剩两三天路程的时候,他却命令队伍停了下来。他想到,如果带着简前往安达斯部落,让她见到约翰船长,简就可能把秘密和盘托出,这太冒险了,对朗·布克尔很不利。根据他的命令,队伍在费茨-罗伊河左岸扎营休息,然后,不管简如何哀求,这个可怜的女人还是被留下来,交由两名黑人看管。

安排妥当之后,朗·布克尔率领同伴继续向西行进,他们骑着骆驼,另外牵着两峰驮着交换俘虏物资的骆驼。

4月20日那天,朗·布克尔遇见了安达斯部落,当时,安达斯人正对附近的黑人警察心存戒备,忧心忡忡。警报显示,黑人警察已经来到下游距离营地10英里左右的地方。威利已经做好撤走营地的准备,打算逃往阿尔奈姆地区的腹地,那里隶属于北澳大利亚。

就在这个时候,根据威利的命令,为了防止约翰船长乘机逃跑,土著人把他关进了树皮窝棚。这样一来,在朗·布克尔与安达斯部落首领之间进行的沟通交往,约翰船长就被蒙在鼓里,一无所知。

朗·布克尔与威利的沟通进行得异常顺利。过去,朗·布克尔与这个部落的土著人打过交道,认识土著人的首领,因此直截了当谈起了赎买约翰船长的事情。

威利表示非常愿意用自己的俘虏交换赎金。朗·布克尔向他展示了布料、各种各样的小玩意儿,特别是提供了大量的烟草,这些都让威利感到印象深刻,十分满意。无论如何,在接下来那场经过深思熟虑的谈判中,威利表示很不愿意与约翰船长分手,这个人物非常重要,这么多年来,约翰船长生活在部落里,给威利帮了很大的忙,等等,等等。另一方面,他已经知道约翰船长是美国人,甚至还知道,为了解救约翰船长,已经组织了一支远征队——朗·布克尔则明确表示,他其实就是那支远征队的队长。随后,当朗·布克尔获悉,威利对于黑人警察出现在费茨-罗伊河下游感到非常担忧,他乘机表示,自己将立即干预处理这件事情。另外,出于自己利益的考虑,布克尔强烈要求对约翰船长获释的消息予以保密,一旦离开安达斯人,他要确保自己干的事情不为任何人知晓。约翰·布兰尼肯的彻底失踪将与朗·布克尔毫无瓜葛,这就要求追随自己的护卫队员守口如瓶,而且,他也有办法确保让他们保持沉默。

谈判进行到此,威利接受了赎金,4月22日白天,交易完成。当天晚上,安达斯人放弃了自己的营地,沿着费茨-罗伊河向上游走去。

这就是朗·布克尔做过的事情,他就是这样达到目的,如愿以偿,现在,我们要看一看,他如何利用眼下的局面。

4月23日,早晨大约8点钟,窝棚的门打开了,约翰·布兰尼肯发现自己面前站着朗·布克尔。

自从富兰克林号启程离开圣迭戈港,约翰船长与朗·布克尔最后一次握手的那天以后,岁月已经流逝了14个年头。约翰船长已经认不出朗·布克尔,但是,后者却惊奇地发现,约翰船长的相貌几乎没有多大改变。毫无疑问,他老了——此时,他已经43岁——但是,经过长期在土著部落的囚禁,他看上去比人们想象的还要年轻一些,他的面庞依然轮廓鲜明,坚定的目光依然神采奕奕,头发虽然花白了,但是依然十分浓密。他的身体依然结实健壮,如果当初是他逃亡穿越澳洲大陆的荒原,一定比亨利·菲尔顿更能经受住艰苦旅程的考验——就是在那次逃亡过程中,他的同伴被活活

第十四章 朗·布克尔的阴谋

累死。

见到朗·布克尔的那一瞬间，约翰船长向后退了一步，自从被安达斯人俘虏羁押以来，这还是他第一次面对一个白种人。这也是第一次有一个部落以外的人和他说话。

约翰船长问道："您是谁？"

"一个来自圣迭戈的美国人。"

"来自圣迭戈？"

"我是朗·布克尔……"

"您！"

约翰船长扑向朗·布克尔，握住他的手，用双臂拥抱他……怎么？……这个人居然是朗·布克尔……不！……这不可能……这不是真的……约翰一定听错了……一定是幻觉造成的……朗·布克尔……简的丈夫……

在这一刻，约翰船长已经忘记了当初朗·布克尔留给自己的恶劣印象，当初，他对这个男人曾经一直抱有戒心！

他重复说道："朗·布克尔！"

"就是我，约翰。"

"在这儿……在这个地方……噢！……您也被，朗，……您也被他们抓来做了俘虏……"

除此之外，对朗·布克尔出现在安达斯部落营地，约翰还能有怎样的解释？

朗·布克尔赶紧解释道："不，不是，约翰，我来这里是为了向这个部落的首领赎回您……是为了拯救您……"

"拯救我！"

约翰船长拼命努力克制住自己的激动情绪，他觉得自己快要发疯了,神志到了紊乱的边缘……

终于,他控制住情绪,心智恢复正常,他真想走到窝棚外面去……但是仍然心有余悸……朗·布克尔已经说过,自己已经被释放!……那么,自己真的自由了吗?……威利呢?……安达斯人呢?……

他把双手抱在胸前,似乎要防止胸膛爆裂开来,然后说道:"告诉我,朗,说吧!"

于是,朗·布克尔按照预先设计好的方案,仅仅讲述了整件事情过程的一部分,并且把搜救行动的功劳全部归于自己,他讲述了自己编造的过程,约翰边听边情绪激动地哽咽道:

"那么,多莉?……多莉呢?……"

"她还活着,约翰。"

"那么,瓦特呢……我的孩子?"

"活着……他们两个都活着……他们两个……都在圣迭戈。"

约翰热泪盈眶,喃喃说道:"我的妻子……我的儿子……"

然后,他又说道:

"现在,告诉我……朗……说吧!……请您讲吧,我撑得住!"

于是,朗·布克尔把自己的厚颜无耻发挥到极致,盯着约翰的脸,对他说道:

"约翰,数年之前,当所有人都已经相信富兰克林号出事沉没的时候,我的妻子和我离开了圣迭戈,离开了美国。我有很重要的事情需要到澳大利亚来处理,我先是来到悉尼,在那里创办了一家商行。自从我们走了之后,简和多莉一直保持联系,因为,正如您所知道的,她们两人彼此怀有深厚的情谊,这种情谊不会因为分离的时间长久,或者距离遥远而略显淡漠。"

约翰回答道:"是的……我知道! 多莉和简是一对好朋友,分离一定让她们感到非常痛苦!"

"非常痛苦,"朗·布克尔继续说道,"约翰,但是,数年之后,这种分离状态终于等到了结束的那一天。大约11个月之前,我们准备离开澳大利亚返回圣迭戈,但是一条出人意料的新闻让我们取消了返回美国的计划。人们刚刚获知富兰克林号的下落,知道它在什么海域出事沉没,与此同时,人们纷纷传言,这次海难事故唯一的幸存者已经成为澳洲大陆土著部落的俘虏,这个幸存者就是您,约翰……"

约翰问道:"那么,朗,人们又是如何得知这一切的? ……是不是亨利·菲尔顿……"

"是的,正是亨利·菲尔顿带来的这个消息。您的这位同伴在旅途的最后阶段,在昆士兰南部的帕鲁河畔被人收留,并且被转送到悉尼……"

约翰船长大声叫道:"亨利……我勇敢的亨利! ……啊! 我就知道他不会忘记我! ……一旦抵达悉尼,他就会组织救援队……"

朗·布克尔回答道:"他死了,他是因疲惫不堪累死的!"

"死了! ……"约翰重复道,"我的上帝……他死了! ……亨利·菲尔顿……亨利!"

他不禁泪如雨下。

朗·布克尔继续说道:"但是,在临死之前,亨利·菲尔顿说出了富兰克林号沉没之后发生的一系列事情,包括帆船在布鲁斯岛触礁沉没的经过,以及你们如何抵达澳洲大陆的西端……我就守在他的床边……从他口中知道了……一切! ……说完之后,他就闭上了双眼,约翰,临终前他还在说着您的名字……"

约翰喃喃说道:"亨利!……我可怜的亨利!……"他边说边想到,这位与自己永别了的忠实同伴,曾经经历了怎样的艰苦磨难。

朗·布克尔继续说道:"约翰,14年来,富兰克林号杳无音讯,它沉没的消息引起了巨大的反响。您能想象得出来,当传言您还活着的时候,那消息有多么轰动……几个月之前,亨利·菲尔顿把您留在了北部地区的土著部落里,您在那里被俘虏羁押……我立即给多莉拍发了电报,告诉她,我要动身出发把您从安达斯人手里拯救出来,因为据亨利·菲尔顿所说,只要缴纳一笔赎金就可以做到。随后,我组织了一支远征队,在我的指挥下,我和简一同离开悉尼。从那时到现在,已经又过去了7个月……因为,要想抵达费茨–罗伊河谷,我必须要花费这么多时间……终于,上帝保佑,我们抵达了安达斯人的营地……"

约翰船长叫道:"谢谢,朗,谢谢!……谢谢您为我做的一切……"

朗·布克尔回答道:"如果我落到同样境地,您也会为我这样做的。"

"那是必须的!……那么,朗,您的妻子,那个勇敢的,不畏艰难困苦的简,她现在在哪里?"

朗·布克尔回答道:"在上游距离此地三天路程的地方,和我的两名队员在一起。"

"我要去看看她……"

"是的,约翰,她之所以不在这里,那是因为我不希望她陪我到土著部落来,谁也不知道土著人将以何种方式欢迎我这支小小的远征队。"

约翰船长问道:"怎么,您不是独自来的?"

"不是,我带了一支护卫队,有12名黑人队员。两天前,我刚刚抵达这个河谷……"

"两天前?"

"是的,我通过他们与土著人达成交易。这个威利很看重您,亲爱的约翰……他很清楚您的重要性……或者,不如说是您的身价……为了让他接受赎金,把自由还给您,必须进行长时间的讨价还价。"

"那么,我现在自由了?"

"您现在和我一样自由自在。"

"但是,那些土著人呢?"

"他们跟着部落头领走了,现在营地里只有我们。"

约翰叫道:"他们走了?"

"可不是么!"

约翰船长猛地一步迈出树皮窝棚。

此时,在河岸上,只剩下朗·布克尔的黑人护卫队员:安达斯人已经消失得无影无踪。

大家看得出来,在朗·布克尔的叙述里面,有真有假,谎言与真相混淆在一起。关于布兰尼肯夫人精神失常一事,他只字未提。关于爱德华·斯塔德之死,以及多莉继承了他的遗产一事,他也刻意忽略过去。至于在1879年至1882年期间,多莉-希望号先后在菲律宾海域,以及托列斯海峡进行的搜寻行动,他也一个字都没有提起。至于布兰尼肯夫人在亨利·菲尔顿去世的病床前的经历,以及那位不屈不挠的女人如何组织远征队,现在如何被抛弃在格里阿特荒漠里,以及他,这个可鄙的布克尔,如何一手操纵了这场阴谋,朗·布克尔统统一字未提。按照他的说法,原来是他竭尽全力,是他冒着生命危险,是他拯救了约翰船长!

约翰如何能够质疑这些叙述的真实性?这个人历尽千辛万苦,把自己从安达斯人手里拯救出来,让自己能够与妻子和孩子团聚,他又怎么能够不对这个人心怀感激之情?

约翰说了很多感谢的话,感激之情足以打动任何一个不那么变态的人。但是,在朗·布克尔的心里,从来就没有"懊悔"二字,什么也阻止不了他把罪恶的阴谋进行到底。现在,约翰·布兰尼肯急着要跟随他动身,前往简所在的营地……他为什么要犹豫不决?……在半路上,朗·布克尔能够找到机会,让约翰船长消失掉,而且还不能让黑人护卫队员们起疑心,以免将来他们成为对自己不利的证人……

约翰船长非常着急,恨不能立即动身,最好当天就出发。他迫切地希望见到简,他急切希望与多莉的闺蜜交谈,与她谈一谈自己的妻子和孩子,谈一谈威廉·安德鲁先生,以及所有留在圣迭戈的熟人和朋友……

4月23日下午,他们动身上路了。

朗·布克尔携带了够用几天的生活物资。在旅途中,费茨-罗伊河可以为这支小小的远征队提供必要的饮用水。约翰和朗·布克尔骑着骆驼,在需要的时候,可以走在护卫队前面好几段路程。这就为朗·布克尔的动手提供了方便……不需要让约翰船长走到那个营地,他也走不到那里。

晚上8点钟,朗·布克尔在费茨-罗伊河的左岸停了下来,准备就地宿营过夜。这里距离阴谋实施地点还太远,按照原定方案,他们应该走在护卫队的前边,在某些特定的地区,那里往往会发生一些令人担忧的遭遇。

因此,第二天,天蒙蒙亮,他带领同伴们继续上路。

第二天的路程分为两段,中间只休息两个小时。要想一直沿着费茨-罗伊河行走并不容易,因为陡峭的河岸经常会出现深陷的凹槽,有时还会出现树胶树和桉树茂密难缠的树林,横在河岸上,需要走很远的路才能绕过去。白天的路途十分艰难,晚上休息的时候,黑人队员吃过东西,陆续都睡着了。

过了一会儿,约翰船长也沉沉地睡了过去。

也许这是朗·布克尔可以利用的好机会,因为,此时他并未睡着。只要给约翰重重一击,把他的尸体拖出去20步远,抛到河水里,这番罪恶的行径就可以做得神不知鬼不觉。然后,等到第二天,临到出发的时候,再想找到约翰船长可就白费力气了。

大约凌晨两点钟的时候,朗·布克尔无声无息地抬起身,向自己的受害者悄悄爬了过去,他手里攥着一把匕首,正当他准备动手的那一刻,约翰醒了。

朗·布克尔只好说道:"我本来以为您听到我叫您了。"

约翰回答道:"没有,亲爱的朗,刚刚醒来的那一刻,我梦见了我亲爱的多莉,以及我们的孩子!"

早晨6点钟,约翰船长和朗·布克尔沿着费茨-罗伊河继续赶路。

中午休息的时候,朗·布克尔决定把事情了结,因为当天晚上就要抵达营地,为此,他向约翰建议,走在护卫队的前面,继续赶路。

约翰同意了,因为他很着急见到简,以便与她进行亲密交谈,他感到和朗·布克尔总有些格格不入。

于是,两个人准备起身出发,恰在此时,护卫队的一名黑人队员叫了起来,前方数百步远的地方,出现了一个白人,正在小心谨慎地前行。

朗·布克尔不禁发出一声惊呼。

他认出这人是戈弗雷。

第十五章

最后一次宿营

出于某种本能，甚至是下意识地，约翰船长迎着年轻的男孩子，快速向前跑去。

朗·布克尔呆立在原地，两只脚好像被钉在了地上。

戈弗雷就在他的面前……戈弗雷，多莉和约翰的儿子！怎么，布兰尼肯夫人的远征队没有全军覆没？……那支远征队就在那里……在几英里之外……还是在几百步之外……也许远征队已经被凄惨的命运抛弃，戈弗雷只是唯一的幸存者？

不管怎样，这场意外相逢足以彻底毁掉朗·布克尔的计划。只要这个见习水手张口说话，他就能说出布兰尼肯夫人才是这次远征行动的领导者……他会说出多莉为了拯救自己的丈夫，如何历尽千辛万苦，在澳洲大陆的荒原上经历无数风险……他还会说，多莉就在那里……她正在沿着费茨-罗伊河溯流而上，而且随后就到。

事实确实如此。

3月22日早晨，自从朗·布克尔叛逃之后，被遗弃的那支小小的远征队继续向西北方向前进。大家都知道，4月8日，这些可怜人在饥饿、干渴的折磨下，纷纷倒地，已经濒临死亡。

在一种超人力量的支撑下,布兰尼肯夫人试图唤醒同伴们,恳求他们站起来继续前行,拼尽最后一点力气抵达费茨-罗伊河畔,希望在那里找到食物和水源……然而,所有同伴都如同死了一般,就连戈弗雷都丧失了知觉,布兰尼肯夫人根本唤不醒他们。

然而,本次搜寻行动的使命依然在多莉的意识里未曾泯灭,在同伴们都已无能为力的时刻,多莉仍然奋力坚持。同伴们竭力向西北方挣扎,汤姆·马里克斯和扎克·弗伦的手臂仍然软弱无力地指向那个方向……多莉起身向那个方向走去。

在落日的余晖里,广袤的荒漠一望无际,没有生活物资,没有运输工具,这个勇敢的女人究竟想要干什么?……她是不是想要抵达费茨-罗伊河,想在那里找人帮忙,无论是滨海地区的白人,还是游牧的土著人?……多莉自己也不知道,但是她仍然坚持向前走了数英里——甚至在此后的3天里走了二十来英里。最终,她精疲力竭,跌倒在地,命悬一线,幸亏此时,有如神助一般(完全可以这样形容),救援之手不期而至。

当时,黑人警察队伍正沿着格里阿特荒漠的边缘地带开展巡查行动,这支队伍的头领玛尼在费茨-罗伊河谷留下三十来个警察,然后率领另外六十来人来到这个地区进行侦察。

就是他在这里遇见了布兰尼肯夫人。她苏醒之后,告诉玛尼队长远征队的同伴们所在位置,请求前往寻找他们。最终,玛尼队长率领手下找到了这群可怜人,如果再延误24小时,这些人就将全军覆没,无一人生还。

汤姆·马里克斯曾经在昆士兰认识玛尼队长,向他讲述了离开阿德莱德以后的各种经历。这位军官已经知道布兰尼肯夫人组织远征队的目的,也知道这支队伍长途跋涉,穿越了广阔的西北部地区。玛尼队长认为自己拯救布兰尼肯夫人纯属天意使然,既然如此,他提议让自己的队伍与远征队一起行动。汤姆·马里克斯把有关安达斯部落的情况告诉了玛尼队长,后者回答称,这个部落就在费茨-罗伊河畔,距离此地大约60英里。

玛尼队长现在的任务就是追寻朗·布克尔,要想挫败他的阴谋,必须抓紧时间,此前在昆士兰,玛尼队长曾经在跟踪丛林浪人团伙的时候追捕过他。毫无疑问,如果朗·布克尔成功解救了约翰船长,后者一定对他毫无戒心,朗·布克尔会不会带着约翰船长就此消失得无影无踪?

布兰尼肯夫人可以信赖玛尼队长和他的手下;黑人警察们把生活物资分给多莉的同伴,并且把马匹借给他们骑坐。队伍当天晚上就出发了,4月21日下午,费茨-罗伊河谷陡峭的河岸已经出现在与17度纬度线大致相同的地方。

在这里,玛尼队长找到了此前留在这里,负责沿着费茨-罗伊河巡逻的队员,他们报告称,安达斯部落在这条河的上游扎营,距离此地大约上百英里。眼下最重要的事情,就是尽早找到他们,尽管布兰尼肯夫人手里已经没有了用来交换约翰船长的赎金物资。另一方面,玛尼队长现在有了汤姆·马里克斯的帮助,再加上扎克·弗伦、戈弗雷、乔·梅里特,以及护卫队的同伴,黑人警察队伍的实力大大增强,因此,他毫不犹豫地打算使用武力从安达斯人手里把约翰船长夺回来。然而,当他们沿河溯流而上,抵达土著部落营地的时候,安达斯人已经弃营而去。玛尼队长率队一程接着一程地追踪,就这样,4月25日下午,戈弗雷走在队伍前面大约半英里的地方,他突然遇到了约翰船长。

不过此时,朗·布克尔已经恢复了镇定,他看着戈弗雷,一句话也没说,等着看他打算干什么,听他说什么。

戈弗雷的眼里根本没有朗·布克尔,他目不转睛地看着约翰船长。尽管戈弗雷从未见过他,只在布兰尼肯夫人送给自己的照片上见过约翰船长的容貌,但是毫无疑问,他认出了,面前这个男人就是约翰船长。

在约翰船长这一边,他看着戈弗雷,同样感到一阵异样的激动。虽然他猜不出这个年轻的男孩子是谁,但是他的眼睛在反复上下打量……他向戈弗雷伸出了双手……用颤抖的声音叫着……是的!他叫着,就好像这个人是他的儿子。

戈弗雷急忙跑了过来,投入约翰船长的怀抱,叫道:

"约翰船长!"

约翰船长回答道:"是的……我……就是我!但是……你……我的孩子……你是谁?……你从哪里来?……你怎么知道我的名字?"

戈弗雷没有来得及回答。他看到了朗·布克尔,脸色立刻变得苍白吓人,看到这个卑鄙无耻的家伙,他无法抑制内心的厌恶,厉声叫道:

"朗·布克尔!"

就在相遇的那一刻,朗·布克尔已经盘算了一番,他甚至感到有些庆幸。这次偶遇让戈弗雷和约翰同时落到他的手里,难道不是好事儿?能够同时控制住父亲和儿子,这难道不是一次千载难逢的好机会?于是,朗·布克尔转身面对黑人护卫队员,示意他们抓住戈弗雷和约翰,把他们分开……

戈弗雷再次叫道:"朗·布克尔!……"

约翰回答道:"是的,我的孩子,这是朗·布克尔……是他拯救了我……"

戈弗雷叫道:"拯救!不,约翰船长,不是,拯救您的不是朗·布克尔……他是想谋害您,他把我们抛弃在荒漠里,他从布兰尼肯夫人那里偷走了交换您的赎金……"

听到这个名字,约翰发出一声惊呼,一把抓住戈弗雷的手,他反复说道:

"多莉?……多莉?……"

"是的……约翰船长,就是布兰尼肯夫人,您的妻子……她就在附近!"

约翰叫道:"多莉?"

"这个男孩子疯了!"朗·布克尔说着,向戈弗雷走了过去。

约翰船长喃喃说道:"是的!……疯了!可怜的孩子发疯了!"

戈弗雷愤怒得浑身发抖,接着说道:"朗·布克尔,您就是个卑鄙小人……您是杀人凶手!……约翰船长,这个杀人犯在这里,就是要除掉您,他曾经抛弃了布兰尼肯夫人和她的同伴们……"

约翰船长叫道:"多莉!……多莉!……不,你没有疯,我的孩子……我相信你……相信你!……过来!……过来!"

朗·布克尔和他的手下向约翰和戈弗雷扑了过来,戈弗雷从腰间拔出手枪,当胸给了一个黑人一枪。但是,约翰和戈弗雷还是被摁住了,黑人们把两人押向河边。

幸运的是,刚才的枪声传向四方。从下游方向,距离数百步的地方传来呼唤声,一瞬间,玛尼队长和他的手下,汤姆·马里克斯和护卫队员,以及布兰尼肯夫人、扎克·弗伦、乔·梅里特,以及乞伎都向这边跑了过来。

朗·布克尔和黑人手下无力抵抗,一会儿的工夫,约翰就和多

莉拥抱在了一起。

朗·布克尔彻底失败了。他知道自己如果被抓住，绝不会得到饶恕，于是，带领黑人手下向费茨-罗伊河的上游逃之夭夭。

玛尼队长、扎克·弗伦、汤姆·马里克斯、乔·梅里特，以及十多名黑人警察随后追击。

如何描述多莉与约翰的激动心情,以及他们发自内心的难以抑制的情绪?他们相拥而泣,戈弗雷也和他们拥抱在一起,相互亲吻,热泪盈眶。

多莉高兴得难以自持,经过那么多困苦考验,她都没有像现在这样激动,她忽然觉得浑身无力,一头栽倒失去了知觉。

戈弗雷跪倒在多莉身边,试图帮助哈莉特把多莉唤醒。约翰并不知道,但是其他人都知道,多莉曾经因为极度痛苦而丧失过一次神志……那么,她会不会因为乐极生悲,再一次丧失神志?

约翰不断呼唤道:"多莉!……多莉!"

戈弗雷抓住布兰尼肯夫人的手,不停叫道:

"我的母亲……我的母亲!"

多莉重新睁开双眼,紧紧抓住戈弗雷的手,快乐心情溢于言表,她向戈弗雷伸出双臂,说道:

"过来……瓦特!……过来,我的儿子!"

但是,多莉不会让约翰产生误会,让他以为戈弗雷是自己的孩子……她说道:

"不,约翰,……不,戈弗雷不是我们的孩子!……我们可怜的瓦特已经死了……你走之后不久就死去了!……"

约翰叫道:"死了!"但是,他仍然不停地看着戈弗雷。

多莉刚要告诉约翰那场15年前发生的悲惨事故,突然响起一声枪响,枪声来自玛尼队长和手下追击朗·布克尔的方向。

这究竟是那个卑劣小人遭到了惩罚,还是朗·布克尔又犯下了新的罪行?

很快,一行人出现在费茨-罗伊河边。两名黑人警察带来了一位女士,她身上有一个很大的伤口,鲜血淋漓,染红了地面。

这是简。

事情的经过是这样的。

尽管朗·布克尔跑得很快,但是他的身影一直没有逃脱追击者的视野,最后,追击者与逃亡者之间的距离仅剩几百步,突然,朗·布克尔看到了简,立刻站住了。

头一天,这个可怜的女人逃脱了两名黑人的羁押,沿着费茨-罗伊河朝下游方向跑来。她漫无目的奔跑着,当听到第一阵枪响的时候,她距离约翰和戈弗雷刚刚待过的地点还有四分之一英里。她加快了奔跑的步伐,迎面看到丈夫正在向自己跑过来。

朗·布克尔一把抓住简的手臂,想要把她拖走。他担心,简一旦与多莉重新见面,就会说出当年戈弗雷的身世之谜,想到这里,朗·布克尔不禁怒气冲天,简使劲儿挣扎着,于是,朗·布克尔拔出匕首,一下把简捅翻在地。

就在此时,响起了一声枪响,伴随着枪声,是一连串口头禅——这次的口头禅倒真是名副其实:

"很好!……噢!……非常好!"

开枪的是乔·梅里特,他镇定地瞄准朗·布克尔,一枪把他打倒在费茨-罗伊河水里。

英国绅士射出的一颗子弹,命中了那个坏蛋的心脏,让他一命呜呼。

汤姆·马里克斯向简扑了过去,她还在喘息,但是呼吸十分微弱。两名警察扶起这个不幸的女人,把她搀扶到布兰尼肯夫人身边。

看到简的样子,多莉不禁大声惊呼。她俯身扑向濒临死亡的简,试图附耳听一听她的心跳声,却意外地听到简嘴里发出的喘息声。简受到的刀伤是致命的,匕首穿透了她的肺部。

多莉使劲大声喊道:"简……简!……"

听到多莉的喊叫声,简回想起自己毕生唯一拥有过的温情,她不禁睁开双眼,看着多莉,露出微笑,喃喃说道:

"多莉!……亲爱的多莉!"

突然,她的眼神灵动起来,她看到了旁边的约翰船长。

"约翰……您……约翰!"简说着,但是声音非常微弱,几乎听不出来。

约翰船长回答道:"是的……简,是我……多莉来拯救了我。"

简喃喃细语道:"约翰……约翰在那儿!……"

多莉说道:"是的……约翰就在我们身边,我的简!约翰不会再离开我们了……我们把他带回家,和你一起带回家……和你一起……回家……"

简没有听见多莉的话,她抬起眼睛,似乎在寻找一个人……她张嘴说出了一个名字:

"戈弗雷!……戈弗雷!"

临终前的痛苦扭曲了简的面庞,她露出焦虑的神情。

布兰尼肯夫人示意戈弗雷向前靠近。

"他!……他……终于!"简叫道,用尽最后的力气抬起身来。

接着,简抓住多莉的手,接着说道:

"靠近我……靠近我,多莉、约翰,还有你,你们听着,我还有话要说!"

多莉和约翰俯下身,贴近简,生怕漏听她即将说出的每一个字。

简说道:"约翰、多莉,戈弗雷……就是这个戈弗雷……戈弗雷是你们的孩子……"

"我们的孩子!"多莉喃喃说道。

她感到浑身的血液急速奔涌到心脏,瞬间,她的脸色变得和垂死的简一样苍白。

约翰说道:"我们已经没有儿子,他已经死了……"

第十五章 最后一次宿营

简回答道:"是的,小瓦特……在那边……在圣迭戈海湾里……但是,你们又有了第二个孩子,这个孩子……就是戈弗雷!"

带着濒死的呃逆,简断断续续简短叙述了约翰船长启程出发之后,在海景房发生的一切,戈弗雷的出生,多莉神志不清,不知道自己又做了母亲,在朗·布克尔的命令下,初生婴儿被放到大街上,几个小时后被人抱养,再后来被送进瓦特之家,在那里长大,并且被取名戈弗雷……

最后,简补充道:

"亲爱的多莉,我没有勇气向你承认这一切,我有罪,请你原谅我……请您原谅我,约翰!"

"我们接受你的道歉,简……你刚刚把我们的孩子还给了我们……"

简叫道:"是的……你们的孩子。在上帝面前……约翰、多莉,我发誓……戈弗雷是你们的孩子!"

看到布兰尼肯夫妇把戈弗雷拥抱在怀里,简露出了幸福的微笑,呼出最后一口气,溘然逝去。

第十六章
结　局

关于这次穿越澳洲大陆的冒险旅行结束的那些细节，以及远征队返回阿德莱德所具备的完全不同的旅行条件，我们不必赘述。

首先需要讨论的一个问题就是：远征队应该沿着费茨-罗伊河顺流而下——或者沿着洛克邦纳地区的其他河流——一直抵达滨海地区的定居点，还是向位于约克湾的王子-弗雷德里克港口前进。然而，行驶到这个滨海地区的船只非常少，需要等待很长时间；因此，最好还是选择原路返回。返回的路上，有黑人警察队伍的保护，有玛尼队长提供的丰富的生活物资；还有从朗·布克尔那里追回来的骑驼和驮驼；远征队应该不用担心发生任何意外。

临出发前，简·布克尔的遗体被安置在墓穴里，坟墓位于一丛树胶树的脚下。多莉双膝跪倒在简的坟墓前，为这个不幸女人的灵魂做了祈祷。

4月25日，约翰船长，他的妻子，以及同伴们离开位于费茨-罗伊河畔的宿营地，队伍在玛尼队长的指挥下行进，他主动提出陪伴远征队一直走到距离跨越澳洲大陆电报线路最近的站点。

大家都感到非常轻松愉快，甚至把旅途劳顿都抛到了脑后。扎克·弗伦高兴地对汤姆·马里克斯反复说道：

第十六章 结局

"好极了,汤姆,我们终于找到了约翰船长!"

"是的,扎克,这个结果应该归功于谁呢?"

"应该归功于上苍的恩赐,汤姆,天意难违呀!……"

然而,在乔·梅里特的心里,有一个阴影挥之不去。如果说布兰尼肯夫人找到了约翰船长,这位著名的收藏家却没有找到那顶帽子,为了找到它,乔·梅里特历经千辛万苦,做出了巨大的牺牲。他已经走到了安达斯人的营地,但是却没能与安达斯人的首领威利见面,而他也许就戴着那顶具有历史意义的帽子,简直太不走运了!让乔·梅里特略感欣慰的是——确实如此——据玛尼队长说,在西北地区的土著部落里,其实并未流行戴欧洲帽子的习俗,与乔·梅里特在东北部地区土著部落里观察到的情况完全不同。因此,在澳洲大陆北部的土著部落那里,根本找不到他心仪已久的那件东西。但是作为补偿,他可以自诩成为最佳射手,因为,正如扎克·弗伦所说,他那一枪帮助布兰尼肯一家从此摆脱了"可恶的朗·布克尔"这个梦魇。

在回程中,远征队以最快的速度行进,没有受到干渴难题的过多困扰,因为,秋季雨水丰沛,水井里都灌满了雨水,气温也维持在可以忍受的程度。另一方面,根据玛尼队长的建议,远征队直奔有电报线路穿越的地区,因为在那里可以找到一连串车站,无论补充生活物资,还是与南澳大利亚首府建立通讯联系,都比较方便。多亏有了电报线路,全世界很快就会知道,布兰尼肯夫人顺利完成了本次勇敢绝伦的远征行动。

在伍德湖附近,约翰、多莉,以及他们的同伴终于抵达了穿越澳洲大陆的电报线路的一个站点。在那里,玛尼队长和黑人警察们与约翰和多莉·布兰尼肯夫妇挥手告别。临别前,远征队对玛尼队长和警察们千恩万谢,他们也确实应该受到感谢——约翰船长表示,待他抵达阿德莱德之后,就将给他们送去相应的报酬。

现在,远征队只要一直向南,行进到亚历山德拉地区的县治区域,并且在经过7个星期的跋涉之后,于6月19日晚间抵达艾丽丝泉车站。

在艾丽丝泉车站,汤姆·马里克斯找到负责看管物资的站长弗林特,要回了此前留在这里的牛群、四轮牛车、轻便马车,以及马匹,为后面的行程做好准备。

此后,远征队全体人员于7月3日抵达法里纳小镇火车站,乘坐火车,于第二天抵达阿德莱德车站。

约翰船长和他的勇敢伴侣受到了何等热情的欢迎!阿德莱德市民倾城出动欢迎他们,当约翰·布兰尼肯船长在妻子和儿子的陪伴下,出现在金威廉街旅馆的阳台上,人群发出了震耳欲聋的欢呼声,欢呼声响彻云霄,按照乞伎的说法,远在天朝国度的人们都能听得见。

他们在阿德莱德停留的时间不长。约翰和多莉·布兰尼肯都希望早日返回圣迭戈,重新见到自己的朋友们,重新回到他们的海景房,在那里重新开始幸福的时光。于是,他们与汤姆·马里克斯和他的手下告别,他们的出色表现让人难以忘怀,并且因此获得了丰厚的报酬。

令人同样难以忘怀的还有怪人乔·梅里特,他也已经做出决定,准备带着他的忠诚仆人离开澳大利亚。

但是,既然他的那顶"帽子"还没有被找到,那么,它究竟流落到了哪里?

在哪里?……在一栋皇家建筑里,并且受到了应有的敬仰与保存。是的！乔·梅里特的寻找路线完全错了，为了找到这顶帽子，他徒劳无功地跑遍了全世界五大洲……其实这顶帽子就在温莎城堡里，不过，人们知道这个消息已经是6个月以后了。1845年，尊敬的女王陛下前往探望路易·菲利普国王①的时候，戴的就是这顶帽子。无论如何，只有疯子才会想象出，这样一顶巴黎制帽女工的绝世之作，居然会沦落到澳洲野蛮土著长着卷发的脑壳上面！

这件事情的结果就是，乔·梅里特终于停止了四处奔波，乞伎为此感到无比快乐，而这位著名的杂项收藏家却闷闷不乐地返回利物浦，为没能把这顶举世无双的帽子纳入自己的收藏而懊恼不已。

约翰、多莉和戈弗雷·布兰尼肯一家，在扎克·弗伦和女仆哈莉特的陪伴下，在阿德莱德登上亚伯拉罕-林肯号邮轮，于三个星期之后抵达圣迭戈。

在那里，他们受到这座城市居民的热烈欢迎，在欢迎的人群中，站着威廉·安德鲁先生和艾利斯船长，这座胸怀宽广的城市自豪地迎接归来的约翰船长，并且将他视为自己最光荣的孩子之一。

---

① 路易·菲利普是法国国王，1848年二月革命后逊位，逃往英国。隐居和老死于英格兰的萨里。